Iris Johansen

Das Auge des Tänzers

Roman

Aus dem Englischen von
Charlotte Breuer und Norbert Möllemann

List

Die Originalausgabe erschien im Jahr 2001 unter dem Titel
Final Target im Verlag Bantam Books, New York,
einem Unternehmen der The Random House Group Ltd.

Der List Verlag ist ein Unternehmen der
Econ Ullstein List Verlag GmbH & Co. KG

ISBN 3-471-79464-6

Lektorat: Marianne Schönbach
Printed in Germany.
Gesetzt aus der Sabon und der AdHoc
bei Filmsatz Schröter GmbH, München
Druck und Bindung: GGP Media, Pößneck

Prolog

September
Vasaro, Frankreich

Windtänzer.

Lauf zum Windtänzer.

Blut überall.

Er kam auf sie zu.

Schreiend rannte Cassie aus dem Schlafzimmer.

»Komm zurück!« Der Mann mit der Skimaske eilte hinter ihr her.

In ihrem weißen Nachthemd lief sie den Flur entlang und die Treppe hinunter. Schluchzend rang sie nach Luft. Sie musste zum Windtänzer. Wenn sie ihn doch nur erreichen könnte, dann wäre sie in Sicherheit.

»Haltet das Kind auf, verdammt.« Der Mann lehnte sich über das Treppengeländer. Der Mann, der Pauley in ihrem Zimmer erschossen hatte, als der sich schützend vor sie geworfen hatte. Er schrie die drei maskierten Männer unten in der Diele an. Mehr Blut. Überall Tote auf dem Boden ...

Kurz bevor sie am Fuß der Treppe anlangte, blieb Cassie entsetzt stehen. Daddy ...

Aber Mama und Daddy waren gar nicht zu Hause. Sie waren in Paris. Sie war allein im Haus mit Jeanne, ihrem Kindermädchen, und den Männern vom Geheimdienst.

Wo war Jeanne?

»Komm her, Kleines.« Da stand sie, in der Tür zum Arbeitszimmer. Der Windtänzer war auch im Arbeitszimmer. Wenn sie ebenfalls dorthin gelangen könnte, wäre sie in Sicherheit.

Jeanne lächelte. »Komm, Cassie.«

Sah sie denn nicht, dass die drei Männer zwischen ihnen standen? Aber vielleicht konnte sie an ihnen vorbeilaufen. Das Arbeitszimmer lag links von der Treppe. Sie sprang über das Geländer und rannte.

»Kluges Mädchen.« Jeanne zog sie ins Zimmer und verriegelte die Tür.

Cassie warf sich in Jeannes Arme. »Er hat Pauley erschossen. Ich bin aufgewacht, und er stand neben dem Bett und ... Pauley blutete ...«

Jeanne tätschelte ihr den Rücken. »Ich weiß, Cassie. Das muss schrecklich für dich gewesen sein. Aber jetzt bist du ja bei mir.«

Ängstlich klammerte sich Cassie an sie. »Sie sind in der Diele. Sie werden die Tür aufbrechen. Und dann erschießen sie uns.«

»Sie werden uns nicht erschießen. Habe ich dich nicht immer beschützt?« Sanft schob sie das Kind von sich und deutete mit einem Kopfnicken auf den Pegasus in der Ecke. »Jetzt geh zu deinem Freund, während ich mir überlege, was wir tun können.«

»Ich hab Angst, Jeanne. Sie werden die Tür aufbrechen und –«

»Hör auf zu weinen.« Sie wandte sich ab. »Vertrau mir, Cassie.«

Doch sie konnte nicht aufhören zu weinen. Sie vertraute Jeanne, aber die Männer würden bestimmt ins Zimmer kommen. Nichts würde sie aufhalten können.

Der Windtänzer.

Sie lief durch den Raum, schaute zu der Skulptur auf.

Iris Johansen

Das Auge des Tänzers

Jetzt brauchten sie Zauberkraft, und alle sagten, die Skulptur besitze magische Kräfte. Cassie wusste, dass es so war. Sie spürte sie jedes Mal, wenn sie sich in der Nähe des Windtänzers befand. Obwohl dies nicht die echte Skulptur war, sagte Daddy immer, das Hologramm sei genauso gut. Also musste es genug Zauberkraft haben, um sie jetzt zu retten.

»Hilf uns«, flüsterte sie. »Bitte. Sie wollen uns wehtun.«

Der Pegasus schaute sie mit funkelnden, smaragdgrünen Augen an, die alles zu wissen schienen. Es würde alles gut werden. Die Wärme, die sie in der Nähe der Skulptur immer empfand, vertrieb allmählich das Frösteln. Sie hatte Jeanne, und sie hatte den Windtänzer. Nichts konnte ihr passieren. Sie waren in Sicherheit, jetzt wo –

Es klopfte.

Sie fuhr herum. Mit Entsetzen sah sie, dass Jeanne auf die Tür zuging.

»*Nein.*«

»Schsch.«

Sie stürzte durch das Zimmer. »Nein, Jeanne. Er wird uns –«

Jeanne schob sie weg und öffnete die Tür.

Es war der Mann mit der Maske. »Ich hab dir doch gesagt –«

»Es wurde aber auch Zeit«, sagte Jeanne. »Wo zum Teufel bist du gewesen, Edward?«

»Ich musste noch aufräumen. Im ganzen Haus wimmelte es von Geheimdienstleuten. Ich wusste ja, dass sie bei dir in Sicherheit war, also hab ich mich um meine Arbeit gekümmert.« Er kam herein. »Der Hubschrauber ist gleich da. Ich übernehme das Kind jetzt.«

»Nimm sie mit. Bringen wir es hinter uns.« Jeanne verschränkte die Arme vor der Brust. »Wenn ich das noch länger mit ansehen muss, wird mir nur nur übel.«

»Was bist du nur für eine empfindsame Seele. Aber das Geld kassierst du trotzdem.« Er sah zu Cassie hin. »Los, komm, Cassie. Wir haben noch eine Menge vor.«

»Jeanne?« Cassie wich vor ihm zurück. »Jeanne, hilf mir …«

»Geh mit ihm. Er wird dir nichts tun, solange du ein braves Mädchen bist.« Ihre Stimme klang hart, gar nicht so wie die von Jeanne.

Dieser Mann hatte Pauley erschossen, der jetzt blutüberströmt in ihrem Zimmer lag. Wie konnte Jeanne sagen, er würde ihr nichts tun? Wie konnte sie von ihr verlangen, dass sie mit ihm ging? Warum hatte sie diesen seltsamen Blick? »Daddy«, wimmerte Cassie. »Daddy.«

Die grünen Augen des Mannes funkelten durch die Schlitze in seiner Skimaske, als er auf sie zukam. »Daddy ist nicht hier. Es ist niemand hier, der sich um dich kümmern kann, also mach mir keinen Ärger.«

Sie wich immer noch vor ihm zurück. »Jeanne?«

»Hör auf damit«, sagte Jeanne barsch. »Ich kann dir nicht helfen. Ich will dir auch nicht helfen. Geh mit ihm.«

In ihrem Rücken spürte Cassie den kühlen Marmor des Podests, auf dem der Windtänzer stand. Plötzlich schöpfte sie neue Hoffnung. »Nein, ich komme nicht mit. Du kannst mich nicht zwingen. Er wird es nicht zulassen.«

»Er?«

»Sie ist ganz verrückt nach dieser bescheuerten Skulptur«, sagte Jeanne. »Sie glaubt, das verdammte Ding hat magische Kräfte.«

»Bescheuert?« Er starrte auf das Hologramm. »Das ist ja fast ein Sakrileg. Sie ist wundervoll. Du hast wohl nichts für Kunst übrig?«

»Ich habe nur was übrig für das Geld, das sie uns einbringen könnte.«

»Aber im Gegensatz zu Cassie ist sie nicht echt. Bring sie mir.«

»Hol sie dir selbst.«

»Wenn du einen Platz im Hubschrauber willst, musst du ihn dir erst verdienen.«

»Den hab ich mir schon verdient. Ihr hättet das nie durchziehen können, wenn ich euch nicht geholfen und euch die Tür –« Sie sahen einander an. »Na, meinetwegen.« Sie ging auf Cassie zu. »Los, komm, Cassie. Du hast keine Chance. Dir wird nur wehgetan, wenn du dich wehrst.«

Bring mich hier weg, betete Cassie. *Bring mich hier weg. Bring mich hier weg.*

Jeanne legte ihr eine Hand auf die Schulter.

Bring mich hier weg.

»Willst du, dass er dich erschießt? So wie Pauley? Das tut er nämlich, wenn du nicht –«

»Die Kleine scheint dir nicht zu glauben«, sagte der Mann leise. »Ich glaube, sie braucht noch ein abschreckendes Beispiel.«

»Was hast du –«

Jeannes Kopf explodierte.

Cassie schrie, als Hirnmasse auf ihre Brust pladderte. Sie kauerte am Boden, den Blick starr auf Jeannes blutiges Gesicht gerichtet.

Bring mich hier weg.

»Hör auf zu schreien.«

Bring mich hier weg.

»Steh auf.« Der Mann packte sie und riss sie auf die Füße. »Du solltest froh sein, dass ich sie uns vom Hals geschafft habe. Sie hat deinen Freund, den Pegasus, beleidigt, und sie war ein Judas. Einmal ein Judas, immer ein Judas. Weißt du, was ein Judas ist, Kleine?«

Bring mich hier weg. Bring mich hier weg. Bring mich hier weg.

Und da passierte es. Der Mann wurde immer kleiner, als befände er sich am Ende eines langen Tunnels.

»Aber dir werde ich nichts tun, wenn du mir keine Probleme machst. Tu einfach, was ich dir sage, und dann wird – Was zum Henker!«

Schüsse.

Er ließ sie los und rannte in die Diele.

Cassie sank neben Jeanne zu Boden. Blut. Tod. Judas. Sie hatte keine Angst mehr. Sie würde von hier weggehen. Jetzt war sie diejenige im Tunnel, und die Dunkelheit ängstigte sie nicht länger. So lange sie im Tunnel blieb, konnte ihr nichts geschehen, so lange war sie in Sicherheit. Immer tiefer zog sie sich in die Dunkelheit zurück.

»Cassie?«

Ein Mann kniete vor ihr. Keine Maske. Dunkle Augen wie ihr Daddy. »Ich bin Michael Travis. Die bösen Männer sind fort. Es ist alles gut. Ich werde dich jetzt anfassen, um zu sehen, ob du verletzt bist. Einverstanden?«

Sie fühlte, wie er kurz ihre Arme und Beine betastete.

»Komm, Kleine.« Seine Lippen wurden schmal, als er einen Blick auf Jeanne warf. »Lass uns hier rausgehen. Ich bringe dich in die Küche, und dann waschen wir dich ein bisschen, während wir auf deine Eltern warten.« Er hob sie auf den Arm und ging auf die Tür zu. »Ich weiß, es ist jetzt schwer zu glauben ist, aber alles wird wieder gut.«

Es war nicht schwer zu glauben. Jetzt nicht mehr. Im Tunnel hatte alles im Schatten gelegen, und vor Schatten hatte sie keine Angst. Als sie durch die Tür gingen, schaute sie über Michaels Schulter hinweg zum Windtänzer hinüber. Smaragdgrüne Augen schauten sie an. Seltsam. Sie sahen böse und grausam aus, wie das Bild von dem Drachen in dem Buch, das Daddy ihr gegeben hatte. Aber der Windtänzer war niemals grausam.

Und auch nichts anderes war mehr grausam. Nicht hier. Jetzt nicht mehr.

Zur Sicherheit zog sie sich aber doch tiefer in den Tunnel zurück.

1

Mai
Cambridge, Massachusetts

»Tut mir Leid, dass ich dir das während der Abschlussexamina zumuten muss, Melissa«, sagte Karen Novak zögernd. »Wenn es eine andere Möglichkeit gäbe ...«

»Du willst, dass ich ausziehe.« Es war keine Überraschung. Melissa hatte damit gerechnet, dass die Entscheidung früher oder später fallen würde.

»Nur so lange, bis du dieses Problem im Griff hast. Wir haben ganz in der Nähe eine Ausweichmöglichkeit für dich gefunden. Du kannst sofort einziehen.«

Melissa wandte sich an ihre andere Mitbewohnerin. »Wendy?«

Wendy Sendle nickte bekümmert. »Wir finden, es wäre besser für dich, wenn du eine Wohnung für dich allein hättest.«

»Vor allem würde es euch ohne mich besser gehen.« Melissa hob eine Hand, als Wendy den Mund öffnete, um ihr zu widersprechen. »Ist schon gut. Ich verstehe. Ich mache euch keinen Vorwurf. Ich packe meine Sachen und ziehe heute Abend aus.«

»So eilig ist es nun auch wieder nicht. Morgen würde –« Wendy hielt inne, als Karen ihr einen durchdringenden Blick zuwarf. »Wir helfen dir beim Packen.«

Melissa hatte geahnt, dass sie nicht riskieren wollten, eine weitere Nacht mit ihr unter einem Dach zu verbringen. »Danke, das ist nett.« Sie rang sich ein Lächeln ab. »Jetzt guckt mich nicht so schuldbewusst an. Wir sind seit Jahren Freundinnen. Und das wird sich auch jetzt nicht ändern.«

»Das hoffe ich«, sagte Karen. »Du weißt, dass wir dich mögen. Wir haben das so lange durchgestanden, wie wir konnten, Melissa.«

»Ich weiß. Ihr seid sehr geduldig gewesen.« Sie hätte schon vor Wochen ausziehen sollen, aber hier hatte sie sich sicher gefühlt. »Ich gehe ins Bad und sammle meinen Schminkkram ein.«

»Melissa, hast du je in Erwägung gezogen, nach Juniper zurückzugehen?« Wendy befeuchtete ihre Lippen. »Vielleicht kann deine Schwester dir helfen.«

»Ich werde drüber nachdenken. Im Moment hat Jessica in ihrem neuen Job ziemlich viel um die Ohren.«

»Ihr steht euch doch sehr nahe. Wenn sie Bescheid wüsste, würde sie ihr Projekt bestimmt zurückstellen.«

»Das geht nicht so leicht. Keine Sorge, ich komme schon zurecht.« Sie schloss die Badezimmertür und lehnte sich mit klopfendem Herzen dagegen. Heute Nacht würde sie also allein sein. Vielleicht würde es nicht passieren. Vielleicht würde es vorübergehen.

Aber während der vergangenen Wochen war es nicht weggegangen. Anfangs war es undeutlich und weit weg gewesen, kaum auszumachen in der Dunkelheit. Doch in letzter Zeit kam es immer näher. Sie wusste, dass sie es sehr bald klar erkennen würde.

O Gott, sie durfte es nicht sehen.

Juniper, Virginia

»Cassie hatte schon wieder einen Alptraum«, sagte Teresa Delgado. Sie stand in der Tür zu Jessicas Zimmer. »Einen schlimmen.«

»Sie sind immer schlimm.« Jessica Riley rieb sich die Augen, setzte sich im Bett auf und langte nach ihrem Morgenmantel. »Sie haben sie doch nicht allein gelassen?«

»Es gibt hier noch mehr Leute außer Ihnen, die wissen, was sie zu tun haben. Rachel ist bei ihr.« Sie verzog das Gesicht. »Aber Cassie könnte genauso gut allein sein. Sie hat sich mit dem Gesicht zur Wand zusammengerollt. Ich habe versucht, sie zu beruhigen, aber wie immer tut sie, als würde sie mich nicht hören. Stocktaub.«

»Sie ist nicht taub.« Jessica ging den Flur hinunter. »Sie bekommt alles mit, was um sie herum geschieht. Sie kapselt sich einfach ab, das ist alles. Nur wenn sie schläft, lässt sie irgendwas an sich heran.«

»Dann sollten Sie sie vielleicht im Schlaf behandeln. Versuchen Sie's mal mit Hypnose oder so was«, sagte Teresa. »Mit Ihren Versuchen, sie im wachen Zustand zu therapieren, sind Sie ja bisher nicht weit gekommen.«

»Mein Gott. Ich habe sie gerade mal einen Monat. Wir fangen erst an, einander kennen zu lernen«, sagte Jessica. Aber Teresa hatte Recht, bisher hatte es keinerlei sichtbare Fortschritte gegeben. Seit dem Vorfall in Vasaro vor acht Monaten war das Kind in einem Gefängnis des Schweigens gefangen. Mittlerweile hätte es einen Durchbruch geben müssen, dachte Jessica, versuchte jedoch, ihre Zweifel wegzuschieben. Sie war einfach müde. Im Vergleich zu anderen Kindern, die sie schon behandelt hatte, war ein Kind, das sich seit acht Monaten in einem Zustand der Katatonie befand, gar nichts. Aber das war schwer zu akzeptieren bei einer Patientin, die sieben Jahre alt war und eigentlich fröhlich spielen und herumtollen müsste. »Außerdem ist es besser, wenn sie die ersten Schritte zurück ins Leben selbst tut. Ich möchte sie nicht zwingen.«

»Sie sind die Ärztin«, sagte Teresa. »Aber wenn Sie von einer bescheidenen Schwester einen Rat –«

»Bescheiden?« Jessica lächelte. »Das ist ja ganz was Neues! Seit ich hier angefangen habe, sagen Sie mir doch ständig, was ich zu tun habe.«

»Weil das nötig war. Als Sie bei uns anfingen, war ich schon seit dreißig Jahren hier, und ich musste Ihnen erst mal sagen, wo's langgeht. Sie waren die typische überehrgeizige Ärztin, die nie weiß, wann es genug ist. Das wissen Sie immer noch nicht. Sie sollten uns das Kind wenigstens für eine Nacht anvertrauen und zusehen, dass Sie zur Abwechslung mal acht Stunden Schlaf bekommen.«

»Cassie muss sich darauf verlassen können, dass ich für sie da bin.« Jessica zuckte die Achseln. »Ich hätte sowieso nicht viel länger schlafen können. Ihr Vater kommt sie besuchen. Er hat gesagt, er würde gegen drei Uhr früh hier sein.«

Teresa stieß einen leisen Pfiff aus. »Der große Mann stattet uns einen Besuch ab?«

»Nein, Cassies Vater kommt seine Tochter besuchen.« Für viele Menschen war Jonathan Andreas einer der beliebtesten Präsidenten, die die USA je gehabt hatten, aber Jessica betrachtete ihn aus einer ganz anderen Warte. Seit sie ihm vor einem Monat zum ersten Mal begegnet war, sah sie in ihm nur den Vater, der sich schrecklich um sein Kind sorgte. »Und das müssten Sie eigentlich wissen. Sie haben gesehen, wie er mit der Kleinen umgeht. Er ist einfach ein Mann mit einem Riesenproblem.«

»Und deswegen haben Sie Ihr Leben mal eben unterbrochen und ihm Ihr Zuhause als Behandlungszentrum für seine Tochter zur Verfügung gestellt. Das ist hier doch die reinste Festung. Man kann noch nicht mal einen Spaziergang machen, ohne von irgendeinem Geheimdienstler beschattet zu werden.«

»Das war meine Idee. Der Präsident wollte sie vor den Medien in Sicherheit bringen, und dieses Haus bietet eine gewisse Privatsphäre und ist leicht zu schützen. Cassie muss beschützt werden. Denken Sie bloß daran, was in Vasaro passiert ist.«

»Und was ist, wenn dasselbe hier noch mal passiert?«

»Das wird es nicht. Der Präsident hat mir sein Wort gegeben, dass die Sicherheitsvorkehrungen absolut zuverlässig sind.«

»Und Sie vertrauen ihm?«

»Natürlich.« Andreas war ein Vertrauen erweckender Mann. »Außerdem liebt er seine Tochter. Er macht sich große Vorwürfe wegen des Vorfalls in Vasaro. Er würde nie riskieren, dass eine solche Tragödie noch einmal passiert.«

»Sie sind sehr großherzig. Mir ist aber aufgefallen, dass er sich Ihnen gegenüber ziemlich unterkühlt gibt.«

»Das ist schon in Ordnung. Wahrscheinlich hat er es satt, mit Psychiatern zu tun zu haben. Die meisten Familien reagieren mit gemischten Gefühlen, wenn sie gezwungen sind, ihr Kind in die Obhut eines Fremden zu geben. Wir kriegen das schon hin.« Sie nickte Larry Fike zu, dem Geheimdienstagenten, der die Tür zu Cassies Zimmer bewachte. »Hallo Larry. Hat man Ihnen gesagt, dass der Präsident uns einen Besuch abstattet?«

Er nickte. »Der arme Mann. Es geht ihr richtig schlecht heute Nacht.«

»Stimmt.« Obwohl es kaum Nächte gab, in denen es Cassie Andreas gut ging. »Aber er muss die Gelegenheit für einen Besuch nutzen, wenn er sich loseisen kann, ohne Argwohn zu erregen. Wir wollen schließlich nicht die Medien auf uns aufmerksam machen.«

»Tja, das wäre für uns alle ein Alptraum.« Er hielt ihr die Tür auf. »Die Kleine hat ziemlich laut geschrien. Wenn ich das nicht schon mal gehört hätte, wäre ich mit gezogener Waffe ins Zimmer gestürzt. Ich sage Ihnen Bescheid, sobald der Präsident vor dem Haus eintrifft.«

»Vielen Dank, Larry.«

»Brauchen Sie mich noch?«, fragte Teresa.

Sie schüttelte den Kopf. »Machen Sie dem Präsidenten einen Kaffee. Er wird ihn brauchen können.« Sie grüßte die Schwester, die im Sessel neben dem Bett saß. »Vielen Dank, Rachel. Gibt es irgendetwas, das ich wissen muss?«

»Nur das, was Sie ohnehin sehen.« Die junge Frau erhob sich. »Sie hat sich nicht gerührt, seit Teresa das Zimmer verlassen hat.« Sie lächelte Cassie an. »Bis später, Kleines.«

Jessica machte es sich im Sessel bequem und schwieg. Sie wollte Cassie Zeit lassen, sich an ihre Anwesenheit zu gewöhnen. Das Mädchen hatte eine recht gesunde Farbe, aber ihr Gesicht war schmal geworden. Dafür zu sorgen, dass sie ausreichend aß, war schwierig; wenn sie weiter abnahm, würde man sie intravenös ernähren müssen. Was für einen traurigen Kontrast bot Cassies Anblick zu den Fotos vor Vasaro, die Jessica gesehen hatte. Mit ihrem langen, braunen Haar und dem strahlenden Lächeln war sie der Liebling des Weißen Hauses gewesen. Lebhaft und aufgeweckt und immer zu Streichen aufgelegt. Amerikas Musterkind ...

Wann wirst du es endlich lernen?, fragte Jessica sich im Stillen. *Nimm dir das nicht so zu Herzen.* Ihre geschätzten Kollegen ließen keine Gelegenheit aus, sie daran zu erinnern, dass die Gefühle eines Arztes noch nie einen Patienten geheilt hatten.

Sollten sie denken, was sie wollten. Wenn sie einen nicht blind machte und fesselte, konnte Liebe eine Menge bewirken.

»Du hattest einen schlimmen Traum, nicht wahr? Möchtest du mir davon erzählen?«

Keine Antwort. Jessica hatte zwar keine erwartet, aber sie gab Cassie doch jedes Mal die Chance, zu reagieren. Wer weiß, vielleicht würde eines Tages ein Wunder geschehen und Cassie würde aus der Dunkelheit zurückkehren und eine ihrer Fragen beantworten. »Hast du von Vasaro geträumt?«

Keine Antwort.

Wahrscheinlich hatte sie von Vasaro geträumt. Entsetzen, Tod und Verrat sind der Stoff, aus dem Alpträume sind. Aber welches dieser Elemente war in erster Linie für Cassies Zustand verantwortlich? Dass die Kinderfrau, die sie geliebt und der sie vertraut hatte, sie den Mördern ausgeliefert hatte? Der Mord an dem Geheimdienstmann und an der Kinderfrau? Es konnte auch eine Kombination aus verschiedenen Ursachen sein. »Dein Daddy kommt dich bald besuchen. Soll ich dir die Haare bürsten?«

Keine Antwort.

»Es ist auch nicht wichtig. Du siehst auch so hübsch aus. Wenn es dir nichts ausmacht, bleibe ich hier sitzen, bis dein Daddy kommt. Wir können solange ein bisschen plaudern.« Sie lächelte. »Naja, ich werde plaudern. Dir ist ja im Moment nicht nach reden. Das macht nichts. Das wird schon wieder, wenn du dich entschließt, wieder mit uns zu sprechen. Meine Schwester Mellie ist eine richtige Plaudertasche, und die hat sechs Jahre lang mit niemandem gesprochen. Ich hoffe, dass du dich nicht so lange von uns allen zurückziehst. Mellie geht es jetzt viel besser.« Konnte es sein, dass Cassies verkrampfte Muskeln sich ein wenig entspannten? »Das ist übrigens Mellies Zimmer, in dem du hier wohnst. Ihre Lieblingsfarbe ist Gelb, und ich musste ihr ausreden, die Wände zitronengelb zu streichen. Stattdessen haben wir dann diese weizengelbe Tapete aufgehängt. Mellie hat es immer gern schön hell. Es ist ein freundliches Zimmer, nicht wahr?«

Keine Antwort, doch Jessica hoffte, dass Cassie, wo auch immer sie sein mochte, wenigstens zuhörte. »Mellie ist jetzt in Harvard. Sie studiert dort und will einmal Ärztin werden, so wie ich. Sie fehlt mir sehr.« Sie ließ einen Augenblick verstreichen. »So wie du deinen Eltern fehlst. Mellie ruft mich jede Woche an, dann reden wir miteinander, und das tut uns gut. Dein Daddy hätte es bestimmt auch gern, wenn du heute Abend mit ihm sprichst.«

Keine Reaktion.

»Aber er freut sich auf jeden Fall, bei dir zu sein, auch wenn du nichts sagst. Er hat dich sehr lieb. Weißt du noch, wie er immer mit dir gespielt hat? Ganz sicher erinnerst du dich daran. Du erinnerst dich an alles, an das Schöne und an das Schlimme. Und wo du jetzt bist, tut das Schlimme dir nicht weh, nicht wahr? Nur wenn du schläfst, tut es dir weh. Wenn du zu uns zurückkommst, werden die Träume aufhören, Cassie. Es wird ein bisschen dauern, aber sie werden aufhören.«

Sie spürte, dass Cassie sich wieder verspannte.

»Niemand wird dich zwingen zurückzukommen, solange du es nicht willst. Eines Tages wirst du dazu bereit sein, und dann werde ich da sein und dir helfen.« Leise fügte sie hinzu: »Ich kenne den Weg, Cassie. Mellie habe ich ihn auch gezeigt. Ich wüsste gern, wo du jetzt bist. Als Mellie zurückkam, hat sie gesagt, es war wie in einem tiefen dunklen Wald mit einem grünen Blätterdach. Aber manche Kinder, die lange fort waren, sagen, sie wären in einer gemütlichen Höhle gewesen. Bist du jetzt auch in so einer Höhle?«

Keine Reaktion.

»Naja, du wirst es mir schon erzählen, wenn du wieder zurückkommst. Ich bin müde. Macht es dir etwas aus, wenn ich mich ein bisschen ausruhe, bis dein Daddy kommt?« Lieber Gott, das Fragen erschöpfte sie. Gib mir doch wenigstens *eine* Antwort, Liebes. Sie schloss die Augen. »Wenn du schlafen willst, schlaf ruhig. Ich bin bei dir. Sobald der böse Traum wiederkommt, wecke ich dich auf.«

Paris

Funkelnde, smaragdgrüne Augen, gefletschte Zähne, die ihn zerreißen wollten!

Edward fuhr mit pochendem Herzen aus dem Schlaf. Er war schweißgebadet.

Nur ein Traum.

Lächerlich, sich so verrückt zu machen, dass er jetzt schon von der Skulptur träumte. Es musste daran liegen, dass man ihn in Vasaro so gedemütigt hatte.

Es war nicht seine Schuld. Der Plan war perfekt gewesen. Wäre Michael Travis nicht aufgetaucht, hätte er es geschafft, das Kind in seine Gewalt zu bekommen. Woher hatte der Mistkerl von dem Überfall gewusst? Es musste eine undichte Stelle gegeben haben. Er würde sie ausfindig machen, und dann würde er Michael Travis aufspüren und ihm eine Kugel in den Kopf jagen.

Er war jetzt hellwach und beschloss, in das Zimmer zu gehen. Allein der Gedanke daran beruhigte ihn.

Er stand auf und ging nach unten. Die mit aufwändigen Schnitzereien geschmückte Tür glänzte im sanften Licht. Wenn er erst einmal in dem Zimmer war, würde er die Erinnerung an sein Versagen in Vasaro in die hinterste Ecke seines Gehirns verbannen können. Es bestand kein Zweifel, dass er am Ball bleiben und bald erreichen würde, was er wollte.

Alles, auch den Tod von Michael Travis.

Georgetown

»Wo zum Teufel ist Michael Travis?«, fragte Andreas, als Ben Danley in die Limousine stieg. »Es ist jetzt acht Monate her. Wie lange braucht denn die CIA, um einen einzelnen Mann zu finden?«

»Wir sind nah dran.« Danley ließ sich in den Sitz gegenüber von Andreas sinken. »Wir haben seine Spur bis Amsterdam verfolgt. Das verstehen Sie nicht, Mr. President. Seit seiner Geburt gibt er sich mit Kriminellen ab. Sein Vater war ein Dieb und ein Schmuggler und hat seinen Sohn durch ganz Europa und Asien geschleppt. Er hat Kontakte, die –«

»Das sagten Sie bereits.« Andreas wollte es sich nicht schon wieder anhören. Er wollte Travis, keine Ausreden.

»Ich versuche nur, Ihnen zu erklären, dass er sich im Kreis bewegt und kaum Spuren hinterlässt. Wir rechnen damit, ihn innerhalb der nächsten zwei Tage aufzuspüren.« Er holte tief Luft. »Sie haben uns noch nicht gesagt, was wir mit ihm tun sollen, wenn wir ihn gefunden haben.«

Andreas sah ihn an.

»Wünschen Sie, dass er … einen Unfall hat, Mr. President?«

Andreas lächelte sardonisch. »Aber, aber, Danley, Sie wissen doch, dass die CIA keine Zwangsmaßnahmen mehr ergreift. Sie haben Ihr Image doch gründlich poliert.«

»Ich habe ja nicht gesagt, dass wir es tun würden«, erwiderte Danley. »Ich habe mich lediglich erkundigt, ob das Ihr Wunsch ist.«

»Sehr geschickt.«

»Es ist eine ganz natürliche Frage. Wenn Travis der Mann ist, der hinter dem Vorfall in Vasaro steckt, dann verstehe ich, warum –«

»Travis steckt nicht dahinter. Ich will nicht, dass ihm etwas geschieht«, fiel Andreas ihm ins Wort. »Und Sie haben keine Ahnung, was sich in Vasaro ereignet hat.«

»Verzeihen Sie, Sir, aber Keller vom Secret Service hat uns natürlich Einblick in seine Akten gewährt, denn schließlich wurde der Anschlag auf Ihr Leben außerhalb der USA verübt.«

»Es war nicht Travis.«

»Und warum suchen wir dann seit acht Monaten nach ihm?«

»Weil ich es angeordnet habe.« Er schaute durch das Fenster in die Dunkelheit. »Und das dürfte Ihnen als Grund völlig ausreichen, ihn zu finden. Was hat Keller Ihnen gesagt?«

»Dass es einen Anschlag auf Sie gegeben hat, und dass die Kinderfrau und sechs Männer getötet und drei verwundet wurden. Zum Glück waren Sie und die First Lady zu dem Zeitpunkt in Paris.«

»Zum Glück?«, wiederholte Andreas gereizt. »Ist Ihnen bewusst, dass meine Tochter seit jener Nacht keinen Ton mehr gesagt hat? Und dass meine Frau am Rand eines Nervenzusammenbruchs war, nachdem sie ein halbes Jahr lang versucht hat, mit einem Kind zurechtzukommen, das sie immer nur anstarrte wie eine Fremde?«

»Tut mir Leid. Es ist mir so herausgerutscht. Ich meinte nur –«

»Ich weiß, was Sie gemeint haben.« Andreas schloss die Augen. »Ich wollte Sie nicht so anfahren. Ich bin einfach in letzter Zeit sehr angespannt.«

»Ich dachte, Cassie ginge es schon viel besser, und sie würde bald nach Hause kommen.«

»Das ist die Information, die wir an die Presse gegeben haben, um zu verhindern, dass die Reporter anfangen, sie zu suchen. Sie ist in demselben Zustand, in dem sie war, als wir aus Vasaro zurückkehrten. Sie ist bisher bei vier Psychiatern in Behandlung gewesen, und alle vier haben nicht das Geringste erreicht.«

»Vielleicht wird die Zeit –«

»Ich möchte, dass es ihr jetzt besser geht. Und ich will, dass sie in Sicherheit ist. Finden Sie Travis.«

»Keller und seine Leute werden für ihre Sicherheit sorgen. Denen ist klar, dass Köpfe rollen, wenn ihr was zustößt.«

»In Vasaro haben sie versagt. Wenn Travis nicht aufgetaucht wäre, wäre sie jetzt entweder tot oder würde als Geisel gefangen gehalten.«

»Wie bitte?«

»Travis und seine Männer waren Minuten nach dem Überfall vor Ort. Sie haben drei der Angreifer getötet, aber einer konnte entkommen. Travis hat mich in Paris angerufen und mir berichtet, was vorgefallen war.«

»Er hat Ihrer Tochter das Leben gerettet?«

Andreas nickte. »Und er ist bei ihr geblieben, bis wir eintrafen. Das Durcheinander nach unserer Ankunft hat er ausgenutzt, um mit einem wartenden Hubschrauber zu verschwinden.«

Danley stieß einen leisen Pfiff aus. »Und Keller stand da wie der Depp.«

»Er konnte ihn nicht festnehmen. Travis war der Held der Stunde ... dachten wir.«

»Haben Sie die Möglichkeit in Betracht gezogen, dass die Rettungsaktion ein Trick war?«

»Nein. Einer der verwundeten Männer vom Secret Service hat bestätigt, dass Travis nicht zu den Angreifern gehörte und dass er Cassie gerettet hat.«

»Aber Sie lassen nicht nach ihm fahnden, um ihm einen Orden zu verleihen.«

»Ich habe ihn gefragt, woher er von dem Anschlag gewusst habe, worauf er antwortete, er handle unter anderem mit Informationen.«

»Das ist richtig. Er hat uns über die Jahre immer wieder Informationen verkauft. Aber wenn er vorhatte, den Anschlag zu verhindern, warum hat er nicht einfach beim Secret Service angerufen und sie gewarnt?«

»Das habe ich ihn auch gefragt. Er behauptet, erst davon erfahren zu haben, als der Anschlag bereits in vollem Gange war.«

»Das stinkt doch zum Himmel.«

»Er hatte gerade meiner Tochter das Leben gerettet. Das war nicht unbedingt der passende Zeitpunkt, ihn in die Mangel zu nehmen. Wir glaubten, wir hätten noch jede Menge Zeit. Und wir wussten gleich, dass mit Cassie etwas nicht stimmte. Ihre Gesundheit hatte höchste Priorität. Die hat sie immer noch.« Seine Lippen wurden schmal. »Travis meinte, der Anschlag habe womöglich nicht mir gegolten, sondern Cassie.«

»Was?«

»Was eignet sich besser dazu, den Willen eines Vaters zu beeinflussen, als das Leben seines Kindes zu bedrohen?«

»Hat er Namen genannt?«

»Wenn ja, hätte ich sie doch wohl an Sie weitergegeben. Er sagte, er wisse keine Namen, nur, dass ein Anschlag auf Vasaro geplant war.«

»Glauben Sie, dass er gelogen hat?«

»Woher soll ich das wissen? Aber wenn er so gut darin ist, Informationen zu beschaffen, dann kann er verdammt noch mal auch in Erfahrung bringen, wer hinter dem Anschlag steckt. Sie scheinen ja bisher nichts zutage gefördert zu haben.«

»Die drei getöteten Männer stammten aus Terroristenkreisen.«

»Aber sie handelten auch im Auftrag. Sie haben noch keine einzige brauchbare Spur ausfindig gemacht.«

»Wir arbeiten dran.«

»Dann arbeiten Sie noch härter. Und bringen Sie mir Travis.« Er wandte sich an den Fahrer. »Halten Sie an, George.« Als die Limousine zum Stehen gekommen war, beugte er sich vor und öffnete die Tür. »George wird sich bei Ihnen melden und Sie abholen. Innerhalb der nächsten vierundzwanzig Stunden möchte ich eine positive Nachricht von Ihnen.«

Danley stieg aus. »Ich werde mein Bestes tun, Mr. President.«

»Tun Sie noch mehr.« Er schlug die Tür zu und lehnte sich in seinem Sitz zurück. Gott, er konnte nur hoffen, dass er Danley ordentlich Feuer unter dem Hintern gemacht hatte. Irgendetwas lief verdammt schief, wenn es so lange dauerte, um einen einzelnen Mann ausfindig zu machen.

»Juniper, Mr. President?«, fragte George.

»Ja.« Er wollte in das schöne, alte Haus auf dem Land und neben Cassie sitzen, die sich in eine für ihn unerreichbare Welt zurückgezogen hatte. Cassie, die mit jedem Tag weniger da zu sein schien.

Er blinzelte die Tränen weg, die in seinen Augen brannten. Jessica Riley hatte gesagt, Cassies Zustand hätte sich nicht verschlimmert, aber woher zum Teufel wollte sie das wissen?

Vielleicht konnte sie es ja wirklich beurteilen. Womöglich hatte sie bei der Behandlung von Kindern wie Cassie mit der Zeit einen sechsten Sinn für solche Dinge entwickelt. Seine Frau Chelsea hatte ihn gedrängt, Jessica Riley zu Rate zu ziehen. Sie hatte ein Buch gelesen, in dem Jessica über die Arbeit mit ihrer jüngeren Schwester Melissa berichtete, die sich sechs Jahre lang in einem ähnlichen Zustand wie Cassie befunden hatte. Melissa war inzwischen anscheinend vollkommen geheilt und studierte in Harvard. Er hatte daraufhin über Jessica Informationen eingeholt und in Erfahrung gebracht, dass sie zwar hoch qualifiziert war, ihre Behandlungsmethoden jedoch zuweilen als unorthodox und umstritten galten.

Tja, vielleicht war das Unorthodoxe manchmal nötig. Er hielt nichts von Psychiatern, aber er würde alles tun, was dazu beitrug, Cassie ins Leben zurückzuholen.

Und ihre Sicherheit zu gewährleisten.

Und um das zu erreichen, brauchte er Informationen, die Informationen, die Michael Travis ihm womöglich liefern konnte.

Wo zum Teufel steckte Travis?

2

Amsterdam

Wurde er verfolgt?

Travis stockte der Atem, als er in der Dunkelheit hinter sich eine schattenhafte Gestalt wahrnahm. Er eilte die Kerkstraat hinunter bis zur Leidsestraat, bog in eine Gasse ein und begann zu rennen. Nach einer Weile blieb er stehen und duckte sich atemlos in eine Nische.

Niemand.

Er hastete weiter die Straße entlang. Zehn Minuten später stieg er die Treppe zu seiner Wohnung hinauf. Nachdem er die Tür auf einen versteckten Sprengsatz untersucht hatte, stieß er sie auf.

Dunkelheit.

Er ließ immer das Licht an. Travis machte auf dem Absatz kehrt und hastete die Treppe hinunter.

»Ist das eine Art, einen alten Freund zu begrüßen?« Sean Galen beugte sich über das Treppengeländer. »Man sollte meinen, du willst mich nicht sehen.«

»Du hast das Licht ausgeschaltet, verdammt.« Travis ging wieder hinauf.

»Ich musste meine Augen ein bisschen ausruhen. Ich hab einen harten Tag hinter mir.« Er grinste. »Außerdem wollte ich sehen, wie scharfsinnig du bist. Du scheinst ein bisschen nervös zu sein.«

»Ein bisschen.« Travis folgte Galen in die Wohnung und schloss die Tür. »Was machst du in Amsterdam? Ich dachte, du wärst auf dem Weg zurück nach Kalifornien.«

»Kurz bevor ich von Paris aus in die Staaten fliegen wollte, bin ich auf ein paar Informationen gestoßen. Da du seit Vasaro mehr oder weniger untergetaucht bist, hab ich eine Woche gebraucht, um dich zu finden.« Sein Lächeln verschwand. »Du hast Blut an der Schläfe.«

»Ach ja?« Travis ging ins Bad und wusch sich das Gesicht. »Nur ein Kratzer.«

»Doch nicht etwa von einer Kugel, die zu dicht an dir vorbeigeschrammt ist?«

Travis ignorierte die Frage und trocknete sich das Gesicht mit einem Handtuch. »Wie hast du mich gefunden?«

»Keine Sorge, außer mir weiß niemand von dieser Wohnung ... noch nicht. Ich hätte dich nicht gefunden, wenn dein alter Freund van der Beck mir keinen Tipp gegeben hätte. Mein Gott, in was bist du da hineingeraten, Michael?«

»In etwas ungemein Lukratives. Allerdings ist äußerste Vorsicht geboten.«

»Wie ich gehört habe, sind sowohl die Russen als auch die Südafrikaner hinter dir her.«

»Stimmt. Aber es kann gut sein, dass sie beim Versuch, mich zu schnappen, übereinander stolpern.«

»Darauf würde ich mich nicht verlassen. Du gehst zu viele Risiken ein.«

»Ein Esel schilt den anderen Langohr. Bist du gekommen, um mir das zu sagen?«

»Ich bin gekommen, um dir zu sagen, dass die CIA deine Spur bis Amsterdam verfolgt hat.«

Travis zuckte zusammen. »Tatsächlich?«

»Ich hab dir gleich gesagt, du solltest das Kind sich selbst überlassen und aus Vasaro verschwinden, bevor Andreas eintraf.«

»Das war unmöglich.«

»Genauso wie es unmöglich war, dich aus der Sache in Vasaro rauszuhalten.«

»Man kann nie wissen, wann man mal darauf angewiesen ist, dass der Präsident einem einen Gefallen tut.«

»Blödsinn. Du hast von Anfang an gewusst, dass du dir Ärger einhandeln würdest.«

»Immerhin bist du mitgekommen.«

»Ich war dir was schuldig. Das bin ich immer noch. Du hast mir damals in Rom den Hals gerettet, und mir liegt sehr viel an meinem Leben. Aber ich hab mich Andreas nicht angebiedert. Wir können von Glück reden, dass es uns gelungen ist, dich da rauszuholen. Auf dem Gelände wimmelte es von Secret-Service-Leuten und französischen Polizisten, und die waren alle ziemlich gereizt, weil sie sich so eine Schlappe geleistet hatten.«

»Aber ihr habt's geschafft.«

»Und dann bist du schnurstracks nach Moskau gegangen, in die Höhle des Löwen.«

Travis lächelte. »Aber der hat so leuchtende, funkelnde Zähne.«

»Ich glaube, du bist todessüchtig.«

»Nein, ich bin lebenssüchtig, und zwar nach einem Leben, das genauso aussieht, wie ich es mir vorstelle.« Dann fügte er hinzu: »Das ist eine unglaubliche Goldader, Galen. Ich hätte nichts dagegen, sie mit dir zu teilen.«

Galen hob die Brauen. »Und was muss ich dafür tun?«

»Nichts, was du nicht bereits getan hättest. Van der Beck führt die Verhandlungen. Ich möchte dir einfach ein Stück vom Kuchen abgeben. Du bist immer einer meiner besten Freunde gewesen.«

»Da hast du verdammt Recht.« Er schüttelte den Kopf. »Ich will nicht dafür belohnt werden, dass ich gemütlich auf meinem Arsch rumsitze, und Hochseilakte haben für mich ihren Reiz verloren.«

»Für mich auch.«

»Von wegen. Du kennst doch überhaupt nichts anderes.«

»Ich bin lernfähig.«

Galen zuckte die Achseln. »Dann sieh zu, dass du aus Amsterdam verschwindest.«

»Genau das habe ich vor.«

»Brauchst du Hilfe? Ich könnte was für dich arrangieren.«

Das wäre keine schlechte Idee. Galen war nicht nur der beste Retter in der Not, er wusste auch am besten, wie man mit schwierigen Situationen fertig wurde. Travis überlegte einen Moment lang, dann schüttelte er den Kopf. »Nein.«

»Wie du willst. Sonst noch irgendwas?«

»Ja. Wer leitet das CIA-Team?«

»Großes Kaliber. Ben Danley.«

»Was weißt du über ihn?«

»Nicht viel. Warum?«

»Ich überlege nur, wie ich am besten hier rauskomme.«

»Versuch's doch mal mit dem nächsten Flughafen.« Galens Augen verengten sich. »Du hast doch irgendwas Konkretes vor, ich seh's dir an.«

»Tu mir einen Gefallen. Schick die Leute von der CIA hierher.«

»Was?«

»Sorg dafür, dass die CIA erfährt, wo ich bin. Mir bleibt nicht viel Zeit. Ich will, dass sie innerhalb der nächsten Stunden meine Wohnung stürmen.«

»Was hast du vor?«

»Ich muss aus Amsterdam verschwinden. Ist es nicht ein glücklicher Zufall, dass Andreas mich in Washington haben will?«

»Vielleicht will er dir an den Kragen.«

Travis schüttelte den Kopf. »Das glaube ich nicht. Wenn es einen Haftbefehl gegen mich gäbe, hätte ich längst davon gehört. Gib mir zwei Stunden, um ein paar Vorkehrungen zu treffen und ein paar Dinge zu überprüfen, dann schickst du sie her.«

»Ist das dein Ernst?«

»Es ist die beste Lösung.«

»Wie du willst.« Galen wandte sich zum Gehen, blieb jedoch an der Tür noch einmal stehen. »Wie hast du eigentlich von dem Anschlag in Vasaro erfahren?«

»Ich habe meine Quellen.«

»Die müssen aber verdammt gut sein. Ich habe nicht das Geringste davon mitbekommen.«

»Glaubst du, ich wusste davon, weil ich an dem Plan beteiligt war?«

»Es ist mir nur so durch den Kopf gegangen.«

»Eine äußerst logische Schlussfolgerung für einen Zyniker wie dich. Aber warum hätte ich mir die Mühe machen sollen, ein doppeltes Spiel zu treiben?«

»Woher soll ich das wissen? Mir ist noch nie jemand begegnet, der in verworrenere Machenschaften verwickelt war.« Er wartete. »Du willst es mir also nicht sagen.«

»Ich benutze normalerweise keine Kinder, um meine Ziele zu erreichen.«

»Was nicht heißt, dass du es diesmal nicht getan hast.« Er öffnete die Tür. »Die Sache in Vasaro war eine ziemliche Sauerei. Mir gefällt die Vorstellung nicht, möglicherweise in so etwas Schmutziges verwickelt zu sein. Sag mir, wer deine Quelle war.«

»Du kennst mich. Wir sind seit sieben Jahren Freunde. Wenn das nicht reicht, denk doch, was du willst.«

Galen fluchte leise vor sich hin. »Verdammt. Gib mir wenigstens *irgendeinen* Anhaltspunkt.«

»Von mir bekommst du weder Ausflüchte noch eine

Erklärung zu hören. Entweder du nimmst mich, wie ich bin, oder du lässt es.«

»Ich soll dir also blind vertrauen?«

Travis antwortete nicht.

Galen seufzte. »Du machst es einem nicht leicht, Michael. Ich glaube zwar nicht, dass du etwas mit dem Überfall in Vasaro zu tun hast, aber die CIA könnte das anders sehen. Ich hoffe, du weißt, was du tust.«

Das hoffe ich auch, dachte Travis, als Galen die Tür hinter sich schloss. Die Situation in Amsterdam war äußerst prekär, und er wusste nicht, wie lange er noch untergetaucht bleiben konnte. Er musste sich schleunigst in Sicherheit bringen, wenn er am Leben bleiben und seine Beute retten wollte.

Und er musste verhindern, dass die Beute in die Hände der CIA fiel. Er würde sich geschickt herausreden und noch geschickter taktieren müssen, um sich in eine Position zu bringen, aus der er mit Andreas verhandeln konnte.

Was also war neu an der Situation? Nichts, was ihm nicht sein Leben lang vertraut gewesen wäre. Täuschung, Manipulation, Tricks und das Balancieren auf dem Hochseil, das für Galen seinen Reiz verloren hatte. Travis war sich nicht sicher, ob er selbst noch länger ein solches Leben führen wollte. Gott, er hatte es so satt.

Schluss mit diesen Gedanken. Das Adrenalin würde schlagartig wieder seine Wirkung entfalten, sobald die CIA-Leute die Wohnung stürmten. An die Herausforderung denken. Es geschah nicht alle Tage, dass ein Mann Gelegenheit bekam, sich mit dem Führer der Freien Welt zu messen.

Die Schwester, die die Tür öffnete, war mittleren Alters, ihr rotblondes Haar leicht ergraut. »Dr. Riley ist bei Ihrer Tochter, Mr. President. Ich fürchte, die Kleine hat eine schlimme Nacht.«

»Wie schlimm?«

»Sie hatte einen Alptraum.«

Er wusste von den Alpträumen und den beinahe katatonischen Zuständen, die darauf folgten. »Ich gehe sofort zu ihr, Teresa. Würden Sie meinem Fahrer und dem Secret-Service-Mann in dem anderen Wagen einen Kaffee machen?«

»Der Kaffee ist schon fertig. Soll ich Ihnen auch einen bringen?«

»Ja, bitte.« Er stieg über die Eichentreppe in den ersten Stock. Das Haus erinnerte an vergangene Zeiten und strahlte dieselbe vornehme Wärme aus wie sein eigenes Haus in Charleston. Wenn Cassie aus ihrem Zustand erwachte, würde diese Umgebung sie vielleicht an die vielen Wochenenden erinnern, die sie in Charleston verbracht hatte.

Wenn? Sie würde es schaffen. Eine andere Möglichkeit konnte er nicht ertragen.

Ohne anzuklopfen, öffnete er die Tür zu Cassies Zimmer. »Wie geht es ihr?«

Jessica Riley blickte auf. »Es geht ihr gut. Sie hatte einen schlimmen Traum, aber der ist vorbei, und jetzt ruht sie sich aus. Nicht wahr, Cassie?«

Er trat ans Bett. »Mein Gott, sie –«

»Sie ruht sich aus«, fiel Jessica ihm ins Wort. »Und ich denke, dass wir ihr die Ruhe gönnen und eine Tasse Kaffee trinken sollten.« Sie wandte sich an das Kind. »Wir sind gleich wieder da, Cassie.«

»Ich möchte nicht –«

»Wir werden eine Tasse Kaffee trinken«, sagte Jessica bestimmt. »Jetzt gleich.«

Ihre Blicke begegneten sich. Andreas drehte sich um und folgte ihr aus dem Zimmer. »Nun?«

»Ich habe Ihnen das schon einmal erklärt. Sie ist nicht taub, und sie ist nicht im Koma, also benehmen Sie sich in ihrer Gegenwart nicht so, als wäre sie es.«

»Sie liegt da wie eine Tote. Sie spricht nicht, und sie reagiert auf nichts, und Sie sagen –«

»Nur wenn Sie sie so akzeptieren, wie sie zurzeit ist, können Sie ihr helfen. Ich werde nicht zulassen, dass Sie meine Arbeit erschweren, indem Sie –«

»Sie werden es nicht zulassen? Für wen zum Teufel halten Sie sich eigentlich?«

»Für die Ärztin Ihrer Tochter. Für wen zum Teufel halten Sie sich?« Sie holte tief Luft, dann lächelte sie schwach. »Für den Präsidenten der Vereinigten Staaten?«

Sein Zorn verflog. »Das bin ich wohl. Aber das scheint Sie nicht sonderlich zu beeindrucken.«

»Es beeindruckt mich durchaus. Sie sind ein guter Präsident. Was nicht heißt, dass Sie über den Zustand Ihrer Tochter besser Bescheid wissen als ich. Wenn Sie wollen, dass ich sie behandle, muss ich hier das Sagen haben.«

Er sah sie nachdenklich an. Sie war zierlich, und mit ihrem kurzen, lockigen blonden Haar und ihrem hellen Teint wirkte sie wesentlich jünger als zweiunddreißig. Doch ihre braunen Augen funkelten intelligent, und ihr entschiedenes Auftreten war alles andere als kindlich. »Ich bin es nicht gewöhnt, Anweisungen entgegenzunehmen, Dr. Riley.«

Sie lächelte versöhnlich. »Ich weiß. Das ist eine schwierige Situation für Sie. Aber Sie müssen sie akzeptieren.«

»Woher soll ich wissen, ob Sie Recht haben? Woher wollen Sie das wissen?«

»Ich weiß es nicht. Wir können beobachten, vermuten

und prognostizieren, aber das menschliche Gehirn ist uns immer noch ein Rätsel. Andererseits haben wir schon sehr viele solcher Fälle gehabt, und meine Chancen, auf die richtige Antwort zu treffen, sind größer als Ihre.«

»Sie glauben, dass sie alles um sich herum wahrnimmt?«

Sie nickte. »Absolut. Meiner Erfahrung nach sind die Sinne solcher Patienten ganz besonders geschärft. Es ist, als würde die Weigerung, die Außenwelt zur Kenntnis zu nehmen und der Entschluss, sich in eine innere Welt zurückzuziehen, Kräfte freisetzen, die normalerweise im Verborgenen bleiben.«

»Die anderen Ärzte haben davon nichts erwähnt.«

»Ich kann Ihnen nur sagen, welche Erfahrungen ich gemacht habe.«

»Mit Ihrer Schwester?«

»Mit Mellie und auch mit anderen.« Sie rieb sich die Schläfen. »Als Sie mich einstellten, wussten Sie, dass ich meine eigenen Methoden habe. Ich kann nicht mehr tun, als auf den Grundlagen meiner Erfahrungen mein Bestes zu geben. Wenn das nicht genügt, müssen Sie mich feuern. Aber versuchen Sie nicht, das Ruder zu übernehmen. Konflikte zwischen uns könnten Cassie dazu veranlassen, sich noch tiefer in ihr Inneres zurückzuziehen.«

Er schwieg einen Moment lang, dann sagte er barsch: »Ich … wollte mich da drinnen nicht Ihren Anweisungen widersetzen. Sie können sich nicht vorstellen, wie anders sie früher war. Ich habe nie ein robusteres Kind gekannt als meine Cassie. Niemand konnte damit rechnen, dass sie völlig abtauchen würde. Es gab keinerlei Anzeichen von Labilität. Sie ist immer eine Kämpfernatur gewesen. Als ich sie zum ersten Mal wie ein Häufchen Elend gesehen habe – da war ich so wütend, dass ich –«

»Ich weiß.« Sie fügte hinzu: »Und Sie haben kein wirkliches Vertrauen zu mir.«

»Wenn es um Cassie geht, habe ich zu niemandem Vertrauen. Ich bin ihr Vater, ich müsste derjenige sein, der ihr hilft und nicht irgendso ein –«

»Seelenklempner?« Sie nickte. »Da haben Sie Recht. Aber manchmal klappt das nicht. Manchmal lehnen sie alles Vertraute ab. Und dann muss der Seelenklempner ran. Also, werden wir nun zusammenarbeiten, oder möchten Sie sich lieber an jemand anderen wenden?«

»Das klingt ja, als würden Sie das alleinige Sorgerecht beantragen.«

»Nein. Ich möchte nur nicht, dass Sie mir Hindernisse in den Weg legen.«

»Ich soll also tun, was Sie sagen.«

»Richtig.«

Er überlegte. »In Ordnung. Wir werden sehen, wie Sie sich als Oberbefehlshaberin machen.«

»Und wenn ich mich nicht bewähre, bin ich den Job auf der Stelle los?«

»Darauf können Sie Gift nehmen. Wenn es weiter nichts zu besprechen gibt, würde ich jetzt gern ein bisschen bei meiner Tochter bleiben.«

»Es gibt noch etwas. Ich brauche zusätzliche Informationen.«

»Was für Informationen?«

»Über Vasaro.«

»Wir haben Ihnen bereits gesagt, was sich dort abgespielt hat.«

»Hat Ihre Tochter sich vor dem Anschlag in Vasaro wohl gefühlt?«

»Absolut. Wer würde sich dort nicht wohl fühlen? In Vasaro werden Blumen für die Parfumindustrie gezüchtet, und welches Kind ist nicht begeistert vom Leben auf dem Land? Hektarweise Lavendel und Lilien und weit weg von den Einschränkungen des Lebens in Washington.«

»War sie schon vorher dort gewesen?«

Andreas nickte. »Oft. Caitlin Vasaro ist ihre Patin, und die beiden mögen sich sehr. Sie nimmt Cassie mit auf die Felder und lässt sie Blumen für die Parfums pflücken.« Seine Miene verfinsterte sich. »Es ist ein Jammer, dass Cassie nie wieder dorthin zurückkehren kann.«

»Warum nicht?«

»Wenn Sie sie in jener Nacht gesehen hätten, wüssten Sie, was ich meine. Sie war über und über mit Blut bedeckt. Dieses traumatische Erlebnis hat sie in ihren jetzigen Zustand versetzt. Wenn sie wieder zu sich kommt – *falls* sie je wieder zu sich kommt –, würde ich es nie zulassen, dass sie noch einmal dorthin zurückkehrt.«

»Verstehe.«

Er sah sie durchdringend an. »Warum wollten Sie Genaueres über den Ort wissen?«

»Wie Sie selbst sagten, sind die Erlebnisse in jener Nacht an ihrem jetzigen Zustand schuld. Das alles ist in Vasaro geschehen. Ich muss alles wissen, sowohl über den Ort als auch über die Ereignisse. Sie waren dort, weil Sie Caitlin Vasaro die Skulptur als Werbeträger für ihr neues Parfum zur Verfügung gestellt haben?«

»Eigentlich habe ich den Pegasus dem Museum d'Andreas für einige Monate ausgeliehen. Deswegen waren meine Frau und ich an jenem Abend in Paris. Wir dachten, die Werbekampagne um die Leihgabe würde die Leute an Caitlins erstes Parfüm erinnern, das sie nach dem Pegasus benannt hatte.«

»Der Pegasus war nicht in Vasaro?«

»Nein, die Skulptur befand sich im Museum.« Er verzog das Gesicht. »Cassie war so enttäuscht, dass wir das Hologramm im Haus aufgestellt haben, das Caitlin vor Jahren gekauft hatte. Es ist sehr eindrucksvoll, und Cassie war damit zufrieden. Warum interessieren Sie sich so sehr für die Skulptur?«

»Ich habe mir das Familienalbum angesehen, das Sie

mir geschickt haben, und einige Fotos herausgenommen, um Cassies Reaktionen zu testen. Ich hatte den Eindruck, dass sie auf das Bild reagierte, das sie zusammen mit dem Pegasus in der Bibliothek Ihres Hauses in Charleston zeigt.«

Er sah sie aufmerksam an. »Auf welche Weise hat sie reagiert? Was hat sie getan?«

»Nichts Körperliches. Nichts, das ich genauer definieren könnte.«

Sein Interesse ließ wieder nach. »Woraus schließen Sie dann, dass sie reagiert hat?«

»Es ist nur ... ein Gefühl.«

»Glauben Sie, sie hat sich gefürchtet?«

»Ich bin mir nicht sicher. Hat sie sich vor der Skulptur gefürchtet?«

»Nicht bis zu jener Nacht. Der Pegasus befindet sich seit dem dreizehnten Jahrhundert im Besitz meiner Familie. Cassie ist mit der Skulptur aufgewachsen, und es gab nichts Schöneres für sie, als in dem Zimmer spielen zu dürfen, in dem der Pegasus stand.«

»Sie muss ihm magische Kräfte zugeschrieben haben. Ein goldener Pegasus ist etwas, das Kinderträume beflügelt. Allein die Vorstellung von einem Pferd, das durch die Wolken fliegt ...«

»Sie hat sich oft Geschichten ausgedacht, die mit dem Pegasus zu tun hatten.«

»Was für Geschichten?«

»Nun ja, Abenteuergeschichten. Ihre eigenen Märchen, in denen sie mit dem Pegasus losflog, um Prinzessinnen vor bösen Drachen zu retten und solche Sachen.«

»Sie muss eine unglaubliche Fantasie besitzen.«

»Allerdings. Sie war sehr intelligent.«

»Sie *ist* sehr intelligent.«

»Selbstverständlich. So habe ich es ja auch gemeint.« Er öffnete die Tür. »Ich werde so lange alles tun, was Sie von mir verlangen, bis ich zu dem Schluss komme, dass es nicht funktioniert. Wie soll ich mit ihr umgehen?«

»Reden Sie mit ihr. Stellen Sie ihr Fragen. Zeigen Sie ihr, wie sehr Sie sie lieben.«

»Sie sagten doch, sie lehnt alles Vertraute ab.«

»Zu wissen, dass man geliebt wird, schadet niemandem. Aber zeigen Sie ihr nicht, dass es Sie beunruhigt, wenn sie nicht reagiert. Das wird sie nur veranlassen, sich noch weiter zurückzuziehen.«

»Das ist ziemlich viel verlangt.«

»Sie schaffen das schon.« Sie sah ihn an. »Ich bringe Ihnen eine Tasse Kaffee. Wie lange werden Sie diesmal bleiben?«

»Zwei Stunden.« Er setzte sich in den Sessel neben Cassies Bett und spürte, wie es ihm das Herz zuschnürte, als er sie anschaute. *Komm zu mir zurück, mein Liebling.* »Um sieben muss ich im Weißen Haus sein.« Er nahm Cassies Hand und fuhr leise fort: »Aber ich habe genug Zeit, um dir alles zu erzählen. Du fehlst mir, Cassie. Deine Schwester Marisa hat aus Santiago angerufen und mich gebeten, dich daran zu erinnern, dass du ihr versprochen hast, sie zu besuchen und ihr beim Trainieren des Delphinbabys zu helfen. Sie kann es kaum erwarten, dir den kleinen Kerl vorzuführen. Deiner Mama fehlst du auch sehr. Du weißt, dass sie mitgekommen wäre, wenn der Arzt ihr nicht befohlen hätte, das Bett zu hüten. Erinnerst du dich noch, dass du nächsten Monat einen kleinen Bruder bekommst? Der Kleine ist ein bisschen vorwitzig, und der Arzt will nicht, dass er zu früh auf die Welt kommt. Er ist ein kräftiger kleiner Bursche und will sich jetzt schon seinen Platz in der Familie erobern. Er erinnert mich an dich und daran, wie –« Er hatte einen Kloß im Hals. »Deine Mama sagt, sie braucht dich jetzt. Sie will mit dir zusammen einen Namen für deinen Bruder aussuchen. Also denk mal drüber nach, vielleicht hast du ja einen guten Vorschlag. Vorgestern Abend haben uns zwei Akrobaten vom Cirque du Soleil besucht. Weißt du noch, wie wir zusammen …«

Jessica schnürte es die Kehle zu, als sie Andreas von der Tür aus beobachtete. Wie sehr er dieses Kind liebte!

Das Gespräch mit ihm war erfolgreich gewesen, aber sie wusste, dass es noch lange dauern würde, bis er ihr vollkommen vertraute. Wer konnte es ihm verübeln? Wenn Cassie ihre Tochter wäre, würde es ihr genauso ergehen. Andererseits war Cassie in gewisser Weise ihr Kind. Sie waren alle ihre Kinder, bis sie wieder in die Welt, in den Schoß ihrer Familie zurückkehrten. Sie hörten ihre Stimme, und wenn sie Glück hatte, kam irgendwann der Zeitpunkt, an dem es ihr gelang, sie zurück ins Leben zu locken.

Aber manchmal reichte Überredungskunst nicht aus. Dann musste man andere Methoden benutzen, um den Prozess in Gang zu bringen. Nachdem es ihr jedoch gerade erst gelungen war, zumindest teilweise das Vertrauen des Präsidenten zu gewinnen, wollte sie diese Hürde noch nicht nehmen.

Sie konnte sich lebhaft vorstellen, wie er reagieren würde, wenn sie ihm eröffnete, dass sie womöglich mit Cassie nach Vasaro fahren musste.

»Wir haben ihn, Sir«, sagte Danley. »Er hatte sich in einer Wohnung an der Amstel eingenistet.«

»Ist er unverletzt?«

»Wir hatten ja eindeutige Befehle. Er war sogar ziemlich zahm, hat keinerlei Widerstand geleistet.«

Als *zahm* würde er den Mann, dem er in Vasaro begegnet war, nicht gerade bezeichnen, dachte Andreas. Michael Travis hatte sich ruhig und respektvoll gegeben, war jedoch zugleich äußerst wachsam gewesen. Andreas hatte den Eindruck gewonnen, dass Travis ein Mann war, den man nicht unterschätzen durfte. »Sehr ungewöhnlich.«

»Er wusste, dass er keine Chance hatte. Sollen wir ihn nach Langley bringen?«

»Nein, bringen Sie ihn ins Justizministerium. Ich möchte nicht, dass irgendjemand etwas von der Sache erfährt. Morgen um Mitternacht werde ich über den Geheimgang vom Weißen Haus dorthin kommen. Sorgen Sie dafür, dass er dort ist.«

»Sehr wohl, Mr. President.« Einen Augenblick lang herrschte Schweigen. »Er hat uns gebeten, Ihnen eine Nachricht zukommen zu lassen. Er sagt, er ist bereit, mit Ihnen zu kooperieren, wenn Sie Ihrerseits mit ihm kooperieren.«

»Was meint er damit?«

»Er verlangt, von der *Air Force One* abgeholt zu werden«, sagte Danley. »Der Mistkerl scheint nicht begriffen zu haben, dass sein Spiel aus ist.«

Die *Air Force One*. Warum verlangte Travis ein solches Zugeständnis? Aus Arroganz? Um seine Macht zu demonstrieren? Doch Andreas hielt den Mann für zu intelligent, um sich von Arroganz oder Machtgier leiten zu lassen, und seine Nachricht ließ hoffen, dass er zu einer Zusammenarbeit bereit war. Sollte er sein kleines Machtspielchen haben. Vielleicht fühlte er sich dann sicherer. »Wo befindet sich die Maschine gerade?«

»In Washington, und startklar.«

»Dann sagen Sie dem Piloten, er soll Travis abholen und herbringen.«

»Das ist absolut nicht nötig, Sir. Bei allem Respekt, Sir, aber Sie sollten dem Mistkerl nicht so weit entgegenkommen.«

»Dieser ›Mistkerl‹ hat meiner Tochter das Leben gerettet. Ob er in die Sache verwickelt war, wissen wir nicht. Schicken Sie die Maschine.«

3

Paris

»Sie haben ihn noch nicht gefunden?«, fragte Edward Deschamps. »Das ist jetzt acht Monate her. Was für ein Trottel sind Sie eigentlich, Provlif?«

Provlifs Hand krampfte sich um den Hörer. Er wünschte, es wäre Deschamps' Hals. Geduld. Bisher war die Bezahlung gut gewesen, und niemand wusste besser als er, wie gefährlich Deschamps werden konnte. »Ich habe eine wichtige Spur. Er hat einen Verbindungsmann in Amsterdam. Einen gewissen Jan van der Beck.«

»Warum haben Sie das nicht gleich gesagt?«

»Sie wollten konkrete Informationen. Ich musste sehr tief graben, um Jan van der Beck aufzutreiben. Die beiden waren früher einmal Partner, aber seit einigen Jahren arbeitet Travis auf eigene Faust.«

»Und was haben Sie über Cassie Andreas in Erfahrung gebracht?«

Schweigen.

»Nichts?«

»Wir haben uns natürlich auf Travis konzentriert.«

»Verdammt, ich habe Ihnen gesagt, dass ich wissen muss, wo sie ist.«

»Sie planen doch nicht etwa einen zweiten Anschlag auf sie? Das wäre verrückt.«

»Das geht Sie nichts an, Provlif. Ihre Aufgabe ist es, sie zu finden.«

»Sie ist schließlich nicht irgendein normales Kind. Der Präsident hat dafür gesorgt, dass keinerlei Informationen im Zusammenhang mit ihr nach außen dringen. Als wir sie endlich in einer Klinik in Connecticut aufgespürt hatten, hat der Präsident sie vor einem Monat wieder von dort weggeholt. Wir versuchen immer noch herauszufinden, wer sie jetzt behandelt und wo sie –«

»Wo sie sich vor einem Monat aufgehalten hat, hilft mir nicht weiter. Ich muss wissen, wo sie jetzt ist.«

»Ich habe drei Männer darauf angesetzt.«

»Heuern Sie noch mehr Männer an.«

»Dafür werde ich zusätzlich Geld brauchen.« Er musste äußerst vorsichtig vorgehen, dachte Provlif. Deschamps war einer der kältesten und abgebrühtesten Männer, denen er je begegnet war, aber das bedeutete nicht, dass er sich immer in der Gewalt hatte. Provlif hatte ihn mehr als einmal explodieren sehen. Und es hieß, seit Deschamps sich in den Kopf gesetzt hatte, Travis zu finden, sei er noch unberechenbarer geworden.

»Sie bekommen Ihr Geld«, sagte Deschamps leise.

»Ich breche sofort nach Amsterdam auf.«

»Nein. Fliegen Sie nach Washington und finden Sie Cassie Andreas. Ich fahre selbst nach Amsterdam und kümmere mich um diesen Jan van der Beck.«

»Es wird nicht leicht sein, ihn zu –«

»Provlif, vielleicht erinnern Sie sich noch, dass ich, als ich in dieses Geschäft eingestiegen bin, sehr schnell den Ruf hatte, ein ausgezeichneter Spürhund zu sein.«

O ja, daran konnte Provlif sich allerdings erinnern. Deschamps spürte Menschen auf und machte kurzen Prozess mit ihnen. »Ich wollte Ihnen nicht zu nahe treten.«

»Dann nehmen Sie das nächste Flugzeug und finden Sie das Kind.«

Verdammter Hund.

Deschamps legte auf und trat an den Wandschrank. Er warf einen Koffer aufs Bett und begann zu packen.

Arschloch. Nicht zu fassen, dass Provlif ihn mit Geldfragen belästigte. Hatte er so wenig Fantasie?

Auch wenn Provlif seine Zweifel hatte, der Plan war hieb- und stichfest, und er würde auch diesmal wieder funktionieren. Aber zuerst musste er Cassie Andreas in seine Gewalt bringen. Sie war der wichtigste Bestandteil des Unternehmens.

Genauso wie Jan van der Beck die Schlüsselfigur war, die ihn zu Michael Travis führen würde.

Er schlug den Koffer zu und verschloss ihn. In einer Stunde würde er im Flugzeug nach Amsterdam sitzen.

Nein, Moment noch. Erst würde er noch einmal in das Zimmer gehen.

Dann würde er bereit sein für Amsterdam.

»Ich möchte dich besuchen«, sagte Melissa, als Jessica sich am folgenden Nachmittag am Telefon meldete. »Ist dir das Recht?«

»Ich dachte, du steckst in den Vorbereitungen für deine Abschlussprüfung.«

»Ich kann auch zu Hause lernen.«

»Du hast mir immer gesagt, du könntest besser in deiner Wohnung lernen. Wie geht es übrigens deinen Mitbewohnerinnen?«

»Gut. Aber ich brauchte ein bisschen mehr Privatsphäre und bin in eine kleine Wohnung gezogen.«

»Warst du nicht froh, mit Wendy und Karen zusammen zu wohnen?«

»Doch, ich besuche sie auch jeden Tag. Ich schätze, ich habe Probleme mit dem Erwachsenwerden.« Sie zögerte. »Ich möchte nach Hause kommen.«

»Irgendetwas stimmt doch nicht.«

»Bloß, weil ich dich sehen möchte? Du bist meine Schwester, Herrgott noch mal. Ich finde es einfach schön, dein Gesicht hin und wieder zu sehen.«

»Was ist los?«

»Kann ich kommen oder nicht?«

»Ich habe dir gesagt, wie es hier aussieht. Wenn du kommst, wirst du nichts anderes tun können als pauken. Und ich habe Cassie dein Zimmer gegeben.«

»Das macht nichts. Ich nehme das blaue Zimmer, auch wenn das eine fürchterlich langweilige Farbe ist. Vielleicht kann ich es ja in meiner Freizeit orangefarben anstreichen.«

»Untersteh dich.«

»War nur ein Scherz.«

»Wann wirst du hier sein?«

»Vor dem Wochenende komme ich hier nicht weg. Das sind noch vier Tage – Zeit genug für eine Sicherheitsüberprüfung, jetzt wo die ganzen Geheimdienstler im Haus sind.« Sie schluckte. »Die sind doch noch da, oder?«

Jessica wurde hellhörig. »Natürlich.«

»Gut.«

»Wenn sie erst mal anfangen, dir überallhin zu folgen, wirst du das nicht mehr so lustig finden.«

»Damit kann ich leben. Wir sehen uns Samstag früh.«

»Mellie.«

»Ich muss jetzt Schluss machen.«

»Was ist los?«

»Du fehlst mir einfach.«

Jessica befeuchtete ihre Lippen. »Sind es die Träume?«

»Wir sehen uns Samstag.« Sie legte auf.

Langsam legte Jessica den Hörer auf. Wahrscheinlich bestand kein Grund zur Sorge. Mellie war vollständig geheilt. Sie würde keinen Rückfall erleiden.

Also mach dich nicht verrückt. Außerdem, falls es

wirklich Probleme geben sollte, würde sie damit umgehen können.

Es sei denn, es waren die Träume.

Was zum Teufel sollte sie tun, wenn die Träume wiedergekommen waren?

Justizministerium

Michael Travis saß auf dem Ledersofa und las, als Andreas das Büro betrat. »Diese Gesetzestexte sind ziemlich trockenes Zeug«, sagte Travis. »Kein Wunder, dass die meisten Juristen zu wünschen übrig lassen. Ihre Gehirne müssen während des Studiums verkümmert sein.«

Andreas durchquerte den Raum, trat hinter den Schreibtisch und setzte sich in seinen Amtssessel. »Hatten Sie einen guten Flug, Travis?«

»Hervorragend, danke.« Er lächelte. »Besser als mit der Concorde. Wie viel hat das die Steuerzahler gekostet?«

»Keinen Penny. Ich habe die Kosten aus eigener Tasche beglichen.«

»Wie edelmütig. Aber von Ihnen hatte ich auch nichts anderes erwartet. Sie sind eines jener äußerst seltenen, altmodischen Phänomene, ein Ehrenmann. Aber Sie hätten den Flug wirklich der Regierung in Rechnung stellen können. Ihr Leben ist nicht nur für Sie selbst und Ihre Familie wichtig, ohne Sie funktioniert dieses Land nicht.«

»Dessen bin ich mir bewusst. Aber ich hätte Sie nicht mit der *Air Force One* einfliegen lassen müssen. Ich hätte Sie genauso gut von Danley auf normalem Weg hierher bringen lassen können.«

»Sie wollten mich nicht gegen sich aufbringen, obwohl meine Forderung übertrieben war. Sie wollten nicht unter ungünstigen Vorbedingungen in die Verhandlungen eintreten.«

»Verhandlungen?« Andreas schüttelte den Kopf. »Ich muss nicht mit Ihnen verhandeln. Ich kann Sie wegen Beihilfe zu einem Attentat auf den Präsidenten vor Gericht bringen und dafür sorgen, dass Sie im Gefängnis landen.«

»Aber das werden Sie nicht tun. Wie gesagt, Sie sind ein Ehrenmann. Sie würden nicht den Mann bestrafen, der Ihrer Tochter das Leben gerettet hat.«

»Ich würde es tun, wenn ich davon überzeugt wäre, dass Sie in Zukunft eine Gefahr für sie sein könnten. Woher wussten Sie von dem Anschlag?«

»Ich sagte Ihnen bereits, ich habe meine Quellen.«

»Wer sind diese Quellen?«

»Glauben Sie etwa, ich würde riskieren, dass Danley und seine Leute über sie herfallen wie ein Schwarm Heuschrecken? Quellen müssen geschützt werden. Damit verdiene ich meinen Lebensunterhalt.«

»Neben anderen verwerflichen Unternehmungen, soweit ich informiert bin.«

»Richtig. Auf dem Gebiet der verwerflichen Unternehmungen bin ich Fachmann. Aber wir sind doch nicht hier, um meine Fähigkeit, Informationen zu beschaffen, zu diskutieren, oder?« Er beugte sich vor. »Sie wollen wissen, wer hinter dem Anschlag auf Vasaro steckt.«

»Und ich werde es herausfinden.«

»Nicht von mir. Noch nicht. Ich habe Ihnen die Wahrheit gesagt. Ich wusste nichts über den Anschlag, außer, dass er stattfinden würde.«

Andreas musterte ihn. Travis sah ihm unerschrocken in die Augen, wahrscheinlich sagte er die Wahrheit. Aber ein Mann, der seinen Lebensunterhalt mit seiner Gerissenheit verdiente, musste sich gewisse Fähigkeiten angeeignet haben und ein Meister der Täuschung und Verstellung sein. Dennoch sagte ihm sein Instinkt, dass Travis nicht log. Er war enttäuscht.

»Es wäre Ihnen lieber, ich hätte Sie angelogen«, sagte Travis. »Tut mir Leid.«

»Es könnte immer noch sein, dass Sie lügen.«

»Ja, darin bin ich sehr gut.« Travis lächelte. »Aber Sie sind auch nicht zu dem geworden, was Sie sind, ohne sich auf Ihr eigenes Urteil zu verlassen.«

Andreas nickte. »Vielleicht wussten Sie damals nicht, wer hinter dem Anschlag auf Varaso steckte, aber möglicherweise haben Sie seitdem etwas in Erfahrung gebracht.«

»Ich war sehr beschäftigt, und diese Frage stand nicht besonders weit oben auf meiner Prioritätenliste.«

»Auf meiner steht sie an erster Stelle.«

»Ich weiß. Deswegen bin ich hier.«

»Sie sind hier, weil ich Danley den Auftrag erteilt habe, Sie herzuschaffen.«

Travis lächelte.

Er war ziemlich zahm.

Als Danley ihn so beschrieben hatte, war das Andreas ziemlich merkwürdig erschienen, und als er Travis jetzt vor sich sah, kam es ihm noch unpassender vor. Der Mann war vollkommen entspannt, aber gleichzeitig war er unglaublich wachsam, auf der Hut.

»Danley ist ein intelligenter Mann«, sagte Travis. »In einer oder zwei Wochen hätte er mich vielleicht aufgespürt. Aber ich war zu dem Schluss gekommen, dass es in unser beider Interesse wäre, die Dinge etwas zu beschleunigen.«

»Warum?«

»Ich musste für eine Weile untertauchen, Sie brauchen Informationen.«

»Die Sie nicht haben, wie Sie soeben erklärten.«

»Noch nicht. Das heißt nicht, dass ich sie nicht bekommen kann, wenn ich mich darum bemühe. Es wird nur ein bisschen dauern.«

Andreas richtete sich auf. »Wie lange?«

Travis hob die Schultern. »So lange, wie es dauert. Sie haben nichts zu verlieren. Danley hat bisher nichts in Erfahrung gebracht, stimmt's?«

»Und was erwarten Sie als Gegenleistung?«

»Schutz. Ich befinde mich zurzeit in einer heiklen Situation. Ich muss mich mindestens einen Monat lang an einem absolut sicheren Ort aufhalten.«

»Wovor soll ich Sie denn schützen?«

»Vor den Nachwirkungen einer meiner ›verwerflichen Unternehmungen‹.«

»Und welche war das?«

»Wollen Sie, dass ich herausfinde, wer hinter dem Anschlag auf Vasaro steckt?«

»Ich könnte Danley ermitteln lassen, was Sie in den vergangenen acht Monaten getrieben haben.«

»Viel Glück.«

Andreas schwieg nachdenklich. »Sie sind sich darüber im Klaren, dass die Männer, die ich zu Ihrem Schutz abstellen würde, gleichzeitig als Bewacher fungieren würden. Ich würde sie darüber informieren, dass Sie unter Verdacht stehen. Und ich würde keine Sekunde lang zögern, Sie wie eine Kakerlake zu zermalmen, wenn sich herausstellen sollte, dass Sie etwas mit dem Anschlag zu tun hatten.«

»Selbstverständlich.«

»Gut.«

»Sie sind also einverstanden?«

»Aber ja.« Andreas lächelte. »Ich weiß auch schon den passenden Ort – das Torhaus einer alten Villa in Virginia, ein absolut sicherer Ort. Und wenn irgendwelche Gangster versuchen sollten, einen Anschlag auf das Haus zu verüben, wären Sie der Erste, der ins Gras beißt.«

»Wirklich? Warum sollte irgendjemand auf die Idee kommen ...« Seine Augen verengten sich. »Cassie. Da haben Sie sie also versteckt. Ich müsste mich eigentlich geehrt fühlen, dass Sie mir offenbar genug vertrauen, um mich dorthin zu schicken.«

»Ich vertraue Ihnen nicht. Ich weiß nicht, was Sie vorhaben. Aber Sie haben ihr das Leben gerettet, und ich glaube nicht, dass Sie ihr etwas zuleide tun würden. Als Sie mir Cassie in Vasaro übergeben haben, hat mir mein Gefühl etwas über Sie gesagt. Nach allem, was sie durchgemacht hatte, hatte sie keine Angst vor Ihnen. Sie mögen vielleicht ein verdammter Hurensohn sein, aber Sie haben Ihren Hals riskiert, um sie zu retten. Und ich glaube, Sie würden es wieder tun.« Er holte tief Luft. »Und falls Sie mir hier eine krumme Geschichte auftischen, dann sind Sie der Erste, der –«

»Der ins Gras beißt«, beendete Travis den Satz für ihn. »Ich werde es beherzigen. Wann geht's los?«

»Morgen Nacht. Etwa um diese Zeit. Danley wird Ihnen solange ein Hotelzimmer besorgen.« Andreas schob seinen Sessel zurück und stand auf. »Ich nehme Sie mit, wenn ich Cassie besuche.«

»Wie geht es ihr?«

»Schlecht.« Seine Kiefermuskeln spannten sich. »So schlecht, dass mein so genanntes Ehrgefühl mich nicht daran hindern würde, die Verbrecher bei lebendigem Leib zu verbrennen, wenn ich sie in die Finger bekäme. Ich werde Danley sagen, dass Sie abfahrtbereit sind.«

»Noch nicht ganz.« Travis nahm sein Handy aus der Tasche. »Ich muss noch ein paar Telefonate erledigen.«

»Das können Sie vom Hotel aus tun.«

Travis schüttelte den Kopf. »Ich bin davon überzeugt, dass dieser Raum absolut wanzenfrei ist, und genau diese Privatsphäre brauche ich jetzt.« Er lächelte. »Sie haben mir schließlich nicht genau gesagt, wohin Sie mich bringen werden. Es muss doch tausende alte Villen in Virginia geben.«

»Das ist richtig. Wen werden Sie anrufen?«

»Einen Freund. Ich verschwinde nicht gern von der Bildfläche, ohne jemanden darüber zu informieren, dass Sie dafür verantwortlich sind. Ich möchte mich nur ein bisschen absichern.«

»Sie sagten doch, ich sei ein Ehrenmann.«

»Ich könnte mich irren. Sagen Sie Danley, es dauert nicht länger als fünf Minuten.«

»Rufen Sie an, wen Sie wollen.« Andreas ging auf die Tür zu. »Ich werde dafür sorgen, dass uns morgen niemand folgt, Travis.«

»Ich müsste schon ziemlich dämlich sein, wenn ich etwas Derartiges versuchen würde, meinen Sie nicht?« Er begann, die Nummer zu wählen. »Nur eine Sicherheitsmaßnahme. Gute Nacht, Mr. President.«

»*Jessica!*«

Melissa fuhr mit klopfendem Herzen aus dem Schlaf.

Ihr Hals schmerzte, sie wusste, dass sie geschrien hatte.

Das T-Shirt, in dem sie schlief, war schweißnass, doch ihr war eiskalt. Sie schwang die Beine aus dem Bett und vergrub das Gesicht in den Händen.

Sobald sie aufhörte zu zittern, würde sie Jessica anrufen, und dann würde alles gut werden. Sie konnte doch nicht ihr Leben lang zu Jessica rennen. Sie musste stark sein.

Smaragdgrüne Augen, die die Blutlache auf dem Boden anstarrten.

Sie sprang auf, ging ins Bad und trank gierig ein Glas Wasser. Dann wickelte sie sich in ihren Bademantel, schaltete sämtliche Lampen an und kuschelte sich in den Sessel vor dem Fenster.

Alles würde wieder gut werden. Sie fror noch immer, aber ihr Herz beruhigte sich allmählich. Sie konnte es schaffen. Nur noch drei Nächte, dann wäre sie zu Hause bei Jessica.

Blut auf dem Boden ...
Nicht schreien. Nicht schreien.
Smaragdgrüne Augen ...
Bloß nicht schreien.

»Schönes Haus.« Als sie durch das Tor fuhren, betrachtete Travis das alte Backsteinhaus mit den Säulen vor dem Eingang. »Erinnert an Tara.«

»Was wissen Sie denn schon von Tara?«, fragte Andreas. »Nach dem Bericht, den Danley mir über Sie vorgelegt hat, sind Sie kaum je in den Staaten gewesen.«

»Mein Vater betrachtete sich immer als Amerikaner, auch wenn er es vorzog, nicht in diesem Land zu leben. Im Ausland ließen sich seine Geschäfte wesentlich problemloser abwickeln.«

»Schmuggel?«

Travis lächelte. »Aber nicht doch. Er war ein Romantiker. Bis zu dem Tag, an dem er starb, sah er sich als Piraten.«

»Sie dagegen sehen sich selbst als Kriminellen.«

»Er wählte seinen ›Beruf‹ bereits als junger Mann, er liebte das Abenteuer. Ich bin mit den Schattenseiten des Lebens aufgewachsen.«

»Nicht mit dem Abenteuer?«

»Doch, natürlich. Schließlich bin ich der Sohn meines Vaters.« Sein Blick war immer noch auf die Villa gerichtet. »Dort haben Sie Cassie untergebracht? Wer kümmert sich denn um sie?«

»Zwei Schwestern und ihre Ärztin, Dr. Jessica Riley.«

»Und es ist immer noch keine Besserung in Sicht?«

»Noch nicht.« Andreas sah ihn an. »Interessiert Sie das?«

»Ist das so abwegig? Sagen wir einfach, ich habe ein berechtigtes Interesse. Ich mache äußerst ungern halbe Sachen.«

»Halten Sie sich von meiner Tochter fern. Ich möchte nicht, dass sie an irgendetwas erinnert wird, was mit jener Nacht zu tun hat.«

»Wenn es wichtig wäre, dass sie sich erinnert, bräuchten Sie keine Ärztin.«

»Sie haben mich verstanden.« Die Limousine hielt vor dem Torhaus. »Halten Sie sich von Cassie fern. Ich werde Dr. Riley sagen, wer Sie sind und warum Sie hier sind. Und ich werde ihr die Anweisung geben, Sie nicht in die Nähe meiner Tochter zu lassen.«

Travis hob die Hände. »Wie Sie wünschen. Ich werde mich auf meine eigene kleine Welt beschränken.« Er stieg aus der Limousine. »Nur noch eine Kleinigkeit. Ich weiß, die Versuchung ist groß, meine Anrufe abzuhören, aber ich würde das als Vertragsbruch auffassen. Außerdem werde ich nur eine Person anrufen. Jan van der Beck in Amsterdam. Er ist mein Mittelsmann, und wenn ich von ihm hören sollte, dass Ihre Leute sich auch nur im Entferntesten verdächtig verhalten, platzt die Sache.«

»Warum erzählen Sie mir von van der Beck?«

»Sie glauben, ich verrate ihn?« Er schüttelte den Kopf. »Ich werde dafür sorgen, dass er in Sicherheit ist.«

Andreas schwieg einen Moment lang. »Ich werde Ihr Telefon nicht abhören lassen.«

»Vielen Dank. Ich melde mich bei Ihnen.«

»Nein, ich melde mich bei Ihnen.« Andreas bedeutete seinem Fahrer weiterzufahren. »Darauf können Sie Gift nehmen.«

Travis sah dem Wagen nach, als er die geschwungene Auffahrt hinauf fuhr. Im ersten Stock der Villa brannte Licht. War das Cassies Zimmer? Das ging ihn nichts an. Er drehte sich um und öffnete die Tür des Torhauses. Solange er sich von Cassie fern hielt und Andreas häppchenweise Informationen vorwerfen konnte, war er in Sicherheit. Das war alles, was zählte.

Das Torhaus verfügte über ein Wohnzimmer, eine Küche und ein Schlafzimmer und war gemütlich eingerichtet. Die erste halbe Stunde verbrachte er damit, das Haus nach Wanzen abzusuchen. Er fand fünf. Es gab technisch ausgeklügeltere Überwachungsmethoden, aber dazu müsste man eine Lastwagenladung an Ausrüstung heranschaffen. Außerdem würden die Secret-Service-Leute erst gar nicht versuchen, sie einzusetzen, wenn sie erfuhren, dass die Wanzen vernichtet worden waren. Eine Überwachung war nur dann sinnvoll, wenn die Zielperson nichts davon wusste.

Zum Schluss überprüfte er die Bücherregale zu beiden Seiten des offenen Kamins und fand zwei weitere Wanzen. Er lächelte, als er entdeckte, dass eine davon hinter einem Buch mit dem Titel »*Zurück ins Licht*« von Dr. Jessica Riley versteckt war. Nicht besonders clever. Ein Buch, das aus der Feder der Hausherrin von Juniper stammte, würde automatisch die Aufmerksamkeit auf sich ziehen.

Er setzte sich in einen Sessel, nahm sein Handy aus der Tasche und rief van der Beck an. »Ich bin eingetroffen. Alles klar?«

»Alles klar.«

»Dann kannst du mit den Verhandlungen anfangen.«

»Bist du in Sicherheit?«

»Spiel nicht die Glucke, Jan. Du bist derjenige, der mit den Schurken verhandelt. Ich bin umgeben von Amerikas fähigsten Leuten.«

»Und das soll mich beruhigen?«

»Ich bin in Sicherheit, Jan.«

»Dann sieh zu, dass du da bleibst.«

»Ich melde mich morgen wieder.« Er legte auf und lehnte sich im Sessel zurück. Alles war arrangiert. Er hatte sein Bestes getan. Würde das reichen?

Zumindest würde Jan die Verhandlungen in Amsterdam führen. Er konnte die Menschen, denen er vertraute, an einer Hand abzählen. Wie lange war es her, dass er jemandem auf Anhieb vertraut hatte? Wahrscheinlich war ihm das zum letzten Mal passiert, als er in Cassies Alter war. Damals war ihm Zynismus noch fremd gewesen, und er hatte noch nicht gewusst, dass Gier die Menschen blind macht. Damals, als Jan und sein Vater ihn mitgenommen hatten, wenn sie nach Algerien fuhren, war das Leben noch ein einziges Abenteuer gewesen.

Er trat ans Fenster und schaute zu der Villa hinüber. Er erinnerte sich schwach an Cassies Gesicht, wie sie ihn damals in Vasaro angesehen hatte. Sie hatte ihr kindliches Vertrauen für immer verloren. Ihre Kindheit hatte ein brutales Ende gefunden.

Doch das ging ihn nichts an. Sie wurde von Experten versorgt, von dieser Dr. Riley. Bloß weil das Gefühl an ihm nagte, etwas nicht zu Ende gebracht zu haben, gab es keinen Grund, seine Position aufs Spiel zu setzen.

Er wandte sich vom Fenster ab. Er würde duschen und sich anschließend in die Falle hauen.

An der Schlafzimmertür machte er kehrt, ging zurück ins Wohnzimmer und nahm Jessica Rileys Buch aus dem Regal. Ohne besonderen tieferen Grund. Er las sich häufig in den Schlaf. Außerdem handelte er in erster Linie mit Informationen, und es konnte nicht schaden, alles über seine derzeitige Lage zu wissen.

Mit Cassie Andreas hatte es nichts zu tun.

4

»Haben Sie mich verstanden?«, fragte Andreas.

»Sie haben sich mehr als deutlich ausgedrückt«, sagte Jessica, als sie ihn zur Tür begleitete. »Kein Kontakt mit dem Gentleman im Torhaus.«

»Einen Gentleman würde ich ihn nicht nennen.«

»Nach Ihren eigenen Worten hat er Cassies Leben gerettet. Das ehrt ihn zumindest.«

»Eine ehrenhafte Tat macht aus einem labilen Charakter noch keinen anständigen Menschen.«

»Ich habe täglich mit Labilität zu tun. Damit verdiene ich meinen Lebensunterhalt.«

»Nun, Sie haben keinen Grund, sich mit dieser ganz speziellen Labilität auseinander zu setzen.« Andreas stieg die Stufen vor dem Haus hinunter. »Schenken Sie Travis einfach keine Beachtung. Er wird nicht lange hier sein. Sie haben genug zu tun.« Er schaute zu Cassies Fenster hinauf. »Kein Alptraum heute Nacht. Das ist ein gutes Zeichen, nicht wahr?«

»Es ist immer gut. Die Träume zerreißen sie.« Cassies Alpträume wurden immer schlimmer. Und als Folge davon zog sie sich noch weiter in sich selbst zurück. Aber Jessica hatte nicht vor, das Cassies Vater gegenüber zu erwähnen und ihm noch mehr Hoffnung zu nehmen. »Werden Sie morgen Nacht wieder hier sein?«

Er schüttelte den Kopf. »Ich muss nach Japan zu Gesprächen über wirtschaftliche Beziehungen. Ich werde fast zwei Wochen unterwegs sein, aber meine Frau wird Sie täglich anrufen, um auf dem Laufenden zu bleiben. Sie wissen ja, wie Sie mich erreichen.«

Jessica schaute der Limousine nach, die langsam die Einfahrt hinunterfuhr, dann wanderte ihr Blick zum Torhaus hinüber. Das Schlafzimmerfenster im hinteren Teil des Hauses war erleuchtet. Der labile Mr. Travis war offenbar noch wach.

Seine Ankunft bedeutete eine interessante Entwicklung. Interessant und vielleicht sogar ... vielversprechend. Womöglich würde sie diesen Michael Travis gebrauchen können.

Sie würde weiß Gott alles ausnutzen, um zu verhindern, dass Cassie noch tiefer in der Dunkelheit versank.

»Da bin ich.« Melissa sprang die Eingangsstufen hinauf und fiel ihrer Schwester um den Hals. *»Roll out the red carpet! Strike up the band!«*

»Ich glaube, das ist eine Zeile aus *Hello Dolly*, aber du bist nicht Barbra Streisand.« Jessica drückte Melissa an sich. »Ich freue mich trotzdem, dich zu sehen. Hattest du eine gute Reise?«

»Bis ich hier am Tor ankam.« Sie trat einen Schritt zurück und betrachtete Jessica. »Bist du geschrumpft? Ich bin jedenfalls zu alt, um gleich mehrere Zentimeter gewachsen zu sein.«

»Du würdest es fertig bringen, nur um mich zu ärgern. Warum konnte ich nach Dad nicht die Größte sein?«

»Beim Basketball ist es ganz praktisch. Dafür bist du die klassische Südstaatenschönheit. – Wer ist das denn?« Melissa hatte einen Jogger am anderen Ende der Auffahrt entdeckt.

»Unser Gast. Er wohnt im Torhaus. Er macht jeden Morgen einen Dauerlauf.«

»Wirklich?« Melissa pfiff leise durch die Zähne. »Von dem hast du mir ja gar nichts erzählt. Scharfer Typ.«

Scharfer Typ? War er das? Jessica hatte ihn beobachtet. Michael Travis war nicht unbedingt ein schöner Mann. Er war gut gebaut – groß, schlank, muskulös –, aber seine Züge waren unregelmäßig. Seine Nase war zu groß, sein Mund zu breit, und seine dunklen Augen lagen tief in ihren Höhlen. Aber sie konnte Melissas Kommentar verstehen. Er strahlte eine Energie aus, die beinahe elektrisierend wirkte, und sie konnte kaum den Blick von ihm wenden. Als Jessica ihn vor zwei Tagen zum ersten Mal gesehen hatte, war sie ... ja, was? Überrascht gewesen?

Melissa grinste. »Das findest du also auch.«

»Er ist zu alt für dich. Mindestens Mitte dreißig.«

»Himmel Herrgott, ich bin sechsundzwanzig. Du hältst mich immer noch für ein Kind. Vielleicht statte ich ihm einfach mal einen kurzen Besuch ab.« Sie warf Jessica einen schelmischen Blick zu. »Es sei denn, du hast ein Auge auf ihn geworfen.«

»Ich habe noch kein einziges Wort mit ihm gewechselt.«

»Du bist einfach zu viel mit Kindern zusammen.«

»Der Präsident hat jeden Kontakt mit ihm verboten.«

»Wunderbar. Verbotene Früchte sind doch immer die besten.«

»Willst du denn gar nicht wissen, warum er im Torhaus untergebracht ist?«

»Ich nehme an, du willst deinen Gigolo nicht in dem Haus haben, wo du das Kind behandelst. Das Torhaus bietet erheblich mehr Privatsphäre.«

»Mellie.«

Sie kicherte. »Mach nicht so ein Gesicht.« Sie nahm ihren Koffer und trug ihn ins Haus. »Ich bringe nur schnell meine Sachen in das grässliche blaue Zimmer. Mach uns doch inzwischen einen Kaffee, ja? Nach dem Schrecken, den die mir am Tor eingejagt haben, brauch ich eine Dosis Koffein. Ich hab schon befürchtet, die würden gleich eine Leibesvisitation durchführen. Allerdings, wenn mich dieser Jogger am Tor angehalten hätte ...« Bevor Jessica etwas darauf erwidern konnte, war Melissa bereits die Treppe hinaufgelaufen.

Erleichtert ging Jessica in die Küche. Melissa wirkte vollkommen normal. Sie wirkte entspannt, war guter Dinge und wie üblich zu Scherzen und Neckereien aufgelegt. Wenn überhaupt etwas auffallend an ihr war, dann war es eine ungewöhnliche Lebhaftigkeit. Sie strahlte regelrecht.

»Soll ich uns ein paar Sandwiches machen?« Melissa kam in die Küche. »Ich hab Hunger.«

»Wir haben Schinken und Käse im Kühlschrank.« Jessica füllte zwei Tassen mit Kaffee. »Ich mach das schon.«

»Nein, muss mich ein bisschen bewegen. Ich bin ganz aufgekratzt.«

Melissa war immer aufgekratzt, dachte Jessica. Sie war ständig in Bewegung, redete, lachte ohne Unterlass. Einmal hatte sie gesagt, sie müsse all die verlorenen Jahre nachholen, und Jessica konnte das nachvollziehen. Sie war noch nie einem Menschen begegnet, der so lebendig war wie Melissa.

Außer dem Mann im Torhaus.

Seltsam, dass ihr dieser Vergleich spontan durch den Kopf ging. Die beiden waren einander in keiner Weise ähnlich. Melissa hatte die auffallende Schönheit ihrer Mutter geerbt. Hohe Wangenknochen, glänzendes, kastanienbraunes Haar und blaue, leicht schräg stehende Augen. Das einzige, was sie mit Travis gemeinsam hatte, war ihr langer, athletischer Körper und die fiebrige Energie.

Fiebrig.

Michael Travis war nicht fiebrig; jede seiner Bewegungen wirkte kontrolliert und zielgerichtet. Und genau besehen passte das Wort auch nicht zu Melissa. Doch heute hatte ihr Verhalten etwas Rastloses, Fieberhaftes.

»Was gibt's da zu gucken?«, fragte Melissa über ihre Schulter hinweg. »Hab ich einen Fleck auf dem T-Shirt?«

»Ich weiß nicht. Meinst du?«

»O Gott, die Analytikerin spricht.« Sie legte ein Sandwich vor Jessica auf den Tisch und nahm ihr gegenüber Platz. »Es geht mir gut. Ich wollte dich einfach nur sehen. Ist das so komisch?«

»Nicht, wenn es die Wahrheit ist.«

»Warum sollte es nicht die Wahrheit sein? Wie geht's der Kleinen?«

»Nicht gut. Die Alpträume werden schlimmer.« Ihr war klar, dass Melissa sich ihr nicht anvertrauen würde. Sie würde es später noch einmal versuchen müssen. »Ich mache mir Sorgen um sie.«

»Dazu hast du auch allen Grund.«

Jessica zuckte zusammen. »Warum sagst du das?«

»Du weißt doch, warum. Ich habe dasselbe durchgemacht. Ich hab dir schon mal gesagt, wie nah ich daran war, nie wieder zurückzukommen. Die Alpträume haben mich immer tiefer in die Dunkelheit getrieben, bis ich –«

»Aber du bist zurückgekommen.«

»Du hast mich zurückgeholt. Du hast nicht aufgegeben, bis ich den ersten Schritt getan habe. Es gab Zeiten, da hab ich dich für deine Hartnäckigkeit gehasst. Damals wusste ich noch nicht, was du geopfert hast und wie hart du daran gearbeitet hast, mich zu heilen.« Sie lächelte. »Habe ich dir jemals gesagt, wie sehr ich dich liebe, Jessica?«

»Hör auf. Du hättest dasselbe für mich getan.«

»Ich würde alles für dich tun«, entgegnete Melissa leise. »Alles, was du verlangst.«

»Okay.« Jessica stand auf. »Du spülst das Geschirr, während ich nach Cassie sehe.«

»Ich habe dich in Verlegenheit gebracht.« Melissa trank ihren Kaffee aus. »Tut mir Leid. Ich musste das einfach sagen. Viel zu viele Menschen gehen durchs Leben, ohne die Worte jemals auszusprechen. Nachdem ich geheilt war, wäre ich am liebsten zu allen Leuten hingelaufen, um ihnen zu sagen, sie sollten nie etwas als selbstverständlich hinnehmen, denn sie könnten jeden Augenblick verschwinden und niemals wiederkehren.«

»Aber das hast du nicht getan.«

»Du hast mich nicht gelassen. Für dich war es in Ordnung, diejenige zu sein, die liebt und hilft, aber du wolltest nie, dass ich ...« Sie zuckte die Achseln. »Naja, macht nichts. Ich hab einfach eine Weile gebraucht, um rauszukriegen, wie ich mit dir umgehen muss.«

»Und jetzt hast du's raus?«

»Ich hoffe es.« Sie nahm ihren Teller und ging zur Spüle. »Geh und sieh nach der Kleinen.«

»Wieso sagst du mir das jetzt alles?«

»Es musste sein.« Sie räumte das Geschirr in die Spülmaschine. »Glaubst du, das Kontaktverbot mit dem Adonis im Torhaus gilt auch für mich?«

»Allerdings.«

»Schade.«

Lächelnd ging Jessica die Treppe hinauf. Mellies Lebensfreude war ansteckend. Es war ein Vergnügen, im selben Raum, auf demselben Planeten zu sein wie sie.

Als sie in Cassies Zimmer trat, wurde ihr Gesicht wieder ernst. Komm zurück, Kleines. Komm zurück und schau, wie schön das Leben sein kann.

Der Schrei zerriss die Stille der Nacht.

Jessica hatte darauf gewartet. Die Alpträume waren jetzt drei Nächte hintereinander aufgetreten.

»Es ist alles gut, Cassie.« Sie nahm das kleine Mädchen in die Arme. »Ich bin bei dir. Es kann dir nichts passieren.«

Doch Cassie hörte nicht auf zu schreien.

»Wach auf, Kleines.«

Cassie schrie, schrie immer weiter.

»Cassie!«

Die Schreie ließen nicht nach.

»Soll ich eine Beruhigungsspritze vorbereiten?«, fragte Teresa.

Es widerstrebte Jessica, ein Beruhigungsmittel einzusetzen. Sie hatte es bei Melanie versucht, doch ihre Schwester hatte ihr später erzählt, dass das Mittel sie manchmal erst recht in ihrem Alptraum festgehalten, alles noch schlimmer gemacht hatte. Wenn Jessica das Trauma verstärkte, würde Cassie sich noch weiter zurückziehen. »Noch nicht.«

»Cassie.« Sie wiegte das Kind in ihren Armen. »Wach auf, Cassie.«

Erst nach fünf Minuten hörten die Schreie auf, doch plötzlich wurde Cassies Körper ganz schlaff.

Jessica erschrak.

Das Kind lag reglos da, die Augen weit geöffnet.

»Cassie?«

Jessica überprüfte ihren Herzschlag. Der Puls ging schnell, aber es bestand keine Gefahr – diesmal.

Was ging in dem Kind vor?

»Ich dachte schon, wir hätten sie verloren«, flüsterte Teresa.

Ihr Leben oder ihren Verstand verloren? Jessica hatte beides befürchtet.

»Sie müssen irgendetwas tun«, sagte Teresa.

»Das *weiß* ich.«

Eine halbe Stunde verging, und nur ganz allmählich nahm Cassies Gesicht wieder Farbe an.

»Gehen Sie nach draußen an die frische Luft«, sagte

Teresa. »Sie sind ja noch blasser als die Kleine. Ich bleibe solange bei ihr.«

»Nur ein paar Minuten.« Jessica stand auf und streckte sich. »Rufen Sie mich, falls sich etwas verändert.«

Im Flur blieb sie stehen und lehnte sich gegen die Tür.

»Alles in Ordnung?«, erkundigte sich Larry Fike. »Sie hat mich zu Tode erschreckt.«

»Mich auch. Aber sie ruht sich jetzt aus.«

»Diese Schreie und dieses Schluchzen ...«

Jessica nickte und ging auf die Treppe zu. *Schluchzen?* Cassie hatte nicht geschluchzt.

Doch dann hörte sie es. Leises, unterdrücktes Schluchzen. Sie hörte es genau, aber es kam nicht aus Cassies Zimmer.

Das blaue Zimmer.

Vorsichtig ging sie auf die Tür zu. »Mellie?«

Keine Antwort.

Sie klopfte an und öffnete die Tür. »Mellie, ist alles in –«

»Es geht mir gut. Lass mich allein.«

»Den Teufel werd ich tun.« Trotz der Dunkelheit konnte sie Melissas Umrisse in dem großen Bett erkennen. »Was ist los?«

»Was glaubst du wohl? Ich bin frustriert, weil du mir verbietest, den Typen im Torhaus anzubaggern.«

»Wenn er dir so viel bedeutet, werde ich ihn dir auf einem silbernen Tablett servieren.« Jessica kam näher und setzte sich auf die Bettkante. »Und jetzt sag mir die Wahrheit.«

»Ich kann dieses Zimmer nicht ausstehen.«

»Mellie.«

Sie warf sich in Jessicas Arme. »Es tut so weh«, flüsterte sie. »Und wir wären beinahe gestorben, Jessica.«

»Was?«

»Sie sind hinter uns her, und wir kommen nicht vom

Fleck. Und da ist so viel Blut ... Wir müssen tiefer und tiefer in den Tunnel hineingehen, aber wir können nicht entkommen. Es gibt nur einen Fluchtweg.«

Jessica erstarrte. »Mellie, was sagst du da?«

»Was du nicht hören willst. Wir werden sterben, Jessica. Wir können nicht weiter, wir können nicht entkommen, wir –«

»Mellie, hör auf, du ängstigst mich zu Tode.« Sie schaltete die Nachttischlampe ein. »Du redest verworrenes Zeug.«

Melissa hielt den Kopf gesenkt.

»Du hast geträumt, stimmt's?«

»Ja ... wir haben geträumt.«

»Warum sagst du dauernd *wir*?«

»Das weißt du doch.« Sie richtete sich auf und streifte sich die Haare aus dem Gesicht. Ihre Lippen zitterten, als sie zu lächeln versuchte. »Es ist doch schließlich schon einmal passiert.«

Jessica befeuchtete ihre Lippen. »Cassie?«

»Sie ist ein starkes kleines Mädchen. Es fiel ihr ganz leicht, mich mit in den Tunnel zu ziehen. Nicht wie Donny Benjamin. Er hat es versucht, aber ich hab es geschafft, vor seiner kleinen Höhle zu bleiben, obwohl er so einsam war und ich am liebsten hineingegangen wäre, um ihm Gesellschaft zu leisten.« Sie holte tief Luft. »Wenn ich reingegangen wäre, wäre er vielleicht nie wieder zurückgekommen. Aber am Ende ist er zurückgekommen. Du hast ihn zurückgeholt. Genau wie mich.« Sie schaute Jessica an. »Nur dass du zusammen mit mir noch etwas anderes geholt hast, stimmt's?«

»Du glaubst, du hast dich mit Cassie verbunden?«

»Ich weiß es.« Sie wischte sich die nassen Wangen mit dem Handrücken. »Du willst das nicht glauben, genauso wenig, wie du es bei Donny geglaubt hast. Es macht dir Angst.«

»Allerdings. Dir nicht?«

»Meistens nicht. Heute Nacht hat es mir Angst gemacht. Ich möchte leben.«

»Und Cassie nicht?«

»Wenn die Alpträume kommen, ist sie ängstlich und verwirrt und will nur weg. Und es gibt nur einen Ort, der sicherer und weiter weg ist als ihr Tunnel.«

»Mellie.«

»Tut mir Leid. Ich weiß, dass dich das irritiert.« Sie stand auf und begann, im Zimmer umherzugehen. »Ich werde mir das Gesicht waschen. Dann können wir vielleicht nach unten gehen, uns mit einem Glas Limonade auf die Veranda setzen und das alles für ein Weilchen vergessen. Einverstanden?«

Wie sollte sie das alles vergessen?, fragte sich Jessica. Als sie Donny Benjamin behandelt hatte, war es ihr gelungen, die Vorstellung zu unterdrücken, dass Melissa sich mit dem Jungen verbunden hatte. Sie hatte das alles Melissas blühender Fantasie zugeschrieben und es sich damit erklärt, dass ihre Schwester gerade erst geheilt worden war. Schließlich hatte Jessica oft mit Melissa über Donny gesprochen und ihr von den Fortschritten des Jungen erzählt. Genauso wie sie mit ihr über Cassie gesprochen hatte.

Aber Donnys Träume waren nicht von Entsetzen und Trauer geprägt gewesen. Melissa hatte ganz ruhig und mitfühlend über den Jungen gesprochen, sich jedoch zurückgehalten, als sie spürte, wie sehr Jessica das alles verwirrte und ängstigte.

»Hör auf, dir über mich den Kopf zu zerbrechen«, sagte Melissa, als sie aus dem Bad kam. »Deswegen bin ich nicht nach Hause gekommen. Wenn du nicht in meine Privatsphäre eingedrungen wärst und mich in einem schwachen Augenblick erwischt hättest, wärst du nie mit meinen Halluzinationen konfrontiert worden.«

»Aber für dich sind das doch gar keine Halluzinationen.«

»Doch. Wenn sie etwas anderes wären, würdest du dir solche Sorgen machen, dass du einen Nervenzusammenbruch bekämst. Nachdem ich sechs Jahre im Traumland verbracht habe, wäre es ein Wunder, wenn ich nicht ab und zu Halluzinationen hätte.«

»Du lügst.«

»Vielleicht.« Sie ging auf die Tür zu. »Aber das Glas Limonade will ich wirklich haben. Kommst du mit?«

»Schöne Nacht. Das tut mir gut. Ich weiß noch, wie wir als Kinder oft nachts hier gesessen haben.« Die Schaukel bewegte sich sanft. »Sitzt du manchmal hier draußen, Jessica?«

»Dazu hab ich keine Zeit.« Jessica trank einen Schluck Limonade. »Wenn ich nicht gerade mit einem Patienten arbeite, bin ich meistens in der Spezialklinik für autistische Kinder.«

»Ja, davon hast du mir erzählt. Das stelle ich mir deprimierend vor. Im Vergleich zur Arbeit mit autistischen Kindern müssen die sechs Jahre mit mir ja eine Wonne gewesen sein.«

»Es gibt gewisse Parallelitäten in der Behandlungsmethode, und wir haben schon einige Fortschritte erzielt.«

»Und dafür opferst du dein ganzes Leben.« Melissa schwieg eine Weile. »Tust du es meinetwegen? Bin ich daran schuld?«

»Schuld? Ich weiß nicht, wovon du redest.«

»Ich erinnere mich daran, wie du warst, als ich klein war, bevor Mom und Dad gestorben sind.« Sie lächelte. »Die Beliebtheit in Person, eine Cheerleaderin. Mit einer gesunden Portion Egoismus.«

»Da war ich noch jung.«

»Du bist immer noch jung, und ein bisschen egoistisch

zu sein hat noch niemandem geschadet. Ich glaube, das hast du ganz vergessen.« Melissa nippte an ihrem Glas. »Und wahrscheinlich bin ich doch daran schuld. Du hattest plötzlich einen Zombie am Hals, um den du dich kümmern musstest, und irgendwann wurdest du dadurch zur heiligen Jessica.«

»Sei nicht albern. Du konntest doch nichts dafür, dass du in dem Auto warst, mit dem Mom und Dad tödlich verunglückt sind. Es ist nun einmal passiert, wir können es nicht rückgängig machen und uns bleibt nichts anderes übrig, als uns dem Leben zu stellen und unseren Weg zu gehen.«

Melissa hob ihr Glas. »Wie gesagt, die heilige Jessica. Ich an deiner Stelle hätte einen Tobsuchtsanfall nach dem anderen bekommen und meine Schwester in ein Heim gesteckt.«

»Nein, das hättest du nicht. Das ist doch dummes Gerede. Du hättest dasselbe für mich getan.«

»Ach du lieber Himmel, ich als heilige Melissa?« Sie schüttelte den Kopf. »Nein, das kannst du vergessen.«

»Immerhin hast du dich entschlossen, Medizin zu studieren und Ärztin zu werden. Das ist nicht gerade ein Beruf, bei dem in erster Linie Egoismus gefragt ist.«

»Glaubst du etwa, ich habe vor, in deine Fußstapfen zu treten?«

»Ich glaube einfach, dass du großherziger und mitfühlender bist, als du zugibst.«

»Ist dir je in den Sinn gekommen, dass ich Medizin studiere, weil ich nach Antworten suche?«

»Deswegen studieren wir doch alle.«

»Aber ich bin auf der Suche nach ganz persönlichen Antworten. Ich will wissen, warum ich mich sechs Jahre lang von der Welt abgekapselt habe.« Sie schaute in ihr Glas. »Und ich will wissen, was mit Donny Benjamin passiert ist.«

»Mellie, du warst in einem höchst emotionsgeladenen Zustand, und deine Fantasie ist mit dir durchgegangen.«

»Und du willst nicht glauben müssen, dass deine kleine Schwester einen Dachschaden hat.«

»Du hast keinen Dachschaden. Wenn du davon überzeugt wärst, übersinnliche Kräfte entwickelt zu haben, dann hättest du Kurse in Parapsychologie belegt.«

»Oh, ich habe genug Bücher über Hellseherei gelesen, ich könnte eine ganze Bibliothek damit füllen. Aber dort habe ich nicht nach Antworten gesucht. Glaub mir, ich würde viel lieber eine ganz normale wissenschaftliche Erklärung für das finden, was mit mir passiert ist.«

»Das glaube ich dir gern. Donny Benjamin war ein einmaliger Fall und absolut erklärbar.«

»Und Cassie?«

»Dieselbe Erklärung. Ich habe beide Fälle mit dir diskutiert, und auf diesem Gebiet bist du sehr empfänglich für Suggestion.«

»Auf dem Gebiet des Traumlands?«

»Wie auch immer du es nennen willst. Es ist nachvollziehbar, dass du –«

»Hör auf.« Melissa lachte. »Eins ist mir mittlerweile vollkommen klar. Was mit mir geschehen ist, hat nichts mit Vernunft zu tun. Es ist sehr nett von dir, dass du alle möglichen Erklärungen aufführst, bloß um zu verhindern, dass ich im Irrenhaus lande, aber ich bin, was ich bin.«

»Und was ist das?«

»Eine Irre.« Sie hob eine Hand, um Jessica zum Schweigen zu bringen. »Eine nette, intelligente, charismatische Irre. Aber auf jeden Fall eine Irre. Und hör auf, mich so anzusehen, als würdest du mich am liebsten ins Bett stecken und mir einen kühlen Waschlappen auf die Stirn legen. Ich weiß, dass du dieses fantastische Buch über mich geschrieben hast, und ich weiß, wie sehr wir darum gekämpft haben, in die Normalität zurückzukehren. Aber in einem Punkt irrst du dich gewaltig: Normal bin ich nicht.«

»Natürlich bist du normal.«

»Ich weiß noch nicht mal, was das ist. Nur wenige von den Leuten, die ich kenne, sind vollkommen normal. Du bist auch nicht normal, du bist die heilige Jessica.« Sie stand auf. »Ich gehe jetzt ins Bett. Für heute Nacht hast du dir genug Sorgen gemacht.«

»Stimmt.«

»Aber du versuchst schon wieder, eine Lösung zu finden. Oder soll ich lieber sagen, eine Behandlungsmethode?«

»Warum hast du bisher nie mit mir über diese Dinge gesprochen? Warum ausgerechnet heute Nacht?«

»Beinahe hätte ich es auch diesmal nicht getan, weil ich dich liebe und deine Anerkennung brauche. Aber als ich hier saß, musste ich an Cassie denken. Vielleicht bin ich egoistisch, aber ich kann nicht verbergen, was ich bin, wenn Cassie deswegen stirbt.« Sie sah ihre Schwester ernst an. »Beim nächsten Mal wird es noch schlimmer sein. Du musst eine Möglichkeit finden, den Ablauf zu unterbrechen und etwas Neues ins Spiel zu bringen. Egal was, du musst sie aus ihren Träumen herausreißen.«

»Wie zum Teufel soll ich –«

»Ich weiß es nicht. *Du* bist die Seelenklempnerin.« Sie ging auf die Tür zu. »Tu's einfach.«

»Mellie.«

Sie drehte sich um.

»Bist du deswegen nach Hause gekommen? Hast du von Cassie geträumt?«

»Nein.« Sie wandte sich ab und legte die Hand auf den Türknauf. »Bis heute Nacht hatte ich keine Träume von – mit Cassie.«

»Sie hätten sich länger ausruhen sollen«, sagte Teresa, als Jessica das Zimmer betrat. »Sie brauchen Entspannung.«

»Wie geht es ihr?«

»Unverändert.« Teresa stand auf. »Ich gehe nach unten und trinke eine Tasse Kaffee, und dann komme ich wieder rauf und schicke Sie ins Bett. Sie sehen allmählich aus wie eine Ihrer Patientinnen.«

»Nein, es geht mir gut.« Was eine Lüge war. Es ging Jessica alles andere als gut. Sie war erschöpft und so von Angst erfüllt, dass ihr übel war. Sie wusste nicht, ob sie mehr Angst um Cassie oder um Melissa hatte. Das Kind war verloren, aber ihre Schwester, von der sie angenommen hatte, dass sie geheilt war, schien erneut in den Abgrund zu stürzen.

Dabei hatte Melissa gewirkt, als sei sie vollkommen mit sich im Reinen. Andererseits, wie viele Patienten hatte Jessica schon behandelt, die völlig gesund schienen, außer wenn sie gerade einen Schub hatten.

Melissa war gesund. Sie war nur ...

Ja, was?

Seufzend lehnte Jessica sich in ihrem Sessel zurück. Diese zusätzlichen Sorgen hatten ihr gerade noch gefehlt. Die Vorstellung, dass irgendeine Art von mentaler Verbindung stattgefunden haben sollte, war einfach absurd. Das verstieß gegen jede Logik. Was auch immer heute Nacht geschehen sein mochte, es war genauso simpel wie die Erklärung, die sie Melissa angeboten hatte.

Sie nahm Cassies Hand. »Du musst bald zurückkommen. Die Alpträume tun dir weh. Ich dachte, wir könnten noch warten, aber ... Komm aus dem Tunnel heraus, Kleines. Dann wirst du wieder glücklich sein, ich verspreche es dir. Dann wirst du wieder bei deiner Mama und deinem Daddy sein, und sie werden –«

Tunnel? Wie war sie jetzt darauf gekommen?

Sie erstarrte. Melissa hatte gesagt, Cassie befinde sich in einem Tunnel. Es wäre viel naheliegender gewesen, sich Cassie in dem dunklen Wald vorzustellen, in dem Melissa selbst diese sechs Jahre verbracht hatte. Aber das hatte sie nicht gesagt.

Sie ist ein starkes kleines Mädchen. Es fiel ihr nicht schwer, mich mit in den Tunnel zu ziehen.

Ein kalter Schauer lief ihr über den Rücken. War das Melissas Einbildung, oder war es vielleicht ...?

Sie sträubte sich gegen die Vorstellung, sie war allzu abwegig. Sie musste sich auf ihren Verstand verlassen, was Cassie anging ... und Melissa. Doch sie zweifelte, ob Cassies geschwächter Körper eine weitere Nacht wie diese überleben würde.

Beim nächsten Mal wird es noch schlimmer sein. Du musst eine Möglichkeit finden, den Ablauf zu unterbrechen.

Gütiger Himmel.

5

»Karlstadt will nur mit dir verhandeln«, sagte van der Beck, als Travis sich am Telefon meldete. »Er will die Ware sehen.«

»Hast du ihm das Muster gezeigt?«

»Er sagt, ein Regentropfen macht noch keinen Ozean.«

»Ich hätte ihn gar nicht für so poetisch gehalten.«

»Er will, dass du herkommst.«

»Sag ihm, ich respektiere seine Wünsche, aber in einem Ozean kann man leicht ertrinken, und das Risiko bin ich nicht bereit einzugehen, solange ich kein akzeptables Angebot habe.«

»Und was würdest du als akzeptabel bezeichnen?«

»Fünfundzwanzig Millionen klingen doch nicht schlecht.«

Van der Beck schnaubte. »Du träumst wohl, Michael.«

»Nein, sie werden zahlen. Das ist ein guter Preis. Lass dich nicht runterhandeln.« Er wechselte das Thema. »Hast du mit irgendjemandem Kontakt aufgenommen, der etwas über den Anschlag auf Vasaro weiß?«

»Ich werde Henri Claron in Lyon einen Besuch abstatten. Angeblich weiß er etwas. Aber er gibt sich sehr schweigsam, und das ist eigentlich nicht seine Art.«

»Im Gegenteil.«

»Und ich habe noch etwas Interessantes herausgefunden. Henris Frau Danielle ist in demselben Dorf aufgewachsen wie Jeanne Beaujolis, die Kinderfrau von Cassie Andreas.«

»Das ist in der Tat interessant.«

»Aber, wie gesagt, Henri ist zur Zeit nicht besonders gesprächig.«

»Hat er Angst?«

»Ich habe ihm eine Menge Geld angeboten. Es müsste schon hart auf hart kommen, damit er sich eine solche Summe entgehen ließe. Ich halte dich auf dem Laufenden.« Er legte auf.

Verdammt. Travis steckte das Handy in die Tasche und trat ans Fenster. Nicht unbedingt Neuigkeiten, wie er sie erhofft hatte. Seit einer Woche war er nun schon hier und noch keinen Schritt weitergekommen.

Aber immerhin noch besser, als in einer Holzkiste zwei Meter tief vergraben zu sein. Er war es einfach nicht gewöhnt, irgendwo festzusitzen. Mehr als ein paar Stunden am Tag konnte er sich nicht damit beschäftigen, am Computer zu sitzen oder Bücher zu lesen. Das einzige Buch, das ihn wirklich fesselte, war das von Jessica Riley. Es gefiel ihm, sich in die Vergangenheit und in die Situation von Jessica Riley und ihrer Schwester Melissa zu versetzen. Das machte die Gelegenheiten, bei denen er einen Blick auf die beiden erhaschen konnte, noch interessanter. Sie kamen ihm so vertraut vor, wie kaum jemand sonst. Die meisten Menschen gewährten nicht einmal ihren engsten Freunden einen so tiefen Einblick in ihre Gedanken und Gefühle, und die Klarheit, mit der Jessica sich in ihrem Buch ausdrückte, hatte etwas Ergreifendes. Die Geschichte ihres Kampfs um ihre traumatisierte Schwester, die als Kind hatte mit ansehen müssen, wie ihre Eltern verbrannten, enthielt keine Spur von Eitelkeit, im Gegenteil, aus jedem Wort sprach die reine Zuneigung.

Durch den Regen sah er, dass hinter den Fenstern des

Zimmers im ersten Stock des großen Hauses Licht brannte. Schon das dritte Mal in dieser Woche. Anscheinend ging es Cassie gar nicht gut. Das arme Kind.

Und die arme Jessica Riley. Wie er ihrem Buch zwischen den Zeilen entnommen hatte, litt sie vermutlich immer sehr mit ihren Patienten mit. Nun auch mit Cassie.

Doch das ging ihn nichts an. Wie oft hatte er sich das eigentlich schon gesagt, seit er hier eingetroffen war? Aus purer Langeweile gab er sich Spekulationen hin, und Spekulationen reichten ihm selten aus. Er zog es vor, alles unter Kontrolle zu haben. Wenn er nicht aufpasste, lief er Gefahr, seine sichere Position als Beobachter aufzugeben und sich einzumischen und nach einer Lösung des Problems zu suchen. Er musste sich auf sein eigenes Leben konzentrieren und Cassie Andreas und die Menschen um sie herum vergessen.

Cassie schrie.

Jessica wiegte sie in den Armen. »Kleines, wach auf. Bitte. So geht das nicht weiter.«

Doch Cassie riss nur den Mund weit auf und schrie. Immer und immer wieder.

Schneller Puls. Feuchte Haut.

»Spritze?«, fragte Teresa.

»Ich habe ihr beim letzten Mal eine Spritze gegeben, aber sie hat keine Wirkung gezeigt. Und wenn ich ihr zu viel gebe, bringt es sie um.«

Was aber tun? Jessica überlegte fieberhaft. Schon seit zwanzig Minuten schrie das Kind ohne Unterlass. Es war der schlimmste Anfall, den Cassie bisher gehabt hatte, und sie konnte doch nicht riskieren, dass –

»Kümmern Sie sich um sie«, sagte sie zu Teresa. Sie sprang auf und rannte aus dem Zimmer, an dem Wachmann vorbei und den Flur entlang. Sie riss Melissas Tür auf. »Cassie hat einen schlimmen Alptraum. Ich weiß nicht, was du tun kannst, aber wenn es irgendetwas gibt –«

Melissa antwortete nicht.

Jessica schaltete das Licht ein.

Melissa lag mit offenen Augen auf dem Bett.

»Mellie?«

Schneller Puls. Feuchte Haut.

»*Mist.*«

Tränen liefen über Jessicas Wangen, als sie aus dem Zimmer stürzte. Was zum Teufel sollte sie tun? Das war alles verrückt. Nichts ergab einen Sinn. Dieses Kind durfte nicht sterben.

Und Melissa …

Herr im Himmel, was sollte sie tun?

Du musst eine Möglichkeit finden, den Ablauf zu unterbrechen, und etwas ins Spiel bringen.

Sie rannte die Treppe hinunter und in den Regen hinaus.

Den Ablauf unterbrechen.

Etwas Neues ins Spiel bringen.

Sie wusste, wo sie ein neues Element finden konnte. Sie wusste es seit der Nacht, als Andreas ihr jeglichen Kontakt mit Michael Travis untersagt hatte.

Verdammt. Sie konnte nicht tatenlos zusehen, wie dieser Alptraum weiterging.

Mit den Fäusten trommelte sie gegen die Tür des Torhauses. »Machen Sie auf, Herrgott noch mal.«

Travis öffnete die Tür. »Was zum Teufel –«

»Los, kommen Sie.« Sie packte ihn am Arm. »Ich brauche Sie. Sofort.«

»Was ist passiert?«

»Stellen Sie keine Fragen. Kommen Sie einfach.« Sie zerrte ihn mit sich. »Ich bin Jessica Riley, und ich –«

»Ich weiß, wer Sie sind. Was ich nicht weiß, ist, was Sie hier tun.«

»Das erkläre ich Ihnen später. Kommen Sie einfach mit.«

Er rannte neben ihr her auf das Haus zu. »Geht es um die Kleine?«

»Ja. Ich habe Angst, dass sie stirbt.« Jessica bemühte sich, das Zittern in ihrer Stimme zu beherrschen. »Sie hat einen Alptraum, und es gelingt mir nicht, sie zu wecken.« Sie hatten die Haustür erreicht, sie zog ihn in die Diele. »Sie müssen mir helfen.«

»Ich bin kein Arzt.«

»Tun Sie einfach, was ich Ihnen sage.« Als sie die Treppe hinaufhasteten, hörte sie Cassies Schreie. Erleichtert atmete sie auf. Cassie schrie, also war sie noch am Leben.

Auf dem Treppenabsatz trat ihr Larry Fike entgegen, den Blick auf Travis gerichtet. »Er darf hier nicht rein, Dr. Riley. Ich habe meine Befehle.«

»Er kommt mit rein«, erwiderte sie scharf. »Sie können ihn durchsuchen. Sie können auch mit reinkommen und die ganze Zeit neben ihm stehen bleiben. Aber er kommt mit rein. Ich brauche ihn.«

»Ich habe meine Befehle.«

»Werden Sie später dem Präsidenten erklären, warum Sie mich daran gehindert haben, das Leben seiner Tochter zu retten?«

»Ich habe meine –« Er unterbrach sich und schaute auf die Tür zu Cassies Zimmer. »Beine auseinander und Hände an die Wand, Travis.«

Ungeduldig sah Jessica zu, wie Fike Travis abtastete. »Bitte, beeilen Sie sich, sie –«

Fike gab Travis frei, folgte ihm aber auf dem Fuß.

Jessica stürzte auf das Bett zu. »Wie geht es ihr, Teresa?«

»Ich fürchte, ein bisschen schlechter.« Sie sah zu Travis auf. »Was hat der hier zu suchen?«

»Das frage ich mich auch«, sagte Travis. »Was habe ich hier zu suchen?«

»Ich weiß es nicht. Ich musste irgendetwas unternehmen –«

Ein erneuter Schrei.

Travis zuckte zusammen, dann trat er einen Schritt vor. »Tun Sie doch etwas dagegen! Bestimmt leidet sie fürchterlich unter –«

»Wenn ich etwas dagegen tun könnte, würde ich Sie nicht brauchen.« Jessica holte tief Luft und versuchte nachzudenken. »Sie hat einen Alptraum, und es gelingt mir nicht, sie da herauszureißen. Ich glaube, es hat mit Vasaro zu tun. Sie versucht, vor etwas zu fliehen. Aber sie kann ihm nicht entkommen, und deswegen geht der Alptraum immer weiter. Wir müssen etwas tun, um das Muster zu durchbrechen.«

»Ich?«

»Sie haben ihr in Vasaro das Leben gerettet. Vielleicht müssen Sie es heute Nacht noch einmal tun.«

»Steht es so schlimm um sie?«

»Ich weiß es nicht. Aber dieser Alptraum muss aufhören.«

»Da haben Sie verdammt Recht.« Travis setzte sich auf das Bett. Er nahm Cassies Hände. Einen Augenblick lang sah er sie schweigend an, dann sagte er: »Du bist in Sicherheit, Cassie. Ich bin bei dir. Es ist alles vorbei. Erinnerst du dich? Wir gehen jetzt in die Küche und warten auf deine Eltern.«

Cassie schrie.

»Du bist in Sicherheit. Ich bin bei dir. Der böse Mann ist weg. Sie sind alle weg.«

Sie schrie.

»Hör mir zu, Cassie«, sagte er mit leiser, eindringlicher Stimme. Er sah sie durchdringend an. Jessica konnte beinahe spüren, wie er sich zwang, mit dem Entsetzen des

Kindes fertig zu werden. »Es ist vorbei. Du bist in Sicherheit. Der böse Mann ist fort.«

Cassie verstummte.

»Niemand kann dir etwas tun. Er kann niemandem etwas tun. Du bist in Sicherheit.«

Cassie starrte ihn an.

»Er ist fort. Sie sind alle fort. Du bist in Sicherheit.«

Cassie holte tief Luft.

Minuten vergingen. Schließlich schloss sie die Augen.

Lieber Gott, ich danke dir. Jessica trat näher ans Bett und fühlte Cassies Puls. Er stabilisierte sich.

»Alles in Ordnung?«, fragte Travis.

»Vorerst ja. Sie schläft jetzt tief.«

»Wird der Alptraum wiederkehren?«

»Wahrscheinlich nicht. Es ist noch nie zweimal in einer Nacht vorgekommen.« Sie wandte sich an Teresa. »Bitte bleiben Sie bei ihr.«

»Mach ich.« Teresa starrte Travis an. »Er sollte am besten auch in der Nähe bleiben.«

Jessica nickte erschöpft. »Ich bin gleich wieder da.« Mellie. Sie musste nach Mellie sehen. Sie eilte den Flur entlang zum blauen Zimmer.

»Mellie?«

Keine Antwort.

Sie trat ans Bett. Melissa schien ebenfalls tief zu schlafen. Sie fühlte ihren Puls. Beinahe normal.

Langsam öffneten sich Melissas Lider. »Schlimm ... Beinahe ... hättest du uns verloren.«

»Wie geht es dir?«

»Als wären wir ... von einem Lastwagen überrollt worden.« Sie schaute über Jessicas Schulter hinweg. »Danke.«

Als Jessica sich umdrehte, sah sie Travis hinter sich stehen.

»Wofür?«, fragte er.

»Später … so müde …« Ihre Lider flatterten und schlossen sich wieder. »Danke.«

»Gute Idee. Schlaf jetzt.« Jessica deckte ihre Schwester zu. »In ein paar Stunden schaue ich noch mal nach dir.«

»Nicht … nötig. Es … geht uns gut.«

»Ich mach's trotzdem.« Jessica bedeutete Travis, ihr zu folgen. »Gute Nacht, Mellie.«

Melissa antwortete nicht. Sie schlief.

Im Flur wandte Jessica sich zu Travis um. »Warum sind Sie mir gefolgt?«

»Was hätte ich denn sonst tun sollen? Offenbar wurde ich in Cassies Zimmer nicht mehr gebraucht, und dieser Secret-Service-Mann hat mir ein Loch in den Bauch gestarrt.«

»Sie hatten kein Recht, im Zimmer meiner Schwester aufzutauchen.«

Er zuckte die Achseln. »Sie hatten die Tür offen stehen lassen. Und als ich sah, dass Sie ihren Puls fühlten, dachte ich, Sie würden mich vielleicht brauchen.«

»Ich brauchte Sie nicht mehr. Mellie … war nur … erschöpft.«

»Ach ja?«

»Ich danke Ihnen, es ist jetzt alles in Ordnung. Sie können wieder gehen.«

Er schüttelte den Kopf. »Ich bin nass bis auf die Haut, und ich werde bei diesem Sturm nicht vor die Tür gehen, ehe meine Sachen wieder trocken sind und ich eine Tasse Kaffee getrunken habe.« Er ging die Treppe hinunter. »Würden Sie mir sagen, wo die Küche ist? Sie brauchen nicht mitzukommen, ich bin es gewöhnt, für mich selbst zu sorgen.«

Daran zweifelte sie nicht. Er benahm sich so selbstverständlich, als wäre er hier zu Hause. Aber dass er vollkommen durchnässt war, war nicht von der Hand zu weisen. Vor lauter Aufregung hatte sie das noch gar nicht bemerkt. »Tut mir Leid.« Sie lief die Treppe hinunter. »Ist Ihnen kalt? Ich hätte Ihnen Zeit lassen sollen, einen Schirm zu holen, aber ich war mit den Gedanken ganz woanders.«

»Ich glaube, Sie haben noch nicht mal bemerkt, dass es regnete.« Er folgte ihr in die Küche. »Sie sind genauso nass wie ich. Oder ist Ihnen das auch entgangen?«

Er hatte Recht. »Wenn ich den Kaffee aufgesetzt habe, hole ich uns ein paar Handtücher.«

»Ich kümmere mich darum. Sagen Sie mir, wo ich sie finde.«

»In dem großen Schrank im Badezimmer. Am Ende des Flurs auf der linken Seite.«

Jessica war gerade dabei, Kaffeetassen auf den Tisch zu stellen, als er zurückkam.

»Schönes Haus.« Er warf ihr ein großes, weißes Handtuch zu und begann, sich mit dem anderen die Haare trockenzurubbeln. »Es gibt nicht viele Badezimmer, in denen antike Schränke stehen. Sie müssen sich fühlen, als lebten Sie in einer anderen Zeit.«

»Manchmal.« Sie wischte sich Gesicht und Hals ab, dann trocknete sie ihr Haar. »Vor allem, wenn der Strom ausfällt.« Sie legte das Handtuch weg. »Milch und Zucker?«

Travis schüttelte den Kopf. »Fällt der Strom oft aus?«

»Nein, meine Eltern haben neue Leitungen verlegen lassen, als ich klein war, aber hin und wieder passiert es einfach.« Sie schenkte Kaffee ein. »Der Präsident sagt, Sie haben lange in Europa gelebt, alte Häuser müssten Ihnen also vertraut sein.«

»Ich habe immer in Armenvierteln gelebt.« Er setzte sich an den Tisch und nahm seine Tasse in beide Hände. »Die Häuser, in denen ich aufgewachsen bin, sind zusammengefallen, bevor sie historischen Wert entwickeln konnten. Seit ich erwachsen bin, ziehe ich moderne Häuser vor,

Wohnungen mit allem Komfort.« Seine Augen funkelten. »Ich habe gar nicht die Zeit, unzuverlässige Stromleitungen zu reparieren.«

»Die Frage ist, ob man sich die Zeit nehmen will.« Sie setzte sich ihm gegenüber. »Ich möchte Ihnen danken, dass Sie mir mit Cassie geholfen haben. Wahrscheinlich haben Sie mich für verrückt gehalten, als ich so panisch an Ihre Tür geklopft habe.«

»Ihr Besuch kam auf jeden Fall unerwartet.«

»Aber Sie sind trotzdem mitgekommen. Das werde ich Ihnen nie vergessen. Ich hatte entsetzliche Angst.«

»Das war nicht zu übersehen.« Er nippte an seinem Kaffee. »Erzählen Sie mir von Cassie.«

»Jeder weiß, dass sie an einem posttraumatischem Stresssyndrom leidet.«

»Aber nicht jeder weiß von diesen Alpträumen. Spricht sie darüber?«

»Sie spricht überhaupt nicht.«

»Woher wissen Sie dann, dass sie von Vasaro träumt?«

Sie schaute in ihre Tasse. »Das ist doch logisch, oder?«

»Ja.«

»Und Sie konnten sie aus ihrem Alptraum befreien, weil Sie in Vasaro dabei gewesen sind.«

»Auch logisch. Wie kamen Sie darauf, dass sie auf mich reagieren würde?«

»Sie waren das neue Element. Das hat die Struktur des Traums aufgebrochen. Als der Präsident mir zum ersten Mal von Ihnen erzählte, hatte ich bereits das Gefühl, dass ich Sie würde gebrauchen können.«

Er grinste spöttisch. »Freut mich, Ihnen gedient zu haben. Allerdings schätze ich, dass Andreas mich nicht gerade für den passenden Kandidaten halten wird.«

»Sie sind der einzige Kandidat, den Cassie akzeptiert. Er wird sich mit allem einvers1tanden erklären, was dazu beiträgt, dass seine Tochter wieder gesund wird.«

»Wenn Sie vorhaben, meine Hilfe noch einmal in Anspruch zu nehmen, dann sollten Sie sich mit ihm in Verbindung setzen und ihn darüber informieren. Ich wette, die Jungs vom Secret Service sind bereits dabei, Bericht zu erstatten.«

»Was?«

»Rufen Sie ihn an und sagen Sie ihm, dass Sie mich brauchen. Er kann kaum sturer sein als der Wachmann, mit dem Sie sich angelegt haben, um mir Zutritt zu Cassies Zimmer zu verschaffen.«

Sie war so müde und so benommen, dass sie darüber noch gar nicht nachgedacht hatte. Doch Michael Travis hatte offenbar schon einen Schritt weiter gedacht »Vielleicht brauche ich Sie ja gar nicht mehr.«

»Wollen Sie das Risiko eingehen?«

Nein, das wollte sie nicht. »Wer weiß, ob es ein zweites Mal funktioniert?«

»Und wenn doch?«

Sie sah ihn durchdringend an. »Warum sind Sie so versessen darauf, mir zu helfen?«

»Was glauben Sie? Weil ich so ein großes Herz habe?«

»Ich weiß nichts über Sie, außer, was Andreas mir erzählt hat.«

»Das dürfte reichen. Andererseits ist es vielleicht ein bisschen unfair, denn ich habe Sie eingehend studiert, seit ich im Torhaus wohne.«

»Wie bitte?«

Er lachte in sich hinein. »Keine Sorge. Ich bin kein Spanner. Ich habe Ihr Buch gelesen. Es war sehr aufschlussreich.«

»So?«

»Ich hatte nichts Besseres zu tun. Das war eine äußerst langweilige Woche. Die Sache mit Cassie ist das Aufregendste, was ich seit meiner Abreise aus Amsterdam erlebt habe.«

»Sie klingen ja regelrecht begeistert. Freut mich, dass Cassies Leiden Ihnen zu einem Vergnügen verholfen hat.«

»Vergnügen? Das war's wohl weniger. Ich gebe aber zu, es hat mir ein gewisses Hochgefühl bereitet, dem Kind zu helfen. Tut mir Leid, wenn das für Sie anstößig klingen mag, aber das ist nun mal meine Natur. Ihnen wäre es sicherlich lieber, wenn ich so tiefgründig und selbstlos wäre, wie Sie es offenbar sind, aber damit kann ich nicht dienen. Ich lasse die Dinge nicht so nah an mich heran.«

»Warum bieten Sie mir dann Ihre Hilfe an?«

»Ich liebe es, den Status quo zu durchbrechen. Es gefällt mir, etwas zu erschüttern, von dem die meisten Menschen glauben, es sei in Stein gemeißelt.«

»Wie ungeheuer ... distanziert.«

»Sie meinen kalt.« Er lächelte. »Ich bin nicht kalt, Dr. Riley. Und den Status quo zu erschüttern ist nicht immer das Schlechteste. Sie hatten nichts dagegen, dass ich es bei Cassie tue.«

Und als er mit Cassie gesprochen hatte, war er alles andere als kalt gewesen. Seine Leidenschaft und seine Eindringlichkeit hatten Cassie aus ihrem tödlichen Alptraum befreit.

»Es ist nicht alles nur schwarz oder weiß.« Er konnte ihre Gedanken lesen. »Ich verspreche Ihnen, ich werde Ihrer Cassie nichts antun.«

»Sie ist nicht meine Cassie.«

»Wirklich nicht?«

Er sah zu viel. »Ich möchte, dass sie wieder gesund wird.«

»Und, im Gegensatz zu mir, gehen Sie eine persönliche Beziehung ein.«

»Das tun die meisten Menschen.« Jessica musterte ihn. Stärke. Intelligenz. Ein Anflug von Verwegenheit. Was lag sonst noch in diesem Gesicht? »Warum wollen Sie Cassie helfen? Es kann doch nicht nur die Langeweile sein.«

Er lachte. »Sie haben mich in die Sache hineingezogen wie eine Schachfigur. Ich vergaß Ihnen zu sagen, dass ich leidenschaftlich gern die Kontrolle in der Hand habe.«

Sie sah ihn fest an. »Ich habe die Kontrolle über Cassie. Niemand sonst.«

»Cassie hat die Kontrolle über Cassie.« Sein Lächeln verschwand. »Sie brauchen mich, aber Sie werden mich nicht als Schachfigur bekommen.«

»Sie würden doch nicht tatenlos zusehen, wie die Klei ne stirbt.«

»Das können Sie nicht wissen. Ich bin Ihr Joker. Ich kann alles sein. Wollen Sie ein Risiko eingehen?«

Verdammt, er wusste doch ganz genau, dass sie das nicht konnte.

Travis schüttelte den Kopf. »Ich werde Sie nicht überrumpeln. Vorerst werde ich nach Ihrer Pfeife tanzen. Ich möchte nur, dass wir uns verstehen.«

Sie dachte darüber nach, nickte.

»Gut.« Er trank seinen Kaffee aus und stand auf. »Ich gehe jetzt zurück ins Torhaus, und Sie rufen Andreas an. Okay?«

»Ich überleg's mir.«

»Wie Sie wollen. Es wird komplizierter, wenn er Sie anruft, nachdem er mit seinen Leuten gesprochen hat.« Er hob die Hand zum Gruß und ging durch die Tür. »Wir sehen uns.«

Jessica blieb noch lange am Tisch sitzen. Sie war es nicht gewöhnt, Befehle entgegenzunehmen, und Travis' Vorschlag war einem Befehl gefährlich nahe gekommen. Er hatte es offensichtlich ernst gemeint, als er erklärte, er übe leidenschaftlich gern Kontrolle aus.

Das würde ihm nicht gelingen. Sie hatte nicht die Absicht, auch nur ein Jota von der Verantwortung für Cassie abzutreten. In dem Augenblick, als er sich auf Cassies Bett gesetzt hatte, war eine Veränderung in ihm vorgegangen. Die Herausforderung schien ihn regelrecht elektrisiert zu haben, jede Zelle in seinem Körper war aufgeladen. Sie mochte seine Entschlossenheit brauchen, aber auf seine Dominanz konnte sie verzichten.

Dummerweise jedoch hatte Travis Recht, sie musste Andreas anrufen. Wenn sie seinen Vorschlag nur deshalb ignorierte, weil er von Travis kam, würde sie sich selbst schaden. Sie würde Andreas anrufen, es hinter sich bringen, und dann würde sie sich in Ruhe überlegen, wie sie Michael Travis benutzen konnte.

Der Regen hatte nicht nachgelassen, doch Travis spürte die Nässe kaum, als er zum Torhaus zurückeilte. Er war immer noch erfüllt von der explosiven Energie seines Kampfs mit Cassie ... und mit Jessica Riley.

Faszinierend.

Das Erlebnis mit Cassie und dann das aufschlussreiche Gespräch zwischen Jessica und ihrer Schwester Melissa, dessen Zeuge er geworden war. Teile eines Puzzles begannen sich zusammenzufügen, die ihm äußerst interessant erschienen.

Und gefährlich.

Vielleicht hatte er doch noch nicht lange genug auf einem Hochseil balanciert.

6

Andreas schwieg, als Jessica geendet hatte.

Als er endlich Worte fand, klang seine Stimme belegt. »Sie glauben also, sie hätte sterben können?«

»Wenn das nicht meine Befürchtung gewesen wäre, hätte ich Travis nicht ins Haus geholt.«

»Mein Gott.« Erneutes Schweigen. »Was zum Teufel passiert mit ihr?«

»Das genau versuche ich zu ergründen.«

»Ich möchte bei ihr sein. Es macht mich verrückt, tausende Meilen von ihr entfernt zu sein.«

»Sie könnten ihr nicht helfen, Sir.«

»Aber Travis hat ihr geholfen.«

»Es besteht kein Zweifel, dass er ihr das Leben gerettet hat.« Sie holte tief Luft. »Möglicherweise werde ich ihn wieder brauchen.«

»Ich wollte ihn von ihr fern halten. Ich dachte, seine Anwesenheit würde ihre Alpträume noch verschlimmern.«

»Schlimmer könnten sie nicht sein.«

Wieder schwieg der Präsident. »Dann benutzen Sie ihn. Benutzen Sie jeden oder alles, was nötig ist. Ich werde veranlassen, dass man ihm den Befehl erteilt, sich zu Ihrer Verfügung zu halten.«

Das würde Travis gefallen. »Ich danke Ihnen, Sir. Ich bin sicher, dass es die richtige Entscheidung ist.«

»Es geht ihr immer schlechter«, stieß er hervor. »Warum können wir nichts tun? Warum sitzen wir da und vergeuden unsere Energie, während sie –«

Sie konnte den Schmerz in seiner Stimme nicht ertragen. »Ich weiß, was Sie empfinden. Vielleicht ... könnten Sie sich entschließen, mich mit ihr nach Vasaro fahren zu lassen.«

»Nein! Auf keinen Fall. Ich mag vielleicht verzweifelt sein, aber ich bin nicht verrückt.«

»Ich denke, es könnte –«

»Nein.«

Sie seufzte. Sie hatte nicht damit gerechnet, dass er den Vorschlag annehmen würde, aber sie musste es trotzdem versuchen. Es wäre ein radikaler Schritt, gefährlich sogar, aber sie war ebenso verzweifelt wie Andreas. »Ich wünschte, Sie würden es wenigstens in Erwägung ziehen.«

»Eher würde ich in Erwägung ziehen, sie von einem anderen Arzt behandeln zu lassen.« Er sagte etwas zu jemandem im Hintergrund, dann sprach er wieder ins Telefon. »Ich muss Schluss machen. Ich werde bei einem Empfang im königlichen Palast erwartet. Wenn Sie bei Ihrem nächsten Anruf keine besseren Nachrichten für mich haben, komme ich zurück und suche mir jemanden, der Cassie helfen kann.« Er legte auf.

Seine Drohung schreckte Jessica nicht. Sie wusste, dass sie seinem Kummer über eine scheinbar ausweglose Situation entsprang. Wenn sie glaubte, jemand anders könnte Cassie besser helfen, würde sie nicht zögern, diese Person selbst hinzuzuziehen.

Aber er hatte Recht – in letzter Zeit hatten sie alle ihre Energie damit vergeudet, den Status quo aufrechtzuerhalten.

Ich liebe es, den Status quo zu durchbrechen.

Vielleicht wäre es das Beste, Travis noch stärker ins Spiel zu bringen.

Vielleicht aber auch nicht. Irgendetwas musste sich jedenfalls ändern. So konnte es nicht weitergehen mit Cassie. Jessica musste jede Möglichkeit in Betracht ziehen, die Cassie helfen konnte.

Müde stieg sie die Treppe hinauf. Zeit, nach der Kleinen zu sehen und ein bisschen Schlaf zu bekommen.

Vor der Tür zum blauen Zimmer blieb sie stehen.

Jede Möglichkeit.

Melissa.

Melissa war ebenso erschöpft wie Cassie. War die Verbindung zwischen den beiden so stark geworden?

Die Vorstellung war absurd, verrückt, beängstigend, lief jeder Logik zuwider.

Jede Möglichkeit.

Nicht jetzt. Sie musste sich Zeit geben, um sich an die Vorstellung zu gewöhnen.

Morgen ...

»Was duftet denn hier so lecker?«, fragte Melissa, als sie in die Küche kam. »Gott, hab ich einen Hunger.«

»Huevos rancheros.« Jessica blickte über ihre Schulter. »Aber du hast es vermasselt. Ich wollte dir dein Frühstück ans Bett bringen.«

»Du weißt doch, dass ich es nicht ausstehen kann, ewig im Bett rumzuliegen.« Melissa trat an den Kühlschrank und nahm den Orangensaft heraus. »Wie geht's Cassie?«

Jessica legte zwei Würstchen auf den Teller mit den Eiern. »Sag du's mir.«

Melissas Lächeln verschwand. »Ich habe keine Ahnung. Und wenn ich eine Vermutung äußern würde, würdest du mir sowieso nicht glauben.«

»Ich weiß nicht mehr, was ich glauben soll.« Jessica füllte ein Glas mit Orangensaft und setzte sich an den Tisch. »Komm, iss was.«

»Das lass ich mir nicht zweimal sagen.« Melissa nahm Platz und begann zu essen. »Wunderbar. Morgen mach ich Frühstück.«

»Du kannst doch gar nicht kochen.«

»Klar kann ich kochen. Ich habe eine Menge gelernt, seit ich mit dem Studium angefangen habe. Eine eigene Wohnung zu haben macht sehr selbstständig.« Sie trank einen Schluck Saft. »Ich hätte schon viel früher kochen gelernt, aber es schien dir Spaß zu machen, alles in der Hand zu haben und dich um mich zu kümmern.«

»Ich bin es einfach gewöhnt –«

»Ich weiß.« Melissa grinste. »Und ich werde immer die kleine Schwester bleiben, die sich im Wald verirrt hat. Mir soll's recht sein. Hauptsache, es macht dich glücklich.«

Jessica war bestürzt. Melissas Ton klang beinahe herablassend. »Es war nie meine Absicht, dich zu behandeln wie –«

»Du behandelst mich genau richtig.« Sie biss ein Stück Wurst ab. »Und du machst ein fantastisches Frühstück. Wie geht's denn nun Cassie?«

»Gut. Nicht so gut wie dir, aber so normal, wie es im Moment möglich ist.« Sie lehnte sich auf ihrem Stuhl zurück und schaute Melissa an. »Letzte Nacht hatte ich Angst, ihr könntet beide sterben.«

»Ich weiß.« Sie langte nach ihrem Saftglas. »Ich wusste, dass du Angst hattest, als du zum ersten Mal in mein Zimmer kamst, aber ich konnte dir nicht helfen. Ich war ziemlich fertig.«

»Mir helfen? Du warst doch diejenige, die Hilfe –« Sie holte tief Luft. »Was ist letzte Nacht mit dir passiert?«

Melissa schaute in ihr Glas. »Was möchtest du von mir hören? Wenn es Lügen sind, erzähl ich dir Lügen. Ich bin mir nicht sicher, ob du so weit bist, die Wahrheit zu verkraften.«

»Ich bin bereit, mir alles anzuhören, was du mir zu sagen hast. Vielleicht hast du es schon vergessen, aber ich bin zu dir gekommen, um dich um Hilfe zu bitten.«

»Ich erinnere mich nur daran, dass du Angst hattest. Ich war zu dem Zeitpunkt reichlich beschäftigt.« Sie sah Jessica an. »Aber da du dich in deiner Not an mich gewandt hast, nehme ich an, dass du mir zumindest bis zu einem gewissen Punkt glaubst.«

»Ich weiß nicht mehr, was ich glauben soll. Aber Andreas hat mir mal gesagt, er würde sogar einen wild gewordenen Derwisch um Hilfe bitten, wenn das seiner Tochter helfen würde. Ich würde dasselbe tun, um sie am Leben zu erhalten.«

»Ich bin kein wild gewordener Derwisch, und ich weiß nicht mal, was ich tun kann. Ich hatte gehofft, mehr Einfluss nehmen zu können, aber es war, als würde ich von einem Tornado hinweggefegt. Sie hat mich einfach mitgerissen.« Ein Schauer lief ihr über den Rücken. »Wenn Travis nicht gekommen wäre …«

»Du hast gemerkt, dass er da war?«

»Wie hätte ich das nicht merken können? Er war ebenso stark wie Cassie. Er hat sich zwischen sie und die Monster gestellt.«

»Monster?«

»Ich sehe sie als Monster. Sie haben Augen, aber kein Gesicht.«

»Die Angreifer in Vasaro trugen Skimasken.«

Melissa nickte. »Das würde es erklären.«

»Erzähl mir, wie es ist.«

»Schrecken. Angst. Wir sind in einem langen, dunklen Tunnel, und da geht es uns eigentlich gut, aber die Monster haben es geschafft hereinzukommen. Sie jagen uns, und wir wissen, dass sie uns erwischen werden, wenn wir nicht …«

»Wenn ihr nicht was?«

»Ich weiß nicht. Die Angst schnürt ihr das Denkvermögen ein. Was sie auch immer suchen mag, sie kann es nicht finden. Und es gibt nur eine andere Möglichkeit, ihnen zu entkommen.«

»Blödsinn. Sie kann zu uns zurückkommen.«

»Diese Möglichkeit kommt für uns nicht in Betracht.«

»Mal sagst du *sie*, und mal sagst du *wir*. Im Moment bist du nicht mit ihr verbunden, stimmt's?«

Melissa schüttelte den Kopf. »Aber die Verbindung war sehr intensiv, und auch die Erinnerung ist intensiv. Ich werde nicht versuchen zu – du siehst mich an, als wäre ich verrückt.«

»Warum sollte ich annehmen, du seist verrückt? Ich bin die Ärztin, und ich bin diejenige, die das alles hinnimmt, als wäre es vollkommen normal.«

»Nein, das tust du nicht. Du nimmst das alles nur zur Hälfte ernst und versuchst, eine vernünftige Erklärung dafür zu finden. Anders damit umzugehen würde deinem Naturell zuwiderlaufen.« Sie lächelte. »Hab ich Recht?«

»Ich liebe dich.« Jessica legte ihre Hand auf Melissas. »Es macht mir Angst, dass du –«

»Das einzige, das dich ängstigen sollte, ist, was passiert, wenn es uns nicht gelingt, Cassie aufzuhalten. Ich bin nicht verrückt. Ich bin einfach in einen Tornado geraten und hoffe, dass er sich wieder legt.« Sie drückte Jessicas Hand. »Am Ende, als Travis kam, fühlte ich mich stärker, und ich fing an zu denken, anstatt nur zu fühlen. Wenn ich es schaffe, ein Stück weit die Kontrolle zu übernehmen, kann ich den Tornado vielleicht aufhalten.«

»Gott, das hoffe ich.«

»Aber ich brauche Michael Travis, Jessica. Ich bin nicht stark genug, um allein um Cassie zu kämpfen. Er muss zwischen uns stehen.«

»Du redest ja von ihm, als sei er eine Art Medium.«

»Ich weiß nicht, warum er in der Lage ist, Cassie zu

helfen. Du hast ihn geholt, weil ich dir gesagt habe, dass du etwas finden musst, um den Ablauf zu unterbrechen. Es hat funktioniert. *Er* hat funktioniert. Später werden wir vielleicht ohne ihn zurechtkommen, aber jetzt ist es noch zu früh. Bring ihn dazu, dass er uns hilft, Jessica.«

»Oh, dazu brauche ich mich gar nicht besonders anzustrengen. Er findet die ganze Sache äußerst interessant, und ansonsten langweilt er sich hier im Moment nur.« Sie verzog das Gesicht. »Aber er ist ein harter Brocken.«

»Das hab ich gemerkt.« Melissa stand auf. »Und jetzt gehe ich ein bisschen joggen, bevor ich mich in meine Bücher vertiefe.« Sie hauchte ihrer Schwester einen Kuss auf die Stirn. »Arme Jessica. Ich weiß, wie schwer dir das alles fällt. Aber es wird alles gut werden.«

Melissa behandelte sie wie ein Kind. Und Jessica fühlte sich auch tatsächlich so verwirrt wie ein Kind. Was Melissa gesagt hatte, überstieg ihre Vorstellungskraft, aber ihr blieb nichts anderes übrig, als sich darauf einzulassen. »Nur noch eine Frage. Was wäre mit dir passiert, wenn ich Travis heute Nacht nicht geholt hätte?«

Melissa antwortete nicht gleich. »Ich weiß nicht. Ich bin mir nicht sicher, wie es funktioniert. Aber ich glaube, ich hätte mich am Ende nicht befreien können.«

»Am Ende?«

Sie ging zur Tür. »Wenn Cassie gestorben wäre, hätte sie mich mitgenommen.«

Melissa klopfte an die Tür des Torhauses. »Die Sonne scheint, und die Vögel zwitschern. Komm raus, und spiel mit mir, Michael Travis.«

Travis riss die Tür auf. »Wie bitte?«

»Falls Sie das Häufchen Elend nicht wieder erkennen, das Sie letzte Nacht in meinem Bett gesehen haben – ich bin Melissa Riley.«

»Oh, ich erkenne Sie durchaus.«

»Dann ziehen Sie sich um und kommen Sie raus, um mit mir zu joggen. Sie laufen doch gewöhnlich um diese Zeit, nicht wahr?«

»Ja.«

»Ich warte hier.« Sie ging ins Haus und ließ sich auf das Sofa fallen. »Das ist ein gemütliches Haus. Jessica und ich haben als Kinder immer hier gespielt. Beeilen Sie sich, ja? Ich hab heute noch viel zu tun.«

Er lächelte. »Ich werde mich bemühen, Sie nicht zu lange warten zu lassen.« Dann verschwand er im Schlafzimmer.

Mellie ließ ihren Blick durch das Zimmer schweifen. Auf dem Esstisch ein offener Laptop, stapelweise Bücher auf dem Couchtisch. Abgesehen davon schien er sehr ordentlich zu sein. Sie hatte nichts anderes erwartet. Ein gut organisierter Mann.

Sie beugte sich vor und überflog die Buchtitel. Sie lächelte. Intelligent. Sehr intelligent.

Sie trat ans Fenster und schaute zum Herrenhaus hinüber. Wie oft mochte er wohl schon hier gestanden und zu Cassies Fenster hinübergeschaut haben?

»Fertig.« In Shorts und einem Oxford-University-T-Shirt kam er aus dem Schlafzimmer. »Es sei denn, Sie haben es sich anders überlegt, Ms. Riley?«

Er wusste nicht, was er von ihr halten sollte. Aber was soll's. So war sie ihm einen Schritt voraus. »Nennen Sie mich Melissa oder meinetwegen auch Mellie, so nennt mich Jessica.« Sie sprang auf, und sie gingen nach draußen. Melissa reckte ihr Gesicht der Sonne entgegen und schloss die Augen. »Ist das nicht ein wundervoller Tag? Merken Sie, wie das Gras riecht? Ich liebe solche sonnigen Morgen nach einem heftigen Regen. Ich könnte regelrecht … überfließen.«

»Wenn Ihnen jemand einschenken würde?«

»So ist es.« Sie öffnete die Augen und sprang die Stufen hinunter. »Wer zuerst am Teich hinter dem Haus ist.«

Mit vier Metern Vorsprung gewann sie. Atemlos lehnte sie sich an eine Weide. »Haben Sie mich absichtlich gewinnen lassen?«

»Wie kommen Sie denn darauf?«

»Sie sind gut in Form, und ich habe Sie laufen sehen.«

»Sie sind auch ziemlich gut in Form.«

Sie lachte. »Von einem anderen hätte ich es als Anmache aufgefasst.«

»Warum nicht bei mir?«

»Weil Sie zur Zeit nicht an Sex interessiert sind. Sie fragen sich, was zum Teufel ich im Schilde führe.«

»Und werde ich es erfahren?«

Sie nickte. »Ich muss erst mal Luft holen.« Sie ließ sich auf den Boden gleiten. »Was glauben Sie denn, was ich im Schilde führe?«

»Ich soll also das Reden übernehmen, bis Sie verschnauft haben?«

»Gut geraten.«

»Mal sehen.« Er setzte sich ins Gras. »Da ich Ihnen noch nie zuvor begegnet bin, ist es schwierig, Ihre Motivation einzuschätzen. Nach dem zu urteilen, was ich von fern beobachtet habe, stehen Sie und Ihre Schwester sich sehr nahe. Hat sie Sie geschickt, um mir eine Nachricht zu übermitteln?«

»Jessica übermittelt ihre Nachrichten persönlich. Und ich meine.«

»Und was ist Ihre?«

Sie sah ihm direkt in die Augen. »Wagen Sie nicht, irgendetwas zu tun, das meiner Schwester schadet.«

Er hob die Brauen. »Ich habe nicht die geringste Absicht, ihr Schaden zuzufügen.«

»Ich glaube Ihnen. Aber die Tat folgt nicht immer der Absicht. Wenn persönlicher Vorteil ins Spiel kommt, kann sich das ganz schnell ändern. Ihnen liegt nichts an Jessica. Ich bezweifle sogar, dass Ihnen etwas an Cassie liegt. Aber das ist schwer zu sagen.«

»Wirklich? Aber Sie müssen doch wissen, dass ich ihr letzte Nacht geholfen habe.«

»Niemand weiß das besser als ich.« Sie machte eine Pause. »Was Ihnen wahrscheinlich klar ist.«

Er sah sie fragend an.

»Auf Ihrem Tisch liegen drei Bücher über Parapsychologie. Eins habe ich hier nach einem Besuch zurückgelassen. Ich habe es im Torhaus gelesen, weil ich nicht wollte, dass Jessica es sah. Die anderen habe ich nie gelesen. Wie haben Sie die Bücher mitten in der Nacht herbekommen?«

»Ich habe einen der Sicherheitsleute zu einem Buchladen in D.C. geschickt, der rund um die Uhr geöffnet hat. Die Jungs sind sehr hilfsbereit, solange ich das Grundstück nicht verlasse. Ich habe mehrere Stunden lang in den Büchern geblättert.« Er lächelte. »Und da ich die ganze Nacht nicht geschlafen hatte, wollte ich diesmal meinen morgendlichen Lauf ausfallen lassen.«

»Soll ich jetzt Mitleid mit Ihnen haben?«

»Um Gottes willen. Sie haben genug eigene Probleme.«

Sie sah ihn durchdringend an. »Dann haben Sie also in den Büchern gefunden, was Sie suchten?«

»Ich habe zufällig gehört, was Sie letzte Nacht zu Ihrer Schwester gesagt haben. Das reichte, um meine Neugier zu wecken. Also habe ich ein bisschen im Internet gesurft und mich in die Bücher vertieft.«

»Und sind zu dem Schluss gekommen, dass ich eine Irre bin.«

»Aber nicht die Einzige. Und auch nicht die Erste.«

»Wie bitte?«

»Glauben Sie etwa, Sie sind die Einzige, die zurückgekommen ist und ein gewisses Päckchen zu tragen hat?

Professor Hans Dedrick hat vier vergleichbare Fälle beschrieben. Einen in Griechenland, einen in der Schweiz und zwei in China.«

»Dedrick?«

»*Trauma, Erinnerung und der Weg zurück*. Es wurde 1999 geschrieben. Haben Sie es nicht gelesen?«

Verblüfft schüttelte sie den Kopf. »Dabei habe ich alle Bibliotheken durchkämmt auf der Suche nach …«

»Es wurde in Großbritannien von einem Universitätsverlag herausgebracht. Wie Sie bereits bemerkt haben, bin ich Experte im Auftreiben von Informationen. Ich leihe es Ihnen aus, wenn Sie wollen.«

»Ich werde es mir selbst besorgen, sobald ich wieder an der Uni bin. Hat Jessica mit Ihnen über mich gesprochen?«

»Kein Wort. Es ist nur verständlich, dass sie Sie schützen will. Immerhin hat sie Ihrer Genesung viele Jahre gewidmet. Sie verfügen über ein ziemlich ungewöhnliches Talent, und Ihre Schwester würde nicht wollen, dass Sie falsch verstanden werden.«

Der Mann war wirklich nicht dumm. Er hatte Augen und Ohren offen gehalten und seine Schlüsse gezogen. »Und Sie verstehen es richtig?«

»Sie meinen, ob ich es glaube? Vielleicht. Ich habe als junger Mann viele Jahre in Ostasien verbracht, und dort habe ich noch wesentlich seltsamere Dinge erlebt. Auf jeden Fall beunruhigt es mich nicht.«

Melissa musterte ihn. »Nein, es interessiert Sie lediglich. Jessica hat mir gesagt, dass Sie mit Informationen handeln, und ich kann mir vorstellen, dass Sie darin verdammt gut sind. Sie sammeln und graben und analysieren … Sie finden das sehr aufregend, nicht wahr?«

»Ja. Da ich nunmal mit einer unstillbaren Neugier geschlagen bin, ist es zu einer Sucht geworden.«

»Und Cassie zu helfen ist der Schuss, der Ihnen die Langeweile vertreibt?«

»Ganz so abgebrüht bin ich auch wieder nicht. Ich würde die Kleine nicht benutzen, bloß um der Monotonie zu entkommen. Ich helfe ihr, sie hilft mir.« Er lachte in sich hinein. »Bis Sie auf der Bildfläche erschienen, habe ich allerdings nicht geahnt, wie interessant die kommenden Wochen werden könnten. Wann ist Ihnen bewusst geworden, dass Sie dieses seltsame Talent besitzen? In ihrem Buch hat Ihre Schwester nichts davon erwähnt.«

»Sie wusste nichts davon. Als sie mich ins Leben zurückgeholt hatte, war sie so glücklich, dass ich es nicht übers Herz gebracht habe, ihr die Freude zu verderben. Wären wir nicht plötzlich in diese Probleme mit Cassie gestolpert, hätte ich ihr nie davon erzählt. Sie ist nicht wie Sie. Es beunruhigt sie zutiefst.«

»Das kann ich verstehen. Sie ist eine sehr ernsthafte, pragmatische Frau.«

»Ihr bleibt gar nichts anderes übrig, als pragmatisch zu sein. Nicht dass sie keinen Humor besäße. Sie hatte kaum Gelegenheit zu –«

»Okay, okay. Ich wollte nicht schlecht über sie reden. Sie scheint eine sehr fürsorgliche Frau zu sein.« Er wechselte das Thema. »Sie haben meine Frage noch nicht beantwortet. Wann haben Sie festgestellt, dass Sie auf einer anderen Wellenlänge senden?«

»Etwa fünf Monate nach meiner Rückkehr ins Leben. Es hat mich zu Tode erschreckt.« Melissa stand auf. »So, und jetzt ist Schluss mit den neugierigen Fragen. Mehr kriegen Sie nicht aus mir raus.«

»Das kann man nie wissen. Ich habe noch gar nicht richtig angefangen.« Er erhob sich ebenfalls. »Lassen Sie uns eins klarstellen. Sie wollen, dass ich mich von Ihrer Schwester und Cassie fern halte?«

»Wie kommen Sie denn auf die Idee? Cassie braucht Sie.«

»Und Sie, brauchen Sie mich auch, Melissa?«, fragte er leise.

»Ja, aber ich arbeite dran.« Sie bückte sich, um die Schnürsenkel an ihrem linken Schuh zuzubinden. »Also gewöhnen Sie sich nicht allzu sehr an die Vorstellung. Früher oder später wird sich ein Ersatz für Sie finden.« Sie richtete sich auf. »Jessica ist der anständigste Mensch auf dieser Welt. Und ich werde nicht zulassen, dass ihr jemand wehtut.« Sie hob eine Hand, als er etwas sagen wollte. »Es interessiert mich nicht, dass Sie nicht vorhaben, ihr wehzutun. Im Augenblick gibt es nichts Wichtigeres in ihrem Leben, als Cassie gesund zu machen. Wenn Cassie stirbt, wird es Jessicas Leben zerstören. Also werden Sie dafür sorgen, dass Cassie nicht stirbt. Sie werden nicht das Weite suchen, sobald sich etwas Interessanteres am Horizont zeigt. Sie werden bleiben, bis Cassie auf dem Weg der Besserung ist, und wenn es Jahre dauert.«

»Sind Sie fertig?«

»Nein. Sie müssen versprechen, dass Sie Jessica beschützen. Der Präsident hat Sie hier untergebracht, weil Sie einen sicheren Unterschlupf brauchten. Ich will nicht, dass sie von einer Kugel aus den Kanonen getroffen wird, die auf Sie gerichtet sind.«

»Ist das alles?«

»Vorerst.«

»Gut. Wer zuerst am Torhaus ist.« Er blickte sich über die Schulter um. »Und diesmal werden Sie nicht gewinnen, Melissa.«

Er hatte ihr nichts versprochen, aber damit hatte sie eigentlich auch nicht gerechnet. Es reichte, dass er wusste, was sie von ihm erwartete. »Das macht nichts.« Sie rannte ihm nach. »Ich werde dran arbeiten.«

Ich werde dran arbeiten.

Travis stand in der Tür und sah Melissa nach, wie sie die Einfahrt hinauf lief. Dieser eine Satz schien alles über Melissa Riley zu sagen. Mut im Unglück und die Entschlossenheit, mit allen Mitteln ihren Willen durchzusetzen. Andererseits umfasste dieser Satz vielleicht nicht ihre gesamte Persönlichkeit. Er hatte noch nie einen Menschen erlebt, der so vor Energie sprühte. In ihrem Buch hatte Jessica die ersten Monate nach Melissas Genesung beschrieben. Ihre Schwester hatte nicht nur eine außergewöhnliche Intelligenz an den Tag gelegt, sondern auch einen unersättlichen Lebensdurst, den Jessica auf das Bedürfnis zurückgeführt hatte, die verlorene Zeit nachzuholen. Sie hatte damit gerechnet, dass dieser Effekt nach einigen Jahren nachlassen würde.

Nun, diese Jahre waren vergangen, und Travis hatte das Gefühl, dass Jessica sich geirrt hatte. Melissa Riley war eine explosive Mischung, und ihre Persönlichkeit war komplexer, als er oder Jessica oder sonst jemand sich vorstellen konnte. Jessica hatte verhandelt und war ihm mit vernünftigen und ausgewogenen Argumenten begegnet. Melissa hatte gar nicht erst versucht zu verhandeln. Sie hatte seinen Charakter analysiert, und dann hatte sie ihn herausgefordert … und eine Drohung ausgesprochen.

Wie unglaublich gut sie ihn in so kurzer Zeit durchschaut hatte.

Interessant …

»Was hast du mit Travis am Teich gemacht?« In Jessicas Stimme lag ein tadelnder Unterton. »Ich halte das für keine gute Idee, Mellie.«

»Das Kontaktverbot ist aufgehoben.« Melissa grinste über ihre Schulter, als sie die Treppe hinaufstieg. »Und er ist noch interessanter, als ich anfangs dachte. Er ist äußerst gescheit, und Intelligenz ist absolut sexy.«

»Der Präsident mag das Kontaktverbot vielleicht aufgehoben haben, aber ich nicht. Der Mann ist ein Krimineller, Herrgott noch mal.«

»Und deiner Meinung nach soll ich mir lieber einen Anwalt oder einen Arzt oder einen Computerfachmann suchen. Wie wär's denn mit einem Banker?«

»Klingt nicht schlecht.«

Melissa lächelte. »Also gut. Sobald ich wieder an der Uni bin, suche ich mir einen.«

»Ich scherze nicht, Mellie.«

»Das weiß ich. Du glaubst, ich bräuchte jemanden, der mich stabilisiert. Wahrscheinlich hast du Recht. Hör auf, dir Sorgen um mich zu machen. Ich hab ihn nicht gefragt, ob er mit mir ins Bett gehen will. Wir sind nur ein bisschen zusammen gejoggt.«

Jessica befeuchtete ihre Lippen. »Ich hatte nicht angenommen – Ich würde nicht von dir verlangen, dass du mir sagst –«

»Ich sag's dir trotzdem.« Ihr Lächeln verschwand. »Ich würde nie etwas tun, was dich beunruhigt. Wenn du nicht möchtest, dass ich mit Travis laufe, war dies das letzte Mal.«

»Du hältst mich für eine Schnüfflerin.«

»Ich halte dich für eine liebevolle Schwester. Und nicht mit ihm laufen zu können, ist kein großer Verzicht. Es war wirklich nichts Besonderes.«

»So sah es aber nicht aus. Es sah eher so aus, als hättet ihr euch sehr intensiv unterhalten.«

Und es hatte sich intensiv angefühlt. Während der wenigen Minuten, die sie zusammen gelaufen waren, hatte Melissa eine eigenartige Intimität empfunden. Und als sie am Teich miteinander geredet hatten, hatte sie die Funken, den Unterstrom, der unter jedem Wort lag, beinahe spüren können. Es war ... erregend gewesen. *Er* war erregend gewesen.

Nun, Gefahr war immer erregend, aber Travis konnte blitzschnell zum Feind werden.

Na und? Mit dem Feind zu spielen konnte auch stimulierend sein.

Dennoch, unter den gegebenen Umständen schien ihr das nicht die beste Möglichkeit zu sein. Sie ging weiter die Treppe hinauf. »Nein, nein, ich ziehe den Banker vor, Jessica.«

Amsterdam

»Etwas äußerst Interessantes spielt sich ab«, sagte Provlif zu Deschamps am Telefon.

»Sie haben Cassie Andreas gefunden?«

»Nein, aber beim Versuch, sie ausfindig zu machen, ist mein CIA-Kontaktmann über etwas anderes gestolpert. Vor ein paar Wochen hat Andreas die *Air Force One* in geheimer Mission nach Amsterdam geschickt.«

»Mit seiner Tochter an Bord?«

»Nein. Sie haben Michael Travis abgeholt und zur Andrews Airforce Base gebracht.«

»Travis?«, fragte Deschamps verblüfft. Das passte nicht zu den Informationen, die er eingeholt hatte. »Die CIA hat ihn geschnappt?«

»Sie haben ihn abgeholt und beim Präsidenten abgeliefert. Dann sind die beiden zusammen an einen unbekannten Ort weitergeflogen.«

»Sind Sie sicher?«

»Mein Kontaktmann bei der CIA ist absolut zuverlässig.«

»Und warum kann er Ihnen dann nicht sagen, wo das Kind steckt?«

»CIA und Secret Service tauschen selten Informationen aus.«

»Finden Sie sie.«

»Wie Sie wünschen. Wie Sie wissen, habe ich mich nur auf Ihren Befehl hin auf die Suche nach Cassie Andreas konzentriert.«

»Ich will, dass Sie tun, was nötig ist. Finden Sie das Kind. Finden Sie Travis.«

Einen Moment lang herrschte Stille in der Leitung. »Soll ich ihn töten?«

»Nein. Das will ich selbst erledigen. Außerdem ist er vorerst lebend mehr wert.« Er legte auf.

Travis und Andreas. Travis wurde *nicht* gegen seinen Willen festgehalten. Was zum Teufel spielte sich da ab? Seit seiner Ankunft war er auf interessante und profitable Möglichkeiten gestoßen, mit denen er nicht gerechnet hatte. Doch jetzt wurde das Bild noch verworrener.

Und auch viel versprechender?

Er hatte immer geglaubt, ein kluger Mann würde andere die Trophäen gewinnen lassen, um sie ihnen dann zu entreißen. Travis war in Bewegung, er hatte alle möglichen Fäden in der Hand, und offenbar war er gerade dabei, zusammen mit Andreas in einen höheren Gang zu schalten.

Ein Geschenk für mich, Travis?

7

»Kommen Sie rüber«, sagte Jessica, als Travis zwei Tage später mitten in der Nacht den Telefonhörer abnahm. »Sofort.«

»Bin unterwegs.«

Sie erwartete ihn auf der Veranda, als er kurze Zeit später eintraf. »Wie lange geht es schon?«, fragte er.

»Fünfzehn Minuten.«

»Warum haben Sie mich nicht eher gerufen?«

»Ich wollte ihr Gelegenheit geben, es allein zu schaffen.«

Er folgte ihr ins Haus. »Und dafür zu sorgen, dass Sie meine Dienste nicht mehr in Anspruch nehmen müssen.«

»Selbstverständlich.«

»Verstehe. Aber diese fünfzehnminütige Verzögerung war womöglich nicht gut für Cassie.«

»Und Sie sind gut für sie?«

»Ich bin die beste Partie in der Stadt.« Sie stiegen die Treppe hinauf, und Travis nickte Fike zu, als sie Cassies Zimmer erreichten. »Guten Abend. Selbe Prozedur?«

»Sorry.«

»Ich hatte nichts anderes erwartet.« Er lehnte sich gegen die Wand, damit Fike ihn abtasten konnte. »Wenn wir so weitermachen, werden wir noch zu sehr engen Freunden.« Er öffnete die Tür. »Schreit sie schon von Anfang an so?«

Fike nickte. »Die arme Kleine. So was hab ich noch nie gehört. Manchmal erschreckt sie mich zu Tode.«

»Quatschen Sie nicht rum, Travis, und helfen Sie ihr lieber«, sagte Jessica knapp. »Wenn Sie können.«

Travis setzte sich auf das Bett. »Ich werde mein Bestes tun.« Er nahm Cassies Hände in seine. »Hör mir zu, Cassie. Ich bin Michael. Ich bin bei dir, und es kann dir nichts passieren. Du brauchst nicht wegzulaufen.«

Cassie schrie.

»Ich habe sie schon einmal verjagt. Ich kann es wieder tun. Lass mich dir helfen, dann finden wir einen Weg ...«

Gott sei Dank.

Michael war dort in der Dunkelheit des Tunnels. Melissa konnte ihn nicht sehen, aber sie konnte ihn spüren. Was bedeutete, dass Cassie ihn auch spüren konnte.

Vielleicht konnte sie ihn sogar sehen. Melissa hatte unbeschreibliche Angst.

Die Monster. Großer Gott, die Monster. Sie werden uns fangen und unsere Köpfe zermalmen.

Lauf.

Lauf.

Lauf.

Finde ihn.

Finde ihn, bevor sie zu nahe kommen, um –

Lauf.

Das Atmen schmerzte. Gleich würden ihre Lungen platzen.

Nein, lauf langsamer.

Michael war da. Die Monster konnten ihnen nichts anhaben, solange er zwischen ihnen stand.

Was sagte er?

Es spielte keine Rolle.

Er war da.

Cassie hielt Melissa nicht mehr fest. Sie schwebte frei ...

Sie spürte Cassies Verzweiflung. »Komm zurück. Du fehlst mir«, sagte das kleine Mädchen zu ihr.

Der Ruf war so verlockend wie Sirenengesang. Nicht nachgeben. Nicht näher gehen.

»Du bist ein Teil von mir«, sagte Cassie.

»Nein.«

»Ich bin einsam.«

»Dann komm mit mir zurück.«

Sie spürte Cassies Angst. »Schlimm.«

»Jetzt nicht mehr.«

»Bin einsam. Jetzt sind wir in Sicherheit. Keine Monster mehr. Gemeinsam finden wir ihn. Komm zurück.«

Auch Melissa war einsam. Warum nicht bleiben und sich – Sie schwebte näher auf Cassie zu. Mit aller Kraft riss sie sich los. »Nein, ich gehe. Auf Wiedersehen, Cassie.«

»Bin einsam ...«

»Melissa.«

Als sie die Augen öffnete, sah sie Jessicas Gesicht dicht vor sich. Sie war so erschöpft, dass sie kaum sprechen konnte. »Hallo. Es ist ... alles vorbei, oder?«

Jessica nickte. »Schläft Cassie?«

»Noch nicht. Aber bald. Der Alptraum ist vorbei.« Sie nahm Jessicas Hand. »Mach nicht so ein sorgenvolles Gesicht. Es geht uns beiden gut. Wo ist Travis?«

»Draußen im Flur.« Sie sah Melissa ernst an. »Hat er ... geholfen?«

»Ich weiß, es wäre dir am liebsten, wenn ich nein sagte, aber ohne ihn hätten wir es nicht geschafft.« Sie schloss die Augen. »Und du hättest ihn nicht im Flur zu lassen brauchen. Er ... weiß über mich Bescheid.«

Jessica zuckte zusammen. »Was weiß er?«

»Dass ich eine Irre bin.«

»Du hast es ihm gesagt?«

»Er hat es selbst rausgefunden. Er hat kein Problem damit. Nicht wie du. Arme Jessica …«

»Arme Mellie.«

»Nein, ich bin dabei zu lernen … Es ist nicht, wie ich dachte. Mit Cassie passiert noch viel mehr. Ich hatte das seltsame Gefühl, dass sie etwas verbirgt.«

»Was denn?«

»Ich weiß nicht, aber es scheint alles anders zu sein, als ich angenommen hatte. Und sie ist so einsam, Jessica. Es tut mir weh, dass sie so einsam ist.«

»Du hast damals auch gesagt, Donny sei einsam.«

»Aber nicht so einsam.«

»Warst du nicht auch einsam, als du in dem dunklen Wald warst?«

»Nein, ich hatte dich, ich wusste, dass du da warst. Ich konnte dich vielleicht nicht sehen, aber du hast mich nie verlassen.«

»Cassie hat auch Menschen, die sie lieben.«

»Aber sie fürchtet sich davor, sie reinzulassen. Sie hat Angst, wenn sie irgendjemanden in den Tunnel lässt, werden die Monster auch reinkommen. Die Monster sind grässliche Geschöpfe. Wir dürfen sie nicht reinlassen.«

»Cassie darf sie nicht reinlassen.«

Melissa versuchte zu lächeln. »Ist es mir schon wieder rausgerutscht? Die Monster machen mir ebenso große Angst wie ihr, und das wirft mich ganz schön zurück.«

»Wir müssen Cassie dazu bringen, dass sie uns reinlässt, damit wir sie zurückholen können.«

Melissa nickte. »Es ist nur …«

»Die Monster?«

»Versuch, dich an den schlimmsten Alptraum zu erinnern, den du als Kind je gehabt hast, und multipliziere ihn mit hundert, dann weißt du, wie es Cassie geht.« Sie schloss die Augen. »Gute Nacht, Jessica. Ich möchte nicht mehr reden. Du kannst das alles mit Travis diskutieren.

Wahrscheinlich lauscht er sowieso an der Tür. Wir sehen uns morgen früh.« Sie hörte ein leises Lachen aus dem Flur und rief: »Gute Nacht, Travis. Sie haben Ihre Sache gut gemacht!«

»An Türen zu lauschen ist sehr unhöflich«, sagte Jessica zu Travis.

»Es hat sie nicht gestört.«

»Aber mich. Wenn ich Sie hätte dabei haben wollen, hätte ich Sie ins Zimmer gebeten.«

»Wenn ich in meinem Job immer auf förmliche Einladungen warten würde, wäre ich arm wie eine Kirchenmaus. Informationen bekommt man nicht, indem man höflich vor der Tür wartet. Ich wollte wissen, was mit Melissa los war. Also habe ich gelauscht.« Er nahm Jessicas Ellbogen. »Kommen Sie. Ich mache uns Kaffee.«

»Ich will keinen Kaffee.« Sie biss sich auf die Lippe. »Ich möchte über Mellie reden. Ich bin sicher, was mit ihr passiert, wird vorübergehen. Sie ist nicht wirklich ...«

»Soll ich Ihnen versprechen, dass ich nicht bei der Klapsmühle anrufe und Ihre Schwester in eine Zwangsjacke stecken lasse?«

»Ihr fehlt nichts.«

»Davon bin ich überzeugt.« Er sah sie an. »Sie auch?«

»Selbstverständlich.« Sie rieb sich die Schläfen. »Das alles macht mir sehr zu schaffen. Dieses parapsychologische Zeug ist nicht meine Kragenweite.«

»Dann überlassen Sie mir die Sache.«

»Den Teufel werd ich tun. Mellie ist meine Schwester. Von Ihnen will ich nur, dass Sie ihr nicht wehtun.«

»Das kommt mir doch bekannt vor«, murmelte er. »Sie beide sind gar nicht so unterschiedlich, wie ich anfangs dachte. Keine Bange. Ich werde nichts von dem, was ich in diesem Haus höre, benutzen, um Melissa zu schaden.«

Sie sah ihn misstrauisch an.

»Warum sollte ich? Es bedeutet mir nichts.«

Langsam nickte sie. »Ganz genau, niemand von uns bedeutet Ihnen irgendetwas.«

»Weil ich es mir nicht leisten kann.« Er lächelte. »Aber das heißt nicht, dass ich Sie nicht zu schätzen wüsste. Ich glaube, ich fange sogar an, Sie zu mögen.«

»Erstaunlich.«

»Allerdings. Also, möchten Sie jetzt einen Kaffee? Wir könnten beide einen gebrauchen, und da Sie mich sowieso nicht loswerden, könnten wir uns ja auf einen Waffenstillstand einigen.«

Sie sah ihn wortlos an. Seine Prinzipien waren fragwürdig, und er war anders als alle Menschen, die sie je gekannt hatte. Doch seine unverblümte Offenheit wirkte seltsam beruhigend auf sie. »Einen Waffenstillstand gibt es nur im Krieg. Wenn Sie Cassie weiterhin helfen, haben wir keinen Krieg.« Sie ging ihm voraus die Treppe hinunter. »Also gut. Eine Tasse Kaffee.«

Schlaf, befahl Melissa sich selbst. Es war alles gut. Cassie war weit weg.

Es war besser gegangen als beim letzten Mal. Nachdem Travis gekommen war, war es ihr gelungen, aus Cassie herauszutreten und das Kind mit einer gewissen Distanz zu betrachten. Nicht unbedingt ein großer Erfolg, aber immerhin.

Und Cassie hatte erkennen müssen, dass Melissa ein eigenständiges Wesen war. Das war ein großer Fortschritt. Doch sie wurde das Gefühl nicht los, dass irgendetwas nicht stimmte, dass irgendetwas nicht war, wie es sein sollte.

Und wonach suchte Cassie?

Gemeinsam finden wir ihn.

Sie hätte Cassie fragen sollen, wonach sie suchte. Sie

hatte die Chance verpasst, weil sie so sehr darum hatte ringen müssen, sich loszureißen.

Nächstes Mal ...

»Darf ich eintreten?«, fragte Travis an der Tür. »Wenn Sie zu müde sind, gehe ich wieder.«

»Ich bin müde.« Sie schaltete die Nachttischlampe ein. »Aber ich bin wohl zu aufgewühlt, um schlafen zu können, also kommen Sie ruhig rein. Setzen Sie sich, Travis, und sagen Sie mir, was Sie von mir wollen.«

Er lächelte. »Vielleicht will ich gar nichts. Vielleicht möchte ich Sie einfach nur besuchen.« Er setzte sich auf den Stuhl neben dem Bett. »Immerhin haben wir heute Nacht ein recht ungewöhnliches gemeinsames Erlebnis gehabt.«

»Sie hätten sich nicht hier reingeschlichen, nachdem Sie sich von Jessica verabschiedet haben, nur um mir einen höflichen Besuch abzustatten.«

»So wie Sie reden, sollte man meinen, ich wäre ein Einbrecher.«

»Und? Sind Sie je einer gewesen?«

Er überging die Frage. »Es stimmt, Jessica weiß nicht, dass ich hier bin. Ich wollte sie nicht beunruhigen. Ihr Beschützerinstinkt Ihnen gegenüber ist sehr ausgeprägt.«

»Warum sind Sie also hier?«

»Ich finde, wir sollten einander besser kennen lernen.« Er lachte leise, als sie die Brauen hob. »Nein, nicht auf fleischliche Weise. Ich habe nicht vor, die Situation auszunutzen, dass Sie –«

»Dass ich nach einem harten Ritt nass im Stall stehe?«

»Himmel, was für ein grässliches Bild.«

»Genau so fühle ich mich jedenfalls im Moment. Cassie ist ein harter Brocken.« Sie stopfte sich ein zweites Kissen unter den Kopf. »Also gut, Sie wollen mich nicht bumsen. Und da ich bezweifle, dass Sie vorhaben, mir irgendetwas über sich selbst zu erzählen, muss sich das mit dem Kennenlernen wohl auf mich beziehen. Richtig?«

»Richtig.«

»Warum?«

»Wir hatten ja bereits festgestellt, dass ich krankhaft neugierig bin.«

Die Neugier stand ihm regelrecht ins Gesicht geschrieben. Seine Augen sahen sie aufmerksam und forschend an. »Stand in Jessicas Buch nicht genug über mich?«

»Sie beschreibt Sie von ihrem Gesichtspunkt aus. Informationen können gefärbt sein.«

»Jessica ist beängstigend ehrlich.«

»Aber nicht jeder sieht die Dinge gleich. Haben Sie noch nie den Wunsch verspürt, Ihre Sichtweise darzulegen?«

Sie sollte ihn lieber wegschicken. Ihr Innenleben ging ihn nichts an. Doch plötzlich wurde ihr klar, dass sie wollte, dass er blieb. »Was wollen Sie wissen?«

»Was möchten Sie mir erzählen?«

»Hören Sie, ersparen Sie mir diesen Quatsch. Ich studiere Psychologie.«

Er lachte. »Tut mir Leid. Sind Sie hier in Juniper aufgewachsen?«

Sie nickte. »Für ein Kind ist es wunderbar, hier aufzuwachsen. Ich war das Nesthäkchen, und meine Eltern und Jessica haben mich nach Strich und Faden verwöhnt. Meine Schwester war mein Idol, und ich habe ihr nur das Leben schwer gemacht.« Sie wandte sich ab. »Und dann, nach dem Unfall, war ich ihr eine große Last.«

»Ich erwarte nicht von Ihnen, dass Sie über den Unfall sprechen.«

»Aber der Unfall ist der Wendepunkt. Es ist, als würde man Vorher- und Nachher-Fotos betrachten. Ich kann über den Unfall reden. Jessica sagt, es ist besser für mich, wenn ich die Erinnerung daran nicht verdränge. Ich glaube, sie fürchtet, wenn ich es täte, würde ich platzen oder so was.«

»Wie alt waren Sie damals?«

»Vierzehn. Meine Eltern und ich waren auf dem Rückweg von einem ihrer Lieblingsrestaurants in Georgetown. Ich saß auf dem Rücksitz.« Sie fuhr sich mit der Zunge über die Lippen. »Ein Wagen hat uns von der Straße abgedrängt, und wir sind einen Abhang hinuntergestürzt. Dann gab es eine Explosion. Ich bekam die Tür nicht auf. Ich wusste, dass mein Vater tot war, aber meine Mutter schrie. Sie brannte. Und der Geruch von verbranntem Fleisch ...«

»Das reicht.«

»Schließlich gelang es mir, mich zu befreien. Ich riss die Beifahrertür auf, zog meine Mutter raus und versuchte, das Feuer zu ersticken. Aber es gelang mir nicht, und sie schrie und schrie ...« Sie schluckte. »Und dann hörte sie auf zu schreien.«

»Und dann haben Sie sich in den dunklen Wald zurückgezogen.«

»Ja, es schien mir damals das Beste zu sein.« Sie holte tief Luft. »Ich war ein egoistisches Miststück. Ich hätte für Jessica da sein müssen, anstatt ihr so eine schreckliche Last zu sein.«

»Ich würde sagen, Sie hatten allen Grund, sich zurückzuziehen.« Er drückte ihre Hand. »Ich wette, Jessica ist derselben Meinung.«

Sie hatte gar nicht gemerkt, dass er ihre Hand genommen hatte. Sie sollte sie ihm wieder entziehen.

Ach, egal. Sie hatte keine Lust, sie wegzuziehen. Seine Hand fühlte sich warm und stark an und gab ihr das Gefühl, in Sicherheit zu sein. Seltsam, dass ein Fremder eine solche Wirkung auf sie hatte. »Jedenfalls, nachdem ich wieder zurückgekommen war, habe ich versucht, mich Jessicas Fürsorge zu entziehen. Ich habe meinen Highschool-Abschluss nachgeholt und bin an die Uni gegangen.«

»Ich hätte gedacht, Sie wären auf Reisen gegangen oder hätten sich erst mal ein schönes Leben gemacht.«

»Ich hatte ein schönes Leben. Ich bin gelaufen, habe Tennis gespielt, den Pilotenschein gemacht. Und ich habe Freundschaften geschlossen.« Sie lächelte. »Mein Leben ist immer schön. Zumindest, was das Äußere angeht. Ich genieße jede einzelne Minute. Aber Jessica wünscht sich, dass ich ein stabiler, vernünftiger Mensch bin. Sie glauben gar nicht, wie enttäuscht sie über diese Entwicklung mit Cassie ist.« Sie sah ihm in die Augen. »Glauben Sie, dass Sie mich jetzt gut genug kennen, Travis?«

Er schüttelte den Kopf. »Ich habe eher den Eindruck, gerade mal die Oberfläche angekratzt zu haben.« Er ließ ihre Hand los und stand auf. »Aber es war sehr interessant. Ich hätte nicht gedacht, dass Sie mir gegenüber so offen reden würden.«

»Mich rätselhaft zu geben, ist mir zu kompliziert. Das überlasse ich Ihnen.« Sie machte es sich im Bett bequem. »Und jetzt machen Sie das Licht aus und lassen Sie mich schlafen.«

»Bin schon draußen.« Er knipste die Lampe aus und ging zur Tür. »Gute Nacht, Melissa.«

»Travis.«

»Ja?«

»Warum sind Sie wirklich noch einmal hergekommen?«

»Was glauben Sie denn?«

»Meinen Sie, wenn Sie den Beichtvater spielen, wird uns das einander näher bringen und mir Vertrauen zu Ihnen einflößen?«

»Halten Sie mich wirklich für so machiavellistisch?«

»Wenn Sie mir gegenüber ebenso offen wären, wie ich es Ihnen gegenüber bin, würde ich es herausfinden.«

»Tja, einen der nahe liegendsten Gründe haben Sie selbst ausgeschlossen.«

»Welchen denn?«

»Ich habe nie gesagt, dass ich Sie nicht bumsen *wollte*, ich habe lediglich gesagt, dass ich nicht mit dieser Absicht hergekommen bin.«

Sie musste laut lachen. »Schmeichle der Dame, und du umgehst die Frage. Gott, Sie sind tatsächlich machiavellistisch, Travis. Machen Sie, dass Sie rauskommen!«

Nachdem er gegangen war, lächelte sie immer noch. Er war einfach unmöglich ... und außerdem erheblich zu sexy. Sie spürte, wie ihr Blut durch ihren Körper pulsierte, und sie war hellwach und aufgedreht. Es war durchaus möglich, dass er hergekommen war, um aus irgendeinem Grund ihr Misstrauen zu zerstreuen.

Auch möglich, dass er tatsächlich an Sex interessiert war. Seine letzte Bemerkung war zugleich lustig und provokant gewesen, und wenn sie anders reagiert hätte, wäre er vielleicht noch einmal zurückgekommen.

Die Vorstellung war allzu verlockend. Doch so sehr ihr Körper auch danach verlangte, schob sie den Gedanken von sich. Sie hatte sich vorgenommen, Jessica nicht zu beunruhigen, und sie wollte nichts hinter ihrem Rücken tun.

Lieber konzentrierte sie sich darauf, wie aufgehoben sie sich gefühlt hatte, als er ihre Hand gehalten hatte. Das war ein angenehmer, platonischer Gedanke. Wenn Travis ihr Kumpel sein wollte, bitte sehr. Sex brachte nicht nur die Sinne, sondern auch den Verstand durcheinander, und es gab schon genug Unordnung in ihrem Leben.

Leise schloss Travis die Tür hinter sich und ging die Stufen hinunter. Er hatte einen faszinierenden Abend hinter sich, nicht zuletzt wegen der Zeit, die er mit Melissa Riley verbracht hatte. Ihre Vermutung, er habe den Besuch bei ihr geplant, war ein Irrtum. Es war ein spontaner Entschluss gewesen, und normalerweise war er kein Mann, der spontan handelte.

Neugier?

Ja, er war neugierig, und er war besser belohnt worden, als er erwartet hatte. Wahrscheinlich war sie der offenherzigste, direkteste Mensch, dem er je begegnet war. Und ihr herzliches Lachen war so sinnlich gewesen, als hätte ihre Hand ihn gestreichelt.

Jan hatte einmal gesagt, ein Mann sollte auf das Lachen einer Frau achten, dann wisse er, ob sie gut im Bett sei.

Aber wahrscheinlich würde er nie erfahren, wie gut Melissa Riley im Bett war. Da ihre Schwester einen so ausgeprägten Beschützerinstinkt besaß, würde er sich nur Ärger einhandeln, wenn er versuchte, das herauszufinden.

Andererseits waren manche Dinge eine Menge Ärger wert.

Vergiss es. In Gedanken hatte er Melissa Riley einmal als explosive Mischung bezeichnet, und er wollte nicht noch mehr Treibsätze zünden, als er bereits losgelassen hatte. Die Situation war schon geladen genug.

8

»Karlstadt bietet zwanzig Millionen«, sagte Jan van der Beck. »Keinen Dollar mehr.«

»Wenn er bereit ist, zwanzig zu zahlen, zahlt er auch fünfundzwanzig. Bleib dran.«

»Das sagt sich so leicht.«

»Du musst dir deine dreißig Prozent schon verdienen.«

»Seine Leute würden nicht davor zurückschrecken, mit mir einen Ausflug aufs Land zu machen und mich so lange auszuquetschen, bis sie deinen Aufenthaltsort raushaben.«

»Ist es nicht ein Glück, dass du ihn nicht kennst?«

»Vor allem für dich.«

»Was hast du von Henri Claron erfahren?«

»Nichts Genaues. Ich bearbeite ihn noch.«

»Weiß er etwas?«

»Allerdings. Henri ist ein schlechter Schauspieler, und er hat Angst. Fast so viel Angst wie seine Frau. Sie hat mich dauernd angesehen, als würde ich ihren Mann foltern.«

»Wenn er dermaßen verängstigt ist, wundert es mich, dass er noch lebt.«

»Vielleicht hat er sich abgesichert.« Er wechselte das Thema. »Karlstadt wird allmählich nervös. Er hat von den Russen gehört und meint, du würdest auch mit denen verhandeln.«

»Ein bisschen Unsicherheit kann niemandem schaden.«

»Sie hat bereits jemandem geschadet, und diesmal könnte es mich treffen.«

»Ich verspreche dir, ich werde dich nicht hängen lassen.«

»Wenn er sich auf fünfundzwanzig Millionen einlässt, solltest du dich darauf einstellen, dass alles sehr schnell gehen muss.«

»Dann sieh zu, dass du Henri Claron zum Reden bringst.«

»Was hat das denn damit zu tun?«

»Alles. Es muss alles gleichzeitig klappen, damit ich zurück nach Amsterdam kommen kann. Lass nicht locker, Jan, ich weiß, du kannst es schaffen.«

»Ich muss mich mit Karlstadt auseinander setzen, ich habe keine Zeit. Vielleicht kann ich jemand anderen losschicken, der Henri die Daumenschrauben anlegt.« Er seufzte. »Ich werde mein Bestes tun, Michael.«

»Noch eins. Kannst du mir ein paar Informationen über den Pegasus besorgen?«

»Was? Ich werde dir nicht helfen, diese Skulptur zu stehlen, Michael.«

»Ich will sie nicht stehlen. Ich will nur wissen, wie die Sicherheitsvorkehrungen aussehen, und ob sie in nächster Zeit irgendwo anders ausgestellt wird.«

»Klingt reichlich verdächtig. Vergiss es. Ich hab zu viel am Hals.«

»Naja, vielleicht später.« Travis legte sein Telefon weg und trat ans Fenster. Karlstadt war nicht der Einzige, der nervös war. Er hatte Jan noch nie so beunruhigt erlebt, und der Holländer ließ sich nicht so leicht aus dem Konzept bringen. Vielleicht hätte er den Pegasus nicht erwähnen sollen. Ihm war einfach in den Sinn gekommen, dass dieser womöglich ein Schlüssel zur Lösung sein könnte, denn immerhin hatte er Cassie am Fuß der Skulptur vorgefunden. Normalerweise hätte Jan sich nach einigem Widerstreben bereit erklärt, Erkundigungen einzuziehen, aber er hatte sich rundweg geweigert. Also musste er tatsächlich zutiefst beunruhigt sein.

Aber es blieb noch genug Zeit. Solange die Verhandlungen liefen, war Jan in Sicherheit. Karlstadt würde erst gefährlich werden, wenn das Geschäft abgeschlossen war. Dann würde Travis blitzschnell handeln müssen, damit Karlstadt nicht auf die Idee kam, er solle hingehalten werden.

Heute Nacht brannte kein Licht in Cassies Zimmer. In dieser Woche war er bereits drei Mal nachts dort gewesen. Jessica hatte ihn jedesmal gerufen, wenn Cassies Anfälle losgingen, und beim letzten Mal war es ihnen gelungen, die Kleine nach weniger als fünfzehn Minuten aus ihrem Alptraum zu reißen.

Was würde mit Cassie Andreas geschehen, wenn er nicht mehr in der Nähe war?

Und wie zum Teufel sollte er von hier fortkommen, wenn Henri Claron nicht auspackte, was er über Vasaro wusste? In diesem Fall würde Andreas ihn auf keinen Fall gehen lassen. Er hatte sich zwar für diesen Fall einen Plan zurechtgelegt, aber er würde noch ein bisschen daran feilen müssen.

Er wollte nicht abhauen und Cassie Andreas auf dem Gewissen haben. Doch was würde er tun, wenn es hart auf hart kam?

Es musste nicht so weit kommen. Er brauchte nur dafür zu sorgen, dass das Kind in die Normalität zurückkehrte, und das Problem wäre gelöst. Womöglich wäre Andreas dann so dankbar, dass er sich gar nicht mehr dafür interessierte, wer hinter dem Anschlag auf Vasaro steckte. Das wäre überhaupt die beste Lösung, wenn –

Das Telefon klingelte.

»Kommen Sie sofort«, sagte Jessca. »Es hat wieder angefangen.«

Er schaute zum Haus hinüber. Er war so in Gedanken vertieft gewesen, dass er gar nicht bemerkt hatte, wie das Licht angegangen war. »Bin unterwegs.«

»Geh nicht weg«, flehte Cassie. »Die Monster bleiben nicht mehr lange, Melissa.«

»Sie würden überhaupt nicht kommen, wenn du dir von Jessica helfen lassen würdest.«

»Hab Angst. Schöner hier.«

»Nein, das ist es nicht. Es ist wunderbar draußen. Erinnerst du dich? Ich werde dir viele schöne Dinge zeigen.«

»Angst. Schön hier. Ich zeige dir – aber ich kann ihn nicht finden.«

»Wen kannst du nicht finden?«

Cassie wurde immer unruhiger. »Kann ihn nicht finden. Er ist hier, aber ich kann ihn nicht finden.«

»Wen denn?«

»Er muss hier irgendwo sein.«

Melissa fürchtete, Cassie noch weiter in ihren Alptraum zu stürzen, wenn sie sie weiter bedrängte. Konnte sie noch einmal in das Kind hineinfließen und herausfinden, was das Mädchen dachte? Es war riskant. Die letzten Male war es ihr leichter gefallen, sich wieder von Cassie zu lösen, aber sie wusste nicht, was passieren würde, wenn sie ihr gab, was sie wollte.

Sie musste es riskieren.

Sie näherte sich dem Kind. Noch ein bisschen. Sie spürte Cassies Aufregung wie riesige Wellen.

Näher.

Muss ihn finden.

Wen finden?

Eine Gedankenzunge schoss hervor und berührte Melissa.

O Gott.

»Nein!« In Panik riss sie sich los und trudelte in die Dunkelheit. Weg von hier. Weg von hier. Weg von hier.

»Komm zurück! Bin so einsam …«

Melissas Herz drohte zu bersten. Aufwachen. Die Kontrolle wiedergewinnen. Jessica und Travis würden gleich kommen und wissen wollen, ob sie ihnen irgendetwas über den Traum berichten konnte.

Lügen. Sie musste lügen. Über diesen Horror konnte sie nicht sprechen. Tief atmen und ruhig werden. Ihnen erzählen, wie gut alles gelaufen war. Cassie und sie kamen einander näher, selbst wenn sie getrennt waren. Es gab Momente, in denen ihre Hoffnung wuchs, dass sie Cassie würde zur Rückkehr überreden können. Sie würden sich freuen, das zu hören, sie würden so glücklich sein, dass sie ihren Kummer für ihre übliche Erschöpfung halten würden.

Wenn nicht, würde sie lügen müssen.

Um vier Uhr am nächsten Nachmittag erschien Travis an der Haustür. »Wir müssen reden«, sagte er zu Jessica. »Wo ist Melissa?«

»In ihrem Zimmer. Sie brütet über ihren Büchern. Was ist los?«

»Wir verschwenden unsere Zeit. Wir müssen eine Möglichkeit finden, Cassie wieder ins normale Leben zurückzuholen.«

»Was glauben Sie, was wir die ganze Zeit tun?«

»Es geht nicht schnell genug.« Er ging zur Treppe und rief: »Melissa!«

»Wissen Sie eigentlich, wie wenig sie zum Lernen kommt, seit sie hier ist?«

»Sie ist intelligent genug, um das alles nachzuholen. Verdammt, sie ist intelligenter als wir alle zusammen.«

Er lief die Treppe hinauf. »Sie hat mich nicht gehört. Ich hatte vergessen, wie dick diese Eichentüren hier sind. Kommen Sie. Wir gehen sie holen.«

»Und dann?« Sie folgte ihm. »Wir machen doch Fortschritte. Sie haben selbst gehört, was Melissa letzte Nacht gesagt hat.«

»Ja, sie hat sich gar nicht mehr eingekriegt vor lauter Begeisterung.« Er klopfte an die Tür des blauen Zimmers. »Sehen Sie, wie höflich ich sein kann?«

Melissa öffnete die Tür. »Ich arbeite.«

»Später.« Er ging ins Zimmer und setzte sich in einen Sessel. »Würden Sie bitte die Sachen holen, von denen Sie mir erzählt haben? Das Zeug, das Andreas mit Cassie mitgeschickt hat?«

»Es wundert mich, dass Sie mir diesmal nicht gleich einen Befehl erteilen. Aber Sie haben vergessen, bitte zu sagen.« Jessica verließ das Zimmer.

»Jessica mag es nicht, wenn man ihr Befehle erteilt.« Melissa setzte sich im Schneidersitz aufs Bett. »Sie haben Glück, dass sie Ihnen keine Szene macht. Was wollen Sie von mir, Travis?«

»Cassie. Wir müssen uns ein paar Gedanken machen. Es geht alles zu langsam.«

Melissas Augen verengten sich. »Was ist los?«

»Wollen Sie nicht auch, dass es Cassie so bald wie möglich besser geht?«

»*Was ist los?*«

Er lächelte. »Sagen wir einfach, ich kann mir nicht leisten, jahrelang darauf zu warten, dass Cassie zu uns zurückkommt, und Sie haben mir gesagt, ich muss bleiben, bis sie wieder gesund ist.«

»Irgendwas hat sich bei Ihnen verändert.«

»Und bei Ihnen hat sich auch etwas verändert. Letzte Nacht war nicht zu übersehen, dass Sie etwas vor uns verbargen.«

Sie zuckte zusammen. »Jessica hat es nicht bemerkt.«

»Weil sie Ihnen glauben will. Wollen Sie mit mir darüber reden?«

Melissa antwortete nicht.

»Dann quetschen Sie mich auch nicht aus, Melissa.«

»Hier sind die Sachen.« Jessica brachte vier Fotoalben und mehrere Notizbücher. »Ich habe mir das alles bereits gründlich angesehen.«

»Ich habe nicht vor, Ihre Arbeit noch einmal zu wiederholen.« Er blätterte in einem der Alben. »Sagen Sie mir genau, was Sie damit gemacht haben.«

»Nicht viel. Ich habe einige Fotos ausgesucht und sie Cassie gezeigt, um ihre Reaktion zu testen.«

»Und das Ergebnis?«

»Keine Reaktion bei den Familienmitgliedern. Bei einem Foto ...« Sie schlug die Seiten um, bis sie das richtige fand. »Es zeigt Cassie mit der Pegasus-Skulptur. Ich hatte den Eindruck ... dass sie, wenn auch kaum merklich, darauf reagierte.«

»Ich habe Cassie in Vasaro zu Füßen der Pegasus-Skulptur gefunden. Ist dies das einzige Foto, das sie erkannt hat?«

»Ich weiß es nicht. Es ist das Einzige, bei dem ich das Gefühl hatte ...« Jessica zuckte hilflos die Achseln. »Es ist schwer zu sagen.«

»Dann könntest du dich also auch geirrt haben«, sagte Melissa. »Woher soll irgendjemand wissen, was in Cassie vorgeht? Hat sie mit den Muskeln gezuckt, oder hat sich ihr Gesichtsausdruck verändert?«

»Vielleicht. Ein bisschen. Es war nur ... so ein Gefühl.«

»Aber du könntest es dir auch eingebildet haben.« Sie streckte die Hand aus und blätterte die Seite um. »Welche Bilder hast du ihr noch gezeigt?«

Travis schlug die Seite zurück. »Bleiben wir lieber noch einen Moment bei dem Pegasus, einverstanden?«

Melissa presste die Lippen zusammen. »Warum? Es ist doch nur eine Skulptur.«

»Aber diese Skulptur ist ein bemerkenswertes Kunstwerk. Sie gilt als einer der wertvollsten Kunstschätze der Welt. Die Familie Andreas behauptet, historische Quellen würden belegen, dass Alexander der Große sie während seines ersten Feldzugs gegen Persien mit sich führte, dass sie sich später im Besitz Karls des Großen befand und über die Jahrhunderte verschiedenen berühmten Persönlichkeiten gehört haben soll. Der Legende nach ist die Skulptur verantwortlich für den Aufstieg und Fall berühmter Männer und Nationen.«

»Idiotisch.«

»Wie die meisten Legenden.« Er lächelte. »Was aber nichts daran ändert, dass sie dennoch faszinierend sind, und ich bin sicher, dass diese Geschichten zum Wert der Skulptur beigetragen haben. In unserer Kultur haben Märchen eine unwiderstehliche Wirkung auf die Menschen.«

»Auf mich nicht. Worauf wollen Sie überhaupt hinaus?«

»Ich weiß es noch nicht genau. Ich weiß nur, dass Cassie in jener Nacht von ihrem Zimmer aus direkt zu der Pegasus-Skulptur gerannt ist.«

»Das ist doch lächerlich.« Melissa sprang vom Bett auf. »Jeder weiß, dass sie zu ihrer Kinderfrau gelaufen ist.« Sie verschränkte die Arme vor der Brust und sah Travis wütend an. »Es ist lächerlich zu glauben, sie würde in einem solchen Augenblick des Schreckens bei einer leblosen Skulptur Schutz suchen.«

»Da bin ich mir nicht sicher.« Jessica runzelte die Stirn. »Ihr Vater sagte, sie hätte die Skulptur sehr geliebt. Sie hat immer Geschichten um den Pegasus herum erfunden und am liebsten in dem Zimmer gespielt, wo er stand.«

»Das ist doch einfach albern«, schäumte Melissa. »Die Skulptur hat mit all dem hier nichts zu tun.«

»Woher wollen Sie das wissen?« Travis sah sie nachdenklich an. »Hat sie Ihnen während einem Ihrer gemeinsamen Alpträume etwas anvertraut?«

»Ich versuche einfach, logisch zu denken. Keiner außer mir scheint die Bedeutung des –« Sie stürmte aus dem Zimmer. »Mir reicht's.«

Jessica zuckte zusammen, als Melissa die Tür zuwarf. »Tja, man kann jedenfalls nicht behaupten, meine Schwester hätte Probleme, ihre Meinung kundzutun.«

»Haben Sie je mit ihr über den Pegasus gesprochen?«

»Nur beiläufig. Natürlich habe ich ihr die Einzelheiten von Cassies traumatischem Erlebnis beschrieben.« Sie schüttelte den Kopf. »Ich bin mir sicher, dass sie das nicht böse gemeint hat. Sie steht einfach in letzter Zeit unter einem enormen Druck, und es macht sie nervös, wenn wir sie vom Lernen abhalten.«

»Sie hat mich nicht verletzt.« Travis lehnte sich zurück. »Haben Sie je in Erwägung gezogen, mit Cassie nach Vasaro zu fahren und die ganze Geschichte noch einmal mit ihr durchzuspielen?«

»Nur, wenn es keine andere Möglichkeit mehr gibt. Es wäre zu traumatisch. Die Heilmethode wäre schlimmer als die Krankheit.«

»Aber Sie haben darüber nachgedacht?«

»Ich habe jeden denkbaren Schritt in Erwägung gezogen. Aber selbst wenn ich die Absicht hätte, mit Cassie nach Vasaro zu fahren, ihr Vater würde mir niemals die Erlaubnis erteilen.«

»Ja, das könnte ein Problem sein.« Er überlegte. »Was ist mit dem Pegasus? Der ist ein Teil des Szenarios.«

»Andreas hat die Skulptur dem Museum d'Andreas in Paris als Leihgabe zur Verfügung gestellt.«

»Ich lasse gerade überprüfen, ob die Skulptur in nächster Zeit irgendwo ausgestellt werden soll.«

»Ach?« Sie sah ihn verblüfft an. »Dann glauben Sie also wirklich, dass da ein Zusammenhang besteht.«

»Ich weiß nicht. Ich klammere mich an jeden Strohhalm, aber wenn wir mit ihr nach Paris fahren und es einrichten könnten, dass sie –«

»Der Präsident wird sie nirgendwohin reisen lassen, solange die Leute nicht gefunden sind, die den Anschlag auf Vasaro verübt haben.« Sie sah ihn durchdringend an. »Ist das nicht Ihre Aufgabe?«

»Ich arbeite dran.« Ihm fiel ein, dass Melissa genau die gleichen Worte gebraucht hatte, und er musste lächeln. »Vielleicht könnten wir Melissa bitten, Cassie bei ihrer nächsten Begegnung auf den Pegasus anzusprechen.«

»Nach dieser Reaktion?«

»Überreden Sie sie.« Er stand auf. »Die Zeit läuft uns davon. Wenn wir nicht bald einen Durchbruch erzielen, werden wir womöglich gezwungen sein, zu radikaleren Methoden zu greifen.«

»Radikal? Im Augenblick läuft doch alles ganz gut. Ich habe nicht vor, die Situation hochzuschaukeln.«

Er sah sie ernst an. »Ihnen bleibt nichts anderes übrig, Jessica.«

Ihr war übel, gleich würde sie sich übergeben müssen.

Nein, ich muss den Brechreiz überwinden, sagte Melissa sich. Es war schließlich nicht das erste Mal, dass sie so etwas durchmachte. Einfach nicht mehr daran denken und sich ganz normal verhalten.

Sie beugte sich über das Waschbecken und klatschte sich kaltes Wasser ins Gesicht.

Aber so war es noch nie gewesen. Träume waren Träume. Und dies hier war Realität.

Verdammt. Sie hätte wissen müssen, dass Travis keine

Ruhe geben würde, bis er einen Anhaltspunkt fand. Es würde ihm nichts nützen. Sie würde ihn aufhalten und all dem ein Ende setzen.

Smaragdgrüne Augen …

Sie beugte sich über die Kloschüssel und übergab sich.

»Du bist ja ganz blass.« Jessica legte besorgt die Stirn in Falten, als sie Melissa die Treppe herunterkommen sah. »Alles in Ordnung?«

»Alles in Ordnung.« Melissa lächelte. »Wahrscheinlich hab ich zu viel über meinen Büchern gebrütet. Ich habe den ganzen Tag in meinem Zimmer gehockt. Wenn du mir was Gutes tun willst, kannst du mir ein Glas Limo geben und mir auf der Veranda Gesellschaft leisten. Ich muss ein bisschen frische Luft schnappen, bevor ich mich wieder nach oben verziehe.«

»Ich könnte auch etwas Kühles zu trinken gebrauchen.« Jessica ging in Richtung Küche. »Geh schon mal nach draußen. Ich bin gleich da.«

Melissa machte es sich auf der Schaukel bequem und ließ sich sanft wiegen. Es war ein warmer, schwüler Abend, und sie konnte die Frösche im Teich hinter dem Haus quaken hören. Sommergeräusche. Lebensgeräusche. Wunderbar …

»Träumst du?« Jessica reichte ihr ein Glas und setzte sich neben sie. »Du siehst schon viel besser aus.«

Melissa lachte. »Ich bin mir nicht sicher, ob das ein Kompliment ist. Es ist ziemlich dunkel hier.«

»Aber der Mond scheint.«

Melissa schaute in den Himmel auf. »Ja, da ist er.«

Schweigen.

»Mellie, warum bist du heute Nachmittag so aus der Haut gefahren?«, fragte Jessica zögernd.

»Auf die Frage hab ich schon gewartet. Du machst dir schon wieder Sorgen, stimmt's? Du findest, dass ich ziemlich irrational reagiert habe, und wenn man bedenkt, dass du nicht so richtig einschätzen kannst, wie stabil ich eigentlich bin –«

»Das stimmt nicht. Ich weiß, dass dir nichts fehlt. Ich wollte einfach nur wissen, warum du dich so aufgeregt hast.«

»Wahrscheinlich hast du Travis alle möglichen Erklärungen für meinen Ausbruch geliefert.«

»Natürlich hab ich das. Ein paar davon sind vielleicht sogar zutreffend.« Sie nippte an ihrer Limonade. »Wir haben noch nie Geheimnisse voreinander gehabt. Sprich mit mir, Mellie.«

Das stimmte nicht. Seit ihrer Rückkehr aus dem dunklen Wald hatte sie jede Menge Geheimnisse vor Jessica, aber sie war heilfroh, dass ihre Schwester von diesem Mangel an Vertrauen nichts ahnte. »Du würdest mir sowieso nicht glauben, wenn ich dir sagte, dass ich –« Sie schüttelte den Kopf. »Also gut, ich will einfach nicht, dass Travis sich zu sehr für den Pegasus interessiert.«

»Und warum nicht?«

»Er ist wie eine Dampfwalze. Wenn er sich einmal etwas in den Kopf gesetzt hat, ist er nicht mehr zu bremsen.«

»Das ist nicht unbedingt ein schlechter Charakterzug.«

»Manchmal schon. Es kommt vor, dass Leute in Bereiche vordringen, in denen sie nichts zu suchen haben. Dann braucht es nur noch einen kleinen Schubs, und alles fällt um … wie Dominosteine.«

»Und was hat das mit dem Pegasus zu tun?«

»Der Pegasus ist das, wonach Cassie in dem Tunnel so verzweifelt sucht.«

Jessica verstummte. »Bist du dir sicher?«

»O ja.«

»Aber es ist doch gut, das zu wissen. Darauf können

wir aufbauen. Travis' Vorschlag, den Pegasus zu benutzen, ist vielleicht gar nicht so schlecht, wenn wir eine Möglichkeit finden –«

»Nein.« Melissa bemühte sich, ihre Stimme zu beherrschen. »Das verstehst du nicht. Es ist nicht ... es ist ein ... schlimmes Gefühl. In diese Richtung weiter zu bohren, könnte schlimme Folgen für Cassie haben.«

»Fürchtet sie sich vor dem Pegasus?«

Melissa vermied eine direkte Antwort. »In diesen Sumpf solltest du dich gar nicht erst begeben.«

»Ich weiß, dass du dir um Cassie Sorgen machst, aber du bist nicht mit allen psychologischen Aspekten ihres Zustandes vertraut. Du solltest es lieber mir überlassen, diese Probleme zu lösen.«

»Vergiss das mit der Skulptur.«

»Ich kann nichts außer Acht lassen, was Cassie helfen könnte. Und du kannst das auch nicht, Mellie. Wir müssen zusammenarbeiten.«

»Die meiste Zeit glaubst du mir ja noch nicht mal, was ich dir über Cassies Alpträume erzähle.«

»Gut, damit habe ich manchmal Probleme. Aber ich glaube dir, dass Cassie versucht, den Pegasus zu finden, denn als ich ihr das Foto gezeigt habe, hat sie –«

»Du hast gesagt, dass du eigentlich gar keine Reaktion gesehen hast.« Sie lächelte spöttisch. »Was bist du eigentlich? Genauso eine Irre wie ich?«

»Das ist nicht fair. Ich habe dich nie eine Irre genannt.« Jessica überlegte. »Der Pegasus ist der einzige Anhaltspunkt, den wir haben. Dem müssen wir nachgehen, Mellie. Du musst mir versprechen, dass du Cassie nicht zurückweist, falls sie das Thema anspricht.«

Melissa schwieg.

»Bitte.« Jessica seufzte. »Wir müssen Cassie helfen, und ich weiß im Moment einfach nicht, wie.«

Was hatte es für einen Zweck?, dachte Melissa erschöpft. Die Dominosteine fielen bereits, und sie konnte nichts daran ändern, indem sie einfach so tat, als würden sie nicht existieren. »Ich werde sie nicht danach fragen, aber ich werde sie auch nicht zurückweisen, falls sie von selbst auf das Thema kommt. Reicht das?«

»Das reicht.« Jessica beugte sich vor und küsste sie auf die Wange. »Danke.« Sie stand auf. »Ich sehe noch einmal nach Cassie, dann gehe ich ins Bett. Kommst du auch rein?«

»Gleich.«

»Arbeite nicht mehr allzu lange.«

»Mach ich nicht.« Melissa lehnte sich auf der Schaukel zurück. »Schlaf gut.«

»Das wünsche ich uns allen.« Jessica ging ins Haus.

Das Gespräch war vollkommen schief gelaufen, dachte Melissa verzweifelt. Sie hatte gehofft, Jessica von dem Pegasus abbringen zu können, wenn sie andeutete, dass dieser eine Gefahr für Cassie darstellte. Aber Jessica war einfach von der Idee besessen, Cassie zurück in die Normalität zu holen. Wenn Melissa das Thema gar nicht mehr angesprochen hätte, wäre Jessicas Interesse womöglich nicht so groß geworden.

Vielleicht hätte aber auch das nichts genützt. War es Schicksal?

Zum Teufel mit dem Schicksal. So zu denken war defätistisch. Travis würde sich bei der Gestaltung seines Schicksals nicht auf eine Laune verlassen. Er versuchte bereits, eine Möglichkeit zu finden, auf mehreren Hochzeiten zu tanzen. Und mit ihrer Tölpelhaftigkeit hatte Melissa womöglich dafür gesorgt, dass Jessica sich jetzt auf seine Seite schlug. Tief in ihrem Herzen würde Jessica nie aufhören, Melissa als das kleine, hilfsbedürftige Kind zu betrachten, das sie einmal gewesen war.

Im Torhaus brannte noch Licht. Meistens blieb es fast die ganze Nacht an. Während der vergangenen Tage hatte Melissa mitbekommen, dass Travis selten mehr als vier Stunden schlief, und dass er ein ausdauernder Leser war. Vertiefte er sich gerade in den Stapel Bücher, der am Nachmittag des vergangenen Tages bei ihm abgeliefert worden war? Unersättliche Neugier und ein ausgeprägter Wissensdurst konnten bei einem Feind gefährliche Eigenschaften sein.

Zum ersten Mal wurde ihr bewusst, dass Travis zu ihrem Gegner werden konnte. Sie war von Anfang an vor ihm auf der Hut gewesen, doch bisher hatte sie stets geglaubt, sie sei ihm in allem gewachsen. Auf seltsame Weise hatte sie sogar das Gefühl gehabt, sie seien Verbündete. Verrückt. Wahrscheinlich lag das bloß daran, dass Cassie ihm vertraute und ihn als ihren Retter betrachtete. Aber sie hatte das spielerische Kräftemessen genossen und seine Intelligenz und seinen intuitiven Scharfsinn bewundert.

Diese Bewunderung empfand sie jetzt nicht mehr. Seine Intuition hatte ihn zu dicht an ihren wunden Punkt geführt. Er hatte den Pegasus aus der Dunkelheit ins Licht gezerrt.

Aber damit würde sie fertig werden. Sie musste ihre Panik unterdrücken. Wenn sie noch nicht stark genug war, würde sie sich zusammennehmen, lernen und sich entwickeln.

Sie konnte nur hoffen, dass ihr genug Zeit blieb.

9

Lyon

»Mach nicht auf«, sagte Danielle Claron.

Es klingelte erneut. Henri stand auf.

»Sei nicht verrückt«, flehte sie.

»Wenn das van der Beck ist, müsste ich verrückt sein, ihm nicht aufzumachen. Wir haben das alles besprochen, Danielle. Wir müssen aus Lyon verschwinden, und ich habe nicht vor, das als armer Mann zu tun.«

»Würdest du die Stadt lieber in einem Leichenwagen verlassen?«

»Habe ich nicht immer gut für dich gesorgt? In den letzten zehn Jahren hattest du immer genug zu essen auf dem Tisch, aber jetzt haben wir die Chance, ein Leben zu führen, wie wir es verdienen.«

»Ich bin diejenige, die dir diese Chance gegeben hat. Und ich sage dir, dass du –«

Es klingelte.

»Also gut, mach auf. Aber sei vorsichtig.« Danielle befeuchtete ihre Lippen. »Wir hätten uns gar nicht darauf einlassen sollen. Schließlich sind wir auf das Geld nicht angewiesen.«

»Bisher hast du dich noch nie beschwert. Diese Sache ist auch nichts anderes, nur ein bisschen größer. Überlass das Verhandeln mir.«

Sie ging in Richtung Schlafzimmer. »Glaub mir, ich habe kein Interesse, dabei zu sein.«

»Umso besser. Du bist zu durchsichtig. Ich hab gesehen, wie van der Beck dich beobachtet hat, als er –« Plötzlich erstarrte er, als er durch den Spion spähte. Es war nicht van der Beck. Dieser Mann war groß, blond, kräftig gebaut und höchstens Ende dreißig.

»Ja?«

»Monsieur Claron?« Der Mann lächelte. »Mein Name ist Jacques Lebrett. Jan van der Beck schickt mich. Ich habe etwas für Sie.«

»Warum kommt er nicht selbst?«

»Er ist ein sehr beschäftigter Mann. Hat er Ihnen nicht gesagt, dass er jemanden schicken würde?«

Van der Beck hatte die Möglichkeit erwähnt, aber Claron kam das alles dennoch merkwürdig vor. »Sagen Sie van der Beck, wenn er –«

»Er befindet sich gerade in äußerst delikaten Verhandlungsgesprächen.« Lebrett öffnete seine Aktentasche und hielt sie so, dass der Inhalt durch den Spion sichtbar war. »Aber er ist nicht zu beschäftigt, um Ihnen eine große Summe für Ihre Informationen zu bieten.«

Geld. Bündelweise Francs. Claron hatte noch nie so viel Geld gesehen.

»Können wir reden, Monsieur Claron?«

So viel Geld …

Henri löste den Riegel und öffnete die Tür. »Kommen Sie rein.«

»Danke.« Der Mann lächelte. »Ich bin sicher, wir werden uns einigen können.«

Die Frau war entkommen.

Kein Problem. Edward Deschamps hatte das Auto, das in der Einfahrt stand, fahruntüchtig gemacht, und das Haus lag kilometerweit von der Straße entfernt. Henri

Claron war zu leicht gestorben, aber seine Frau ausfindig zu machen, war eine nette Herausforderung. Den Mann zu töten, hatte richtig gut getan. Deschamps war schon so lange auf der Jagd nach Travis, dass er allmählich nervös wurde. Als sich herausstellte, dass die Clarons liquidiert werden mussten, hatte er die Gelegenheit beim Schopf ergriffen.

Deschamps säuberte das blutige Messer, wischte sorgfältig seine Fingerabdrücke vom Waschbecken und machte sich daran, das Haus zu durchsuchen. Nicht dass diese Vorsichtsmaßnahmen viel nützen würden. Die forensischen Untersuchungen machten es einem heutzutage reichlich schwer, einen Auftrag zu erledigen. Doch er verhielt sich immer noch genauso, wie man es ihm als Junge beigebracht hatte. Solche Gewohnheiten waren hartnäckig.

Er trat vor das Haus und ließ den Blick über den Garten hinweg bis zum umgebenden Wald schweifen. Er hatte damit gerechnet, dass Claron die Tür öffnen würde. Geld war immer ein guter Köder. Ein paar echte Scheine auf einem Stapel Papier, und der Mann hatte geglaubt, er sei reich. Was für ein Narr.

Er ging in den Hof hinaus, zündete sein Feuerzeug und hielt die Flamme an den mit Benzin getränkten Lappen, den er mitgebracht hatte. Dann warf er den Lappen auf die hölzerne Veranda, die er zuvor mit Benzin übergossen hatte.

Das Haus ging in Flammen auf.

»Henri Claron ist tot«, sagte van der Beck.

»Was?« Travis' Hand umklammerte das Telefon. »Wie ist das passiert?«

»Sein Haus ist bis auf die Grundmauern abgebrannt, aber die Polizei glaubt, dass er tot war, bevor das Feuer ausbrach. Seine Frau haben sie bisher nicht gefunden.«

»Ist sie geflüchtet?«

»Möglich. Aber wenn ja, dann hat sie sich in irgendeinem Loch verbuddelt, aus dem sie so schnell nicht wieder rauskommt.«

»Wenn sie am Leben ist, muss ich wissen, wo sie ist. Du hast gesagt, sie war ebenso nervös wie ihr Mann. Gut möglich, dass sie weiß, was er wusste. Oder vielleicht sogar noch mehr.«

»Glaubst du im Ernst, sie riskiert ihren Hals, nach dem, was mit ihrem Mann passiert ist?«

»Manchmal sind Angst oder Rache ein stärkerer Antrieb als Geld. Versuch, sie zu finden, Jan.«

»Das tue ich bereits.« Er ließ einen Augenblick verstreichen. »Gestern hab ich zwei Wanzen in meiner Wohnung gefunden. Vor drei Tagen, als ich zum letzten Mal nachgesehen hab, waren sie noch nicht da.«

Travis zuckte zusammen. »Karlstadt?«

»Kann sein. Oder vielleicht die CIA. Aber es waren chinesische Wanzen. Ich glaube kaum, dass das die Sorte ist, die die CIA normalerweise benutzt.«

Travis gefiel das alles nicht. Die Dinge nahmen eine vertrackte Entwicklung, und die Zeit drängte.

»Wie laufen die Verhandlungen mit Karlstadt?«

»Ich habe ihn bis auf dreiundzwanzig hochgehandelt. Würdest du dich darauf einlassen?«

»Ich überleg's mir.«

»Gut. Die Sache mit Claron gefällt mir überhaupt nicht. Es kommt mir sehr seltsam vor, dass er ermordet wurde, noch bevor ich die Verhandlungen abgeschlossen habe. Das bringt mich auf den Gedanken, dass da noch irgendjemand mitmischt, und dass dieser Jemand uns dichter auf den Fersen ist, als mir lieb ist.« Er schwieg einen Moment lang. »Außerdem glaube ich, dass mir jemand folgt.«

»Die CIA?«

»Ach, die beiden. Zwei Männer in einem grünen Porsche. Die hab ich entdeckt, drei Tage nach deiner Abreise aus Amsterdam. Aber ich werde das Gefühl nicht los, dass mich noch jemand beschattet.«

»Hast du irgendjemanden gesehen?«

»Nein, aber ich habe dieses Jucken im Nacken.«

»Ein eindeutiger Beweis.«

»Mir ist es Beweis genug. Wie du weißt, hat es mir schon mehrfach das Leben gerettet. Das Pflaster wird mir hier allmählich zu heiß. Ich denke, ich werde mir meinen Anteil nehmen und mich auf eine sehr lange Reise begeben. Ruf mich an, wenn du dich entschieden hast, Michael. Bis bald.«

»Moment noch.« Dreiundzwanzig Millionen waren genug, und die Situation wurde zu gefährlich für Jan. »Nimm das Angebot an.«

»Gut.« Jan seufzte erleichtert. »Karlstadt wird darauf bestehen, dass du sofort lieferst.«

»Halte ihn hin.«

»Das ist genauso, als wollte ich eine Kobra hinhalten, die zubeißen will. Er kann es nicht ausstehen zu –«

»Wir haben keine andere Wahl. Ich habe hier ein paar Probleme.«

»Höchstens vier Tage. Und ich warne dich jetzt schon. Karlstadt wird einen Tobsuchtsanfall bekommen.«

»Ich rufe dich an.«

Plötzlich musste Jan lachen. »Ich hätte nie geglaubt, dass du dich auf das Angebot einlassen würdest. Bekommst du allmählich ein weiches Herz, Michael?«

»Vielleicht. Du bist doch derjenige, der mir dauernd sagt, was für ein abgebrühter Kunde Karlstadt ist.«

»Oh, ich glaube nicht, dass du dich vor Karlstadt fürchtest. Wahrscheinlich machst du dir eher Sorgen um mich. Das gefällt mir.«

»Warum sollte ich mir um dich Sorgen machen? Du

hast doch dieses magische Nackenjucken, das dir immer das Leben rettet.« Er legte auf.

Vier Tage.

Wie zum Teufel sollte er hier in vier Tagen rauskommen? Die Barrieren waren geradezu unüberwindbar. Cassie. Andreas. Der Secret Service.

Und Jessica und Melissa Riley. Diese beiden Frauen könnten sich tatsächlich als das größte Hindernis von allen entpuppen.

Nun gut, Hindernisse waren dazu da, überwunden zu werden. Er hatte bereits eine Idee, wie er seinen Abgang deichseln konnte, suchte aber noch nach einer anderen Möglichkeit.

Es war vertrackt. Äußerst vertrackt.

Aber das galt ebenso für die Situation in Amsterdam, und dort fand sein wirkliches Leben statt, nicht hier in dieser Villa in Virginia. Jan war kein Narr, und wenn er eine Gefahr witterte, dann existierte sie auch. Womöglich stand sein Leben auf dem Spiel. Bei der Geschichte war Travis dafür zuständig, das Geld zu übernehmen und sie beide vor den Russen und vor Karlstadt in Sicherheit zu bringen. Diese Aufgabe hatte jetzt Vorrang.

Es lag etwas Ironisches darin, dass Jan ihm ein weiches Herz unterstellte. Wenn er allerdings wüsste, welchen Fluchtplan Travis ausgeheckt hatte, würde er wohl seine Meinung ändern.

Äußerst vertrackt …

Als Jessica Travis die Tür öffnete, ging die Sonne gerade unter.

»Kann ich Sie einen Moment sprechen?«, fragte er.

Verblüfft runzelte sie die Stirn. »Kommen Sie rein. Stimmt irgendetwas nicht?«

»Nichts, für das keine Lösung gefunden werden könnte. Ich würde lieber nicht ins Haus kommen. Wollen wir zum Teich runter spazieren?«

»Ich muss wieder zurück zu Cassie. Ich mache nur eine kleine Pause.«

»Es wird nicht viel Zeit in Anspruch nehmen.«

Sie zögerte. »Eine Viertelstunde.« Sie folgte ihm die Stufen hinunter. »Ich wollte auch mit Ihnen reden. Gestern Abend hatte ich ein Gespräch mit Melissa. Sie meint, dass Cassie in ihrem Tunnel nach dem Pegasus sucht. Aber sie scheint den Eindruck zu haben, dass es Cassie schaden würde, wenn wir dieser Spur nachgehen.«

»Und was glauben Sie?«

»Ich glaube, dass wir nach jedem Strohhalm greifen müssen, wenn wir ihr helfen wollen. Ich habe Mellie das Versprechen abgenommen, dass sie nicht versuchen wird, Cassie von dem Pegasus abzulenken.«

»Ich könnte mir vorstellen, dass ihr das ziemlich schwer gefallen ist«, murmelte Travis.

»Aber sie hat sich darauf eingelassen.« Jessica sah ihn an. »Sie scheinen sich gar nicht zu wundern.«

»Ich denke, uns ist beiden klar, dass Ihre Schwester ein bisschen extrem reagiert hat.«

»Und warum haben Sie dann nicht nachgehakt?«

»Warum hätte ich das tun sollen? Ich wusste, dass Sie das selbst übernehmen würden, und Sie hätten nur ablehnend reagiert, wenn ich ihr irgendetwas unterstellt hätte.«

»Ja, da haben Sie Recht.« Sie blieb stehen, als sie den Teich erreichten. »Sie wollte kein Unheil anrichten. Sie ist nur besorgt um Cassie.«

»Das sind Sie doch auch.«

»Natürlich.«

»Sie lieben Ihre Schwester sehr, nicht wahr?«

»Das ist kein Geheimnis.«

»Und Sie würden nicht wollen, dass ihr etwas Schlimmes zustößt.«

Jessica hielt die Luft an. »Mein Gott, soll das eine Drohung sein?«

»Ich fürchte, ja.« Er sah sie an. »Ich muss sehr bald von hier weg. Ich muss unbedingt zurück nach Amsterdam. Und ich möchte Sie, Melissa und Cassie mitnehmen. Es ist die einzige Möglichkeit, von hier zu verschwinden, ohne mein Gewissen zu belasten.« Seine Mundwinkel zuckten. »Und ich muss zugeben, dass wir gemeinsam leichter wegkommen werden.«

Panik erfasste sie. »Sie *können* hier nicht weg.«

»Es bleibt mir nichts anderes übrig.«

»Blödsinn. Andreas wird Sie daran hindern.«

»Ich werde es tun, Jessica.«

»Cassie wird sterben.«

»Nicht, wenn Sie mitkommen.«

»Und Mellie.«

»Sie gewinnt immer mehr Kraft. Sie könnte überleben, selbst wenn Cassie sterben sollte.«

»Sie verdammter Mistkerl.« Ihre Hand zitterte, als sie sie an ihre Lippen hob. »Das ist verrückt. Um Himmels willen, Sie wollen Cassie entführen. Man wird Sie finden und für den Rest Ihres Lebens einsperren.«

»Nicht, wenn wir Cassie heilen.«

»Wir? Glauben Sie etwa, ich würde Sie bei Ihren kriminellen Machenschaften unterstützen?«

»Haben Sie eine Wahl? Sie lieben Cassie und Melissa. Sie würden es nie zulassen, dass den beiden etwas zustößt.«

»Ihnen wird nichts zustoßen.« Sie war wütend. »Sie bleiben, und wir machen genauso weiter wie bisher.«

»Nicht ganz.«

»Was soll das heißen?«

»Wenn Cassie einen Alptraum hat, werde ich nicht kommen, um ihr zu helfen.«

»Was?« Sie starrte Travis ungläubig an. »Sie müssen kommen.«

Er schüttelte den Kopf.

»Sie mögen ein Mistkerl sein, aber Sie würden es nicht fertig bringen, Cassie Ihre Hilfe zu verweigern, wenn sie leidet.«

»Sie ist Ihre Patientin, und die Behandlung liegt in Ihrer Verantwortung. Ich habe gesagt, ich bin bereit zu helfen ... zu meinen Bedingungen.«

»Sie bluffen. So kaltherzig sind Sie nicht.«

»Wenn es sein muss, bin ich kaltherziger, als Sie sich überhaupt vorstellen können.« Er sah ihr direkt in die Augen. »Bluffe ich, Jessica?«

O Gott, sie fürchtete, dass er nicht bluffte. Sein Gesicht war völlig ausdruckslos, aber seine Augen ... Sie hatte ihn während der vergangenen Wochen ein bisschen kennen gelernt; er war nicht fähig, Cassie im Stich zu lassen, wenn sie einen Alptraum hatte. »Sie bluffen.«

»Tut mir Leid. Ich hatte gehofft, ich könnte es uns allen leichter machen. An Ihrer Stelle würde ich Melissa nichts davon sagen. Es würde sie sehr beunruhigen. Schließlich sind Sie auch für ihr Wohlergehen verantwortlich.«

»Ich tue, was ich will.«

»Nein, Sie tun das, was das Beste ist für die Menschen, die Sie lieben. Darauf baue ich.«

Ihre Hände ballten sich zu Fäusten, als sie ihm nachschaute. Verdammt. Verdammt.

Er bluffte. Es konnte nicht anders sein.

In der folgenden Nacht ging in Cassies Zimmer das Licht an.

Im Torhaus läutete das Telefon.

»Kommen Sie rüber«, sagte Jessica. »Sofort.«

»Ein Alptraum?«

»Ja.«

Er legte auf.

Nicht zurückrufen.

Nicht ins Haus gehen.

Nicht an das kleine Mädchen denken.

Er trat ans Fenster.

Und wartete.

Eine halbe Stunde später sah er, wie Jessica die Auffahrt hinunterrannte. Er öffnete die Tür und wartete auf sie.

»Sie verdammter Mistkerl.« Tränen liefen ihr über die Wangen. »Sie Unmensch.« Sie packte ihn am Arm. »Sie kommen jetzt mit.«

»Nein.«

»Sie müssen –«

»Ich muss gar nichts. Ich tue, was ich will.«

»Ich werde Fike schicken, damit er Sie rüberholt.«

»Und ich werde mich in den Sessel neben dem Bett setzen und kein Wort sagen.«

»Das würden Sie nicht –« Fassungslos starrte sie ihn an. »Sie würden es fertig bringen. Mein Gott, Sie werden es zulassen, dass Mellie und Cassie …« Sie wandte sich um und rannte zurück zum Haus.

Gott, ihm war übel.

Nicht nachgeben. Du bist schon so weit gegangen. Wenn du heute nachgibst, musst du es morgen auch tun und übermorgen wieder.

Fünf Minuten.

Zehn Minuten.

Das Telefon läutete.

»Also gut, Sie Scheißkerl.« Jessicas Stimme zitterte. »Ich tue alles, was Sie wollen. Aber kommen Sie auf der Stelle her.«

»Bin schon unterwegs.« So schnell er konnte, rannte er auf das Haus zu.

Gott, es war schlimmer gewesen, als er sich hatte träumen lassen.

»Was ist passiert, Jessica?« Melissas Stimme klang schwach. »Es hat so lange gedauert …«

Schweigend fühlte Jessica Melissas Puls. »Wie fühlst du dich?«

»Fürchterlich. Er ist nicht gekommen … Es hat so lange gedauert …«

»Dein Herzschlag ist immer noch ein bisschen unregelmäßig, aber er normalisiert sich allmählich.« Sie legte die Decke über Melissas Schultern. »Und Cassie geht es auch besser.«

»Es ging ihr aber gar nicht gut. Sie ist inzwischen regelrecht abhängig von ihm. Ich habe versucht, mich von ihr zu lösen und mit ihr zu sprechen, aber sie … hat mich abgelehnt. Wenn ich ein Teil von ihr bin, bin ich ein Teil des Schreckens … aber nicht Teil der Erlösung.« Sie fuhr sich mit der Zunge über die trockenen Lippen. »Er ist derjenige … den sie für ihren Retter hält.«

»Ein feiner Retter.« Jessica schob ein paar Strähnen aus Melissas Stirn. »Ist es in Ordnung, wenn ich dich jetzt allein lasse und wieder nach Cassie sehe?«

»Ja. Wo ist er, Jessica?«

»Er ist ein bisschen spät hier angekommen.«

»Schlimm …« Melissa schloss die Augen. »Ganz schlimm. Wir hatten solche Angst. Er hätte früher kommen sollen.«

»Es war schlimm.« Jessica stand auf. »Aber es wird nicht wieder vorkommen. Beim nächsten Mal wird er sofort herkommen.«

»Gut. Wir … bekamen keine Luft, und unser Herz tat so weh …«

»Es wird nicht wieder vorkommen«, wiederholte Jessica und schloss die Tür.

Mistkerl. Sie blinzelte ihre Tränen fort und ging zu Cassies Zimmer.

Fike trat ihr entgegen. »Gott, ich hoffe, der Kleinen geht es wieder besser. So schlimm hab ich sie ja noch nie schreien hören.«

»Es geht ihr besser.«

»Mr. Travis ist immer noch bei ihr. Meistens hilft er doch, oder?«

»Meistens.«

»Er hat gesagt, diesmal sei sie beinahe gestorben. Ich drücke ihr die Daumen, dass sie es schafft.«

»Danke, Larry. Das wird sie bestimmt.« Sie öffnete die Tür und trat ins Zimmer.

Travis saß auf Cassies Bett. Als Jessica eintrat, schaute er auf. »Wie geht es Melissa?«

»Was glauben Sie wohl?«

Er drückte Cassies Hände. »Gute Nacht, Kleines. Wir sehen uns bald wieder.« Er stand auf und trat vom Bett weg, damit Cassie ihn nicht hörte. »Melissa ist wahrscheinlich erschöpft und sehr schwach. Stimmt's?«

»Das haben Sie sich doch denken können.« Sie ballte die Hände zu Fäusten. »Sie hätten die beiden umbringen können.«

»Das würden Sie nicht zulassen.«

»Darauf haben Sie gebaut. Sie haben damit gerechnet, dass ich nachgeben würde, um zu verhindern, dass die beiden leiden und womöglich sterben. Wie konnten Sie nur so etwas tun?«

»Es war nötig.«

»Sie können mich mal.«

»Denken Sie, was Sie wollen. Wir haben alle unsere Pläne.«

»Und warum haben Sie sich dann in unsere Pläne eingemischt?«

»Sie haben mich dazu aufgefordert. Und wollen Sie

ernsthaft behaupten, Sie wären nicht froh über meine Hilfe? Als ich heute nicht gekommen bin, habe ich die Situation lediglich auf die Ausgangsposition zurückgebracht.«

»Um Ihren Willen durchzusetzen.«

»Um meinen Willen durchzusetzen.« Er sah ihr in die Augen. »Ich hoffe, Sie werden mich nicht zwingen, es noch einmal zu tun. Denn ich *werde* es tun, Jessica.«

»Das weiß ich.« Sie verschränkte die Arme vor der Brust, damit sie nicht so zitterten. »Aber sobald ich eine Möglichkeit finde, wie ich ohne Ihre Hilfe auskommen kann, werde ich Sie am ausgestreckten Arm verhungern lassen. Hoffentlich wird man Sie für die nächsten hundert Jahre ins Gefängnis stecken.«

»Dann sollten Sie dafür sorgen, dass Cassie vorher geheilt ist. Sie würden doch sicherlich nicht wollen, dass ich für sie außer Reichweite bin. Haben Sie Melissa irgendetwas gesagt?«

»Nein, nur dass es nicht wieder vorkommen wird. Aber wenn sie sich wieder erholt hat, wird sie sich mit dieser Antwort nicht länger zufrieden geben.«

»Dann werden Sie sie hinhalten müssen. Melissa ist absolut in der Lage, meine Pläne zu durchkreuzen, und das wäre schlecht für uns alle.«

»Ich werde sie nicht belügen.«

»Wäre es Ihnen lieber, wir würden sie hier zurücklassen, wo Sie sich nicht um sie kümmern können? Ich weiß nicht, ob sie über eine größere Entfernung hinweg immer noch Verbindung mit Cassie aufnehmen könnte, und außerdem möchte ich nicht das Risiko eingehen, sie an einem Ort zurückzulassen, wo man sie nicht überwachen kann.« Travis sah sie herausfordernd an. »Aber Sie vielleicht?«

»Sie Vollidiot.«

»Das würde ich auch nicht von Ihnen erwarten.« Er ging zur Tür. »Regeln Sie es, egal wie.«

»Warten Sie.«

Er schaute über seine Schulter.

»Sie werden uns das nicht antun, ohne dafür zu bezahlen. Ich werde mit Ihnen kooperieren, wenn Sie mir garantieren, dass Sie uns in Amsterdam nicht im Stich lassen.«

»Ich habe Ihnen bereits gesagt, dass ich das nicht tun werde.«

»Und noch etwas. Ich möchte, dass Sie Cassie zum Pegasus bringen und dafür sorgen, dass sie ein bisschen Zeit bei ihm verbringen kann.«

»Das wird nicht leicht sein. Außerdem, warum sollte ich das tun? Ich habe bereits gewonnen, Jessica.«

»Weil Sie es uns schuldig sind, Sie Mistkerl.«

Er schwieg einen Moment lang. »Da ist was dran. Also gut, ich verspreche es. Aber denken Sie daran, wenn man uns im Museum erwischt, könnte es passieren, dass man mich erschießt oder ins Gefängnis steckt. Beides wäre für alle Beteiligten schlecht.«

»Das wäre es beinahe wert.«

Er schüttelte den Kopf. »Das meinen Sie nicht ernst.«

Er hatte Recht. Sie meinte es nicht ernst. Niemals würde sie Cassie und Melissa opfern, um Travis zu bestrafen. Sie sah ihn verzweifelt an. »Das ist vollkommen verrückt. Denken Sie noch mal über alles nach. Sie können hier nicht rauskommen.«

»Doch, ich kann. Aber Ihnen wird nicht gefallen, wie ich es anstelle.«

Sie zuckte zusammen. »Was meinen Sie damit?«

»Wenn ich es Ihnen sage, werden Sie versuchen, mich davon abzubringen, und Sie werden sich zu Tode sorgen, bis es so weit ist.«

»Werden Sie jemanden töten?«

»Nicht, wenn niemand versucht, mich zu töten. Ich werde Ihnen den Spielplan mitteilen, kurz bevor es losgeht.« Er verließ das Zimmer.

Gütiger Himmel, worauf hatte sie sich da eingelassen? Wenn man sie bei dem Fluchtversuch nicht erschoss, würde man sie jagen wie Kriminelle. Sie würden Kriminelle sein, und sie konnte sich nicht vorstellen, dass Jonathan Andreas Milde walten lassen würde, wenn es um seine Tochter ging.

Falls der Fluchtversuch misslang, wäre alles umsonst gewesen. Sie würde im Gefängnis landen, und Cassie und Melissa würden sterben.

Die Flucht musste unter allen Umständen gelingen. Zu viel stand auf dem Spiel. Würde Travis sein Versprechen halten und Cassie heilen? Darüber würde sie sich später den Kopf zerbrechen müssen. Ebenso über seinen Fluchtplan.

Ihr blieb nur, zu hoffen, dass niemand verletzt würde.

10

Um 0.17 Uhr zwei Tage später klingelte im Torhaus das Telefon.

»Kommen Sie sofort. Sie hat einen Alptraum«, sagte Jessica, als Travis den Hörer abnahm. »Und keine Spielchen heute, Travis.«

»Mit der Spielerei ist es endgültig vorbei. Ich komme.«

Larry Fike schaute besorgt drein, als Travis wenige Minuten später den Flur entlanggelaufen kam. »Hört sich an, als wäre es wieder ziemlich schlimm. Viel Glück.«

Travis nickte grimmig. »Das werden wir brauchen.«

Cassie schrie sich die Seele aus dem Leib, als er die Tür öffnete.

»Wie lange geht das schon?«, fragte Travis, als er an das Bett des Mädchens trat.

»Zehn Minuten«, sagte Jessica. »Gut, dass Sie gleich gekommen sind.«

Er nahm Cassies Hände. »Kommen Sie her, Jessica.«

Jessica trat näher. »Was ist denn?«

Ohne sie anzusehen, raunte er ihr zu: »Finden Sie einen Vorwand, um Teresa wegzuschicken.«

Sie sah ihn verdattert an.

»Machen Sie schon.«

Jessica drehte sich zu Teresa um, die neben der Tür

stand. »Teresa, holen Sie mir bitte eine Spritze aus dem Medikamentenschrank.«

»Glauben Sie, dass Sie –«

»Ich hoffe es nicht, aber ich möchte vorbereitet sein. Holen Sie sie bitte.«

Teresa eilte aus dem Zimmer und die Treppe hinunter.

»Wie lange wird sie brauchen, um die Spritze zu holen?«, wollte Travis wissen.

»Ich weiß es nicht. Als ich letztes Mal nachgesehen habe, waren keine Spritzen mehr in dem Schrank. Sie wird erst dort nachsehen und dann zu dem Schrank im zweiten Stock laufen.«

Cassie schrie.

»Tun Sie etwas. Reden Sie mit ihr.«

Travis ließ Cassies Hände los und stand auf.

»Was machen Sie da? *Reden* Sie mit ihr.«

»Wir brechen auf, Jessica.«

Sie erstarrte. »Erst wenn Sie sie beruhigt haben.«

Er öffnete seine Jacke, nahm seinen Laptop heraus und steckte ihn in Jessicas Arzttasche.

Cassie schrie.

»Reden Sie mit ihr. Sehen Sie denn nicht, dass sie leidet? Sie schreit wie am Spieß, verdammt noch mal.«

Er drehte sich zu ihr um und sagte ruhig: »Sie muss schreien, Jessica.«

»Warum?«

»Ich kann ihr nicht helfen. Sie muss schreien.«

»Ist das eine Art Machtspiel? Ich habe Ihnen doch gesagt, Sie haben gewonnen.«

Er schloss die Arzttasche. »Es ist kein Machtspiel.«

»Sie leidet schrecklich. Und Melissa leidet auch.«

»Laufen Sie in den Flur und sagen Sie Fike, dass es sich um einen Notfall handelt. Cassie hat einen besonders schlimmen Anfall, und Sie brauchen einen Krankenwagen, um sie ins Krankenhaus zu bringen. Geben Sie ihm das hier.« Er reichte ihr einen Zettel. »Das ist die Nummer der Notfall-Ambulanz im Shenandoah General, dem nächsten Krankenhaus.«

»Tun Sie Cassie das nicht an.«

»Und sagen Sie Fike, er soll den Präsidenten benachrichtigen.«

»Reden Sie mit ihr.«

»Noch nicht. Je eher Sie sie in den Krankenwagen schaffen, umso eher kann ich ihr helfen.« Er schob sie in Richtung Tür. »Los, sprechen Sie mit Fike.«

»Sie verdammter Mistkerl.« Schluchzend rannte Jessica in den Flur hinaus.

Cassie schrie. In ihrem Schrei lag die Todesangst eines verzweifelten Kindes.

Er konnte es beenden. Wie gern würde er es beenden!

Travis trat ans Fenster und starrte mit leerem Blick auf das Tor, durch das der Krankenwagen kommen würde.

Er war gerade dabei, Cassie in eine Decke zu wickeln, als Jessica ins Zimmer zurückkam. »Was ist mit Fike?«, fragte er.

»Er hat das Krankenhaus angerufen. Jetzt gerade telefoniert er mit Andreas. Der Krankenwagen müsste in wenigen Minuten hier eintreffen.«

»Holen Sie Ihre Schwester und bringen Sie sie zum Krankenwagen.«

»Wie soll ich es denn schaffen, sie auf die Füße zu bekommen? Sie ist wahrscheinlich in einem ähnlichen Schockzustand wie Cassie.«

»Das ist Ihr Problem.« Er nahm Cassie auf den Arm. »Darum kann ich mich jetzt nicht kümmern.«

»Das klappt nie. Sie werden es vielleicht schaffen, durch das Tor zu kommen, aber im Krankenhaus wird es von Secret-Service-Leuten nur so wimmeln.«

»Es wird klappen«, sagte er, als er an Jessica vorbeiging. »Holen Sie Melissa.«

Fike stand im Flur. »Kann ich Ihnen irgendwie helfen?« Er zuckte zusammen, als Cassie erneut zu schreien begann. »Gott, das arme Kind.«

Travis nickte. »Sie können dafür sorgen, dass ein paar Sicherheitsleute uns im Krankenhaus erwarten.« Er ging in Richtung Treppe. »Und dass ein paar von Ihren Leuten dem Krankenwagen folgen.«

»Das Krankenhaus haben wir bereits benachrichtigt.« Fike rannte vor Travis die Treppe hinunter. »Und ich werde persönlich in dem Wagen sitzen, der das Kind begleitet.«

»Gut.«

»Was haben Sie vor?«, flüsterte Jessica.

»So glauben sie, dass wir alle ein Team sind.« Er hörte das Heulen der Sirene. »Da kommt der Krankenwagen. Los, holen Sie Melissa.«

Cassie wurde gerade in den Krankenwagen geschoben, als Jessica Melissa vorsichtig die Treppe vor der Haustür hinunterführte.

»Mein Gott«, murmelte Fike, als er Melissas glasige Augen und ihr tränenüberströmtes Gesicht sah. »Was ist denn mit –«

»Sie wissen ja, wie sehr sie Cassie in ihr Herz geschlossen hat.« Jessica schob Melissa in den Krankenwagen. »Sie möchte die Kleine ins Krankenhaus begleiten.« Als sie selbst in den Wagen stieg, sagte sie zu Teresa: »Ich rufe Sie von der Ambulanz aus an.«

Der Sanitäter schlug die Tür zu, rannte um den Wagen herum und sprang auf den Beifahrersitz. Mit heulender Sirene raste der Krankenwagen auf die Straße hinaus, dicht gefolgt von dem Wagen mit den Secret-Service-Leuten.

Jessica sah Travis wütend an. »Jetzt helfen Sie ihr gefälligst.«

»Genau das habe ich vor.« Travis kniete sich neben Cassie, nahm ihre Hände und begann mit ihr zu sprechen.

Fünf Minuten später war sie schon wesentlich ruhiger, und Jessica atmete erleichtert auf. Egal, was ihr oder Travis passierte, Cassie und Melissa ging es besser.

Travis warf einen Blick auf seine Uhr. Mitten im Satz brach er ab, sprang auf und schaute nach dem Wagen des Geheimdienstes, der ihnen folgte. »Zu dicht«, murmelte er vor sich hin.

Im gleichen Augenblick fuhr der Krankenwagen plötzlich schneller. Jessica verlor das Gleichgewicht, als das Fahrzeug sich mit quietschenden Reifen in die Kurve legte.

Eine Senke auf der einen Seite, auf der anderen ein steiler Abhang.

Travis spähte durch das Heckfenster. Jetzt lagen fast zweihundert Meter zwischen ihnen und ihrer Eskorte. Der Krankenwagen raste den Hügel hinauf, dann ging es leicht abwärts auf ein kleines Wäldchen zu.

»Los, los«, murmelte er. »Jetzt.«

Hinter ihnen explodierte die Straße. Fünfzig Meter Beton flogen in die Luft. Der Wagen mit den Secret-Service-Leuten bremste und wich dem gähnenden Loch aus, das sich mitten auf der Straße aufgetan hatte, dann geriet er von der Fahrbahn und stürzte den Abhang hinab.

Der Krankenwagen fuhr in die Senke hinunter und raste in das Wäldchen.

»Passen Sie auf Ihre Schwester auf.« Travis hielt Cassie fest in den Armen, während der Krankenwagen über den holprigen Boden rumpelte.

Jessica drückte Melissa an sich.

Plötzlich blieb der Krankenwagen mit einem Ruck stehen, und die Hecktüren wurden aufgerissen.

»Ich war schon ganz nervös«, sagte Travis, als er sich aufrichtete. »Das war ziemlich knapp, Galen.«

»Ich bin verletzt. Es war gar nicht so einfach, diese Sprengladungen anzubringen und den Verkehr umzuleiten. Ich bin es nicht gewöhnt, mir den Kopf darüber zu zerbrechen, ob unschuldige Menschen zu Schaden kommen könnten.« Ein Mann in Jeans und T-Shirt begann, die Trage aus dem Krankenwagen zu ziehen. »Ist das das kleine Mädchen, für das ich meinen Hals riskiere?«

»Den riskierst du, wenn du nicht in zwei Minuten abhebst.« Travis sprang aus dem Wagen und half Melissa beim Aussteigen. »Diese Jungs vom Secret Service sind nicht von vorgestern. Ich schätze, dass wir höchstens vier Minuten Vorsprung haben.«

Galen starrte Melissa an. »Was ist denn mit der los?«

»Das ist eine lange Geschichte. Schnapp dir das Kind.« Er hob Melissa auf und trug sie zum Hubschrauber. »Los, kommen Sie, Jessica.«

Jessica sprang aus dem Krankenwagen und rannte auf den Hubschrauber zu. Der Fahrer und der Beifahrer waren bereits eingestiegen. Der Mann, den Travis mit Galen angesprochen hatte, legte Cassie behutsam in den Hubschrauber und half dann Jessica beim Einsteigen. Dann winkte er dem Piloten zu. »Los.«

In gleichen Augenblick, als der Hubschrauber abhob und über dem Wäldchen in die Luft stieg, raste der Wagen des Geheimdientes auf die Lichtung. Jessica zuckte zusammen, als sie sah, wie Fike heraussprang und seine Waffe zog.

»Keine Sorge«, sagte Travis. »Keiner wird auf uns schießen, solange wir die Tochter des Präsidenten an Bord haben.«

Er hatte Recht. Es fielen keine Schüsse, und wenige Sekunden später waren sie außer Schussweite.

Cassie schrie.

Galen fuhr zusammen. »Mein Gott.«

»Sie hat wieder einen Alptraum. Ich hatte keine Zeit, sie ganz herauszuholen.« Travis kroch zu Cassie hinüber. »Wie viel Zeit haben wir noch?«

»Zehn Minuten, bis wir landen und in ein Flugzeug umsteigen.« Galen verzog das Gesicht, als Cassie erneut zu schreien begann. »Tu was, Herrgott noch mal. Das ist ja furchtbar.«

»Ich tue, was ich kann. Hoffentlich reichen zehn Minuten aus.« Er beugte sich zu Cassie und redete auf sie ein.

Jessica wiegte Melissa in ihren Armen und sah Travis zu. Zärtlichkeit. Stärke. Entschlossenheit. Wie konnte er sich von einem Augenblick zum nächsten so verändern? In Cassies Zimmer hätte sie ihn heute am liebsten umgebracht. Sie könnte ihm immer noch den Hals umdrehen. Er tat nur, was er tun musste, und zwar nach seinen Bedingungen.

»Wunder gibt es immer wieder, nicht wahr?« Auch Galen beobachtete Travis. »Er schafft es tatsächlich, an sie ranzukommen. Was ist sein Geheimnis?«

»Er war in Vasaro.«

Galen nickte. »Ja, richtig. Ich weiß noch, wie er mit ihr aus dem Zimmer kam. Ich habe ihn gedrängt, hab ihm gesagt, wir müssten abhauen. Aber er war nicht dazu zu bewegen, das Kind allein zu lassen. Selbst später noch musste ich mich richtig ins Zeug legen, um ihn von dort loszueisen.«

»Sie waren damals auch in Vasaro?«

»Klar.« Er grinste. »Man mag Ihnen gesagt haben, Travis sei der Held gewesen, aber in Wirklichkeit war ich das. Ich war nur zu bescheiden, um lange genug zu bleiben und den Applaus entgegenzunehmen.« Sein Lächeln verschwand. »Keine Sorge, wir bringen Sie hier sicher raus. Ich habe alles arrangiert.«

»Warum sollte ich mir Sorgen machen? Ich weiß ja noch nicht mal, was passiert ist. Woher wussten Sie überhaupt, dass wir einen Krankenwagen gerufen hatten?«

»Als Travis erfuhr, dass Andreas ihn irgendwo festsetzen würde, hat er mich angerufen und mir gesagt, ich soll einen Funkwagen bereithalten.«

Sie runzelte verwirrt die Stirn. »Um den Anruf beim Krankenhaus abzufangen?«

»Ach, das kam später. Ich sollte seinen Anruf zurückverfolgen. Und da er sich nicht sicher war, ob die Jungs vom Geheimdienst sich an die Anweisung des Präsidenten halten und seine Anrufe nicht abhören würden, sollten meine Leute die Funküberwachung stören, sobald er van der Beck das Code-Wort durchgab. Natürlich nur ab und zu, sonst hätten sie Verdacht geschöpft.«

»Van der Beck?«

»Nicht so wichtig, das können Sie wahrscheinlich sowieso nicht alles durchschauen.«

»Stimmt. Aber dieser ganze technische Aufwand ist umsonst gewesen.« Jessica schüttelte den Kopf. »Andreas wird uns sämtliche verfügbaren Polizeikräfte auf den Hals hetzen.«

»Ich gebe zu, es ist eine große Herausforderung.«

Sie sah ihn erstaunt an.

»Okay, vielleicht noch ein bisschen mehr, als ich mir gewöhnlich aufhalse.« Er zuckte die Achseln. »Aber Travis hat mir versprochen, dass er alles wieder in Ordnung bringen wird.«

»Er will die Entführung der Tochter des Präsidenten in Ordnung bringen?«

Galen verzog das Gesicht. »Erinnern Sie mich nicht daran. Solange ich einen Schritt nach dem anderen mache, komme ich damit klar. Als er mir zum ersten Mal von seinem Plan berichtete, hätte ich ihm am liebsten den Hals umgedreht. Ich habe Travis schon bei unserer letzten Begegnung gesagt, dass ich es satt habe, dauernd mit einem Bein im Grab zu stehen.«

»Und dennoch tun Sie das für ihn. Warum?«

»Ich bin ihm was schuldig.« Galen zuckte mit den Schultern. »Trotzdem, wenn es sich um irgendeinen gewöhnlichen Auftrag gehandelt hätte, hätte ich ihm gesagt, er soll sich einen anderen suchen. Aber das hier bedeutet ihm sehr viel.«

»Gcld?«

»Sicher, aber es ist noch etwas anderes.« Er machte eine kurze Pause, fügte dann hinzu: »Außerdem mag ich ihn. Der Himmel weiß, warum. Er macht es einem nicht leicht. Man muss zu viele Hürden überwinden, um an ihn ranzukommen.«

»Dann sollten Sie sich die Mühe vielleicht lieber sparen.« Sie schaute aus dem Fenster. »Auf welchem Flughafen landen wir?«

»Auf einem privaten Flughafen nördlich von Baltimore. Dort steigen wir um in einen Düsenjet, und morgen früh müssten wir eigentlich in Antwerpen sein. Von dort aus fahren wir nach Amsterdam.« Er verzog das Gesicht. »Ich hab ihm gesagt, dass man ihn dort als Erstes suchen würde, aber er meinte, es sei unbedingt nötig.«

Jessica schüttelte verwundert den Kopf. »So wie Sie reden, könnte man meinen, es gäbe nichts Einfacheres, als in der Welt herumzujetten. Ich hab noch nicht mal meinen Pass bei mir.«

»Das macht nichts. Ich habe alle möglichen Papiere für Sie dabei. Das gehört zum Service. Sie werden sich natürlich an einen neuen Namen gewöhnen müssen. Mary oder Marilyn oder sowas Ähnliches. Aber Sie werden ihn nicht oft benutzen müssen. Wir werden die Grenzkontrollen weitgehend umgehen. Kinderspiel.«

Falsche Papiere. Illegale Einreise. Kinderspiel? Er erzählte das alles so beiläufig, als gehörten kriminelle Machenschaften für ihn zum alltäglichen Leben. Für Jessica war es eine neue und beängstigende Welt. »Das kann ich kaum glauben.«

»Sie werden es ja sehen.« Er schaute zu Melissa hinüber. »Ihre Schwester sieht ja wieder viel besser aus, sie hat sogar schon ein bisschen Farbe im Gesicht. Ist sie drogensüchtig?«

»Nein.«

»Krank?«

»Nein.« Sie drückte Melissa noch fester an sich. »Es wird ihr bald wieder gut gehen.«

Melissa wachte auf, als sie aus dem Hubschrauber gehoben wurde.

»Jessica ...« Benommen sah sie sich um. »Wo zum Teufel ...?«

»Alles in Ordnung.«

»Nein, das ist es nicht. Die ganze Nacht war überhaupt nichts in Ordnung. Zerbrochen. Alles zerbrochen ...«

»Kannst du gehen?«

»Ich versuch's ... aber langsam. Ich bin völlig fertig ... und meine Knie sind wie Pudding.«

»Langsam geht nicht.« Galen hob sie hoch und rannte mit ihr auf das kleine Privatflugzeug zu. »Halten Sie sich fest, dann schaffen wir's.«

Melissa sah ihn verblüfft an. »Wer sind Sie?«

»Sean Galen.«

»Keine Sorge, Mellie.« Jessica rannte neben ihnen her. »Ich erklär's dir später.«

»Das wirst du auch müssen.« Melissa schloss die Augen. »Jetzt bin ich zu müde zum Denken. Wo ist Travis?«

»Bei Cassie.«

»Gut.«

Plötzlich riss sie die Augen auf und starrte Galen an. »Nein! Nicht!«

Er schaute sie an.
»Nicht ...« Sie schloss die Augen wieder. »Jessica, lass ihn nicht ...«
Aber sie war schon eingeschlafen.
Galen hastete die Stufen zum Flugzeug hinauf und legte Melissa sanft auf ein Ledersofa. Mit einer Kopfbewegung deutete er auf den Vorhang, der den Innenraum des Flugzeugs in zwei Abteilungen trennte. »Travis ist vorne mit der Kleinen. Setzen Sie sich, und legen Sie die Sicherheitsgurte an.« Er ging in Richtung Cockpit. »Wir heben ab.«
»Moment noch.«
Er drehte sich nach Jessica um.
»Ich rufe Andreas an.«
Galen blieb wie angewurzelt stehen. »Darüber sollten Sie lieber erst mit Travis reden.«
»Mir ist egal, was Travis dazu sagt. Ich rufe jetzt Andreas an und sage ihm, dass es Cassie gut geht und sie in Sicherheit ist.« Trocken fügte sie hinzu. »Keine Sorge, ich werde uns nicht verpfeifen.«
»Er wird Ihnen nicht glauben, aber ich nehme an, es schadet auch nichts. Sehen Sie zu, dass es nicht länger als zwei Minuten dauert. Ich rede mit Travis.« Galen verschwand hinter dem Vorhang.
Jessica holte tief Luft, bevor sie die Nummer wählte.
»Sie *Miststück*.«
»Ich kann verstehen, dass Sie das denken.«
»Wie viel hat man Ihnen gezahlt, um meine Tochter zu entführen?«
»Es geht nicht um Geld. Ich hatte keine andere Wahl. Ich fürchtete um Cassies Leben, und ich habe keinen anderen Ausweg gesehen.«
»Sie sagten doch, es gehe ihr besser.«
»Es ging ihr auch besser, aber leider nur vorübergehend, und –«

Travis trat durch den Vorhang und bedeutete ihr, das Gespräch zu beenden.

»Ich muss auflegen. Ich wollte Ihnen nur sagen, dass keiner von uns die Absicht hat, Ihrer Tochter Schaden zuzufügen.«

»Was wollen Sie von mir?«

»Nichts.«

»Ich will mit Travis reden. Geben Sie mir den Dreckskerl.«

»Er will, dass ich auflege.«

»Sagen Sie ihm, wenn er ihr auch nur ein einziges Haar krümmt, wir kriegen ihn, und dann wird er geröstet. Und dasselbe gilt für Sie.«

»Mir würde es wahrscheinlich genauso gehen wie Ihnen. Sie müssen tun, was Sie tun müssen. Aber Cassie ist in Sicherheit, und wir werden uns weiterhin um ihre Sicherheit bemühen.« Sie schaltete ihr Handy ab und schaute Travis an. »Ich musste es tun. Ich wollte nicht, dass er Höllenqualen leidet.«

»Ich habe nichts dagegen. Mir lag nur daran, dass Sie das Gespräch beenden, bevor es zurückverfolgt werden konnte.« Er drehte sich um. »Schnallen Sie sich an.«

Tokio

Andreas fuhr zu Keller herum. »Haben Sie sie?«

Der Geheimdienstler schüttelte den Kopf. »Sie hat zu früh aufgelegt. Wenn wir noch dreißig Sekunden Zeit gehabt hätten …«

Andreas ballte seine Hände so heftig zu Fäusten, dass die Knöchel sich weiß abzeichneten. »Wozu zum Teufel taugt Ihre Star-Wars-Technik, wenn Sie noch nicht mal einen simplen Anruf orten können? Wenn Sie noch nicht mal in der Lage sind, ein Kind zu finden, das –« Er konnte nicht mehr weitersprechen. Schließlich stieß er hervor: »Sie haben mir versichert, sie sei in Juniper sicher aufgehoben. Und jetzt finden Sie meine Cassie, verdammt noch mal.«

»Jawohl, Sir, ich habe Danley bereits informiert.«

»Hat er Travis' Kontaktmann in Amsterdam festgenommen?«

Keller schüttelte den Kopf. »Fünf Minuten, nachdem wir von Travis' Coup erfahren hatten, haben sie van der Becks Wohnung gestürmt. Aber der Vogel war schon ausgeflogen.«

»Dann sagen Sie Danley, er soll zusehen, dass er ihn findet.«

»Danley fliegt in zwanzig Minuten von Washington ab. Sollen wir die Medien über die Entführung in Kenntnis setzen?«

»Um Gottes willen, nein. Wenn die ganze Welt erfährt, dass Cassie irgendwo da draußen ist, wer weiß, wer dann sonst noch alles auf die Idee kommt, sie in die Finger zu kriegen. Und woher zum Teufel sollen wir wissen, ob Travis sich nicht doch noch mal meldet und Forderungen stellt? Ich habe nur mit dieser Ärztin gesprochen, diesem Miststück. Wir wissen überhaupt nichts, und solange das so ist, sorgen Sie gefälligst dafür, dass niemand von der Sache erfährt. Und *Sie* finden sie.«

»Wenn Travis vorhat, nach Amsterdam zu fliegen, werden wir wahrscheinlich die Hilfe von Interpol in Anspruch nehmen müssen.«

»Lassen Sie Fotos von Travis und Jessica Riley an jedes Polizeipräsidium in Europa schicken. Erklären Sie ihnen, die amerikanische Regierung würde sich sehr über eine Zusammenarbeit bei der Ergreifung der beiden freuen. Denken Sie sich irgendeine Geschichte aus ... Behaupten Sie, es handle sich um ... Terroristen oder irgendwas, was Ihnen einfällt. Aber erwähnen Sie Cassie nicht.«

»Sehr wohl, Mr. President.«

»Ich kehre nach Washington zurück. Rufen Sie den Vizepräsidenten an und bitten Sie ihn unter irgendeinem Vorwand, mich hier zu vertreten. Sagen Sie ihm, ich hätte Grippe oder irgendwas.«

»Ja, Sir.«

»Und, Keller?«

»Ja, Sir?«

»Sorgen Sie dafür, dass meine Frau nichts davon erfährt.« Seine Stimme zitterte. »Bis Sie mir meine Tochter zurückbringen, darf meine Frau nicht erfahren, dass Cassie nicht mehr in Juniper ist.«

11

Melissa wachte erst wieder auf, als sie über den Atlantik flogen.

Vibrieren. Motorendröhnen. Ein Flugzeug …

Flugzeug?

Jessica. Wo war Jessica? Mit einem Ruck fuhr Melissa hoch.

»Schsch. Alles in Ordnung.« Jessica war plötzlich bei ihr. »Es ist alles gut, Mellie.«

»Das glaube ich nicht.« Langsam setzte sie sich. Es war tatsächlich ein Flugzeug, und sie befand sich auf einem Ledersofa. »Ich habe eher den Eindruck, dass überhaupt nichts in Ordnung ist. Wo ist Cassie?«

»Sie schläft vorne. Travis ist bei ihr. Ich wollte bei dir bleiben.«

»Geht es ihr gut?« Sie versuchte sich zu erinnern. »Ein Krankenwagen ist gekommen …«

»Den hat Travis bestellt.«

»Und dieses Flugzeug?«

»Das haben Travis und sein Freund Galen besorgt.«

»Wo fliegen wir hin?«

»Nach Antwerpen. Und von dort aus fahren wir nach Amsterdam.«

»Amster–« Melissa holte tief Luft und sagte ganz langsam: »Ich glaube, du musst mir einiges erklären. Ich schlafe in Juniper ein, und jetzt wache ich auf und stelle fest, dass ich mich auf dem Weg nach Amsterdam befinde?«

»Möchtest du eine Tasse Kaffee?«

»Nein, ich möchte haarklein erklärt haben, was hier gespielt wird.«

Jessica seufzte. »Also gut. Ich dachte nur, du könntest das Koffein gebrauchen, bevor ich dir das alles erzähle.« Während der nächsten Minuten setzte Jessica sie ausführlich ins Bild über das Dilemma, mit dem Travis sie konfrontiert hatte.

Melissa fluchte. »Ich kann es nicht fassen. Vorgestern Abend hab ich dich noch gefragt, was los ist, und du hast mich angelogen.«

»Eigentlich nicht. Ich habe dir bloß nicht alles gesagt. Okay, ich hab dich angelogen.«

»Warum?«

»Ich musste die Entscheidung treffen, ob ich mich auf Travis' Bedingungen einlassen würde oder nicht, und du hättest alles nur noch komplizierter gemacht.«

»*Du* musstest das entscheiden? Ich hänge da ganz schön tief mit drin. Ich hätte da ein Wörtchen mitreden wollen.«

»Cassie ist meine Patientin.«

»Und mich betrachtest du auch immer noch als Patientin. Und damit hast du das Sagen, stimmt's? Also, ich bin keine Patientin, und ich lasse mich nicht wie eine behandeln. Ich bin weder krank noch verrückt, und ich kann durchaus auf eigenen Füßen stehen.«

»Heute Nacht sah es aber nicht gerade so aus, als könntest du dich auf den Beinen halten.«

»Das war ein Schlag unter die Gürtellinie.«

»Du hast es verdient. Du magst vielleicht nicht meine Patientin sein, aber solange du diese Verbindung mit Cassie hast, bist du ebenso gefährdet wie sie. Glaubst du etwa, aus lauter Angst, deine Gefühle zu verletzen, würde ich riskieren, dass dir etwas zustößt?«

Einen Moment lang starrte Melissa sie nur an, dann sagte sie widerstrebend: »Verdammt, wenigstens dieses eine Mal hättest du mir Recht geben können, heilige Jessica. Ich bin absolut empört, und du ziehst mir den Boden unter den Füßen weg.« Sie schüttelte den Kopf. »Du hättest es mir sagen müssen. Gemeinsam hätten wir eine Möglichkeit finden können, Travis auszuschalten. Sein ganzer Plan ist vollkommen wahnsinnig.«

»Glaubst du, das wüsste ich nicht? Ich habe einfach keinen anderen Ausweg gesehen. Wir brauchen ihn.«

Das konnte sie nicht abstreiten, dachte Melissa frustriert. »Warum Amsterdam?«

»Travis hat dort etwas zu erledigen.« Zögernd fügte Jessica hinzu: »Ich hab's dir bisher noch nicht gesagt, aber ich habe ihn dazu gebracht, dass er mir ... den Pegasus versprochen hat.«

Melissa erstarrte. »Was?«

»Ich habe ihn so lange unter Druck gesetzt, bis er sich darauf eingelassen hat, Cassie mit der Skulptur zusammenzubringen.«

»Nein.«

»Doch.« Sie sah, wie Melissas Hände sich zu Fäusten ballten. »Ich wusste, dass dich das wütend machen würde, aber du siehst das falsch. Es ist eine Chance, Cassie zu helfen, glaub mir. Ich weiß nicht, ob Travis sein Wort halten wird, aber ich werde versuchen, ihn dazu zu bringen. Diesen Wahnsinnn mache ich nicht mit, ohne etwas dafür zu bekommen.«

Melissa spürte, wie ihr Magen sich verkrampfte. »Herrgott noch mal, wie soll ich dich bloß davon überzeugen, dass du einen Riesenfehler machst!«, flüsterte sie.

»Das kannst du nicht. Meine Patientin. Meine Entscheidung.« Jessica drückte Melissas Hand. »Ich fürchte, diesmal musst du dich einfach mit den Gegebenheiten abfinden.« Sie stand auf. »Ich koche jetzt Kaffee und mache ein paar Sandwiches. Falls du nicht die ganze Zeit im Nachthemd herumlaufen willst, im Badezimmer liegen ein paar Kleider und eine Zahnbürste für dich bereit. Du findest die Sachen in einer Reisetasche mit einem Namensschild von dir.« Sie ging in Richtung Heck. »Galen scheint an alles gedacht zu haben.«

Galen. Melissa erinnerte sich dunkel an den Mann, der sie ins Flugzeug getragen hatte. Dunkles Haar, dunkle Augen, fit, kräftig ...

Und gefährlich, sehr gefährlich.

Dieselbe Empfindung hatte Travis bei ihr ausgelöst. Wahrscheinlich war er noch gefährlicher als Galen. Auf jeden Fall gefährlicher für sie, denn er war derjenige, der Jessica den Pegasus versprochen hatte. Sie musste mit Travis reden, ihm klar machen, dass er die verdammte Skulptur aus dem Spiel lassen musste.

Smaragdgrüne Augen ...

Nicht jetzt. Die Erinnerung verdrängen. Sie war aufgeregt, und sie zitterte. Wenn sie mit Travis verhandelte, brauchte sie einen klaren Kopf.

Dieser Pegasus. Als wäre die Situation nicht so schon schlimm genug ...

Melissa stand auf und ging ins Bad.

»Ich will mit Ihnen reden.«

Travis blickte von seinem Notizblock auf. »Wie geht es Ihnen, Melissa?«

»Zum Kotzen.« Sie warf einen Blick auf Cassie. Ihre Augen waren geschlossen, wahrscheinlich schlief sie. Lieber nichts riskieren. »Ich muss mit Ihnen reden. Unter vier Augen.«

»Damit habe ich gerechnet.« Er stand auf und ging ein Stück weit den Gang hinunter. »Von hier aus können wir sie im Auge behalten.«

»Ihre Sorge um sie ist ja direkt rührend, wenn man bedenkt, was Sie der Kleinen zumuten.«

»Ich sah keine andere Möglichkeit. Mir ist natürlich bewusst, dass es hart für Cassie ist ... und für Sie.«

»Sie wissen überhaupt nichts.« Ihre Stimme zitterte. »Wir haben Ihnen vertraut, aber Sie haben uns im Stich gelassen. Und als ob das noch nicht schlimm genug wäre, haben Sie Jessica in diesen Wahnsinn hineingezogen. Wenn sie nicht ins Gefängnis kommt, verliert sie zumindest ihre Lizenz. Ich könnte Sie umbringen.«

»Ich werde dafür sorgen, dass Jessica keine Probleme bekommt.«

»Und Cassie? Jessica hat mir erzählt, dass Sie ihr den Pegasus versprochen haben. Das können Sie nicht tun. Der Pegasus bedeutet nichts Gutes.«

»Wenn Cassie sich vor der Skulptur fürchtet, ist es vielleicht an der Zeit, dass sie sich ihren Ängsten stellt.«

»Der Pegasus verheißt nur Schlimmes.«

Er musterte ihr Gesicht. »Wenn Cassie nach der Skulptur sucht, wird sie wohl kaum negative Gefühle damit verbinden, oder?«

Melissa antwortete nicht darauf. »Wenn die Skulptur sich im Museum d'Andreas befindet, wie wollen Sie dann daran kommen? Sie wird garantiert rundum gesichert sein.« Sie zuckte die Achseln. »Wieso zerbreche ich mir überhaupt den Kopf darüber? Sie werden sowieso nicht in der Lage sein, das Versprechen zu halten, das Sie Jessica gegeben haben. Wahrscheinlich werden wir schon in Amsterdam geschnappt.«

»Das wäre Ihnen wohl am liebsten, was?«

»Allerdings. Was wollen wir überhaupt in Amsterdam? Wird man dort nicht als Erstes nach Ihnen suchen?«

»Ja. Aber ich habe dort etwas Wichtiges zu erledigen. Ich muss meinen Freund aufsuchen.«

»Sie haben einen Freund? Der kann Sie aber noch nicht lange kennen.«

»Doch, mein ganzes Leben lang. Er und mein Vater waren Partner. Er hat mich mit großgezogen.« Travis lächelte. »Er sagt, er mag mich, aber wahrscheinlich will er bloß nicht zugeben, dass er bei meiner Erziehung versagt hat.«

»Das ist mehr als wahrscheinlich.« Sie sah ihm direkt in die Augen. »Ich lasse Sie nicht damit durchkommen, Travis. Einem Scheißkerl wie Ihnen werde ich mich nicht ausliefern, und auch Cassie werde ich vor Ihnen beschützen. Sobald ich eine Möglichkeit finde, Ihnen zu entkommen, werde ich Andreas anrufen und dafür sorgen, dass er Sie zu fassen kriegt, bevor Sie wissen, wie Ihnen geschieht.«

»Ich mag vielleicht ein Scheißkerl sein, aber zumindest lasse ich Sie nicht im Stich. Ich hätte Sie alle in Virginia zurücklassen und allein mit dem Hubschrauber verduften können. Das wäre wesentlich einfacher gewesen.«

»Es wundert mich, dass Sie das nicht getan haben.«

»Ich habe Jessica ein Versprechen gegeben.« Er verzog das Gesicht. »Auch wenn Sie mir das nicht abkaufen, ich würde mir selber nicht mehr ins Gesicht sehen können, wenn der Kleinen bei der Geschichte etwas zustoßen würde.«

»Sie haben Recht, das kaufe ich Ihnen nicht ab.« Melissa ließ ihn stehen. Von wegen kühler Kopf und Überzeugungskraft. Sie hätte nicht aus der Haut fahren dürfen. Dann hätte sie vielleicht die Chance gehabt, ihn umzustimmen. Also tu, was du ihm angedroht hast. Finde eine Möglichkeit zu entkommen. Cassie war das Band, das sie alle zusammenhielt. Sie brauchte nur das Band durchzuschneiden, dann konnten sie alle ihrer Wege gehen.

Aber wie sollte sie das anstellen?

Während der letzten vier Alpträume war es ihr zwar gelungen, sich ein bisschen weiter von Cassie zu lösen, aber es ging nur sehr langsam. Bisher hatte sie das nicht beunruhigt, weil sie geglaubt hatte, ihr bliebe noch reichlich Zeit.

Aber die Zeit lief ihr davon. Wie schnell nach ihrer Ankunft in Amsterdam würde Travis sich um den Pegasus kümmern? Eigentlich dürfte es ihm nicht möglich sein, an die Skulptur heranzukommen, aber, verdammt, eigentlich war es auch unmöglich gewesen, sie aus Juniper rauszubringen. Die Hindernisse waren schier unüberwindbar gewesen.

»Nun, haben Sie meinem armen Freund ordentlich die Leviten gelesen?«

Melissa drehte sich um und zuckte zusammen. Er war größer, als sie ihn in Erinnerung hatte, aber diese Augen waren unverwechselbar. »Sie sind Sean Galen.«

»Habe die Ehre.« Sie stellte fest, dass er mit einem leichten britischen Akzent sprach. »Ich fühle mich geschmeichelt, dass Sie sich an meine Wenigkeit erinnern. Aber eigentlich hätte ich wissen müssen, dass ich auch durch den Schleier eines Drogenrauschs einen unvergesslichen Eindruck mache.«

»Wer hat behauptet, ich sei im Drogenrausch gewesen? Jessica?«

»Nein, aber die Anzeichen waren ziemlich eindeutig.«

»Ich stand nicht unter Drogen.« Sie setzte sich auf das Sofa. »Was mir sagt, dass Sie kein besonderes Talent im Deuten von Anzeichen sind, nicht wahr? Woher wissen Sie, dass ich mich mit Travis angelegt habe? Ich habe Sie nicht gesehen.«

»Ich war im Cockpit und habe zufällig die Tür geöffnet, als Sie ihn gerade in der Mangel hatten. Da ich ein äußerst diskreter Mensch bin, habe ich mich still verhalten, bis Sie davongestürmt sind. Darf ich Ihnen eine Tasse Kaffee anbieten?«

»Nein, ich möchte mich ausruhen.«

»Sie sehen aber ziemlich ausgeruht aus.«

»Haben wir nicht gerade festgestellt, dass Sie im Deuten von Anzeichen eine Niete sind?«

»Autsch.« Er verzog das Gesicht. »Da ich nicht zugeben kann, Unrecht zu haben, muss ich wohl annehmen, dass Sie versuchen, mich loszuwerden.«

»Das müssen Sie allerdings.«

Er legte den Kopf schief und sah sie fragend an. »Warum? Die meisten Leute reißen sich um meine Gesellschaft.«

»Damit Sie sie nicht erschießen?«

Sein Lächeln verschwand. »Oh, das hat gesesssen. Und dabei dachte ich, wir würden uns gut verstehen. Warum haben Sie das gesagt?«

Sie wandte sich ab. »Sie sind ein Freund von Travis. Jessica hat gesagt, Sie waren in Vasaro dabei und haben ihm auch bei der Flucht aus Juniper geholfen. Ich kann zwei und zwei zusammenzählen.« Sie lehnte sich auf dem Sofa zurück. »Wenn Sie nichts dagegen haben, ich würde mich gern ein bisschen ausruhen.«

»Ich werde Sie gleich in Frieden lassen.« Er hockte sich neben das Sofa. »Nur noch eine Frage.«

»Ich kann mir nicht vorstellen, was Sie noch für Fragen haben sollten. Sie haben doch sicherlich meine ganze Auseinandersetzung mit Travis gehört, während Sie sich so diskret im Hintergrund gehalten haben.«

»Ja, und sie war äußerst interessant. Ich habe vor, Travis später nach den Einzelheiten auszuquetschen. Aber meine Frage hat nichts mit Travis zu tun.« Er sah sie ernst an. »Als ich Sie ins Flugzeug getragen habe, haben Sie mich angesehen und gesagt: ›Nein, nicht. Lass ihn nicht, Jessica.‹ Was haben Sie damit gemeint?«

»Woher soll ich das wissen? Ich war nicht ganz bei mir.« Sie senkte ihren Blick. »Von jemandem, der sich im Drogenrausch befindet, können Sie schließlich keine vernünftigen Gedanken erwarten.«

»Touché.« Er stand auf. »Geschieht mir recht. Man soll einem Fremden niemals intime Fragen stellen.«

»Das war keine intime Frage.«

»Nicht?« Er lächelte. »Sie kam mir aber so vor. Macht nichts, ich komme später noch mal drauf zurück.«

Sie sah ihm nach, als er wegging. Ihr erster Eindruck war richtig gewesen. Galen war ein sehr gefährlicher Mann, und je weniger sie mit ihm zu tun hatte, umso besser. Am besten, sie beachtete ihn gar nicht.

Sie sollte lieber an Cassie denken.

Das Band durchtrennen.

Aber wie?

Es musste eine Möglichkeit geben, Cassie die Kontrolle über diese Alpträume abzuringen. Die Kleine war stark, aber ihre Einsamkeit war jedes Mal so deutlich zu spüren …

Warum sollte sie sich ausgerechnet im allerschlimmsten Augenblick mit Cassie verbinden? Am besten, sie wartete nicht ab, bis sie wieder in einen Alptraum hineingezogen wurde; sie sollte versuchen, sich Cassie während eines sanfteren Traums zu nähern.

Sie war verrückt. So etwas hatte sie noch nie probiert, und die Vorstellung machte ihr Angst. Sie hatte noch nicht einmal die geringste Ahnung, ob es überhaupt funktionieren würde. Doch wenn Cassie es schaffte, Melissa aus dem Tiefschlaf in ihren Tunnel zu zerren, warum sollte es ihr dann nicht gelingen, aus eigener Kraft in den Tunnel zu gelangen?

Vielleicht, weil es auch für so etwas bestimmte Regeln gab?

Regeln waren dazu da, dass man sie umging.

Sie musste es versuchen. Cassie schlief, die Gelegenheit war denkbar günstig.

Melissa schloss die Augen. Wie zum Teufel stellte man so etwas an?

Konzentrieren …

Amsterdam

»Ich erwarte die Lieferung morgen früh, van der Beck.« Karlstadt blickte auf die Gracht hinunter. »Und keine Tricks.«

»Dafür stehe ich mit meinem guten Ruf ein. Sie wissen, dass mir noch nie vorgeworfen wurde, ich hätte einen Kunden betrogen.«

»Es gefällt mir nicht, dass die Übergabe in dem Park stattfinden soll. Herrgott noch mal, da gibt es sogar einen Kinderspielplatz. Es werden zu viele Leute dort sein. Ich werde morgen früh um neun in Ihre Wohnung kommen.«

»Travis gefällt die Vorstellung, dass viele Menschen in der Nähe sind. Da kann man sich leichter unter die Menge mischen. Es läuft entweder im Park oder nirgendwo. Ich habe Ihnen erklärt, wie alles vonstatten gehen soll, und dabei bleibt es.«

Karlstadt presste die Lippen zusammen. »Dann rate ich Ihnen, nicht zu verschwinden, bevor ich die Ware überprüft habe.«

»Ich gehe davon aus, dass Sie uns beschatten lassen wollen, bis die Überprüfung abgeschlossen ist.« Er sah ihn an. »Ach, habe ich Ihnen eigentlich gesagt, dass Sie morgen erst die Hälfte erhalten werden? Die andere Hälfte wird Ihnen nach Johannesburg geschickt.«

»Was?«

»Eine reine Vorsichtsmaßnahme. Sie werden natürlich die Hälfte der Kaufsumme heute Abend auf das Schweizer Nummernkonto überweisen, das ich Ihnen angegeben habe. Die andere Hälfte übergeben Sie uns morgen im Park.«

»Und wenn Sie auf die Idee kommen, mit der einen Hälfte abzuhauen und mich im Regen stehen zu lassen?«

»Das Risiko müssen Sie in Kauf nehmen. Aber wir wissen beide, dass Travis noch nie sein Wort gebrochen hat, und er müsste ein Narr sein, Sie zu betrügen. Er weiß, dass Sie nie aufgeben würden, nach ihm zu suchen, und er liebt das kultivierte Leben zu sehr, um irgendwo in der Dritten Welt unterzutauchen. Die einzige Frage, die Sie sich stellen müssen, lautet: Hat Travis die Ware?« Er lächelte. »Und ich bin mir ganz sicher, dass Sie sich dessen bereits vergewissert haben.«

»Er hat sie«, sagte Karlstadt heiser. »Wenn er sie nicht hätte, wären die Russen nicht hinter ihm her.«

»Was für ein Glück, dass Sie mit ihm Geschäfte machen und nicht mit diesen unvernünftigen Russen, nicht wahr?« Er wandte sich ab. »Wir sehen uns morgen früh, Karlstadt, und ich werde heute Abend das Schweizer Konto unter die Lupe nehmen.«

»Van der Beck.«

»Ja?«

»Seit einigen Stunden kommen mir unangenehme Gerüchte über Travis zu Ohren. Gerüchte, nach denen sowohl die CIA als auch der US-Geheimdienst ihm auf den Fersen ist.«

Auch van der Beck hatte davon gehört, doch er hatte gehofft, Karlstadt sei weniger gut informiert. »Ich bin sicher, dass sie jeglicher Grundlage entbehren.«

»Es interessiert mich nicht, womit Travis die Amerikaner gereizt hat. Sie sollten nur wissen, dass seine Probleme uns auf keinem Fall bei unserem Geschäft in die Quere kommen dürfen. Das fände ich sehr ärgerlich.«

»Travis würde das niemals zulassen.« Van der Beck

sah ihn an. »Gute Nacht, Mr. Karlstadt.« Mit eiligen Schritten verließ er die Brücke und ging die Straße hinunter. In seinem Rücken spürte er Karlstadts Blick, doch er drehte sich nicht um. Karlstadt liebte es, andere Leute einzuschüchtern, und er hätte es sicher genossen, van der Beck nervös zu erleben.

Und dass er nervös war, daran konnte wirklich kein Zweifel bestehen. Zu viele Komplikationen waren bei der ganzen Geschichte, die er für Travis abwickelte, aufgetaucht. Mit Karlstadt wurde er fertig, aber diese Sache mit Henri Claron gefiel ihm gar nicht. Er wurde allmählich zu alt, um mit so vielen Bällen gleichzeitig zu jonglieren.

Er schaute zum Himmel auf. In wenigen Stunden würde Travis da sein, und dann konnte er die ganze Angelegenheit wieder in dessen Hände geben. Travis war jung und gerissen, so wie van der Beck gewesen war, als er noch mit Travis' Vater zusammengearbeitet hatte.

Nur noch ein paar Stunden ...

»Du bist da.«

Melissa spürte, wie Cassies Freude und Aufregung sie in die wirbelnde Dunkelheit zog. »Ja, es scheint so. Aber ich habe lange gebraucht, um herzukommen. Es ist gar nicht so einfach, den Trick rauszubekommen.«

»Bleibst du?«

»Nein, ich bin nur zu Besuch.«

»Oh.« Enttäuschung. »Bin einsam.«

»Darüber haben wir schon oft gesprochen. Du musst nicht einsam sein.«

»Nicht, wenn du bleibst.« Pause. »Wir sind nicht ... zusammen. Wir müssen zusammen sein.«

»Nein, das müssen wir nicht. Wir sind Freunde, wir können getrennt bleiben und trotzdem Freunde sein.«

»Besser zusammen.«

Melissa spürte, wie sehr Cassie sich anstrengte, sie näher an sich heranzuziehen, sie förmlich in sich aufzusaugen. Sie war so stark. »Hör auf damit, sonst geh ich wieder.«

»Du willst weggehen.« Bedauern. »Du hast es mir selbst gesagt.«

»Wenn du es mir nicht so schwer machst, komme ich wieder.«

»Zusammen sein ist nicht schwer.« Aber Cassies Bemühung, mit Melissa zu verschmelzen, ließ nach, hörte schließlich ganz auf.

»Für mich schon. Ich will deine Freundin sein, ich will dir nah sein wie deine Mama und dein Daddy.«

»Fort.«

»Sie müssen nicht fort sein.«

»Sie können nicht in den Tunnel kommen.«

»Aber du kannst rauskommen.«

»Fort.« Melissa spürte Cassies Panik. Sie kam ihr vor wie das verzweifelte Flügelschlagen eines gefangenen Vogels. »Sie können nicht kommen.«

Und Cassie wollte nicht herauskommen. Doch sie würde sich an den Gedanken gewöhnen können. Von Jessica wusste sie, dass es half, wenn man einen Patienten immer wieder an etwas erinnerte.

»Zusammen.« Erneut begann Cassie, mit aller Kraft an Melissa zu zerren.

Melissa brauchte mehrere Minuten, um sich gegen sie zur Wehr zu setzen. Als sie es endlich geschafft hatte, war sie völlig erschöpft. »Das reicht. Ich habe dich gewarnt. Ich gehe, Cassie.«

»Nein.« Trauer. Panik. »Bleib. Ich mach es auch nicht wieder.«

»Vielleicht bleibe ich noch ein bisschen. Aber es ist langweilig in diesem Tunnel. Keine Bäume, keine Seen. Nichts Schönes …«

»Aber Sicherheit.«

»Langweilig.«

»Nicht, wenn wir den Windtänzer finden. Er wird alles wieder gut machen – Was ist los? Du hast ja Angst.« Panik. »Kommen die Monster wieder?«

»Nein.« Melissa versuchte, die Angst fortzuschieben. »Keine Monster. Und den Windtänzer brauchen wir nicht. Soll ich dir von mir zu Hause erzählen, Cassie? Du hast nur das eine Zimmer gesehen, aber es gibt noch viel mehr. Es gibt einen Teich und Weidenbäume und eine Laube, an der blaue Blumen ranken …«

»Mellie.« Noch schlaftrunken spürte Melissa, wie Jessica sie schüttelte. »Wach auf. Wir landen in ein paar Minuten.«

Die letzten Worte rissen sie aus dem Schlaf. Sie setzte sich auf und öffnete die Augen. »In Amsterdam?«

»Nein, bei Antwerpen. Auf irgendeinem kleinen Flughafen im Wald, der von Drogenschmugglern benutzt wird, wie Galen sagt.«

»Wunderbar. Solche Leute wollte ich immer schon mal kennen lernen.«

»Er hat dafür gesorgt, dass ein Kleinbus für uns bereit steht, mit dem wir nach Amsterdam fahren können.« Jessica sah sie stirnrunzelnd an. »Du hast ziemlich tief geschlafen. Ich hab dich kaum wach bekommen.«

Das wunderte Melissa nicht. Sie war völlig erschöpft gewesen, als sie Cassie schließlich allein gelassen hatte. Noch immer ganz erschlagen fühlte sie sich. »Es war eine anstrengende Nacht.« Sie stand auf und ging ins Bad. Warum hatte sie Jessica nichts davon gesagt, dass sie Cassie erreicht hatte? Es hatte ihr stets widerstrebt, Jessica irgendetwas vorzuenthalten, aber in letzter Zeit schien sie immer mehr Geheimnisse vor ihrer Schwester zu haben. Später vielleicht. Sie hatte ja eigentlich nichts erreicht, und Jessica hatte schon genug Probleme damit, dass Melissa in Cassies Alpträume verwickelt war. Schon jetzt konnte sie sich ausmalen, wie entgeistert Jessica auf die Nachricht reagieren würde, dass sie Cassie in einem normalen Schlafzustand mal eben besucht hatte.

Mal eben? Bis dahin war es noch ein weiter Weg. Lediglich zu überprüfen, ob sich die Verbindung zu Cassie herstellen ließ, war schon ein gewaltiger Willensakt gewesen.

Travis und Sean Galen warteten bereits, als sie aus dem Bad kam.

»Setzen Sie sich«, sagte Travis. »Wir befinden uns im Landeanflug.«

»Wo ist Jessica?« Melissa schnallte sich an.

»Vorne bei Cassie. Sie wollte bei ihr sein, für den Fall, dass die Kleine aufwacht und sich ängstigt.«

Als könnte Jessica beurteilen, ob Cassie Angst hatte, dachte Melissa traurig. Sicher wusste sie selbst nur, dass Cassies Probleme mit der Skulptur zu tun hatten. Ihre Schwester dagegen stocherte weiter völlig im Dunkeln. »Verraten Sie mir doch mal, wie es jetzt weitergehen soll, Travis. Ich nehme an, Sie haben alles so eingerichtet, dass wir nicht erschossen werden, sobald wir uns irgendwo blicken lassen.«

»Ach, das habe ich Galen überlassen. Falls man auf Sie schießt, beschweren Sie sich bei ihm.«

»Sie können mich mal.« Melissa lehnte sich in ihrem Sitz zurück. »Galen?«

»Ich habe dafür gesorgt, dass Sie drei in einem Bauernhaus außerhalb von Amsterdam untergebracht werden. Ich habe Kontakt mit einigen meiner Leute in Holland aufgenommen. Sie erwarten uns am Flughafen und werden uns begleiten. Wir bleiben dann in dem Bauernhaus, um Sie zu beschützen, während Travis nach Amsterdam fährt, um seine Geschäfte abzuwickeln.«

»Wie lange wird das dauern, Travis?«

»Wenn es länger als acht Stunden dauert, kriegen wir alle Ärger. Die CIA-Leute werden nicht untätig sein. Es würde mich nicht wundern, wenn sie jeden Flughafen in Holland überwachen ließen.«

»Dann werden wir noch mehr Ärger kriegen«, folgerte Melissa. »Und wie geht es danach weiter?«

»Ich werde versuchen, die Skulptur aus dem Museum d'Andreas herauszubekommen.«

»Unmöglich.«

»Galen?«, fragte Travis.

»Schwierig«, murmelte Galen. »Das wird Geld kosten. Viel Geld. Du willst die Skulptur tatsächlich stehlen?«

»Ausleihen würde auch reichen. Ich würde mindestens vier Stunden brauchen, um Cassie Gelegenheit zu geben, auf die Skulptur zu reagieren.«

»Vergessen Sie es. Es wird nicht funktionieren«, sagte Melissa trocken.

»Mir ist klar, was in Ihnen vorgeht.« Travis musterte sie. »Ich kann mir nur nicht erklären, warum Sie sich so dagegen sträuben.«

»Ich habe Ihnen gesagt, warum.«

Er lächelte. »Wie gesagt, ich kann es mir nicht erklären, aber ich komme schon noch dahinter.«

12

5.20 Uhr

Das Bauernhaus lag einige Kilometer von der Straße entfernt und war von Bäumen umgeben. Es gab eine riesige Küche, ein Badezimmer und zwei kleine Schlafzimmer, alles war spartanisch eingerichtet, aber makellos sauber.

»Bringen Sie Cassie in das erste Schlafzimmer«, sagte Jessica. »Wenn ich alles eingeräumt habe, mache ich ihr etwas zu essen.«

»Das übernehme ich.« Melissa ging in die Küche.

Travis legte Cassie aufs Bett und schaute sie an. Wie immer wusste er nicht sicher, ob sie schlief oder wach war. »Hallo«, sagte er leise. »Das muss dir alles ziemlich beängstigend erscheinen. Aber es wird alles gut. Ich verspreche es dir.«

»Versprechen Sie nichts, was Sie nicht halten können.« Jessica kam mit einer Schüssel Wasser und einem Waschlappen aus dem Bad. »Vor allem, solange Ihnen andere Dinge offenbar wichtiger sind als Cassies Wohlergehen.«

»Ich werde mein Versprechen halten.« Gott, er konnte nur hoffen, dass ihm das gelang.

Als Travis zurück in die Küche ging, kam Galen gerade durch die Haustür. »Alles klar?«

»Soweit ich es beurteilen kann, ja. Zur Sicherheit lasse

ich ein paar von meinen Leuten gerade die Umgebung durchkämmen, aber auf jeden Fall ist uns vom Flughafen aus niemand gefolgt.« Er setzte sich an den Tisch. »An deiner Stelle würde ich zusehen, dass die Sache in acht Stunden gelaufen ist. Es ist zu gefährlich, dich länger an einem Ort aufzuhalten. Hau ab und mach, dass du es hinter dich bringst.«

»Bin schon unterwegs.«

Auf dem Weg zum Mietwagen, den Galens Leute mit zum Flughafen gebracht hatten, rief Travis van der Beck an. »Ich fahre jetzt los zum Park«, sagte er, als Jan sich meldete. »Irgendwelche Probleme?«

»Nein. Als Galen mir mitteilte, dass euer Abflug kurz bevorstand, habe ich die Wohnung gewechselt. Aber du scheinst Probleme zu haben. Sogar Karlstadt hat schon Wind davon bekommen. Es heißt, du hättest etwas in deinem Besitz, das du nicht haben solltest. Was treibst du eigentlich, Michael?«

»Es ist alles ein bisschen komplizierter geworden.«

»So hast du schon als Junge geredet. Aber ich habe dir immer gesagt, dass du es bist, der die Dinge kompliziert macht. Einfacher wäre besser.«

Diesmal hatte er wirklich selbst für die Komplikationen gesorgt, dachte Travis zerknirscht. Zwar war es Jessica gewesen, die ihn ursprünglich um Hilfe gebeten hatte, aber er hätte sich nicht so tief in die Geschichte mit Cassie hineinstürzen müssen. »Ist das Geld auf dem Schweizer Konto?«

»Ja, es ist angekommen. Ich habe Karlstadt gesagt, dass heute nur ein Teil der Ware geliefert wird, der Rest würde nach Johannesburg geschickt. Nur für den Fall, dass er auf die Idee kommen sollte, uns im Park die Kehle durchzuschneiden.«

»Gute Idee.«

»Nicht wahr? Ich freue mich auf meine Kreuzfahrt,

und als toter Mann könnte ich sie viel weniger genießen. Hättest du keine Lust mitzukommen? Es wäre wie in alten Zeiten.«

»Vielleicht komme ich später mit dazu. Vorerst habe ich noch allerhand zu tun.«

Van der Beck seufzte. »Kann ich mir gut vorstellen. Denk dran, mach's nicht zu kompliziert.«

Travis lachte in sich hinein. »Ich werde mein Bestes tun. Pack deine Koffer. Wir treffen uns spätestens um acht im Park.« Er legte auf.

»Wie geht es ihr?«, fragte Melissa, als Jessica in die Küche kam.

»Unverändert.« Jessica setzte sich Galen gegenüber an den Tisch. »Ich glaube nicht, dass der Flug ihr geschadet hat.« Müde rieb sie sich die Schläfen. »Aber wer weiß? Manchmal habe ich das Gefühl, dass ich diesen Kindern überhaupt nicht helfen kann. Wie auch, wenn ich noch nicht mal –«

»Blödsinn.« Melissa stellte eine Tasse Suppe vor ihre Schwester hin. »Du bist einfach nur erschöpft. Natürlich hast du ihnen geholfen. Mich hast du zurückgeholt, hast du das schon vergessen? Und was ist mit Donny und Eliza Whitcomb und Pat Bellings und Darren Jenk –«

»Okay, okay«, fiel Jessica ihr ins Wort und hob abwehrend eine Hand. »Ich hab's verstanden. Ich bin einfach wunderbar.«

»Da hast du verdammt Recht.« Melissa zögerte. »Ich frage mich allmählich nur, ob du mit Cassie nicht vielleicht ein bisschen zu langmütig bist.«

»Was meinst du damit?«

»Sie ist nicht wie die anderen Kinder, die du behandelt hast. Sie ist so stark ... Vielleicht braucht sie eine härtere Hand.«

»Du warst auch stark.« Jessica runzelte nachdenklich die Stirn. »Findest du, dass ich mit dir zu geduldig war?«

»Nein, natürlich nicht. Du hast alles genau richtig gemacht. Ich habe nur überlegt ... Erinnerst du dich, dass ich dir gesagt habe, ich hätte den Eindruck, dass sie etwas verbirgt? Glaubst du, sie benutzt die Monster als Vorwand, um in dem Tunnel zu bleiben?«

»Das kommt mir sehr weit hergeholt vor. Sie ist erst sieben, Mellie.«

»Aber du hast gesagt, ihr Vater sei der Meinung, sie hätte eine ausgeprägte Fantasie. In Verbindung mit einem sehr starken Willen könnte es – Ach, ich weiß nicht. Denk einfach drüber nach. Und jetzt iss deine Suppe, bevor du dich wieder um Cassie kümmerst.« Melissa schaute Galen an. »Wollen Sie auch etwas Suppe?«

Er schüttelte den Kopf und stand auf. »Ich werde mich draußen ein bisschen umsehen und ein paar Anrufe erledigen. Sobald Travis die Sache mit van der Beck hinter sich hat, wird er mir im Nacken sitzen, damit ich Ihnen Zugang zu dem Pegasus verschaffe. Und mir ist es immer lieber, wenn ich ihm einen Schritt voraus bin.«

»In Ordnung.« Jessica begann zu essen. »Das ist das einzig Positive an diesem ganzen Schlamassel. Ich möchte wenigstens eine Chance haben, Cassie zu heilen, bevor wir gefasst werden und vor ein Erschießungskommando treten müssen.«

»Seien Sie nicht so pessimistisch.« Galen lächelte. »Wenn Travis nicht auf meine unschätzbare Hilfe zählen könnte, müssten Sie sich vielleicht Sorgen machen, aber ich stehe in dem Ruf, Wunder vollbringen zu können.«

»Und das brauchen wir weiß Gott«, murmelte Jessica, als er die Küche verließ.

»Nein, wir müssen mit Andreas verhandeln und dem Ganzen ein Ende bereiten«, sagte Melissa. »Er könnte Travis zwingen, Cassie zu helfen.«

Jessica schüttelte den Kopf. »Ich habe dir ja gesagt, was passiert ist, als ich herausfinden wollte, ob er wirklich blufft. Ich werde weder dich noch Cassie noch einmal in Gefahr bringen.«

»Dieser verdammte Hund.« Einen Moment lang schwieg Melissa. »Um mich brauchst du dir keine Sorgen zu machen. Ich denke, ich komme mit der Sache klar.«

»Aber Cassie nicht.«

Melissa presste die Lippen zusammen. »Und du willst sie nicht in Gefahr bringen.«

»Das würdest du auch nicht tun.«

»Meinst du? Manchmal muss man Dinge tun, die man nicht tun will.« Sie ging zur Tür. »Iss deine Suppe. Ich gehe raus und rede mit Galen. Ich kann nur hoffen, dass seine Anrufe nichts gebracht haben.«

Galen lehnte an einem Baum in der Nähe des Hauses. Als Melissa aus der Tür trat, schaltete er sein Handy ab. »Ich hatte Sie erwartet.«

»Warum?«

»Sie sind nicht der Typ Frau, der rumsitzt und Däumchen dreht, wenn ihr etwas gegen den Strich geht.«

»Woher wollen Sie das wissen?«

»Meine unfehlbare Intuition. Und die sagt mir gerade, dass Sie vorhaben, mich darüber auszuquetschen, welche Fortschritte ich gemacht habe.«

»Und?«

»Viel versprechend. Wenn Travis das Geld aufbringt. Eine Million Dollar ist kein Pappenstiel.«

»Für den Pegasus?«

»Nicht ganz. Für das Privileg, ein paar Stunden ungestört bei der Skulptur zu verbringen.«

»Eine Million Dollar für ein paar Stunden? Darauf lässt er sich niemals ein.«

»Das hoffen Sie.«

»Es würde Cassie nicht helfen.«

»Und als Schocktherapie?«

»Es würde nicht helfen.« Melissa ballte die Hände zu Fäusten. »Und ich will nicht, dass es passiert. Verhindern Sie es.«

»Wie bitte?«

»Ich weiß nicht, wie viel er Ihnen zahlt, aber ich zahle Ihnen mehr.«

»So reich sind Sie?«

»Meine Eltern haben mir eine beachtliche Erbschaft hinterlassen. Ich verfüge über einen Treuhandfonds.«

»Und Sie würden das Geld benutzen, um mich zu bestechen?«

»Ich bezahle Ihnen, was Sie wollen, wenn Sie dafür sorgen, dass das mit dem Pegasus nicht klappt. Wenn mein Geld nicht reicht, treibe ich schon noch mehr auf.«

Galen schüttelte den Kopf.

»Wenn Sie kein Geld wollen, nennen Sie mir Ihren Preis. Ich tue alles, was Sie wollen.«

Er legte den Kopf schief. »Bieten Sie mir sexuelle Dienste an?«

»Ich würde es tun, wenn ich damit etwas erreichen könnte. Aber Sie stehen nicht auf mich. Wir sind einander zu ähnlich.«

»Sind wir das?«

»Ja. Das kann Ihnen nicht entgangen sein. Es wäre, als würden Sie mit Ihrer Schwester schlafen.«

Er lachte. »Auf Inzest stehe ich nun wirklich nicht.«

Sie bemühte sich, ihrer Stimme einen beherrschten Ton zu geben. »Sagen Sie mir, was Sie wollen, und ich tu's. Ich bin nicht dumm, und ich bin verdammt motiviert. Damit kann man fast alles erreichen.«

Sein Lächeln verschwand. »Wenn wir einander so ähnlich sind, dann müssten Sie wissen, dass ich niemals einen Freund hintergehen würde. Ich habe ziemlich altmodische Prinzipien.«

Ihr war klar gewesen, dass ihre Chancen schlecht standen, aber sie hatte es einfach versuchen müssen. »Ich meine es ernst. Ich würde alles tun. Denken Sie darüber nach. Es muss irgendetwas geben, das Sie sich wünschen, und das niemand anders für Sie zu tun bereit ist. So ein Angebot bekommt man nicht alle Tage.«

»Es wird mir schwer fallen, nicht darüber nachzudenken.« Seine Augen verengten sich zu Schlitzen. »Ich werde Sie gut im Auge behalten müssen. Sie scheinen wirklich wild entschlossen zu sein, Ihren Kopf durchzusetzen. Sie würden es fertig bringen und Andreas anrufen.«

Gott, war er scharfsinnig. »Wenn Sie mit Travis gesprochen haben, dann wissen Sie, dass das nicht in Frage kommt.«

»Da bin ich mir nicht so sicher ...« Er zuckte die Achseln. »Gehen Sie ins Haus. Ich möchte nicht riskieren, dass Sie jemand sieht. An attraktive Frauen erinnern Zeugen sich immer sehr gut. Ich muss nach meinen Leuten im Wald sehen.«

Sie schluckte ihre Wut hinunter und ging zurück ins Haus. Versprochen hatte sie sich von vornherein nicht viel davon, aber sie hatte es versuchen müssen. Okay, es hatte nicht funktioniert. Dann musste sie sich eben etwas anderes einfallen lassen, bevor Travis zurückkam.

Falls er überhaupt zurückkam. Sie hatte den Eindruck, dass die Geschäfte, die Travis zu erledigen hatte, mit großer Gefahr verbunden waren. Offenbar neigte er dazu, sich in Lebensgefahr zu begeben, und es gab keinen Grund anzunehmen, dass sich das plötzlich geändert hatte. Gut möglich, dass er nie zurückkehrte. Er konnte ums Leben kommen oder gezwungen sein zu fliehen. Dann hätte sie sich umsonst gesorgt. Falls sein Leben auf dem Spiel stand, würde er sie wahrscheinlich alle ihrem Schicksal überlassen.

Nein, das würde er nicht tun. So sehr sie ihn auch verabscheuen und fürchten mochte, er würde das Versprechen halten, das er Jessica gegeben hatte. Gott, wie sehr wünschte sie sich, dass er das nicht tun würde. Die Dominosteine fielen immer schneller, und es sah ganz so aus, als könnte sie nichts dagegen unternehmen.

Bleib fort, Travis. Komm nicht zurück.

Bitte, komm nicht zurück.

»Endlich.« Jan van der Beck schloss Travis in seine Arme. »Es wird Zeit, dass du die Sache wieder selbst in die Hand nimmst. Ich bin zu alt dafür.«

Travis lachte und trat einen Schritt zurück. »Vor einem halben Jahr warst du aber nicht zu alt, um dieser hübschen italienischen Gräfin nachzustellen. Kommt sie mit dir auf die Kreuzfahrt?«

»Möglich. Sie hat übrigens eine Tochter, falls dich das interessiert. Sie soll sogar ziemlich intelligent sein. Obwohl ich noch nie verstanden habe, warum dir das so wichtig ist. Dumme Frauen sind viel weniger anstrengend.« Er ging auf den Spielplatz zu. »Wo ist die Ware?«

»In meiner Brusttasche.« Travis lief neben Jan her. »Ist dir auch niemand gefolgt?«

»Stellt der Schüler jetzt dem Lehrer Fragen? Ich werde nie verfolgt, wenn ich es nicht will.« Er schaute Travis an, der unauffällig die Bäume in der Umgebung inspizierte. »Du glaubst mir nicht. Das ist eine Beleidigung.«

»Tut mir Leid. Macht der Gewohnheit. In letzter Zeit musste ich sehr vorsichtig sein.«

»Und jetzt auch, wie mir scheint. Dieser falsche Schnurrbart steht dir überhaupt nicht.«

»Ich dachte, er könnte nicht schaden. Galen hat in Erfahrung gebracht, dass an sämtliche Amsterdamer Polizisten ein Foto von mir verteilt werden soll. Hoffen wir, dass es noch nicht kursiert.«

»Naja, sie werden jedenfalls nicht damit rechnen, dass

du in einem öffentlichen Park spazieren gehst.« Er überlegte. »Das hoffe ich zumindest.«

»Klingt ja sehr beruhigend. Ist das die Telefonzelle, wo wir die Ware für Karlstadt deponieren sollen?«

Jan nickte. »Sobald wir uns davon überzeugt haben, dass das Geld in dem Mülleimer liegt.«

»In welchem Mülleimer?«

»In dem roten neben dem Eingangstor.« Er grinste. »Der bärtige Mann neben dem Zuckerwattestand beob achtet ihn unauffällig. Ich hab dir ja gleich gesagt, Karlstadt würde vorsichtig sein.«

Travis schaute kurz zu dem Mann hinüber. Gut aussehend, blond, kräftig, mit Bart. Er faltete gerade seine Zeitung zusammen und schlenderte zu einer Bank neben dem Tor. Travis runzelte die Stirn. »Der Typ kommt mir irgendwie bekannt vor.«

»Woher willst du das wissen, bei dem Vollbart? Der ist garantiert genauso falsch wie dein Schnäuzer.«

»Ich weiß nicht. Irgendwas ...« Er zuckte die Achseln. »Falls er ein Profikiller ist, bin ich ihm vielleicht schon mal begegnet.«

»Möglich. Aber beunruhigt es dich so sehr, dass du lieber gehen möchtest?«

War er beunruhigt? Es beunruhigte ihn immer, wenn ein unerwartetes Element im Spiel auftauchte. Vielleicht irrte er sich ja auch ... »Nein, nein.«

»Gut«, sagte Jan. »Ich will nämlich diesen Deal abschließen. Ich glaube nicht, dass Karlstadts Mann uns in die Quere kommt, wenn er sieht, dass alles nach Plan abläuft. Und Karlstadt weiß schließlich, dass er heute erst die Hälfte der Ware bekommt.«

»Sehen wir zu, dass wir die Sache hinter uns bringen, damit du zu deiner Kreuzfahrt aufbrechen kannst.« Travis wartete, bis der Eingang zum Spielplatz frei war, dann ging er, ohne jedoch den Mann auf der Bank aus den Augen zu lassen, auf den roten Mülleimer zu. »Eine Plastiktüte von einem Kaufhaus?«

»Genau. Von de Bijenkorf.«

Die Tüte steckte in dem Mülleimer, anscheinend mit Zeitungspapier gefüllt. So weit, so gut. Während Jan ihn vor Blicken schützte, zog Travis die Tüte aus dem Mülleimer. Dann gingen sie schnell in Richtung Telefonzelle. »Los, komm, Jan, ich sehe dich schon über die Gangway laufen. Du hast es ge–«

Ein trockener Knall.

Schalldämpfer.

Scheiße.

Travis griff nach seiner Pistole und warf sich gleichzeitig zu Boden. »Runter, Jan.«

»Zu ... spät.« Jan stürzte. »Mein ... Bein. Lauf, Michael.«

Mit gezogener Waffe rannte der blonde Mann auf sie zu.

Noch ein Schuss.

Die Kugel pfiff an Travis' Ohr vorbei, als er auf den Rasen hechtete. Er schoss zurück.

Der blonde Mann stolperte, Blut quoll aus seiner Schulter. Aber er war bereits bei Jan, kniete über ihm, packte ihn am Kragen, riss ihn in eine sitzende Position und drückte die Pistole an seine Schläfe. »Lass die Waffe fallen und wirf mir das Geld rüber, Travis.«

»Du kannst mich mal. Lass ihn los, sonst blas ich dir das Hirn weg, bevor du abdrücken kannst.«

»Wenn du tust, was ich dir sage, werde ich ihn nicht töten. Ich bin van der Beck sogar Dank schuldig. Er hat mir sehr geholfen. Gib mir das Geld, und ich lass ihn am Leben.« Sein Finger krümmte sich um den Abzugshahn. »Und obwohl du mir jede Menge Ärger gemacht hast, lass ich sogar dich noch eine Weile am Leben. Du bist mir noch von Nutzen.«

»Du lügst. Ich trau dir nicht. Hier wimmelt es überall von Zeugen.«

»Ich hab was gegen Zeugen. Aber diesmal mach ich eine Ausnahme. Sieh dir mein Gesicht an.«

Dieser eiskalte Hund würde Jan töten. Travis warf ihm die Tüte mit dem Geld zu. »Ich lege meine Pistole weg. Und jetzt lass ihn los.«

»Sehr klug.« Plötzlich waren vom Tor her Geräusche eines Tumults zu hören, der Mann schaute sich um. Mehrere Sicherheitsleute kamen auf sie zugerannt. Er lächelte. »Macht nichts. Ich hätte das gern noch ein bisschen ausgekostet, aber anscheinend will uns jemand stören. Nächstes Mal.«

Er drückte ab.

»*Nein!*«

Travis drehte sich der Magen um, als Jans Blut und Gehirn auf den Rasen spritzten. »*Jan!*«

Zu spät.

Der Mann, der ihn getötet hatte, rannte in Richtung Straße.

Travis schnappte sich seine Pistole, sprang auf und nahm die Verfolgung auf. Hinter sich hörte er die Stimmen der Wachmänner.

Noch ein Schuss. Diesmal ohne Schalldämpfer.

Wer hatte ihn abgefeuert?

Es spielte keine Rolle. Jetzt war nur wichtig, dass er den Mistkerl einholte und ihn tötete.

Stechender Schmerz.

Etwas Warmes und Nasses lief an der Seite seines Oberkörpers hinunter.

Weiterlaufen.

Der Mann hatte die Straße erreicht und sprang in einen kleinen Volvo.

Travis hob die Waffe, bekam den Mann jedoch nicht ins Visier, als der Volvo losfuhr.

Weg. Vor Wut bebend sah er, wie der Wagen mit quietschenden Reifen um die Kurve raste.

Hinter sich hörte er Rufe. Noch ein Schuss.

Nichts wie weg. Den Kerl konnte er später noch ausfindig machen.

Travis hastete über die Straße, durch eine enge Gasse und dann um die Ecke. Sein Wagen stand ein paar Straßen weiter entfernt. Er musste ihn erreichen. Zum Bauernhof zurückfahren.

Heftige Schmerzen durchfuhren ihn. Mord. Jans Kopf war explodiert.

Nicht daran denken.

Zum Bauernhof zurückfahren.

Jan ...

13

»Melissa, holen Sie mir einen Erste Hilfe-Kasten.« Galen riss die Tür auf und half Travis ins Haus. »Der Blödmann hat sich anschießen lassen.«

»Angeschossen?« Melissa spürte, wie ihr das Herz fast stehen blieb. »Ist es schlimm?«

»Eine Schusswunde ist immer schlimm.« Galen drückte Travis auf einen Stuhl. »Die Kugel hat seine Rippen nur gestreift, aber er hat Blut verloren.«

»Wer hat das getan?«

Travis schüttelte den Kopf. »Ich bin mir nicht ganz sicher. Ich muss nachdenken. Machen Sie mir einen Verband und geben Sie mir was zu trinken, damit ich einen klaren Kopf bekomme.«

»CIA?«

»Das hatte nichts mit Cassie zu tun.«

»Woher wollen Sie wissen, ob –«

»Verbinden Sie erst mal seine Wunde, bevor Sie ihn ins Kreuzverhör nehmen«, sagte Galen. »Frauen sind doch angeblich das zarte Geschlecht.«

»Halten Sie die Klappe. Holen Sie mir Jessicas Arztkoffer, aber wecken Sie sie nicht auf. Sie braucht dringend Schlaf.«

»Sie ist Ärztin. Vielleicht sollten wir –«

»Ich kann mich genauso gut darum kümmern. Ich will nicht, dass Sie sie belästigen.«

»Gott bewahre«, murmelte Travis. »Das würden wir doch nie tun.«

»Ist auch besser so. Sie haben ihr schon genug zugemutet.« Melissa ging zur Spüle und füllte eine Schüssel mit Wasser. »Ziehen Sie Ihr Hemd aus.« Als sie sah, wie er sich abmühte, stöhnte sie: »Hören Sie schon auf. Sie sehen ja aus, als würden Sie gleich ohnmächtig. Ich helfe Ihnen.« Sie stellte die Schüssel auf den Tisch und half ihm vorsichtig aus seinem Hemd. »Ihre ›Geschäfte‹ sind also nicht so gut gelaufen, wie Sie gehofft hatten.«

»So könnte man es ausdrücken. Beeilen Sie sich, ja?«

»Das tu ich ja schon. Glauben Sie, es macht mir Spaß, an Ihnen rumzufummeln?«

»Hier ist der Koffer.« Galen stellte den Arztkoffer auf den Tisch und öffnete ihn. »Kann ich Ihnen helfen? Ich kenne mich gut mit erster Hilfe aus.«

»Das kann ich mir denken.« Melissa säuberte die lange, unregelmäßige Wunde. »All diese Kampfwunden …«

»Was?«

»Nichts. Geben Sie mir das Desinfektionsmittel.« Sie warf einen kurzen Blick auf Travis' Gesicht. »Das wird jetzt brennen.« Bevor er reagieren konnte, betupfte sie die offene Wunde mit dem Desinfektionsmittel. Er zuckte mit keiner Wimper, sah sie an, als würde er überhaupt nichts spüren. Nur seine Mundwinkel zuckten. »Großer Held.«

»Ja, das bin ich.« Travis sah Galen an. »Schnapp dir ein Telefon und besorg uns eine andere Unterkunft. Mir ist zwar niemand gefolgt, aber wir müssen dafür sorgen, dass der Mann, der Jan erschossen hat, uns nicht –«

»Jan ist tot?«, fiel Galen ihm ins Wort. »O Gott, das tut mir Leid, Travis.«

»Mir auch.« Travis wandte sich an Melissa. »Sind Sie jetzt fertig mit mir?«

»Ich wünschte, ich wäre es.« Sie befestigte den Verband mit einem Stück Heftpflaster. »Das dürfte Sie zusammenhalten.« Sie gab ihm drei Schmerztabletten. »Für etwas Stärkeres sind die Schmerzen nicht stark genug.«

»Mir reicht es.«

Sie begriff, dass er nicht den körperlichen Schmerz meinte, doch sie unterdrückte den Anflug von Mitgefühl. »Wenn Ihnen der Kopf schwirrt, dann liegt das jedenfalls nicht an dieser Fleischwunde.«

Nachdem er die Tabletten geschluckt hatte, sagte Travis zu Galen: »Er wusste, dass wir in den Park kommen würden, und er wusste von dem Deal. Entweder war er einer von Karlstadts Männern, oder jemand, der von der Sache wusste. Er sagte, Jan hätte ihm geholfen. Letzte Woche hat Jan zwei Wanzen in seiner Wohnung gefunden. Ich hatte angenommen, die CIA ... aber ...« Er schüttelte den Kopf. »Könnte ein V-Mann gewesen sein, aber das scheint mir unwahrscheinlich. Ich muss nachdenken. Bring uns erst mal hier weg.«

»Paris?«

Travis zuckte mit den Schultern. »Warum nicht?«

»In Ordnung.« Galen stand auf und nahm sein Handy aus der Tasche. Er zögerte. »Es tut mir wirklich Leid. Ich weiß, er war wie ein Vater für dich.« Dann ging er nach draußen.

Melissa hatte die letzten Worte kaum wahrgenommen. »Paris? Wieso Paris?«

»Sie wissen, warum«, erwiderte Travis erschöpft. »Ich habe ein Versprechen gegeben, und ich will diese Geschichte hinter mich bringen.«

Sie schloss die Augen. »Scheiße.«

»Ganz Ihrer Meinung.« Er zog sein Hemd an. »Ich weiß, Sie hatten gehofft, ich würde das alles jetzt fallen lassen, weil –« Er schluckte. »Weil Jan tot ist.«

Es schmerzte ihn, die Worte auszusprechen, das spürte Melissa. Sie wollte es aber nicht spüren, verdammt. Sie öffnete die Augen und sah ihn wütend an. »Ich kann nichts daran ändern, dass Ihr Freund erschossen wurde. Er muss verrückt gewesen sein, sonst hätte er sich nie mit Ihnen eingelassen. Es hätte Ihnen eine Lehre sein sollen, aber Sie haben es nicht kapiert. Sie machen einfach blind weiter, egal, wem Sie dabei wehtun.«

»Ich werde niemandem wehtun.«

»Erzählen Sie das mal Ihrem Freund Jan.«

Er zuckte zusammen. »Sie hätten wahrscheinlich zu Zeiten, als es noch keine Narkosemittel gab, einen Heidenspaß am Arztberuf gehabt.« Er knöpfte sein Hemd wieder zu. »Wenn es Ihnen nichts ausmacht, gehe ich jetzt nach draußen zu Galen. Ich brauche ein bisschen frische Luft.«

Sie ballte die Fäuste, als sie ihm nachsah. Sie hatte ihm Schmerz zugefügt, aber sie wollte verdammt sein, wenn sie sich anmerken ließ, dass ihr das Leid tat. Er war so abgebrüht, dass er mit fast allem fertig wurde, und sie musste ihn sich einfach zum Vorbild nehmen.

Melissa brachte Jessicas Arztkoffer zurück und stellte ihn auf den Stuhl neben dem Nachttisch. Jessica lag zusammengerollt neben Cassie auf dem Bett. Melissa schaute auf das gequälte Kind hinunter und auf ihre Schwester, die bereit war, alles aufzugeben, um ihre kleine Patientin zu beschützen. Beide schliefen tief und fest, und Melissa überkam plötzlich ein warmes Gefühl der Fürsorge. Seltsam. Jessica war doch immer ihre Beschützerin gewesen, ihr Rettungsanker in einer unsicheren Welt.

Aber jetzt nicht mehr. Ihre Schwester war restlos überfordert. Vielleicht war sie selbst es auch, aber das durfte jetzt keine Rolle spielen.

Sie musste die Initiative ergreifen, versuchen, sie alle über Wasser zu halten, und hoffen, dass sie nicht ertranken.

Sie trat an den Nachttisch, öffnete Jessicas Arztkoffer und begann ihn zu durchsuchen.

»Alles klar?«, fragte Galen, als er auf Travis zukam. »Solltest du dich nicht lieber ein bisschen ausruhen?«

»Wegen dieser Schramme? Ich hab gehört, du bist mal in Tansania fünf Kilometer weit gelaufen mit einer Machete im Bein.«

»Ja, aber nicht jeder ist so ein Held wie ich.« Galen warf einen Blick auf seine Uhr. »Du hast noch eine Dreiviertelstunde, dann werden wir abgeholt. Geh rein und ruh dich aus.«

»Hier draußen ist es ruhiger.«

Galen nickte. »Verstehe. Sie will unter allen Umständen verhindern, dass du an den Pegasus rankommst.«

»Sie wird sich an die Vorstellung gewöhnen müssen.« Travis lehnte sich an den Türrahmen. »Hast du alles arrangiert?«

»Einer von meinen Leuten hat Paul Guilliame kontaktiert, den stellvertretenden Kurator des Museums. Der Mann ist bekannt für seine Bestechlichkeit.«

»Der Pegasus ist etwas anderes.«

»Aber Guilliames Charakterschwäche dürfte uns zum Ziel führen, wenn die Kohle stimmt und wir die Sache richtig einfädeln.« Er lächelte. »Und ich weiß, wie man etwas einfädelt.«

»Du musst noch etwas anderes für mich erledigen.«

Galen sah ihn fragend an.

»Ich glaube, ich weiß, wer Jan erschossen hat. Er kannte mich jedenfalls, und eigentlich hatte er es auf mich abgesehen.«

»Du hast sein Gesicht erkannt?«

Travis schüttelte den Kopf. »Die Augen kamen mir irgendwie bekannt vor. Grün, ein bisschen schräg ... aber er trug einen falschen Bart.«

»Was soll ich also für dich tun?«

»Finde jemanden, der für mich das Computersystem von Interpol knackt. Ich muss mir ein paar Verbrecherfotos ansehen.«

»Um diese umfangreichen Archive zu durchforsten, brauchst du fünfzig Jahre – es sei denn, du weißt genau, wo du anfangen musst zu suchen.«

Das war Travis klar, aber irgendwo musste er schließlich beginnen. »Dann brauche ich eben fünfzig Jahre. Besorg mir einfach einen Hacker.«

Galen nickte. »Ich kann dir nicht versprechen, dass ich einen gefunden habe, bis wir in Paris ankommen, aber ich werde einen auftreiben.«

»Gut.« Es war überhaupt nicht gut. Im Augenblick nirgendwo etwas Positives zu entdecken. Jan …

»Möchtest du über ihn reden?«, fragte Galen leise. »Manchmal hilft das.«

Travis schüttelte den Kopf. »Er ist tot.« Seine Mundwinkel zuckten. »Es gibt nichts zu sagen.«

»Es war nicht deine Schuld. Jan war lange genug im Geschäft. Er wusste, was er tat.«

»Das weiß ich.«

»Aber du lebst, und dein Freund ist tot.« Galen zuckte mit den Schultern. »Hart. Aber finde dich damit ab.«

»Das tue ich. Besorg mir einfach einen Hacker.«

»Versprochen. Mir ist gerade jemand eingefallen, der dazu in der Lage sein könnte. Stuart Thomas. Er ist ein bisschen seltsam, aber er ist ein absolutes Computergenie.« Galens Telefon klingelte, und er meldete sich.

Einen Augenblick lang hörte er zu, dann unterbrach er die Leitung. »Ich glaube, wir haben Guilliame. Er wird die Skulptur, unter dem Vorwand, dass sie gesäubert werden muss, aus dem Schaukasten in ein Hinterzimmer bringen lassen. Er sagt, er muss Wachen vor die Tür stellen, sonst würde das Ganze Verdacht erregen. Aber er kennt welche, die gegen entsprechende Bezahlung wegsehen.«

»Und wie hoch ist die Bezahlung?«

»Alles in allem? Der Preis ist gestiegen. Zwei Millionen. Ziemlich viel für ein paar Stunden mit einer verdammten Skulptur. Ich könnte versuchen zu handeln.«

»Keine Zeit.«

»Hast du das Geld?«

»Ich habe etwas, was ich stattdessen anbieten kann.«

»Und das ist zwei Millionen wert?«

»Ich schätze, Guilliame wird sich darauf einlassen. Karlstadt war jedenfalls interessiert.«

»Du willst die Ware benutzen, die du Karlstadt versprochen hast?« Er stieß einen leisen Pfiff aus. »Das könnte aber gefährlich werden.

»Darüber zerbreche ich mir später den Kopf.«

»Das wirst du womöglich schon früher tun müssen.«

»Karlstadt kann mich mal. Wer weiß, vielleicht war er es, der Jan erschossen hat.«

»Aber du bist dir nicht sicher.«

»Nein, im Augenblick gibt es überhaupt nichts, dessen ich mir sicher bin.« Er sah Galen an und wiederholte: »Karlstadt kann mich mal.«

»Nichts liegt mir ferner, als einen Mann aufhalten zu wollen, der Rache geschworen hat. In solchen Fällen ist der Verstand gewöhnlich ausgeschaltet.« Galen wandte sich zum Gehen. »Wir müssten gegen Mitternacht in Paris sein.«

»Heuern Sie mehr Leute an«, sagte Deschamps, als Provlif sich am Telefon meldete. »Und kommen Sie mir nicht mit Geldproblemen. Ich habe so viel Geld, wie Sie wollen. Und jetzt finden Sie Cassie Andreas.«

»Sie ist womöglich gar nicht mehr hier.«

»Was?«

»Mein Kontaktmann bei der CIA sagt, es geht das Gerücht, Ihr alter Freund Travis hätte sie entführt.« Er erläuterte die näheren Einzelheiten.

Nachdem Provlif geendet hatte, schwieg Deschamps eine Weile. »Klingt ziemlich unwahrscheinlich«, sagte er schließlich.

»Der Präsident ist aus Japan nach Washington zurückgeflogen, unter dem Vorwand, er sei krank. Andreas ist aber so gesund wie ein Pferd.«

Je mehr Deschamps darüber nachdachte, umso mehr neigte er dazu, dem Gerücht zu glauben. In seinen Gesprächen mit van der Beck hatte Travis das Kind nicht ein einziges Mal erwähnt, aber es war durchaus möglich, dass Andreas ihm genug vertraute, um ihn um Hilfe bei der Betreuung seiner Tochter zu bitten. Und Travis war schlau genug, um eine solche Entführung durchzuziehen. Ein wohliger Schauer der Erregung durchfuhr ihn. Der Kreis begann sich zu schließen. Travis, und jetzt vielleicht auch noch das Kind.

»Deschamps?«

»Es könnte stimmen.«

»Aber warum sollte er die Kleine entführen?«

Aus demselben Grund, wie Edward sie hatte entführen wollen? Möglich. Vielleicht hatte Travis ihm in Vasaro nur dazwischengefunkt, um einen eigenen Coup vorzubereiten.

»Ich brauche Travis' Telefonnummer.«

»Die versuche ich schon die ganze Zeit rauszubekommen.«

»Dann strengen Sie sich ein bisschen mehr an. Sie wissen verdammt genau, dass die CIA die Nummer hat, falls Travis tatsächlich in dem Haus in Virginia war.«

»Ich habe Ihnen doch bereits gesagt, dass es ihnen nicht gelungen ist, seine Anrufe zurückzuverfolgen.«

»Seine Anrufe interessieren mich nicht. Aber ich möchte vielleicht mit ihm reden.«

»Ich werde mich darum kümmern.«

»Tun Sie das. Und dann nehmen Sie das nächste Flugzeug und kommen wieder hierher. Ich werde Sie vielleicht brauchen.« Er legte auf und lehnte sich in seinem Sessel zurück. Er brauchte die Telefonnummer. Er empfand das eigenartige Bedürfnis, mit Travis in Kontakt zu treten. Bei keiner seiner anderen Zielpersonen war ihm das je passiert, aber Travis war etwas anderes. Travis hatte ihn gedemütigt, und ihm lediglich das Geld abzujagen, reichte ihm nicht. Diese neuen Informationen bewiesen, dass Travis auf mehr als eine Weise gefährlich war. Er war nicht nur eine Gefahr, er war ein Konkurrent. Ja, er wollte das alles genüsslich auskosten, mit Travis spielen, bevor er ihn tötete, ihm zeigen, dass er ihm immer einen Schritt voraus war.

Wie würde Travis' nächster Schritt aussehen? Wenn Provlifs Vermutung stimmte, würde Travis sich versteckt halten. Aber Edward hatte seinen Freund getötet, und Travis war sentimental genug, um auf Rache zu sinnen. Dazu musste er Edward jedoch erst identifizieren und aufspüren. Travis' einziger Anhaltspunkt war der Tod von Henri Claron, und es war anzunehmen, dass er an diesem Punkt ansetzen würde.

Also Lyon?

Vielleicht.

Vielleicht auch nicht.

Travis war das Geld gestohlen worden, mit dem er gerechnet hatte, und Cassie Andreas versteckt zu halten, dürfte ein kostspieliges Unterfangen sein. Womöglich würde er sich gezwungen sehen, seinem wichtigsten Ziel Priorität einzuräumen.

Auf jeden Fall musste Edward noch einmal ganz genau alle Informationen studieren, die er über Travis besaß. Dann brauchte er nur noch seinem Instinkt zu folgen ...

Paris

Die bescheidene Wohnung lag am Stadtrand von Paris in der Nähe eines kleinen, sehr grünen Parks. Das Museum d'Andreas lag nur wenige Straßen weit entfernt.

»Nett.« Galen stellte die Koffer ab und sah sich im Wohnzimmer um. »Altmodisch, aber gemütlich. Vielleicht ein bisschen zu viel Blau. Blau mag zwar eine der Primärfarben sein, aber ich finde es immer deprimierend.«

»Macht nichts. Wir werden nicht lange genug hier sein, um Depressionen zu kriegen.« Travis trug Cassie ins Schlafzimmer und legte sie ins Bett. »Sie hat keinen Alptraum mehr gehabt, seit wir Juniper verlassen haben. Das ist doch gut, oder?«, sagte er zu Jessica.

»Wollen Sie von mir hören, dass es eine gute Therapie war, sie zu entführen?«, fragte sie trocken. »Da können Sie lange warten, Travis.«

»Jedenfalls hat es ihr nicht geschadet.«

»Noch nicht.« Melissa kam ins Zimmer und stellte einen Koffer und Jessicas Arztkoffer neben dem Heizkörper unter dem Fenster ab. Dann ging sie ins Bad und knallte die Tür zu.

Jessica verzog das Gesicht. »Sie hat Recht, wissen Sie. Ich kann nicht beurteilen, welchen Langzeiteffekt all das auf Cassie haben wird.«

»Daran kann ich auch nichts ändern.« Travis bemühte sich, ruhig zu klingen. »Ich tue mein Bestes.« Als er ins Wohnzimmer ging, sah er Galen zur Wohnungstür eilen. »Wo ist Stuart Thomas?«

»In der Wohnung gegenüber. Er legt Wert auf Privatsphäre. Glaub mir, das ist für alle angenehmer. Wenn er sich erst mal in ein Projekt vertieft, hält er Dinge wie Duschen und Zähneputzen für reine Zeitverschwendung.«

»Und hat er sich bereits in das Projekt vertieft?«

»In bescheidenem Rahmen. Wenn du ihn gebeten hättest, die geheimen Pentagon-Archive zu knacken, wäre das eine wesentlich interessantere Herausforderung für ihn gewesen.« Er öffnete die Tür. »Ich sehe mal eben nach ihm.«

»Ich komme mit.«

»Nein. Du bist zu angespannt, und ich will nicht, dass Stuart sich aufregt. Außerdem ist es nach Mitternacht. Sieh zu, dass du ein bisschen Schlaf bekommst. Du kannst morgen früh mit ihm reden.«

»Ich brauche mir nicht –« Er brach ab, als er Galens Blick begegnete. Es hatte keinen Zweck. Galen hatte einen Entschluss gefasst und würde nicht mit sich reden lassen. »Weck mich, wenn Thomas einen Durchbruch erzielt.«

»Morgen früh.« Galen schloss die Tür hinter sich.

Sturer Hund.

Aber er war froh, dass er Galen hatte.

»Wann werden Sie Cassie zu der Skultpur bringen?«, fragte Melissa.

»In zwei Tagen. Am Abend, wenn das Museum geschlossen ist. Vorausgesetzt, alles geht gut.«

»Es wird nicht gut gehen.« Sie trat ans Fenster und starrte nach draußen. »Aber Sie wollen ja nicht auf mich hören, stimmt's?«

»Ich kann nicht auf Sie hören.«

»Sie sind verletzt. Warum warten Sie nicht lieber, bis Sie sich wieder erholt haben?«

»Wie Sie bereits festgestellt haben, ist das nur ein leichter Kratzer. Nicht mal die Zeit wert, die Sie gebraucht haben, um mir einen Verband anzulegen. Habe ich Recht?«

Sie schwieg einen Augenblick. »Ja. Mir wäre lieber, nicht Ihr Freund, sondern Sie wären erschossen worden.«

»Tja, da haben Sie wohl einfach Pech gehabt.«

»Wahrscheinlich werden wir alle Pech haben.« Melissa holte tief Luft. »Ich möchte, dass Sie mir eine Pistole besorgen.«

Er zuckte zusammen. »Warum?«

»Ich will mich selbst verteidigen können und mich nicht auf Sie verlassen müssen.« Sie lächelte spöttisch. »Keine Sorge, ich habe nicht vor, Sie zu erschießen, auch wenn der Gedanke verlockend ist.«

»Wissen Sie überhaupt, wie man mit einer Schusswaffe umgeht?«

»Vor einiger Zeit hat es auf dem Campus ein paar Überfälle und Vergewaltigungen gegeben, und meine Freundinnen und ich sind ein bisschen nervös geworden. Wir haben Selbstverteidigungskurse belegt, und ich habe für uns alle eine 38er gekauft. Wir haben alle Schießunterricht genommen.«

»Okay, ich lasse Ihnen morgen früh von Galen eine besorgen.«

»Gut.« Sie machte sich auf den Weg ins Schlafzimmer, blieb jedoch an der Tür noch einmal stehen und sah ihn über die Schulter hinweg an. Der verzweifelte Ausdruck in ihren Augen verblüffte ihn. »Ich wünsche nicht Ihren Tod. Das wünsche ich niemandem. Das Leben ist so ein kostbares Geschenk. Man sollte jede Minute genießen und –«

»Glauben Sie etwa, Cassie genießt ihr Leben? Jessica tut alles, was sie kann, um ihren Zustand zu verbessern.« Er schüttelte müde den Kopf. »Und ich tue es auch.«

»Jessica versteht das nicht. Und Sie auch nicht«, sagte Melissa mit zitternder Stimme. »Ich kann es einfach nicht zulassen.«

Nachdenklich starrte Travis auf die Tür, nachdem Melissa gegangen war. Die Verzweiflung der jungen Frau wurde immer größer, und das konnte gefährlich werden.

Das fehlte ihm gerade noch! Er wollte nichts weiter als

das Versprechen einlösen, das er Jessica gegeben hatte, und sich dann auf die Suche nach Jans Mörder machen.

Der Mann im Park. Alles noch einmal genau in Gedanken durchgehen, von dem Augenblick an, als sie auf den Zuckerwattestand zugegangen waren. Er hatte zu Jan gesagt, dass der Mann ihm irgendwie bekannt vorkam. Was war es gewesen? Grüne Augen ... Aber er war dem Mann nicht nah genug gewesen, hatte seine Augen nicht erkennen können.

Travis setzte sich aufs Sofa. Nachdenken. Alles genau in Erinnerung rufen. Einen Zusammenhang herstellen.

Washington, D.C.

»Danley glaubt, Travis gefunden zu haben, Mr. President«, sagte Keller. »Vielmehr, nicht direkt gefunden, aber gestern hat es in Amsterdam in einem Park einen Vorfall gegeben. Jan van der Beck wurde ermordet.«

»Von Travis?«

»Nein, der Mörder ist geflohen, mit Travis auf den Fersen. Wir nehmen an, dass Travis bei dem Angriff verletzt wurde.«

»Gut«, sagte Andreas. »Ich wünschte, Sie hätten dem Scheißkerl das Hirn weggepustet.«

»Nicht bevor wir Ihre Tochter gefunden haben«, sagte Keller. »Danach wird es uns ein Vergnügen sein, Ihrem Wunsch zu entsprechen, Mr. President. Danley glaubt außerdem, eine Mietwagenfirma in Antwerpen ausfindig gemacht zu haben, bei der ein Kleinbus für den Transport Ihrer Tochter gemietet wurde. Die Zeit stimmt jedenfalls überein. Wir sind nah dran, Sir.«

»Nicht nah genug. Ich fliege nach Amsterdam.«

»Das wäre nicht klug.«

»Ich fliege. Machen Sie die *Air Force One* startklar. Sie

ist so ausgestattet, dass der Präsident im Notfall von dort aus seine Regierungsgeschäfte weiterführen kann. Das werden wir jetzt einfach einmal testen. Rufen Sie den Arzt an und sagen Sie ihm, ich hätte einen Rückfall und könne mein Zimmer nicht verlassen. Ich werde mich auf dem Balkon sehen lassen, damit alle wissen, dass ich nicht auf dem Sterbebett liege.«

»Was ist mit der First Lady?«

Chelsea. Sie war seit dem Augenblick, als er dem Flugzeug aus Tokio entstiegen war, misstrauisch. Sie kannte ihn zu gut, sie standen einander zu nahe, als dass er sie über längere Zeit hinweg täuschen könnte.

Aber er wollte ihr nicht die Wahrheit über Cassie sagen.

Allerdings, wenn er nach Amsterdam flog, würde ihm nichts anderes übrig bleiben.

Er stand auf. »Ich werde mit ihr reden. In einer Stunde brechen wir auf, Keller.«

»Sehr wohl, Mr. President.«

Wenige Minuten später betrat Andreas seine private Suite. Seine Frau lag im Bett und arbeitete an ihrem Laptop.

»Nennst du das ausruhen?«

»Ich liege doch flach, oder?« Sie schenkte ihm ihr strahlendes Lächeln, das ihn vor all den Jahren zu ihr hingezogen hatte. Heute war sie noch schöner als damals.

Seine Liebe, seine Partnerin, seine Freundin ...

Er betrat das Zimmer. »Ich muss dir etwas sagen, Chelsea.«

14

»Kinderspiel«, sagte Stuart Thomas. Er stand auf und deutete auf den Monitor. »Bitte sehr, Mr. Travis. Bedienen Sie sich.«

Thomas' T-Shirt war so verschwitzt und verstunken wie Galen prophezeit hatte, stellte Travis fest. Die Vorstellung, in einem Raum mit dem jungen Mann zu arbeiten, war nicht gerade verlockend. »Holen Sie sich doch ruhig in der Zwischenzeit etwas zu essen. Ich melde mich, falls ich Sie brauche.«

»Wenn Sie einfach so drauflosbrowsen, werden Sie Ihren Mann nicht finden. Was soll er denn getan haben?«

»Mord.«

»Was für eine Art Mord? War es ein Mord aus Leidenschaft, ein Raubmord, Sterbehilfe? Wenn Sie Ergebnisse wollen, müssen Sie Ihre Suche eingrenzen.«

»Lassen Sie mich nur machen.«

Thomas zögerte. »Würden Sie mir dann mein Geld geben? Normalerweise bekomme ich eine Hälfte im Voraus und die andere, wenn meine Arbeit erledigt ist. Da Galen ein guter Freund ist, habe ich auf die Vorauszahlung verzichtet, aber eigentlich hätte ich –«

»Wie viel?«

»Fünftausend.«

»Warten Sie einen Augenblick.« Travis ging in die gegenüberliegende Wohnung.

»Probleme?« Galen stand vom Küchenstuhl auf.

»Eher Unannehmlichkeiten. Thomas will sein Geld, aber ich bin im Moment nicht flüssig. Fünftausend?«

Galen schüttelte den Kopf. »Erst bis heute Abend kann ich die Summe besorgen.«

»Er will es jetzt. Macht nichts.« Er nahm seinen Laptop aus der Reisetasche, öffnete das CD-Laufwerk und zog ein Beutelchen heraus. »Du wirst dein viel gerühmtes Talent anwenden und ihn überreden müssen, Ware anstatt Bargeld zu akzeptieren.« Er schüttelte die Hälfte des Beutelinhalts auf den Küchentisch.

»Heiliger Strohsack«, murmelte Galen. »Diamanten?«

Travis sortierte die Edelsteine. »Selbst die kleinsten von den Dingern bringen mehr als fünftausend.«

Galen starrte auf das glitzernde Häufchen. »Und die hast du in deinem Laptop geschmuggelt?«

»Das schien mir ein ziemlich sicheres Versteck, solange ich nicht am Flughafen gefilzt wurde.«

»Deswegen hast du also darauf bestanden, von der *Air Force One* abgeholt zu werden?«

Travis nickte. »Nach allem, was ich durchgemacht hatte, um diese Steinchen in meinen Besitz zu bringen, wollte ich nicht riskieren, dass sie mir am Zoll wieder abgenommen werden.«

»Andreas wird nicht begeistert sein, wenn er erfährt, dass du sein Flugzeug für deine profanen Zwecke benutzt hast.«

»So wie die Dinge im Augenblick stehen, würde er bestimmt einräumen, dass Schmuggel das Geringste meiner Verbrechen ist.« Er wählte einen Stein aus. »Ich bin kein Experte, aber ich würde sagen, der hier ist von guter Qualität.«

»Der Besten.«

»Wollen Sie damit den Kurator des Museums bezahlen?« Melissa betrat die Küche, den Blick auf die glitzernden Diamanten auf dem Tisch gerichtet. »Die sind gestohlen, stimmt's?«

»So könnte man es nennen.«

»Und deswegen ist Ihr Freund gestorben?«

»Auch das könnte man so sagen.« Travis reichte Galen den Diamanten, den er ausgewählt hatte. »Sag Thomas, ich bin heute besonders großzügig. Jeder Schätzer in Paris wird ihm bestätigen, dass dieser Stein doppelt so viel wert ist wie die Summe, die er von mir verlangt.«

»Ich wette, der rennt schnurstracks zum nächsten Diamantenhändler, um sich davon zu überzeugen.«

»Kein Problem. Dieser Stein wird jeden Test bestehen.« Er teilte das Häufchen Steine und gab Galen die Hälfte. »Für Guilliame. Er will die Ware sicherlich vor heute Abend überprüfen.«

»Das ist garantiert mehr wert als der Preis, den er verlangt, Travis.«

»Gib sie einfach Guilliame und lass uns die Sache hinter uns bringen.« Er schob den Rest zurück in den Beutel und verstaute ihn in seiner Reisetasche. »Aber er muss uns garantieren, dass wir diese vier Stunden kriegen, andernfalls schneide ich ihm die Kehle durch.«

»Was sind Sie doch für ein Gentleman, Travis«, sagte Melissa.

»Dabei wurde ich gar nicht auf einer feinen Plantage in den Südstaaten großgezogen. Da wo ich herkomme, lernt man, den Leuten Zucker in den Arsch zu blasen, aber immer das Messer bereitzuhaben.« Er sah sie an. »Das sollten Sie zu schätzen wissen. Sie sind sehr gut mit dem Messer, Melissa.«

»Ich werde immer besser.«

»Am besten, ich verziehe mich jetzt und tue meine Arbeit«, sagte Galen. »Hier drin wird's mir zu ungemütlich. Ich gebe dir Bescheid, falls irgendwelche Probleme auftauchen, Travis.«

»In Ordnung«, sagte dieser, ohne seinen Blick von Melissa abzuwenden. »Ich habe aber schon genug Probleme.«

»Allerdings.«

»Kein Wunder, dass es Ihnen so leicht fällt, uns wie Schachfiguren kreuz und quer durch Europa zu schleppen«, sagte Melissa, nachdem Galen gegangen war. »Geld öffnet alle Türen, stimmt's?«

»Zumindest die Türen zum Museum d'Andreas.«

»Und wenn ich Jessica erzähle, dass Sie gestohlenes Geld benutzen, um Cassie zu helfen?«

»Wir wissen beide, dass ihr das egal ist. Sie würde schon eine Rechtfertigung dafür finden, wenn sich nur die Kleine damit retten lässt.« Er lächelte. »Aber es würde ihr doch nur Kummer bereiten und ihr Gewissen belasten. Also gehe ich davon aus, dass Sie es ihr nicht erzählen werden, hab ich Recht?«

Melissa antwortete nicht.

»Naja, einen Versuch war's immerhin wert, Melissa.« Er stand auf. »Und jetzt muss ich nach nebenan und ein bisschen arbeiten. Falls Sie irgendwas brauchen, sagen Sie mir Bescheid.«

»Wo ist Travis?«, fragte Jessica, als sie zehn Minuten später in die Küche kam.

»Nebenan.« Melissa rang sich ein Lächeln ab. »Ich habe gerade Eistee gemacht. Möchtest du welchen?«

»Ja, gern.«

»Wie geht es Cassie?«

»Unverändert.« Sie setzte sich an den Tisch und rieb sich die Schläfen. »Gott, ich hoffe bloß, dass das mit dem Pegasus klappt.«

»Falls du die geringsten Zweifel hast, solltest du dich nicht darauf einlassen.« Melissa stellte ein Glas Eistee vor ihrer Schwester auf den Tisch. »Wir machen Fortschritte. Ich weiß es. Wenn du mir erlauben würdest, sie ein bisschen härter anzupacken, könnten wir den Prozess vielleicht sogar beschleunigen.«

»Mag sein, dass du es weißt, ich weiß es nicht.« Jessica trank einen Schluck. »Ich habe mich zwar auf dich eingelassen, aber an diese parapsychologische Verschmelzungstheorie kann ich einfach nicht glauben. Es widerspricht meinem Instinkt und allem, was ich je gelernt habe.«

»Das weiß ich. Und da liegt das Problem.« Plötzlich fiel Melissa vor ihrer Schwester auf die Knie und vergrub den Kopf in ihrem Schoß. »Versuch mir zu glauben, Jessica.« Beinahe versagte ihr die Stimme. »Ich liebe dich, und ich will doch nur das Beste für uns alle. Etwas anderes habe ich mir nie gewünscht. Ich habe so viel von dir bekommen, lass mich versuchen, dir etwas zurückzugeben.« Sie schlang ihre Arme um Jessicas Taille. »Lass mich dir helfen. Hör auf mich. Bitte.«

»Mellie?« Jessica hob Melissas Kinn an, schaute sie an und streichelte ihre Wange. »Du weinst ja ...«

Melissas Kinn zitterte. »Daran siehst du mal wieder, wie labil ich bin, stimmt's?«

»Stimmt nicht.« Sie nahm Melissa in die Arme. »Und du hast nichts von mir genommen, was ich dir nicht von Herzen gern gegeben habe. Jeder muss seinem Weg folgen. Weißt du denn nicht, dass du mir geholfen hast, meinen Weg zu finden? Mir hat noch nie auch nur eine einzige Minute all der Jahre Leid getan, die ich mit dir verbracht habe.«

»Mir schon.«

»Dann ist jetzt Schluss damit.« Sie verzog das Gesicht. »Und hör um Himmels willen auf zu weinen. Das macht mich völlig fertig.«

»Tut mir Leid.« Melissa legte ihren Kopf wieder in Jessicas Schoß. »Beantworte mir nur eine Frage. Wenn ich bei meinem Leben schwöre, dass der Pegasus Cassies Leben in Gefahr bringt, glaubst du mir dann?«

Schweigen.

»O Gott.«

»Ich bin zu sehr in der Wirklichkeit verhaftet, Mellie. Ich weiß, dass du glaubst, du hättest Recht, aber mein Verstand sucht automatisch nach einer vernünftigen Erklärung für alles, was passiert ist. Und mein Verstand sagt mir, dass es eine Tür öffnen könnte, wenn wir Cassie einem Einfluss aussetzen, den sie immer als gut erlebt hat.«

»Es ist ein Risiko, ein schreckliches Risiko.«

»Ein Risiko, das den Versuch wert ist.« Jessica sah Melissa in die Augen. »Und ich muss das Risiko eingehen, Mellie.«

»Ist das dein letztes Wort?«

»Ja. Aber wenn du nicht damit einverstanden bist, brauchst du nicht mitzukommen. Du kannst hier auf uns warten.«

»Den Teufel werd ich tun.« Melissa wischte sich die Tränen aus den Augen. »Wo du hingehst, gehe ich auch hin.« Sie stand auf. »Trink deinen Tee. Ich gehe mir das Gesicht waschen, und dann mache ich dir etwas zu essen.«

14.45 Uhr

Er kam nicht weiter.

Travis lehnte sich auf dem Stuhl zurück und rieb sich die Augen. Die Archive auf dem Computer durchzugehen war ebenso ermüdend wie frustrierend. Er hatte sich von Anfang zwar nur an wenig Chancen ausgerechnet, hatte aber dennoch gehofft, auf etwas zu stoßen, das eine Erinnerung auslösen würde, irgendetwas ... Manchmal klickte irgendetwas, irgendeine Kleinigkeit blitzte auf …

Nichts.

Tja, was hatte er auch erwartet, bei dem wenigen, was er wusste?

Grüne Augen, leicht schräg stehend. Blondes Haar, das gefärbt sein konnte oder auch nicht. Ein Bart, der das Gesicht wie eine Maske verbarg.

Maske …

Ganz langsam richtete er sich auf.

Maske.

Er hatte den Mann nicht am Gesicht erkannt. Der Mann war ihm erst bekannt vorgekommen, als er aufgestanden und von dem Zuckerwattestand zu der Bank hinübergegangen war.

Maske.

»Verdammt.«

»Haben Sie es?«

»Immer mit der Ruhe. Das braucht Zeit.« Thomas starrte wie gebannt auf den Bildschirm. »Ich arbeite erst seit ein paar Stunden daran.«

»Sie sagten doch, es sei leichter, wenn ich die Suche eingrenzen könnte«, erinnerte ihn Travis. »Das habe ich getan.«

»Einsfünfundachtzig bis -siebenundachtzig, zwischen fünfunddreißig und vierzig, nordischer Typ, benutzt am liebsten eine Neunmillimeter-Pistole.« Er ging weitere Dateien durch.

»Und aus einem terroristischen Umfeld«, sagte Travis.

»Das ist der Schlüssel. Wenn Sie eher darauf gekommen wären, hätte ich –«

»Es ist mir erst jetzt eingefallen. Wie lange noch? Es kann doch nicht allzu viele geben, auf die diese Beschreibung passt.«

»Da würden Sie sich aber wundern. Wir leben in einer Welt der Gewalt.«

Eine weitere Stunde verging.

»Bingo.« Thomas beugte sich vor. »Sehen Sie sich das an. Das könnte Ihr Mann sein.«

Alter dreißig, aber das Foto war zehn Jahre alt. Glatt rasiert, hellbraunes Haar, das sich an der Stirn bereits lichtete, aber die Augen stimmten. Grün. Und leicht schräg.

Ja.

»Drucken Sie das aus.«

Thomas drückte einen Knopf. »Widerlich.« Er las die Daten ab. »Brandstiftung, Diebstahl, Mord ... IRA, Rote Brigaden, Nazi-Skinheads. Er scheint sich nicht gerade einer einzigen Sache zu verschreiben, was?«

»Das ist nichts Ungewöhnliches. Söldner arbeiten für jeden, der sie bezahlt.« Travis nahm das Polizeifoto aus dem Drucker. »Ich bin auf die Idee gekommen, dass er Verbindungen zum Terroristenmilieu haben könnte, weil zwei der Toten in Vasaro aus diesem Umfeld stammten.«

»Vasaro?«

»Egal.« Travis nahm einen Bleistift und begann, einen Bart in das Gesicht zu malen. Es bestand kein Zweifel.

»Ist er das?«, fragte Thomas. »Hab ich's geschafft?«

»Sie haben's geschafft.« Travis stand auf. »Sie sind ein Genie, Thomas.«

»Dann habe ich mir doch wohl eine Belohnung verdient.« Thomas grinste. »Meinen Sie nicht? Vielleicht noch eines von diesen hübschen Steinchen?«

»Nun werden Sie nicht gleich so gierig«, erwiderte Travis abwesend, während er das Foto eingehend betrachtete. »Können Sie mir biografische Daten und ein psychologisches Profil beschaffen?«

»So was hat die CIA bestimmt in ihren Archiven. Geben Sie mir eine halbe Stunde.«

Eine Dreiviertelstunde später drückte Thomas einen

Knopf und reichte Travis zwei bedruckte Seiten. »Bitte sehr.«

»Danke.« Travis verließ die Wohnung.

Edward James Deschamps.

Hab ich dich.

15

»Edward Deschamps.« Galen blickte von dem Ausdruck auf. »Bist du sicher?«

Travis nickte. »Absolut.«

»Und du glaubst, der Anschlag in Vasaro geht auf sein Konto?«

»Es passt alles zusammen. Er kannte mich, und er hat angedeutet, ich wäre ihm in der Vergangenheit schon einmal in die Quere gekommen. Er kam mir bekannt vor, aber sein Gesicht habe ich nicht erkannt. Ich muss mich an die Art erinnert haben, wie er sich bewegt.«

»Ich war damals draußen, hab ihn also nicht gesehen. Wie hat er sich denn bewegt?«

»Auf ziemlich markante Weise. Schnell, federnd, immer auf den Ballen, wie ein Tennisspieler.«

»Karlstadt hatte also mit dem Mord an Jan nichts zu tun?«

Travis schüttelte den Kopf. »Wahrscheinlich nicht. Die Sache in Vasaro ist gelaufen, bevor ich mit Karlstadt und den Diamanten anfing. Außerdem, Deschamps war scharf auf das Geld, nicht auf die Diamanten. Die wiederum waren das Einzige, was Karlstadt interessierte.«

»Dann hast du jetzt nicht nur Karlstadt und die Russen, sondern auch noch Deschamps auf dem Hals?«

»Sie haben die CIA und den Secret Service vergessen«, sagte Melissa aus der Ecke, wo sie in einem Sessel kauerte. »Das klingt doch sehr ermutigend. Bei dem Aufgebot wird es schon irgendeinem gelingen, Sie zu erwischen.«

»Hoffen Sie nur«, sagte Travis. »Aber wenn Sie Ihrer Schwester erzählen, dass Deschamps auch wieder mit von der Partie ist, überlegt sie es sich vielleicht noch einmal mit dem Pegasus. Womöglich ist ihr unter diesen Umständen das Risiko doch zu groß.«

»Ich sag's ihr.« Melissa sprang auf. »Aber sie wird es sich nicht anders überlegen. Nicht, solange keine direkte Gefahr für Cassie besteht.«

»Sie haben sich also damit abgefunden?«

»Den Teufel habe ich«, fauchte sie. »Ich habe nur den ersten Schritt akzeptiert. Das heißt noch lange nicht, dass ich mich nicht jedem weiteren Schritt widersetzen werde.«

»Davon bin ich überzeugt. Dann haben Sie also vor, uns zu begleiten?«

»Sie haben gehofft, dass ich das nicht tun würde. Tut mir Leid. Das lasse ich mir nicht entgehen.«

Mit gerunzelter Stirn studierte Galen das Polizeifoto. »Ich glaube, dem bin ich schon mal begegnet. Irgendwo in Portugal. Kann das sein?«

»Er scheint nicht mit einer portugiesischen Gruppe zusammengearbeitet zu haben, was aber nicht heißt, dass er in Portugal nie am Werk war.« Travis las das Profil. »Er ist amerikanischer Staatsbürger, treibt aber sein Unwesen vorwiegend in Europa. Er scheint ein Gourmet zu sein. Kleidet sich äußerst elegant ... lässt sich seine Anzüge in Rom maßschneidern.« Er überschlug ein paar Zeilen. »Seine Mutter hat sich von seinem Vater scheiden lassen und ist mit Edward nach Paris gekommen, als er sechs war. Sie hat einen Jean Detoile geheiratet, den Besitzer einer Kunstgalerie. Detoile war offenbar gut betucht und hat den Jungen auf eine Privatschule geschickt, ein Internat. Anfangs hat er dort exzellente Noten bekommen, sein IQ ist überdurchschnittlich hoch. Dann, als Halbwüchsiger, beschuldigte sein Stiefvater ihn des Diebstahls und übergab ihn der Polizei. Der Junge kam für zwei Jahre ins Gefängnis.«

Den Rest der Seite überflog er. »Als er wieder rauskam, hielt er sich mit Kleinkriminalität über Wasser – Drogen, Schwindel, Diebstahl. Aber damit hat er offenbar nicht genug verdient, denn im Alter von zwanzig wurde er zum Profi-Killer. Er wurde zum Experten im Umgang mit Abhörgeräten.« Travis blickte auf. »Das würde zu dem passen, was Jan mir über die Wanzen in seiner Wohnung erzählt hat.« Dann las er weiter. »Schließlich stieg er zum Terroristen auf. Anfangs hat er mit verschiedenen Gruppen zusammengearbeitet, dann eine eigene gegründet. Aber das ging nicht lange gut. Im Prinzip ist er ein Einzelgänger, und die Gruppe hat sich nach einer Weile aufgelöst.«

»Was ist mit seinen Eltern?«

»Seine Mutter starb, als er im Gefängnis war. Sein Stiefvater wurde vier Jahre nach seiner Entlassung ermordet.«

»Von Deschamps selbst?«

»Wahrscheinlich. Es wurde nie aufgeklärt. Man hat nicht die Spur eines Beweises gefunden. Aber es war ein extrem brutaler Mord.« Travis überlegte. »Interessant, dass er seinen Stiefvater nicht sofort nach seiner Entlassung ermordet hat. Er hat abgewartet und gelernt, und dann hat er zugeschlagen. Ein kaltblütiger Hund.«

»Und offenbar sehr intelligent.«

»So intelligent nun auch wieder nicht. Er hat Jan nur getötet, um mich zu treffen.« Leise fügte er hinzu. »Dieser Fehler wird ihn teuer zu stehen kommen.«

»Und das werden Sie genießen«, sagte Melissa.

»Darauf können Sie Gift nehmen. Wollen Sie noch mehr

über Deschamps hören? Im Vergleich zu ihm müssten Sie mich doch direkt sympathisch finden.«

Melissa machte Anstalten, das Zimmer zu verlassen. »Da müsste er schon ein Massenmörder sein.«

»Reichen die Informationen, um Deschamps zu finden?«, fragte Travis Galen, nachdem Melissa die Tür hinter sich geschlossen hatte.

»Wenn es so wäre, hätten die CIA oder Interpol ihn längst geschnappt.« Galen nahm den Bericht von Travis entgegen und überflog ihn. »In Paris ist er schon drei Mal festgenommen worden. Anscheinend gefällt es ihm hier. Das wäre ein erster Anhaltspunkt. Ich werde mal meine Fühler ausstrecken. Aber versprich dir nicht zu viel.«

0.35 Uhr

»Bald ist es so weit, Kleines«, flüsterte Jessica. Sie wickelte Cassie in eine leichte Decke. »Es wird ganz aufregend sein. Du wirst einen alten Freund wieder sehen.« Sie wandte sich an Melissa. »Travis sagt, sobald wir aus dem Museum kommen, verlassen wir Paris. Wir sollen alle unsere Sachen in den Bus packen. Würdest du bitte nachsehen, ob ich auch nichts vergessen habe, während ich den Kaffee aufsetze?« Sie verzog das Gesicht. »Andererseits frage ich mich, ob Kaffee mir gut tut, denn ich bin jetzt schon ganz nervös.«

Melissa schüttelte den Kopf. »Du bist nie nervös.«

»Doch, heute schon.« Jessica ging ins Wohnzimmer, wo Travis und Galen warteten. »Ist es so weit?«

Travis nickte. »Wie geht es der Kleinen?«

»Sie ist wach.«

»Sorgen Sie dafür, dass sie wach bleibt. Sonst wird es zu teuer. Wo ist Melissa?«

»Sie packt unsere Sachen.« Jessica ging in die Küche

und schenkte sich eine Tasse Kaffee ein. »Wo gehen wir hin, wenn es vorbei ist?«

»Wenn die Sache mit Cassie funktioniert, bringe ich Sie und Melissa an einen sicheren Ort und überlasse es Ihnen, mit Andreas zu verhandeln.«

»Und wo befindet sich dieser sichere Ort?«

»Wie würde Ihnen die Riviera gefallen?«, fragte Galen.

»Ich weiß nicht. Ich war noch nie dort. Aber ich kann mir nicht vorstellen, dass man sich dort besonders gut verstecken kann.«

»Gerade solche Orte eignen sich meist besonders gut dazu.«

»Wir werden sowieso nicht viel Zeit haben. Ich verstehe gar nicht, warum Andreas uns bisher noch nicht aufgespürt hat.«

»Wir sind ständig auf Achse. Und wir haben Galen.«

»Und was springt für Sie dabei heraus?«

Travis schüttelte den Kopf. »Ich nehme nicht an, dass Andreas geneigt sein wird, mit mir zu verhandeln.«

»Fertig.« Melissa kam mit zwei Reisetaschen aus dem Schlafzimmer. »Gehen wir und bringen es hinter uns.«

Die arme Mellie. Sie war so blass und angespannt, dass es Jessica einen Stich versetzte.

»Ich hole den Wagen und vergewissere mich, dass uns niemand beobachtet.« Galen ging zur Tür. »Wenn ich dich nicht anrufe, kannst du Cassie in fünf Minuten runterbringen.«

Jessica reichte Melissa eine Tasse Kaffee. »Trink das. Du siehst furchtbar aus.«

»Ich brauch keinen Kaffee.«

»Trink ihn, Mellie.«

Melissa lächelte gequält. »Jawohl, Ma'am.« Sie trank ein paar Schlucke und gab Jessica die Tasse zurück. »Zufrieden, heilige Jessica?«

»Ja.« Sie wandte sich an Travis. »Wie bekommen wir Cassie ins Museum, ohne dass uns jemand sieht? Es muss doch auffallen, wenn wir sie herumtragen.«

»Wir parken den Wagen in einer Seitenstraße und gehen durch den Hintereingang hinein. Galen sagt, das Magazin liegt gleich am Ende des Korridors.«

»Was ist mit den Wachposten?«

»Es sind zwei, und die haben wir bestochen. Einer steht am Hintereingang und einer vor der Tür des Magazins. In dem Raum gibt es eine Tür, die zu den Lagerräumen im Keller führt. Für alle Fälle postiert Galen einen seiner Männer an der Tür.«

»Gott, ich hoffe bloß, dass alles gut geht.«

»Jessica ...«

Jessica drehte sich um. Ihre Schwester wankte mit glasigen Augen auf sie zu. »Jessica ...«

»Halten Sie sie fest, Travis«, sagte Jessica.

Travis konnte Melissa gerade noch rechtzeitig auffangen.

Mit vor Entsetzen geweiteten Augen starrte sie ihre Schwester an. »Nein ... Jessica.«

»Schsch.« Jessica schüttelte das Sofakissen auf. »Keine Sorge, Mellie.«

»Mein Gott. Du ahnst nicht, was –« Sie wurde ohnmächtig.

»Was zum Teufel ...?«, murmelte Travis.

»Ich habe ihr ein Beruhigungsmittel in den Kaffee getan«, sagte Jessica. »Legen Sie sie aufs Sofa.«

»Sie haben ihr Tabletten gegeben? Warum?«

»Sie hätte das alles nicht verkraftet. Sie haben doch selbst gesehen, in was für einen Zustand sie sich gesteigert hat wegen des Pegasus. So wird sie erst aufwachen, wenn alles vorbei ist.« Sie deckte Melissa zu. »Außerdem bestand die Möglichkeit, dass sie querschießen würde. Aber Cassie hat diese Chance verdient.«

Travis stieß einen leisen Pfiff aus. »Sie sind ja ganz schön abgebrüht.«

»Sie wussten doch, dass sie Probleme machen würde. Wollen Sie etwa behaupten, Sie wären nicht versucht gewesen, etwas Ähnliches zu tun?«

»Ich hatte es mir tatsächlich überlegt.« Travis schaute Melissa an. »Aber ich habe es nicht fertig gebracht.«

»Warum nicht?«

»Es kam mir vor wie ein schmutziger Trick. Eine Kämpferin wie sie hat es nicht verdient, dass man auf unfaire Methoden zurückgreift.« Er schob ein paar Strähnen aus Melissas Stirn. »Ich mag die kleine Furie, wenn sie mich nicht gerade mit ihren Giftpfeilen beschießt. Deswegen hätte ich das Problem der Lösung vorgezogen.«

»Ich wollte kein Risiko eingehen und lieber Cassie und Mellie beschützen.« Jessica warf einen Blick auf ihre Armbanduhr. »Zeit, Cassie nach unten zu bringen.«

»Wie lange wird Melissa schlafen? Sie hat nur ein paar Schlucke getrunken.«

»Damit hatte ich gerechnet. Also habe ich ihr eine ordentliche Dosis gegeben. Vier bis fünf Stunden.« Sie drückte Melissa einen liebevollen Kuss auf die Wange und flüsterte: »Es ist das Beste für dich. Schlaf gut, Mellie.«

0.45 Uhr

Paul Guilliame war ein schmaler, eleganter, dunkelhaariger Mann von etwa Mitte fünfzig. Und er war extrem nervös.

»Los, kommen Sie rein.« Er nickte dem Wachmann vor der Tür des Magazins zu und bedeutete ihnen mit einer Hand einzutreten. »Ich muss verrückt sein, das zu tun. Vier Stunden. Mehr nicht.«

»Immer mit der Ruhe. Bringen Sie der Dame einen Stuhl«, sagte Galen. »Und dann besorgen Sie sich einen Drink, um Ihre Nerven zu beruhigen.«

»Ich werde das Gebäude nicht verlassen«, sagte Guilliame. »Und was hat das Kind hier zu suchen? Von einem Kind haben Sie nichts –«

»Die Zeit läuft. Wenn Sie uns in vier Stunden wieder los sein wollen, dann lassen Sie uns in Ruhe und mischen sich nicht ein«, sagte Travis. »Wo ist der verdammte Pegasus?«

»Auf dem Arbeitstisch gegenüber den Sarkophagen.«

Jessica hatte die Skulptur bereits entdeckt. »Mein Gott«, murmelte sie. »Ich habe Bilder davon gesehen, aber sie so zu sehen, ist etwas ganz anderes. Sie ist wunderbar.«

»Wo soll der hin?«, fragte Guilliame, der mit einem Stuhl zurückkam.

»Ein paar Meter von der Skulptur entfernt«, sagte Jessica.

Guilliame stellte den Stuhl an der gewünschten Stelle ab und eilte davon.

Jessica setzte sich und breitete die Arme aus. »Setzen Sie Cassie auf meinen Schoß, Travis.«

»Ich kann sie halten.«

»Nein.«

»Sie vertraut mir.«

»Aber ich bin diejenige, die sie zur Rückkehr zu überreden versucht. Sie sind nur zur Sicherheit da. Sie soll merken, dass jetzt alles anders ist.«

Er setzte Cassie so auf Jessicas Schoß, dass sie die Skulptur sehen konnte. »Und jetzt?«

»Jetzt warten wir ab.« Sie zog Cassie an sich. »Mach die Augen auf, Kleines. Er ist da. Er ist so schön, dass mir fast das Herz stehen bleibt. Ich kann verstehen, warum du ihn so sehr liebst. Bitte, mach die Augen auf ...«

»Er ist da!« Cassies Freudenschrei zerriss den Nebel, in dem Melissa sich befand. »Ich hab ihn gefunden. Sie sagt, ich soll die Augen aufmachen, damit ich ihn sehen kann, aber ich weiß, dass er da ist. Komm her, dann können wir ihn zusammen anschauen.«

Dunkelheit. Nebel. Lethargie.

»Wir können hier bleiben. Er wird uns beschützen. Sie will, dass ich rauskomme, aber das brauchen wir nicht. Wir gehen noch tiefer in den Tunnel. Er hat mich schon einmal mitgenommen, er kann es wieder tun. Und er kommt mit uns. Das weiß ich ganz genau.«

Sie müsste irgendetwas sagen. Aber sie konnte nicht klar denken. Warum nicht? Der Nebel war so dicht und schwer wie Sirup. *»Von wem redest du?«*

»Vom Windtänzer, du Dummerchen.«

Melissa wurde von Angst gepackt, die den Nebel fortriss. *»Was?«*

»Ich hab's dir doch gesagt. Er ist hier. Ich hab ihn gefunden.«

Melissas Herz klopfte wie wild. *»Wo?«*

»Jessica hat mich zu ihm gebracht.«

Jessica.

Der Kaffee.

Nein!

»Los, komm, Melissa. Ich hab ihn gefunden, aber ich will dich nicht hier lassen. Komm mit.«

Sie musste die Augen aufmachen.

»Melissa.«

»Geh nicht mit ihm, Cassie.«

Die Augen aufmachen. Die Augen aufmachen. Die Augen aufmachen.

Endlich hoben sich ihre schweren Lider. Blaue Vorhänge. Die Wohnung. Nebel. Alles lag im Nebel.

Aufsetzen. Bewegen.

Zu anstrengend.

Bewegen.

Sie brauchte fünf Minuten, um sich aufzurichten, und weitere fünf, um auf die Beine zu kommen.

Eins nach dem anderen. Zur Tür gehen.

Was war, wenn sie es nicht schaffte? Sie musste Jessica aufhalten.

»Melissa, wo bist du?«

»Ich komme. Warte auf mich.«

In ihrer Hosentasche suchte sie nach der Telefonnummer, die sie aus Jessicas Notizbuch abgeschrieben hatte. Jetzt zum Telefon.

Gott, sie konnte die Ziffern auf den Telefontasten nicht erkennen. Erst beim dritten Versuch gelang es ihr, die richtige Nummer zu wählen.

»Hallo«, sagte Andreas.

»Cassie ... Jessica. Museum d'Andreas.«

»Was? Wer spricht da?«

»Melissa. Sie müssen dahin. Jetzt gleich.« Sie legte auf. Womöglich würden sie nicht rechtzeitig dort eintreffen. Womöglich würden sie überhaupt nie ankommen.

Die Handtasche; darin war die Pistole, die Galen ihr besorgt hatte. Sie musste nach draußen. Das Museum lag nur wenige Straßen weit entfernt. Sie konnte es schaffen.

Ein Schritt nach dem anderen.

»Melissa, ich mache die Augen auf. Ich muss ihn noch einmal sehen. Er ist so schön.«

Melissa wurde von Panik erfasst. Wenn Cassie diese smaragdgrünen Augen sah, würde sie sie auch sehen. Sie wusste nicht, ob das alles noch schlimmer machen würde, aber sie konnte es nicht riskieren.

»Nein. Mach die Augen nicht auf. Warte auf mich.«

»Ich versuch's. Beeil dich.«

Eine Straße.

Sie schaffte es nicht. Sie war zu erschöpft.

»Ich kann nicht länger warten, Melissa.«

»Doch, das kannst du. Du kannst alles, wenn du nur willst.«

Zwei Straßen.

Sie wankte und fiel gegen die Wand eines Gebäudes.

Aufstehen. Weitergehen.

»Ich mache die Augen auf.«

»Nein!«

»Ich muss.«

Und dann sah Melissa sie.

Smaragdgrüne Augen, die mit uralter Weisheit in die Welt hinaus starrten. Die Skulptur stand auf einem alten, viel benutzten Arbeitstisch mitten in einem riesigen, voll gestopften Raum. Eine Rampe. Verschiedene Gemälde. Auf der anderen Seite des Tisches, neben einem ägyptischen Sarkophag stand Travis.

»Ich hab's dir ja gesagt.« Cassies Aufregung umwirbelte sie beide wie ein elektrisches Feld. »Er ist hier. Er ist hier.«

Noch eine Straße. Das Museum lag direkt vor ihr.

Die smaragdgrünen Augen, aber keine Blutlache. Es konnte anders sein. Es musste anders sein.

Melissa bog in die Seitenstraße ein.

»Jessica ist glücklich. Sie glaubt, ich würde zurückkommen, bloß weil ich die Augen aufgemacht hab. Sie spricht mit mir und sagt mir, der Windtänzer will, dass ich zurückkomme.«

»Sie hat Recht, Cassie.«

»Woher willst du das wissen? Der Windtänzer hat mich geholt. Bei ihm bin ich in Sicherheit.«

»Aber du kannst den Windtänzer nicht so sehen, wie du es jetzt tust.« Was redete sie da? Vor lauter Angst konnte sie nicht klar denken. Alles, was sie sah, waren diese smaragdgrünen Augen.

Aber keine Blutlache. Keine Blutlache. Mach, dass es anders ist. Bitte. Keine Blutlache.

Sie stieg die Stufen zum Hintereingang hinauf und zog sich am Treppengeländer hoch.

So schwer. So weit bis oben.

Sie lehnte sich gegen die Tür, um Kraft zu sammeln. Noch eine Minute, dann würde sie in der Eingangshalle sein. Alles war gut. Sie hatte es geschafft, und nichts war geschehen. Sie war noch nicht mal von den Wachen aufgehalten worden.

Die Wachen.

Wo waren die Wachen?

Sie drückte die Tür auf.

Blut. Starre Augen. Zwei Leichen.

Die Wachen.

»Warum sagst du nichts mehr, Melissa?«

»Mach die Augen zu, Cassie.« Sie wankte durch die Eingangshalle. O Gott, vor dem Magazin lag noch eine Leiche. Blauer Anzug, also kein Wachmann. Guilliame? *»Hör mir zu. Ich will, dass du die Augen zumachst.«*

»Warum denn? Dann kann ich doch den Windtänzer nicht mehr – Was war das für ein Geräusch?«

»Welches Geräusch?«

»Ein Knall. Das hab ich schon mal gehört. Schon mal gehört.« Melissa hörte die Panik in Cassies Stimme. »Michael rennt die Treppe runter, zu der anderen Tür. Er lässt mich allein.«

»Mach die Augen zu.«

»Windtänzer. Ich kann nicht hier bleiben. Er muss mich mitnehmen.« Entsetzen. *»Ich falle, Melissa.«*

»Warum fällst du? Bist du verletzt?«

»Ich weiß nicht. Ich liege auf dem Boden. Ich mache die Augen zu. Ich gehe fort …«

»Warum liegst du auf dem Boden?« Melissa riss die Tür auf. *»Was ist –«*

Und dann sah sie es.

Die smaragdgrünen Augen.

Die Blutlache auf dem Boden, so groß, dass sie Cassies Schuhe berührte.

Melissa stieß einen Schrei nach dem anderen aus.

Sie wusste nicht, wie sie es geschafft hatte, den Raum zu durchqueren, dann fiel sie auf die Knie. Die Blutung stillen. Sie musste das Blut stillen, das aus Jessicas Brust quoll.

»Mellie?« Jessica schaute zu ihr auf. »Hilf ... Cassie.«

»Cassie ist unverletzt.« Mit beiden Händen drückte sie auf Jessicas Wunde. »Und dir wird es auch bald wieder gut gehen.«

»Sie war schon fast ... wieder da. Ich weiß es. Ich hab's geschafft, nicht wahr?«

»Natürlich hast du's geschafft.« O Gott. So viel Blut. »Hör auf zu sprechen.«

»Er ist so schön ...« Jessica schaute den Pegasus an. »Ich kann verstehen, warum Cassie ...« Blut tropfte aus Jessicas Mundwinkel. »So schön ...«

Ihr Kopf fiel zur Seite.

»Nein!«

16

»Es hat keinen Zweck, Deschamps ist uns entwischt«, sagte Galen, als Travis aus dem Museum kam. »Und wir sollten auch schleunigst von hier verschwinden. Die Polizeisirenen sind schon zu hören. Wahrscheinlich hat dieser Scheißkerl deshalb so übereilt den Rückzug angetreten.«

»Dieser Hurensohn.« Travis ballte die Hände zu Fäusten. »Er kannte sich hier aus wie in seiner Westentasche. Er wusste genau, wohin er wollte, als er von der Rampe gesprungen ist. Wie ist er bloß an den Wachen vorbeigekommen?«

»Das wüsste ich auch gern«, erwiderte Galen grimmig. »Ich versuche, es rauszufinden, während du dich um Cassie und Jessica kümmerst. In zwei Minuten sind wir hier weg.«

Travis rannte zurück ins Museum. Als er das Magazin erreichte, blieb er entsetzt stehen. »Scheiße.«

»Sie wacht nicht auf.« Melissa hob den Kopf, den Mund mit Jessicas Blut beschmiert. »Ich schaffe es nicht, sie zum Atmen zu bringen.« Erneut legte sie ihre Lippen auf Jessicas Mund.

»Melissa.« Er kniete nieder und legte seine Finger an Jessicas Hals. »Es hat keinen Zweck. Sie ist tot.«

»Sagen Sie das nicht.« Verzweifelt setzte Melissa ihre Beatmungsversuche fort. »Sie darf nicht tot sein.«

Travis untersuchte Cassie. Keine Verletzungen. Das Kind war nicht getroffen worden. Als er hinter Deschamps hergerannt war, hatte er nicht gewusst, dass Jessica eine Kugel abbekommen hatte. Er hatte kurz zu Jessica hinübergesehen, aber sie hatte aufrecht auf dem Stuhl gesessen, das Kind auf dem Schoß.

Die Sirenen kamen näher. »Melissa, wir müssen hier weg.«

Sie beachtete ihn nicht.

»Raus hier.« Galen war plötzlich aufgetaucht und nahm Cassie auf den Arm. Er schaute auf Jessica hinunter. »Tot?«

»Ja.«

»Nein«, sagte Melissa im gleichen Atemzug.

Galen nickte. »Sie ist tot. Ich habe die Türen verriegelt und bringe Cassie durch den Keller raus.« Er lief mit dem Kind zur Treppe. »Wenn wir hier nicht bald verschwinden, landen wir alle im Knast. Die beiden Wachen sind tot, und Guilliame auch. Cardeau, einer meiner Männer, die ich draußen postiert hatte, ebenfalls. Ich habe ihn im Keller hinter ein paar Kisten gefunden. Wenn du Melissa nicht zum Mitkommen überreden kannst, lass sie hier.«

»Sie kommt mit.« Travis zerrte Melissa von ihrer Schwester weg. »Gehen wir, Melissa. Sie können ihr nicht helfen.«

»Ich kann ihr helfen. Ich kann es verhindern.«

»Melissa, Sie machen sich was vor. Jessica ist tot, und wenn Sie jetzt nicht mitkommen, werden Sie auch bald tot oder im Gefängnis sein. Dann werden wir den Mann niemals bestrafen können, der das getan hat. Wollen Sie das?«

Ausdruckslos starrte sie ihn an.

»Travis!«, rief Galen.

»Wir kommen.«

Melissa flüsterte: »Tot?«

Travis nickte. Er zog sie auf die Füße. »Kommen Sie. Cassie braucht Sie.«

»Sie hat gesagt: ›Hilf Cassie.‹«

»Genau.« Er bugsierte sie in Richtung Treppe. »Aber das können Sie nur, wenn wir hier rauskommen.«

»Tot.« Sie blieb stehen und drehte sich zu Jessica um. »O Gott, es ist Wirklichkeit.« Sie erschauerte. »Ich hatte gehofft, es wäre nur ein Traum«, sagte sie mit zitternder Stimme.

»Los, kommen Sie, Melissa.«

Langsam wanderte ihr Blick zu der Skulptur hinüber. »Nehmen Sie ihn mit.«

»Was?«

»Nehmen Sie ihn mit.«

»Nein.«

»Ohne ihn gehe ich nicht. Los, holen Sie ihn.«

Direkt vor dem Gebäude waren die Sirenen zu hören. Er wusste, dass die Zeit knapp war. »Sie können nicht klar denken. Nun kommen Sie schon, Melissa.«

Sie riss sich von ihm los und ging auf den Pegasus zu.

»Mist.« Travis rannte an ihr vorbei, schnappte sich die Skulptur, griff Melissas Arm und zog sie hinter sich her in Richtung Treppe. »Schnell, verdammt. Die brechen jeden Augenblick die Tür auf.«

»Geht es ihr gut?« Galen betrachtete Melissas Gesicht im Rückspiegel, als sie auf die A6 einbogen. »Die sieht ja aus wie eine Schlafwandlerin.«

»Sie *ist* eine Schlafwandlerin. Bei der Dosis Beruhigungsmittel, die Jessica ihr verpasst hat, müsste sie eigentlich schlafen wie ein Murmeltier. Ich wüsste gern, wie sie es geschafft hat, bis zum Museum zu kommen. Hab keine Ahnung, was sie auf den Beinen hält.«

»Doch, du weißt es.«

»Vielleicht weiß ich es«, sagte Travis erschöpft. Er zog

ein Taschentuch aus der Hosentasche und wischte das Blut von Melissas Lippen. »Wenn der Wille stark genug ist, ist der Körper zu erstaunlichen Leistungen fähig.«

»Warum zum Teufel hast du den Pegasus mitgenommen? Meinst du nicht, wir haben auch so schon genug Probleme?«

»Ohne die Skulptur wollte Melissa nicht mitkommen.« Travis zuckte die Achseln. »Das ist wahrscheinlich –«

»Der Tropfen, der das Fass zum Überlaufen bringt?«, fiel Galen ihm ins Wort. »Die französische Polizei wird diesen Diebstahl als einen Angriff auf die nationale Ehre betrachten. Sie haben Andreas absolute Sicherheit für die Skulptur garantiert. Wenn wir eine Möglichkeit finden würden, sie zurückzugeben, hätten wir wenigsten die Polizei vom Hals.«

»Nein«, sagte Melissa.

Überrascht sahen beide Männer zu ihr hin. Es war das erste Wort, das sie seit der Flucht aus dem Museum gesprochen hatte. »Wir müssen sie behalten.«

»Darüber reden wir später«, sagte Travis. »Sie sind wahrscheinlich im Moment ziemlich durcheinander.«

»Wir müssen sie behalten.«

»Es ist zu gefährlich. Sie haben doch selbst das Polizeiaufgebot gesehen. Woher wussten die, dass wir da drin waren? Irgendeiner muss uns verraten haben.«

»Ich habe Andreas angerufen«, sagte Melissa.

Leise fluchte Galen vor sich hin. »Ich wusste es. Ich hab doch gewusst, dass sie das tun würde.«

»Beruhige dich, Galen. Es ist ein Glück, dass sie es getan hat. Deschamps wollte uns alle von der Rampe aus abknallen. Die Polizeisirenen haben ihn in die Flucht gejagt.«

»Nicht rechtzeitig genug«, flüsterte Melissa.

»Nein, nicht rechtzeitig für Jessica«, sagte Travis leise.

»Aber uns anderen haben Sie wahrscheinlich das Leben gerettet.«

»Ihr interessiert mich alle nicht.«

»Nicht mal Cassie?«

Sie schloss die Augen. »Helfen Sie ... Cassie.«

»Es geht ihr gut. Sie ist nicht schlechter dran als vorher.«

»Helfen Sie ... Cassie.«

»Wir werden ihr helfen, Melissa.« Travis zog ihren Kopf an seine Schulter. »Und jetzt versuchen Sie, sich auszuruhen. Ich wecke Sie, wenn wir in der Hütte sind.«

»Helfen Sie Cass ...«

Sie war eingeschlafen.

Durch das Fenster war ein leuchtend roter Abendhimmel zu sehen.

Wunderschön ...

»Hier, trinken Sie das.« Travis hielt ein Glas Wasser an Melissas Lippen. »Sie waren ganz schön lange weggetreten. Sie müssen jetzt großen Durst haben.«

Melissa war wirklich sehr durstig. Ihr Mund war völlig ausgetrocknet. Sie trank das halbe Glas in einem Zug leer. »Weggetreten? Was meinen Sie –«

Jessica.

Schmerz durchzuckte sie. »Großer Gott.«

Travis fing das Glas auf, als es ihr aus der Hand fiel, und nahm sie in die Arme. »Ich weiß. Ich weiß. Es tut mir so Leid, Melissa.« Seine Stimme klang belegt. »Es tut mir so Leid«, sagte er noch einmal und wiegte sie sanft.

»Das hilft jetzt auch nichts mehr. Sie ist tot.« Meissa vergrub das Gesicht an seiner Schulter. »Ich konnte ihr nicht helfen. Ich konnte es nicht verhindern.«

»Niemand hatte ihr helfen können. Nicht einmal wenn wir sie innerhalb kürzester Zeit ins Krankenhaus geschafft hätten. Die Wunde war in jedem Fall tödlich.«

»Ich habe es nicht verhindern können. Ich hätte klüger sein müssen. Ich hätte wissen müssen, dass sie mich nicht mitkommen lassen würde.«

»Mich hat das auch überrascht. Aber wenn Sie mitgekommen wären, hätte er sie vielleicht auch erschossen.«

»Nein, ich hätte eine Möglichkeit gefunden, sie zu beschützen. Ich wusste, was passieren würde. Ich hätte es verhindert.«

Sie spürte, wie er erstarrte. »Was?«

»Lassen Sie mich los.« Sie schob ihn von sich weg und richtete sich auf. »Ich muss hier raus.«

»Ja, es wird Ihnen gut tun, ein bisschen allein zu sein.« Er half ihr auf die Beine. »Und der Strand ist völlig menschenleer. Passen Sie nur auf, dass Sie nicht zu weit fortgehen, okay?«

Sie gab ihm keine Antwort.

Sie rannte aus dem Zimmer, aus der Hütte nach draußen, über den weichen Sand. Ihr Schatten bewegte sich wie eine riesige Spinne vor ihr her, als sie auf die Dünen zulief.

Jessica.

Sie rutschte auf der anderen Seite der Düne hinunter und kauerte sich in den Sand.

Jessica.

Schwester, Mutter, Freundin, Retterin. Großer Gott, warum Jessica?

Von Kummer überwältigt, wiegte sie sich hin und her. Endlich kamen die Tränen. Schluchzend ließ sie ihrem Schmerz freien Lauf.

Jessica ...

»Das ist hart.« Galen folgte Travis' Blick zu der Stelle am Strand, wo Melissa hockte und in die Ferne starrte. »Waren sie einander so nah gewesen?«

»Du hast die beiden doch erlebt. Das hast du doch sehen können!«

»Manchmal ist das Leben einfach zum Kotzen.«

»Wie jetzt zum Beispiel. Alles läuft schief, und es kommt noch schlimmer.« Travis holte tief Luft. »Du hast jetzt die Chance auszusteigen. Ich würde es dir nicht übel nehmen. Du hast schon mehr getan, als ich von dir verlangt habe.«

»Ich bin Perfektionist. Mich wirst du noch nicht los.«

»Ich brauche keinen –«

»Halt die Klappe, Travis. Hier geht es nicht nur um dich. Dieses Schwein hat letzte Nacht einen von meinen Männern getötet. Glaubst du etwa, ich klinke mich aus, bevor ich ihn umgelegt habe?«

»Er gehört mir, Galen.«

»Darüber reden wir, sobald wir ihn haben.« Er schaute wieder zu Melissa hinüber. »Aber auf sie sollten wir ein Auge haben. Sobald sie den Schock überwunden hat, wird sie sich in blanken Stahl verwandeln.«

Beim Anblick der zarten, zerbrechlichen Gestalt am Horizont fiel es Travis schwer, das zu glauben. »Vielleicht irrst du dich auch.«

Galen schüttelte den Kopf. »Sie hat mir mal gesagt, wir wären uns ähnlich. Wie Bruder und Schwester. Und ich glaube, sie hat Recht.« Er ging zurück in die Hütte. An der Tür blieb er noch einmal stehen. »Während du Melissa im Auge behältst, kümmere ich mich um Cassie. Ich bin ein guter Babysitter. Hab ich dir schon mal erzählt, dass ich mal einen Wölfling gehütet hab?«

»Nein, aber es würde mich nicht wundern«, erwiderte Travis abwesend, den Blick immer noch auf Melissa geheftet. So viel Schmerz und Kummer. So viel Einsamkeit. Am liebsten würde er zu ihr gehen, sie in die Arme nehmen und versuchen, sie zu trösten …

Aber Schmerz musste man zuerst einmal allein durchstehen, bevor man Trost annehmen konnte. Verdammt, womöglich würde sie sich von ihm nie trösten lassen, da konnte er warten, bis er schwarz wurde. Schließlich hatte er bei den entsetzlichen Ereignissen im Museum eine entscheidende Rolle gespielt.

Warum hatte er überhaupt das Bedürfnis, ihr beizustehen? Sein Modus Operandi beruhte doch normalerweise darauf, dass er emotional unbeteiligt blieb. Aber vom ersten Moment an, als sie vor seiner Tür gestanden hatte, war es Melissa gelungen, ihn ... aus der Reserve zu locken. Sie hatte bei ihm Interesse geweckt, Zorn, Verlangen, Belustigung und Bewunderung, und jetzt rührte sie sogar an noch tiefer liegende Gefühle.

Mitleid?

Aber welche Rolle spielte das schon? Jetzt in sich zu gehen war Blödsinn. Er setzte sich auf die Türschwelle. Nicht nachdenken. Einfach nur zusehen und abwarten und vielleicht selbst ein bisschen trauern.

»Sie sitzen schon ziemlich lange hier draußen«, sagte Travis hinter ihr. »Meinen Sie nicht, Sie sollten allmählich reinkommen? Es ist fast drei Uhr früh, und es wird ziemlich windig, Melissa.«

»Ich will nicht reingehen. Mir ist nicht kalt.« Das war eine Lüge. Ihr war eiskalt, aber nicht vom Wind. »Ich muss über einiges nachdenken.«

»Jessica.«

»Nein, über Jessica habe ich vorerst genug nachgedacht. Es tut weh ... zu weh. Ich habe sie geliebt ...«

»Ich weiß.«

»Überhaupt nichts wissen Sie. Jessica war alles für mich. Sie hat mich aus der Dunkelheit zurückgeholt und mir zu leben beigebracht.« Sie rieb sich die Schläfen. »Sie hat immer gelacht, wenn ich sie heilige Jessica genannt habe, aber es war schon etwas Wahres daran. Sie war so verdammt … edelmütig.« Erneut begannen die Tränen zu fließen, sie wischte sie fort. »Sehen Sie, jedes Mal, wenn ich an sie denke, fange ich an zu heulen. Es muss aufhören, damit ich wieder klar denken kann.«

»Mir ist auch zum Heulen zumute«, sagte Travis. »Ich habe sie nicht lange gekannt, aber lange genug, um zu begreifen, was für ein wundervoller Mensch sie war.«

»Sie sind sehr nett zu mir«, sagte sie, ohne ihn anzusehen. »Als Ihr Freund getötet wurde, war ich das nicht. Ich wollte einfach kein Mitgefühl für Sie empfinden. Es war Ihre Idee gewesen, Jessica zum Pegasus zu bringen.«

»Und ich habe sie direkt in eine Falle geführt. Ich nehme an, Sie machen mich für ihren Tod verantwortlich?«

Sie schüttelte den Kopf. »Ich mache Ihnen keine größeren Vorwürfe als mir selbst. Sie selbst hat Ihnen das Versprechen abverlangt, Cassie mit der Skulptur zusammenzubringen. Es war ein Zug, der sich nicht aufhalten ließ. Ich wusste, was auf uns zukam, aber ich wusste nicht, wie ich es verhindern sollte.«

Er schaute auf das Wasser hinaus. »Sie … wussten, was auf uns zukam?«

»Ich habe es seit Wochen in meinen Träumen gesehen. Deswegen bin ich nach Juniper gekommen. Es war immer derselbe Traum. Der Pegasus starrte auf eine Blutlache hinunter, und Jessica lag tot am Boden.«

»Und Sie haben es ihr nicht gesagt?«

»Jessica hat eigentlich nie etwas geglaubt, was sie nicht sehen und anfassen konnte. Sie hätte sowieso nicht auf mich gehört. Aber als ich mich mit Cassie verbunden habe, musste sie einfach hellhörig werden. Ich dachte, wenn ich es so darstelle, dass der Pegasus eine Bedrohung für Cassie ist, würde Jessica meine Warnung ernst nehmen.« Ihre Mundwinkel zuckten. »Und dann haben Sie ihr die Skulptur auf einem silbernen Tablett dargeboten. Ich hätte Sie dafür umbringen können.«

»Also geben Sie mir doch die Schuld am Tod Ihrer Schwester.«

Erschöpft schüttelte Melissa den Kopf. »Eigentlich habe ich nie geglaubt, dass Sie in der Lage wären, den Zug anzuhalten, aber ich musste es versuchen. Ich hatte gehofft, die Katastrophe in letzter Minute verhindern zu können.« Ihre Hände ballten sich zu Fäusten. »Wenn es einen Gott gibt, wäre er doch ein Idiot, mir diese Träume zu geben, aber nicht die Macht, zu verhindern, dass sie wahr werden, oder?«

»Haben Sie schon vorher solche Träume gehabt? Nicht von Jessica, sondern von anderen Leuten?«

»Zweimal. Den ersten hatte ich kurz nach dem Beginn meines Studiums. Er handelte von einem kleinen Jungen, der in Cambridge neben uns wohnte. Jimmy Watson. Braune Haare, ein freundliches Lächeln ... In meinen Träumen ist er immer über die Straße gegangen und von einem Lieferwagen überfahren worden. Ich bin jedes Mal weinend aufgewacht. Das hat mich völlig verrückt gemacht.« Sie seufzte. »Es ist passiert. Er ist auf die Straße gelaufen, um ein Spielzeug aufzuheben, und wurde überfahren.«

»War er tot?«

»Nein, aber er hatte innere Verletzungen. Er war wochenlang im Krankenhaus. Ich habe seine Mutter besucht. Sie muss mich für vollkommen verrückt gehalten haben. Sie hat mich getröstet und mir versichert, dass ich nichts mit seinem Unfall zu tun hatte.«

»Aber Sie haben ihr nicht geglaubt?«

»In meinem Traum war es immer ein gelb-schwarzer Lieferwagen von einem Blumenladen. Jimmy wurde vom Lieferwagen eines Floristen namens Bendix überfahren. Was gibt es da noch zu deuteln?«

»Und der zweite Fall?«

»Ein alter Mann, der als Hausmeister im College arbeitete. In einem Traum, der immer wiederkehrte, rutschte er auf dem Rand des Swimmingpools aus und schlug sich den Kopf auf. Ich konnte das Blut im Wasser sehen.«

»Und was haben Sie getan?«

»Ich bin zu ihm gegangen und habe ihm davon erzählt. Er war sehr nett, aber er glaubte mir nicht. Er hat mir auf die Schulter geklopft und gemeint, junge Leute würden heutzutage zu viel fernsehen. Ich bat ihn, wenigstens jemanden mitzunehmen, wenn er die Umkleideräume und das Schwimmbad sauber machte. Er versprach es mir.«

»Aber er tat es nicht.«

Sie stöhnte gequält auf. »Wie haben Sie das erraten?«

»Ist doch ganz einfach. Wenn er Ihnen nicht geglaubt hat, war anzunehmen, dass er nicht auf Sie hören würde. Und ist es so gekommen wie in Ihrem Traum?«

»Er ist ertrunken. Es hätte nicht passieren müssen. Vielleicht, wenn ich auf ihn aufgepasst hätte ...« Sie schüttelte den Kopf. »Vielleicht auch nicht. Vielleicht erlaubt sich das Schicksal einen Scherz. Ich zeig dir die Zukunft, aber ich lasse dich nicht eingreifen.« Sie schaute Travis an und fragte mit zitternder Stimme: »Wäre das nicht tierisch witzig?«

»Nein, und ich finde, Sie sehen das nicht richtig. Beim ersten Mal haben Sie selbst nicht recht daran geglaubt. Beim zweiten Mal war es nicht Ihre Schuld, dass der Alte zu stur war, um auf sich aufzupassen.«

»Und Jessica?«

»Die hat Ihnen was in den Kaffee getan. Wären Sie im Vollbesitz Ihrer Kräfte gewesen, hätten Sie das alles vielleicht verhindern können.« Er schaute sie an. »Wenn Sie natürlich glauben wollen, das alles sei Schicksal und habe nicht verhindert werden können, auch gut. Das ist viel einfacher. Man dreht sich um und geht, ohne einen weiteren Gedanken daran zu verschwenden.«

»Einfacher? Sie wissen ja nicht, wovon Sie reden. Nichts

daran ist einfach –« Ihre Augen verengten sich. »Sie nehmen das alles viel zu leicht hin.«

»Ich habe Ihnen schon einmal gesagt, dass ich kein Problem habe mit Talenten, die ein bisschen außerhalb der Norm liegen.«

»Die Verbindung mit Cassie ist allerdings ein bisschen außerhalb der Norm. Und auch Träume, in denen jemand die Zukunft sieht, sind ziemlich ungewöhnlich.«

»Mich hat das nicht besonders überrascht. Es kommt vor, dass Menschen, die einen Traum erlebt haben, in andere Fälle verstrickt werden. Dedrick erwähnt zwei Fälle, bei denen eine tatsächliche Voraussage der Zukunft nachgewiesen wurde. Einmal bei einem kleinen Jungen in Athen und einmal in China. Es gibt offensichtlich Extremsituationen, in denen alles möglich ist.«

»Dedrick schon wieder. Ich wünschte, ich hätte dieses Buch zur Verfügung gehabt, als ich wegen Jimmy die Hölle durchgemacht habe.«

»Ja, das wünschte ich auch. Es hätte Ihnen vielleicht geholfen.«

Melissa schwieg einen Augenblick. »Warum versuchen Sie, mir jetzt zu helfen? Wir sind ja nicht gerade die besten Freunde.«

»Möglicherweise mache ich mir selbst Vorwürfe. Deschamps hat mich überrumpelt. Nach dem Diebstahl und Jans Tod habe ich damit nicht gerechnet. Ich habe den Zusammenhang nicht gesehen. Bis auf meinen Kopf auf einem silbernen Tablett glaubte ich, hätte er bekommen, was er wollte.«

»Und er wollte den Pegasus?«

»Er war auf der Rampe, also muss er mit den Örtlichkeiten vertraut gewesen sein. Womöglich hatte er vor, die Skulptur zu stehlen. Auf jeden Fall muss er sehr gründliche Vorarbeit geleistet haben.«

»Ist er uns von Amsterdam aus gefolgt?«

»Ich nehme an, er wusste schon seit einiger Zeit, dass wir hinter dem Pegasus her waren. Er hat nur darauf gewartet, dass wir die Sache für ihn durchziehen.«

»Und woher soll er das gewusst haben?«

»Jans Telefon ist eine Zeit lang abgehört worden. Das kann nur Deschamps gewesen sein.«

»Und er war so erpicht auf den Pegasus, dass er ein solches Risiko einging. Warum?«

»Das könnte alle möglichen Gründe haben. Er ist geldgierig. Sein Leben lang hat er alles für Geld getan.«

»Sie sagten doch, er hätte Ihnen bereits Millionen gestohlen.«

»Millionen sind keine große Sache mehr. So viel kann man mit einem einzigen Drogengeschäft verdienen. Jeder x-Beliebige kann mit Internet-Geschäften Millionen verdienen. Aber der Pegasus ist unbezahlbar. Für einen Mann wie Deschamps könnte es die absolut größte Herausforderung sein.« Er zuckte die Achseln. »Es kann aber auch etwas ganz anderes sein. Wer weiß schon, was diesem Mann wichtig ist?«

»Der Pegasus muss ihm wichtig sein, sonst wäre er nicht in dem Museum gewesen. Aber er wird ihn nicht bekommen. Wo ist er? Wo haben Sie ihn versteckt?«

»Im Wandschrank, in einer alten Kiste, die wir im Schuppen gefunden haben. Er ist uns ein Klotz am Bein. Wir müssen ihn zurückgeben, Melissa.«

»Nein.« Sie stand auf. »Warum sollten wir? Solange Deschamps ihn haben will, haben wir den Köder, mit dem wir ihn in die Falle locken können. Ich werde die Skulptur nicht freiwillig rausrücken.« Sie sah ihm in die Augen. »Ihnen müsste ebenso wie mir daran gelegen sein, Deschamps zu schnappen. Sie haben mir doch gesagt, Sie würden sich an seine Fersen heften, sobald Sie das Versprechen eingelöst hätten, das Sie Jessica gegeben haben.«

»Das habe ich auch vor. Die Lage hat sich geändert, aber sobald ich mich davon überzeugt habe, dass Sie und Cassie hier in Sicherheit –«

»Blödsinn. Ich verstecke mich nicht vor dem Schwein, das Jessica getötet hat.«

»Ich verspreche Ihnen, dafür zu sorgen, dass er bestraft wird.«

»Nein, das nehme ich selbst in die Hand.« Sie kniff die Lippen zusammen. »Und niemand wird mich daran hindern, Travis. Jetzt gehen Sie. Ich möchte allein sein.«

Sie wird sich in blanken Stahl verwandeln.

Galen hatte Recht. Sie veränderte sich, wurde härter. Sie war schon immer stark gewesen, aber jetzt schien sie zu allem bereit.

»Nun gehen Sie schon.« Sie sah ihn an. »Keine Sorge. Ich werde mich schon nicht ins Meer stürzen oder sonst was. Ich muss einfach einen klaren Kopf bekommen, damit ich nachdenken kann.«

»Kommen Sie, wenn Sie so weit sind, dann reden wir.« Er machte sich auf den Weg zurück zur Hütte. Ob Reden etwas nutzen würde?

»Sie dürften gar nicht hier sein, Sir.« Danley öffnete die Tür der Limousine, als sie vor dem Hangar hielt. »Ich wäre zu Ihnen gekommen, um Ihnen Bericht zu erstatten, sobald wir den Sarg ins Flugzeug geladen hätten.«

»Sie sagten, Sie hätten den Abtransport der Leiche vor den Medien geheim gehalten«, sagte Andreas. »Ich kann nur hoffen, dass das stimmt. Wo bringen Sie sie hin?«

»Arlington.« Er zögerte. »Aber wollen Sie sich das nicht noch einmal überlegen? Laut unseren Erkenntnissen stand die Schwester der Verstorbenen dieser sehr nahe. Sie könnte auf die Idee kommen, ihr die letzte Ehre zu erweisen.«

»Je mehr Beweise es für den Vorfall im Museum gibt, desto wahrscheinlicher ist es, dass die Medien Wind vom

Diebstahl des Pegasus bekommen. Womöglich wird Travis versuchen, mit uns über die Skulptur zu verhandeln. Haben Sie schon den Bericht über die Schwester?«

»Noch nicht, Sir. Natürlich haben wir sofort Erkundigungen eingezogen, nachdem Cassie entführt wurde, doch die Schwester wurde als weniger wichtig eingestuft.«

»Jetzt steht sie ganz oben auf der Liste.«

»Wir haben den Kleinbus gefunden, den sie in Antwerpen gemietet haben. Er wurde etwa vierzig Kilometer außerhalb von Paris abgestellt. Das bedeutet, dass sie jetzt ein anderes Fahrzeug benutzen. Wir überprüfen gerade sämtliche Mietwagenfirmen in der Gegend. Allerdings – bei den Kontakten, die Travis hat, könnte er auch irgendwo anders einen Wagen herbekommen haben.«

»Hoffen wir, dass Sie in Zukunft mehr Glück haben als bisher.« Andreas ging zu dem Sarg hinüber. »Öffnen Sie ihn.«

»Sir?«

»Öffnen Sie ihn. Ich will sie sehen.«

Danley gab dem Mann, der den Sarg bewachte, ein Zeichen, woraufhin dieser den Deckel hob.

Wahrscheinlich hält Danley mich jetzt für makaber, dachte Andreas. Er wusste selbst nicht, warum er einen letzten Blick auf Jessica Rileys Gesicht werfen wollte. Vielleicht um sich zu vergewissern, dass sie es wirklich war. Der Diebstahl des Pegasus irritierte ihn zutiefst, und er konnte sich nicht erklären, wie das alles mit Cassies Entführung zusammenhing. Und aus welchem Grund hatte Jessicas Schwester ihn angerufen, um ihm einen Tipp zu geben? Einige Fingerabdrücke im Museum stammten von Melissa; sie war das Risiko eingegangen, in dieselbe Falle zu geraten wie Travis und ihre Schwester.

Es bestand kein Zweifel, dass es sich bei der Toten um Jessica handelte. Ihr Gesicht wirkte im Tod ebenso weich und sanft wie im Leben. Sanft, so hatte er Cassies Ärztin immer erlebt. Auch wenn er sich nie sicher war, ob ihre Methoden die richtigen waren, hatte er nie bezweifelt, dass seine Tochter bei ihr in guten Händen war.

Bis sie seine Tochter entführt hatte.

Und jetzt hatte er es mit einer Unbekannten zu tun. Woher sollte er wissen, in was für eine Art von Psychopathin sich Melissa Riley nach all den Jahren im Dämmerzustand verwandelt hatte? Es hatte ihn ein wenig beruhigt, als Jessica angerufen und ihm versichert hatte, Cassie sei in Sicherheit. Jetzt gab es nichts mehr, was ihn beruhigen konnte.

Er wandte sich vom Sarg ab. »Schließen Sie ihn wieder.«

17

Der Morgen dämmerte bereits, als Melissa in die Hütte zurückkam.

Travis empfing sie an der Tür mit einer Tasse Kaffee. Nachdem sie einen Schluck getrunken hatte, fragte sie: »Wie geht's Cassie?«

»Ich habe gerade nach ihr gesehen«, sagte Galen von drinnen. »Ich glaube, sie schläft.« Er verzog das Gesicht. »Andererseits weiß ich nie so recht, woran man das feststellt.«

»Ich schaue mal nach«, sagte Melissa und öffnete die Schlafzimmertür. Cassie lag zusammengerollt auf dem Bett. »Cassie.«

Melissa spürte, wie das Kind sich blitzschnell zurückzog. Sie wusste nicht, inwieweit Cassie mitbekommen hatte, was im Museum vorgefallen war, aber es hatte sie offenbar so sehr erschreckt, dass sie sich wieder abgekapselt hatte. Wie sehr, das würde Melissa noch herausfinden müssen. »Es ist alles in Ordnung, Cassie. Ruh dich einfach aus. Wir reden später miteinander.« Sie schloss die Tür und ging zurück ins Wohnzimmer. »Sie schläft nicht, aber im Moment geht es ihr gut.« Sie setzte sich in den Sessel am Fenster und lehnte sich zurück. »Wie sicher sind wir hier?«

»Ich habe ein paar von meinen Leuten am Strand Posten beziehen lassen, sodass wir frühzeitig gewarnt werden können. Auf einer Skala von eins bis hundert würde ich sagen, sechzig«, sagte Galen. »Bevor Sie Travis dazu überredet haben, den Pegasus zu stehlen, hätte ich gesagt, wir sind zu siebzig Prozent sicher. Und falls Andreas sich entschließt, den Diebstahl öffentlich bekannt zu geben, wird es auf vierzig runtergehen.«

»Hat er das noch nicht getan?«

»Noch nicht.« Travis setzte sich Melissa gegenüber auf das Sofa. »Vielleicht wartet er darauf, dass wir mit ihm Kontakt aufnehmen und versuchen, mit ihm zu verhandeln.«

»Warum sollte er das tun?«

»Es ist die beste Möglichkeit, einen weltweit bekannten Kunstschatz zu Geld zu machen. Die einzige Alternative wäre, ihn an einen heimlichen Sammler zu verkaufen, der ihn irgendwo in einem Keller verschwinden lässt.«

»Könnte Deschamps sich mit Andreas in Verbindung gesetzt haben?«

»Ich schätze, der hat andere Pläne.«

»Und die wären?«

»Es wäre nicht das erste Mal, dass irgendein Verrückter sich auf die Skulptur kapriziert.«

»Und falls Andreas sich auf einen Handel einließe, würde er das wahrscheinlich nur tun, um uns eine Falle stellen zu können?«

»So würde ich das sehen. Er setzt seit Monaten alles daran, dass Cassie wieder gesund wird. Die Skulptur ist zwar seit Jahrhunderten im Familienbesitz, aber er würde sie, ohne mit der Wimper zu zucken, opfern, um Cassie zu finden. Das ist sein oberstes Anliegen.«

Melissa nickte langsam. »Und den Terroristen zu schnappen, der ihr das angetan hat. Er weiß nicht, dass es Deschamps ist, stimmt's?«

Travis schüttelte den Kopf.

»Aber hätte er die Macht, Deschamps für uns ausfindig zu machen?«

»Vielleicht. Aber er würde noch weiter gehen: Wenn wir ihm sagten, dass Deschamps den Anschlag auf Vasaro ausgeführt hat, würde er ihn selbst jagen.«

»Dann sollten wir ihm vielleicht nichts davon erzählen. Wir könnten ihn benutzen, um Informationen zu bekommen.«

»Andreas benutzen? Das ist mit ihm nicht zu machen.«

»Hören Sie auf, mir Knüppel zwischen die Beine zu werfen.« Melissa kniff die Lippen zusammen und sah ihn durchdringend an. »All die verdammten Komplikationen kommen doch nur durch Sie. Welche Alternative haben wir denn? Wahrscheinlich nur, ein paar von Ihren Diamanten zu verhökern und damit die Informationen zu kaufen.«

Travis verzog das Gesicht. »Das würde ich nicht raten.« Er holte tief Luft. »Ich habe vor, den Diamanten zurückzuholen, den ich Thomas gegeben habe.«

»Warum?«

»Ich muss mir Karlstadt vom Hals schaffen. Mich mit dem auch noch herumzuschlagen hält mich nur davon ab, Deschamps aufzuspüren.«

»Selbst wenn du den Diamanten von Thomas zurückbekommst, kannst du die, die ich Guilliame gegeben habe, abschreiben«, warf Galen ein. »Die befinden sich mittlerweile entweder im Besitz der französischen Polizei oder bei der CIA.«

»Das kriege ich geregelt. Es wird Karlstadt nicht gefallen, aber wenn die Diamanten sich an einem sicheren Ort befinden und nicht irgendwo im Umlauf sind, kann ich ihn wahrscheinlich hinhalten und verhindern, dass er mir einen Killer auf den Hals hetzt.«

»Dann hat er sie aber immer noch nicht in der Tasche.

Was für einen Unterschied macht es für ihn, ob sie sich im Umlauf befinden oder nicht?«

»Einen erheblichen.« Travis trank einen Schluck Kaffee. »Die Diamanten sind nicht das, was sie zu sein scheinen.«

Melissas Augen weiteten sich. »Sie sind nicht echt?«

»Das kommt auf die Betrachtungsweise an.«

»Also, entweder sind sie echt oder nicht.«

»Wie gesagt, das hängt vom Auge des Betrachters ab. Diese Diamanten würden jeden Test selbst des qualifiziertesten Juweliers bestehen. Seit fast fünfzig Jahren sind Wissenschaftler in der Lage, aus kohlenstoffreichen Substanzen winzig kleine Industriediamanten zu produzieren, aber bisher ist es nicht gelungen, Material von Schmucksteinqualität herzustellen. Aus unterschiedlichen Gründen. Der Höhe des benötigten Drucks und des Graphits selbst, der zwar weich ist, dessen Gitterstruktur aber schwer zu verändern ist. Die einzelnen Kristallschichten sind nicht sehr fest miteinander verbunden, sodass der Graphit zerbröselt, aber die inneren Schichten selbst sind unglaublich stabil. Die Kohlenstoffatome –«

»Ich habe keine Lust, mir das alles anzuhören. Kommen Sie zur Sache, Travis.«

»Einer Gruppe russischer Wissenschaftler, die von der Mafia in ihrem Land finanziert wird, ist es gelungen, Diamanten herzustellen, die so perfekt sind, dass man sie von den im Boden gefundenen nicht unterscheiden kann.«

»Unmöglich. Es muss Tests geben, mit denen sich der Unterschied feststellen lässt.«

»Die Diamantenindustrie hat ein Verfahren entwickelt, mit dessen Hilfe sich die vom Stickstoffkonzentrat verursachten Fehler in den synthetischen Steinen entdecken ließen. Das Restleuchten ist unverkennbar.«

»Aber die Russen haben auch dieses Problem gelöst?«

Travis nickte. »Genau, und das hat die Diamantensyndikate in helle Panik versetzt. Einer meiner Informanten hat mir davon berichtet und ich bin sofort nach Russland gefahren, um herauszufinden, ob die Geschichte für mich interessant wäre. Ich war ungefähr sechs Wochen dort, als sich in dem Labor praktischerweise eine Explosion ereignete, die ganze Einrichtung in die Luft jagte und die Wissenschaftler in den Himmel beförderte.«

»Aber du hast offenbar überlebt, bist sogar mit heiler Haut davongekommen«, bemerkte Galen. »Mit den Taschen voller Diamanten, nehme ich an?«

»Und einer CD, auf der das Herstellungsverfahren erklärt wird.«

Galen lachte in sich hinein. »Und ich habe dich für einen ganz gewöhnlichen Schmuggler gehalten. Das ist ja viel interessanter. Und wen repräsentiert Karlstadt nun?«

»Er macht die Drecksarbeit für ein südafrikanisches Diamantensyndikat. Die wollen natürlich nicht, dass die Steine irgendwo auftauchen, denn dann würde der Diamantenmarkt zusammenbrechen. Kein Mensch könnte sich mehr sicher sein, ob der gekaufte Schmuck echt ist oder aus einem Labor stammt. Die Preise würden in den Keller rutschen, weil es mit der Exklusivität vorbei wäre. Eine Katastrophe für die gesamte Diamantenindustrie.«

»Die Russen könnten doch einfach ein neues Labor einrichten.«

»Ich bin sicher, dass sie bereits dabei sind, aber es wird einige Zeit dauern, bis es funktionsfähig ist. Inzwischen kann Karlstadt mit den Russen verhandeln oder sie unter Druck setzen, um sie davon abzuhalten, sich allzu sehr zu bemühen. Die Diamanten und die CD mit dem Herstellungsverfahren sind im Moment die einzige Gefahr für ihn.«

»Die Gefahren für Ihre Südafrikaner interessieren mich

nicht im Geringsten«, schaltete Melissa sich ein. »Das einzig Wichtige ist, dass Sie nicht das Geld haben, um an Informationen heranzukommen.«

»Ich habe noch etwas auf einem Schweizer Bankkonto, aber diese Konten sind leider nicht ganz sicher vor der CIA.«

Melissa wandte sich zu Galen um. »Können Sie das Geld auftreiben?«

»Ja, aber nicht genug. Ich kann ein paar Quellen anzapfen. Nur, Deschamps ist verdammt gefährlich, und wenn man so heiß ist wie wir, versiegen Brunnen ganz schnell.«

»Dann müssen wir uns also an Andreas halten.« Sie stellte ihre Kaffeetasse auf dem Couchtisch ab und stand auf. »Wir brauchen eine Möglichkeit zu verhandeln.«

»Was schlagen Sie vor?«

»Geben Sie ihm, was er haben will.«

»Cassie?«, fragte Travis. »Und was ist mit ihren Alpträumen? In der jetzigen Verfassung können wir sie unmöglich nach Hause schicken.«

»Dann werden wir ihm eben eine Cassie übergeben, die sich auf dem Weg der Besserung befindet.« Sie richtete den Blick auf die Schlafzimmertür. »Jessica hat mich beauftragt, ihr zu helfen. Wahrscheinlich wollte sie, dass ich Cassie vor Deschamps rette, aber Jessica starb beim Versuch, Cassie zurückzuholen. Kurz bevor sie starb, hat sie mir noch gesagt, wie nah Cassie daran gewesen sei zurückzukehren.« Sie kämpfte mit den Tränen. »Sie war so glücklich, dass Cassie – Oh, Mist.« Sie schwieg einen Moment, bevor sie fortfahren konnte. »Cassie kommt zurück. Verlassen Sie sich darauf. Und vielleicht finden wir sogar eine Möglichkeit, Deschamps auszutricksen, indem wir sie zurückholen.«

»Das ist eine gewagte Spekulation«, wandte Travis ein.

»Ich übernehme den Versuch.« Melissa war schon auf halbem Weg zum Schlafzimmer. »Sie sorgen dafür, dass Karlstadt und wer immer sonst noch eine Rechnung mit Ihnen zu begleichen hat, mir nicht in die Quere kommen.«

»Ich werde mir Mühe geben.«

»Noch etwas, ich brauche einen Zweitschlüssel für den neuen Kleinbus.«

»Wozu?«

»Ich habe nicht vor, mich mehr als unbedingt notwendig zur Gefangenen machen zu lassen, auch wenn ich durch Cassie hier festgebunden bin.«

»Ich lasse den Schlüssel noch heute nachmachen. Galen wird sich von einem seiner Leute aus der Stadt einen kleinen Wagen besorgen. Für den bekommen Sie dann auch einen Zweitschlüssel.«

»Danke.«

»Wie groß sind die Chancen, dass sie Cassie helfen kann?«, fragte Galen, nachdem Travis die Tür hinter Melissa geschlossen hatte. »Ich habe den Eindruck, dass die Kleine fast im Koma liegt.«

»Ich weiß es nicht. Das Kind zeigt immerhin … Reaktionen.«

»Aber nicht, solange sie wach ist.«

Travis schüttelte den Kopf. »Jessica schien eine Reaktion zu spüren. Wie gesagt, ihr Vorhaben ist gewagt. Aber es hat vielleicht auch sein Gutes, wenn Melissa demnächst völlig von Cassie in Anspruch genommen wird. Besser so, als ihr nachjagen zu müssen, während sie halb Europa nach Deschamps absucht.«

»Und dir hält es den Rücken frei, mit Karlstadt ins Geschäft zu kommen.«

»Stimmt.« Travis dachte einen Moment nach. »Und dir wiederum verschafft es Zeit, ein weiteres fehlendes Puzzleteil für mich aufzuspüren.«

»Als da wäre?«

»Henri Clarons Witwe Danielle. Seit Clarons Tod ist sie spurlos verschwunden. Sie ist im selben Dorf aufgewachsen wie Cassies Kindermädchen und weiß möglicherweise mehr über Deschamps als nur seinen Namen. Wenn wir sie haben, werden wir wahrscheinlich weder Andreas noch sonstwen brauchen.«

»Du gehst also davon aus, dass sie noch lebt.«

Travis zuckte die Achseln. »Es ist immerhin möglich. Da ihre Leiche nicht gefunden wurde, hat sie ja vielleicht Glück gehabt.«

»Dann haben wir vielleicht auch Glück.« Galen wandte sich zum Gehen. »Auf geht's.«

»Cassie?«, flüsterte Melissa, während sie auf die Kleine hinabblickte. »Ich weiß, dass du nicht schläftst. Antworte mir.«

Keine Reaktion.

Melissa hatte nichts anderes erwartet, aber sie fühlte sich verpflichtet, Jessicas Methode auszuprobieren. Jessica war immer die Stimme gewesen, die die Befehle aus dem Schützengraben rief, Melissa hatte als Guerilla hinter den Linien operiert. Cassie war daran gewöhnt, immer mit beiden zu tun zu haben.

Aber jetzt war Jessica mit ihrer sanften Stimme und ihren Vertrauen erweckenden Worten nicht mehr da, und Melissa musste zusätzlich ihren Platz einnehmen.

Herrgott, wie sollte sie das nur bewerkstelligen? Es war unmöglich. Sie unterschied sich von Jessica wie die Nacht vom Tag. Sie war sich ja nicht einmal sicher, dass Jessicas vorsichtige Annäherung überhaupt der richtige Weg war, Cassie zurückzuholen. Die Kleine war stark, vielleicht sogar stärker, als Melissa es in dem Alter gewesen war. Sie hatte sich aus freien Stücken von der Welt zurückgezogen und alle Überredungskunst hatte bisher nichts gefruchtet. Vielleicht, wenn sie ausreichend Zeit hätten …

Aber sie hatten die Zeit nicht. Melissa musste ihren eigenen Instinkten folgen, einen anderen, leichteren Weg gab es nicht.

Arme Cassie.

»Ich bin gleich wieder da. Während ich dusche und mir die Zähne putze, kannst du dich tot stellen.« Melissa ging zur Badezimmertür. »Und dann reden wir miteinander, Cassie.«

Melissa benötigte zwei Stunden, um den Schutzwall zu durchbrechen, den Cassie gegen sie errichtet hatte.

»Es wurde aber auch Zeit, dass du aufhörst, dich vor mir zu verstecken«, sagte Melissa. »Warum bist du überhaupt tiefer in den Tunnel gegangen? Es war so dunkel, dass ich dich beinahe nicht gefunden hätte.«

»Ich wollte nicht, dass du mich findest.«

Gar nicht gut. »Warum nicht?«

»Du bist jetzt … anders. Ich habe ein komisches Gefühl.«

»Ich bin anders. Aber das heißt nicht, dass ich nicht deine Freundin bin. Menschen ändern sich nun mal.«

»Hier drin nicht.« Cassie schwieg eine Weile. »Warum hast du dich verändert?«

»Meine beste Freundin ist mir genommen worden.«

»Hier drin wäre das nicht passiert.«

»Doch, es wäre passiert. Es ist passiert, weil du hier bist.« Und gezielt fügte sie hinzu: »Es ist also teilweise deine Schuld, Cassie.«

»Aber ich habe doch überhaupt nichts getan.«

»Doch, du versteckst dich und verschließt die Augen.«

»Ich fürchte mich.«

»Wir fürchten uns alle. Gegen das, wovor man Angst

hat, muss man kämpfen ... sonst werden einem Menschen weggenommen.«

Schweigen.

»Jessica war doch deine beste Freundin, oder? Ist sie ... weg?«

»Ja.«

»Ich habe es mir gedacht. Sie fehlt mir.«

»Mir auch.«

»Haben die Monster sie geholt?«

»Ja.«

»Dafür kann ich doch nichts.« Schweigen. »Oder?«

»Wir haben nicht entschieden genug gegen sie gekämpft.«

»Sie sind zu stark.«

»Sie sind nicht zu stark. Sie werden kleiner, wenn du ihnen ins Gesicht siehst.«

»Das stimmt nicht. Sie schießen mich tot, genauso wie sie es mit Jeanne getan haben.«

»Ich werde da sein und verhindern, dass es passiert.«

»Will nicht.« Rückzug. »Gehe wieder ...«

»Ich folge dir. Ich werde dich finden und dich zurückholen. Ich weiß jetzt, wie ich dich finde, egal ob du schläfst oder wach bist.«

»Warum bist du so gemein zu mir?«

»Du musst zurückkommen. Das hat sich Jessica am meisten auf der Welt gewünscht. Sie wollte, dass du wieder auf der Welt bist und nicht länger Angst hast.«

»Muss Angst haben. Die Monster ...«

Was soll ich dazu sagen?, dachte Melissa müde. Niemand wusste besser als sie, dass es ganz reale Monster gab, die auf Cassie warteten. »Deine Angst jetzt ist größer, als wenn du ihnen gegenübertreten würdest. Ich verspreche dir, zusammen werden wir sie besiegen. Ich bin deine Freundin, Cassie.«

»Ich dachte, Jessica wäre meine Freundin.« Verrat. Misstrauen. Feindseligkeit.

»Sie hat nur so getan. Ich tue nicht nur so. Ich glaube, du weißt das.«

»Ich weiß es nicht.« Panik. Entsetzen. »Du willst die Monster in den Tunnel lassen.«

»Sie können gar nicht in den Tunnel kommen. Du denkst sie dir nur aus, damit du einen Vorwand hast, da drin zu bleiben. Wenn du ihnen gegenübertreten würdest, würden sie sich in Luft auflösen.«

»Nein, sie werden kommen und mich jagen …«

»Jetzt nicht mehr. Travis und ich haben sie unschädlich gemacht.« Melissa schwieg einen Moment. »Und draußen hat der Windtänzer sie besiegt. Hast du das nicht bemerkt, als du ihn angeschaut hast? Du warst so glücklich. Du warst nur einen ganz kurzen Augenblick draußen und doch hast du gemerkt, dass du in Sicherheit warst.«

»Ich werde ihn wieder finden.«

»Nicht im Tunnel. Er hat keinen Grund, im Tunnel zu sein. Er hat keine Angst, und er möchte auch nicht, dass du Angst hast.«

»Woher willst du das wissen? Er hat mich weggeholt.«

»Weil du weg sein musstest, bis du stark genug bist, um zurückzukommen und den Monstern gegenüberzutreten.«

»Ich bin nicht stark genug.«

»Doch, das bist du. Denk darüber nach. Jessica hat mir erzählt, dass du alle möglichen Abenteuer mit dem Windtänzer erlebt hast. Hattest du da jemals Angst?«

»Das waren doch bloß Geschichten.«

»Aber waren das nicht Geschichten darüber, was man für Pflichten hat, und dass die Guten gerettet und die Bösen bestraft werden?«

»Kann sein.«

»Nun, darum geht es im Leben auch. Das Leben besteht nicht daraus, sich in einem Tunnel zu verkriechen. Denk mal darüber nach.«

»Ich will nicht darüber nachdenken. Ich habe Angst und werde nicht rauskommen. Ich gehe noch weiter rein, damit mir die Monster nichts tun.«

»Dein Freund, der Windtänzer, wird nicht zulassen, dass du weiter hineingehst. Du hast ihn am falschen Ort gesucht. Er möchte, dass du den Tunnel verlässt und zurückkommst. Hast du das immer noch nicht begriffen? Er weiß, dass es höchste Zeit für dich ist, herauszukommen, selbst wenn du es noch nicht weißt.«

»Du lügst.«

»Es gibt keine Monster im Tunnel. Du bleibst einfach so lange drin, bis du so weit bist, herauszukommen und gemeinsam mit uns allen die Bösen zu besiegen. Wir warten alle auf dich. Deine Mutter und dein Vater und Travis und ich. Wir brauchen dich.«

»Nein.«

»Das ist die Wahrheit. Wir brauchen dich wirklich. Ich gehe jetzt wieder, aber ich komme zurück.«

»Ich will nicht, dass du kommst.«

Arme Kleine. Melissa konnte ihr ihre Wut oder ihre Panik nicht verübeln. Sie entriss Cassie die warme Decke der Sicherheit, die Jessica um sie gewickelt hatte, und forderte sie auf, Kämpferin zu sein und kein Opfer. Ziemlich viel verlangt von einer Siebenjährigen.

Und wenn Melissa sich irrte? Wenn sie Cassie ernsthaften Schaden zufügte?

»Ich hasse dich.«

»Daran kann ich im Moment nichts ändern. Aber die Monster, die dir solche Angst einjagen, hasst du noch mehr.«

»Du machst mir Angst.«

»Weil ich dir sage, dass es deine Pflicht ist, herauszu-

kommen? Hast du dir nie gewünscht, dass die Geschichten, die du dir ausgedacht hast, wahr werden? Wenn du etwas Schlechtes siehst, musst du es bekämpfen. Seine Pflicht zu tun ist nicht so einfach im wirklichen Leben.«

»Geh weg.«

»Ich gehe ja schon. Aber wir sehen uns bald wieder, Cassie …«

18

»Wachen Sie auf, Melissa.«

Als sie die Augen öffnete, erblickte sie Travis' Gesicht direkt über sich.

»Zeit, etwas zu essen. Es wird schon dunkel. Sie haben Stunden geschlafen.«

Daran hatte sie keinen Zweifel. Sie war völlig erschöpft gewesen nach ihrer jüngsten Begegnung mit Cassie. Melissa betrachtete das schlafende Kind. Sie würde Cassie später füttern. »Zehn Minuten. Ich will mir nur schnell das Gesicht waschen und die Zähne putzen.«

»Immer mit der Ruhe. Galen hat ein paar Mahlzeiten vorbereitet, bevor er losgefahren ist. Ich habe eine zum Aufwärmen in den Ofen gestellt.«

Melissa schwang sich aus dem Bett. »Losgefahren?«

»Er muss etwas für mich erledigen.« Travis ging aus dem Zimmer.

Er hatte ihr eine ausweichende Antwort gegeben. Melissa wusch sich flüchtig, trocknete sich das Gesicht und ging schnell wieder in die Küche zurück. »Wo ist er hin?«

»Er hört sich nach Danielle Claron um.«

»Danielle Claron? Wer ist das?«

»Setzen Sie sich.« Travis nahm einen Auflauf aus dem Ofen. »Ich erzähle Ihnen beim Essen von ihr.« Er füllte zwei Teller und stellte sie auf den Tisch. »Galen würde es mir nie verzeihen, wenn ich es kalt werden lasse, bevor Sie in den Genuss seiner Kochkünste kommen.«

»Ich möchte wissen – « Als Travis den Kopf schüttelte, setzte sie sich an den Tisch und nahm die Gabel in die Hand. »Also gut, ich esse. Jetzt erzählen Sie mir von Danielle Claron.«

Als er mit seinem Bericht zu Ende war, hatte sie erst ihren halben Teller leer gegessen. Nachdenklich runzelte sie die Stirn. »Und Sie glauben, dass diese Frau etwas weiß, was uns auf die Spur von Deschamps führen könnte?«

»Möglich. Es ist unsere einzige Spur. Selbst wenn sie uns seinen Aufenthaltsort nicht nennen kann, kann sie zumindest den Mord an ihrem Mann bezeugen, und Deschamps hat nichts übrig für Augenzeugen. Er wird sie finden wollen.« Travis stand auf und schenkte Melissa und sich selbst Kaffee ein. »Wir werden also den Pegasus vielleicht gar nicht brauchen, um ihn in eine Falle zu locken.«

»Wenn Danielle Claron sich schon seit Wochen versteckt hält, ist sie offenbar nicht darauf erpicht, eine Aussage zu machen.«

»Wenn wir ihr Schutz anbieten, wird sie möglicherweise ihre Meinung ändern.« Er zuckte die Achseln. »Schlimmstenfalls muss ich sie an Andreas übergeben und es der CIA überlassen, sie auszuquetschen. Wenn ich ihm eine Augenzeugin auf dem silbernen Tablett präsentiere, wird er vielleicht eher geneigt sein, sich noch einmal zu überlegen, ob er mich in den Knast steckt.«

»Und woher nehmen Sie das Geld, die Frau aufzuspüren, wenn Sie schon jetzt nicht genug haben, um Deschamps ausfindig zu machen?«

»Wenn es Galen gelingt, die richtigen Kontakte anzuzapfen, wird er die Frau vielleicht finden, ohne auch nur einen Cent auszugeben.«

»Ich habe keinen Zweifel daran, dass er die richtigen Kontakte hat«, erwiderte sie trocken. »Er scheint in der Lage zu sein, fast alles zu bewerkstelligen ... alles, was kriminell ist. Andererseits verfügen Sie doch über dieselben Kontakte, oder? Sie sind doch ebenso dafür bekannt, Informationen zu verkaufen.«

»Stimmt. Aber wir haben unterschiedliche Quellen. Was gelegentlich ganz praktisch ist.«

»Ich dachte, Sie müssten Karlstadt kontaktieren. Warum sind Sie dann noch hier?«

»Schließlich gibt es das Telefon. Wenn ich ihn treffen möchte, kann ich damit auch warten, bis Galen wieder hier ist.«

»Weil Sie glauben, Sie müssten uns beschützen?«

»Sie nicht«, erwiderte er leichthin. »Sie könnten es mit Andreas und Deschamps locker aufnehmen. Aber hier geht es vor allem um das Kind.« Er warf einen Blick auf Melissas Teller. »Wollen Sie noch etwas? Galen hat reichlich gekocht.«

Sie schüttelte den Kopf. »Ich habe keinen Hunger. Obwohl es geschmeckt hat. Er ist vielseitig begabt, stimmt's?«

»Mehr als Sie sich vorstellen können. Oder auch nicht. Er meinte, Sie hätten ihn ziemlich gut eingeschätzt. So wie eine Schwester ihren Bruder.«

Sie lächelte. »Es war nicht zu übersehen, dass wir einander sehr ähnlich sind.«

»In welcher Hinsicht?«

»Nun, wir beide haben etwas dafür übrig, jede Minute unseres Lebens voll auszukosten.«

»Und Sie sind beide zäh und scharfsinnig. Vielleicht zu scharfsinnig?«

»Sie meinen, das gehört mit zum Inhalt des Päckchens, das ich mit mir herumtrage? Gut möglich. Aber vielleicht besitze ich einfach eine gute Menschenkenntnis.« Melissa trank einen Schluck Kaffee. »Genau wie Sie.«

»In letzter Zeit habe ich diese Fähigkeit nicht besonders häufig unter Beweis gestellt.« Travis schaute zur Schlafzimmertür. »Wie geht's der Kleinen?«

»Sie schläft.«

»Sind Sie sicher?«

»Ganz sicher.« Sie zögerte. »Ich kann sie mittlerweile erreichen, egal ob sie schläft oder wach ist. Und ich schaffe es auch, wenn ich wach bin.«

»Wie das?«

»Ich habe es im Flugzeug ausprobiert, und es hat funktioniert.«

»Warum haben Sie mir nichts davon gesagt?« Er schüttelte den Kopf. »Spielt auch keine Rolle. Wir waren ja nicht gerade ein Herz und eine Seele.«

»Stimmt. Außerdem hätte ich nicht Ihnen davon erzählen und es gleichzeitig Jessica gegenüber verschweigen können. Sie hätte es mir nicht geglaubt, und wenn doch, hätte sie es mit der Angst zu tun bekommen.« Sie senkte den Blick auf ihre Tasse. »Und ich hatte noch keine Ahnung, wie ich davon Gebrauch machen sollte. Ich war mir unsicher, ob Jessica Cassie richtig behandelte. Wir waren alle so sanft und nett ...«

Travis starrte sie nachdenklich an, sagte aber nichts.

»Cassie ist kein sanftes Mädchen. Sie ist lebhaft und stark und sehr intelligent, und vor Vasaro war sie alles andere als zimperlich. Ihr Rückzug passt überhaupt nicht ins Bild.«

»Der Schock.«

»Sicher, aber ich habe das Gefühl, dass der Verrat ihres Kindermädchens sie nicht nur verletzt, sondern vielmehr wütend gemacht hat.«

»Sie reden, als würden Sie sie sehr gut kennen.«

»Ich stütze mich lediglich auf das, was Jessica von Cassies Eltern erfahren hat und was ich selbst beobachtet habe.«

Er lächelte schwach. »Und vielleicht haben Sie ja doch große Ähnlichkeit mit Cassie. Ich hoffe es nicht. Sie haben immerhin sechs Jahre gebraucht, um Ihr Trauma zu überwinden.«

»Aber ich habe einen Vorteil, den Jessica bei mir nicht hatte. Ich weiß, wo Cassie sich jetzt gerade aufhält.«

»Was soll das heißen?«

»Nachdem das erste Trauma überwunden ist, muss man regelrecht dazu gezwungen werden, diese Welt, die man sich aufgebaut hat, wieder zu zerstören. Jessica hat mich zu nichts gezwungen. Sie hat mich immer sanft und liebevoll behandelt. Das mag bei einigen Kindern funktioniert haben, aber bei mir störrischem Biest hat sie ziemlich lange gebraucht, bis sie zu mir durchdrang.« Nach einer Weile fügte sie hinzu: »Und ich habe begriffen, dass Cassie nicht wirklich ein Opfer ist. Anfangs zwar schon, aber mittlerweile hat sie sich gemütlich in dem Tunnel eingerichtet. Sie ist aus freien Stücken dort, und es ist bequemer für sie, dort zu bleiben.«

»Bequemer? Was ist mit den Alpträumen?«

»Sie braucht sie, um sich zu bestätigen, dass sie besser im Tunnel bleibt.« Melissa befeuchtete ihre Lippen. »Also werde ich ihr die Alpträume nehmen.«

»Und wie?«

»Ich habe ihr bereits gesagt, dass sie sich alles nur noch einbildet, weil die Monster inzwischen draußen vor dem Tunnel darauf warten, dass sie herauskommt und sich ihnen stellt.«

Travis runzelte die Stirn.

»Ich weiß, was Sie denken. Stimmt, es war riskant, und es stimmt auch, dass der Schuss nach hinten losgehen kann und sie den Rest ihres Lebens in dem Tunnel verbringt.« Melissas Hand zitterte, als sie die Tasse zum Mund führte. »Das ist *mein* Alptraum.«

»Ich weiß nicht, ob ich das Risiko eingegangen wäre.«

»Sie ist eine Kämpfernatur. Man muss sie nur dazu antreiben, den Kampf wieder aufzunehmen.«

»Wie können Sie so sicher sein, dass sie die Alpträume nicht mehr haben wird?«

»Ich bin mir nicht sicher. Sie kann sie immer noch selbst heraufbeschwören. Aber ich hoffe inständig, dass meine Worte bei ihr auf fruchtbaren Boden fallen. Ich werde es ihr immer einbläuen, jedes Mal, wenn ich bei ihr bin. Danach können wir nur abwarten und Tee trinken.« Sie setzte ihre Tasse ab. »Wahrscheinlich wird sie sich jede Mühe geben, genau das nicht zu tun, was ich von ihr verlange. Sie ist mir zurzeit nicht besonders zugetan.«

»Außerdem könnte es sein, dass Sie falsch liegen.«

»Ja, aber wenn ich Recht habe, werde ich sie dazu bringen, den Dämonen gegenüberzutreten und zurückzukommen. Ich bin stärker als sie, und ich werde es jeden Tag mehr. Ich werde ihr pausenlos zusetzen und sie nicht in Ruhe lassen.«

»Das nennt man dann Liebe.«

»Ich liebe sie wirklich. Sie können sich nicht vorstellen, wie nahe ich ihr bin. Sie ist ... wie mein anderes Ich.« Melissa schloss die Augen. »Ich weiß, dass ich sehr hart mit ihr umspringe, aber ich muss sie da herausholen. Zu ihrem eigenen Wohl und auch für Jessica. Sie sehen also, ich habe einen Vorteil, den Jessica mir gegenüber nicht hatte. Ich werde tun, was ich tun muss.« Als sie die Augen wieder öffnete, standen Tränen darin. »Ich bin eben nicht so eine Heilige wie meine Schwester, Travis.«

»Sie müssen nicht wie sie sein.« Er umschloss ihre Hand auf dem Tisch. »Sie kommen doch auch gut alleine zurecht.«

»Hoffentlich.« Seine Berührung war warm und tröstend, und sie genoss sie eine Weile, bevor sie ihre Hand wieder wegzog. »Ich hoffe nur, dass ich Cassie nicht deshalb zur Eile antreibe, weil ich sie als Faustpfand für Andreas benutzen will, damit er uns Deschamps vom Hals schafft.«

»Das glaube ich nicht.«

»Aber sicher sind wir uns beide nicht.« Sie schob ihren Stuhl zurück. »Ich gehe jetzt ein bisschen am Strand spazieren, bevor ich Cassie wecke und ihr das Abendessen mache.«

»Das kann ich doch übernehmen.«

Sie schüttelte den Kopf. »Nein, das ist meine Aufgabe.«

»Ich habe nichts dagegen zu helfen. Wollen Sie mich außen vor lassen?«

»Wenn es mir tatsächlich gelungen sein sollte, den Alpträumen ein Ende zu setzen, sind Sie ohnehin außen vor. Sie sollten froh sein, dass Sie vielleicht schon bald von Ihrer Verantwortung befreit werden.«

»Das sehe ich anders. Die Verantwortung wird sich lediglich verlagern.« Er verzog das Gesicht. »Und ich fühle mich dabei keineswegs wohl in meiner Haut. Ich ziehe es vor, Beobachter zu sein.«

»Das habe ich schon bemerkt. Vielleicht leben Sie ja genauso in einem Tunnel wie Cassie.«

Er lächelte. »Da könnte was dran sein. Jedenfalls ein interessanter Gedanke. Sehen Sie noch andere Übereinstimmungen zwischen mir und der Kleinen?«

»Allerdings. Aber Sie sind komplizierter. Es wäre schwierig ...« Sie hielt inne, sah ihn an. Er saß da, lächelte immer noch, und dennoch spürte sie ... ja, was? Schmerz? Einsamkeit? Sie konnte es nicht ergründen, aber er war einmal nett zu ihr gewesen. Sie wollte irgendetwas tun, wusste jedoch nicht was. »Es tut mir Leid, dass ... Ihr Freund gestorben ist.« Die Worte kamen zögernd. »Und es tut mir Leid, dass ich mich so hässlich benommen habe. Da Sie ja nicht sehr viele Menschen an sich heranlassen, hat es Sie vielleicht besonders getroffen, ihn zu verlieren.«

»Ja, das stimmt.«

»Vielleicht erzählen Sie mir ja irgendwann einmal von ihm.«

»Irgendwann vielleicht.«

Der Schmerz ging zu tief, und er war kein Mann, der seine Gefühle offen zeigte.

»Wusste er, wie sehr Sie ihn liebten? Haben Sie es ihm je gesagt?«

»Nein. Aber ich glaube, dass er es wusste.«

»Gut. Nachdem Jessica mich damals wieder zurückgeholt hatte, habe ich mir eins zur Regel gemacht. Das Leben ist zu kurz, um seine Gefühle zu verbergen. Wenn jemand Liebe verdient hat, dann hat er es auch verdient, davon zu wissen.«

»Das ist eine ziemlich gefährliche Philosophie.«

»Gefährlicher ist es, einen geliebten Menschen im Unklaren zu lassen. Ich hätte mir mein Leben lang Vorwürfe gemacht, wenn Jessica nicht gewusst hätte, dass ich –« Sie räusperte sich, um den Kloß im Hals loszuwerden und ging zur Tür. »Es dauert nicht lange. Ich muss einen klaren Kopf kriegen. Vielleicht eine halbe Stunde …«

Mit gestrafften Schultern und hoch erhobenem Kopf lief Melissa schnell am Strand entlang.

Sie sieht aus wie ein Soldat, der in die Schlacht zieht, dachte Travis.

Sie ist eine Kämpfernatur.

Mit diesen Worten hatte sie Cassie beschrieben, aber sie trafen auch auf Melissa zu. Eine geschundene Kriegerin auf dem Weg in die Schlacht gegen Cassies Monster.

Warum zum Teufel stand er hier herum und beobachtete sie? Er schenkte ihr eindeutig viel zu viel Aufmerksamkeit, sollte sich viel besser darauf konzentrieren, sich aus seinem eigenen Schlamassel zu befreien und sich an Deschamps' Fersen zu heften. Nicht einmal Begierde konnte als Vorwand herhalten, obwohl eine unterschwellige erotische Spannung von Anfang an zwischen ihm und Melissa spürbar gewesen war. Wie konnte es ihn nach einer Frau gelüsten, die gleichzeitig Beschützerinstinkte in ihm weckte? Andererseits war er schließlich auch nur ein Mann, und klar wollte er mit ihr ins Bett. Da spielte es keine Rolle, dass sie Kummer hatte und sein Herz von Mitgefühl zerrissen wurde. Vielleicht war Sex einfach die ungefährlichste Art, sich ihr zu nähern. Alles andere würde ihn auf eine Weise verstricken, die sein Leben verändern könnte, und er hatte sich schon vor langer Zeit von dem Weg verabschiedet, den sie beschritt. Die Rolle des Ritters, der im Gefolge der Prinzessin die Drachen tötete, war für ihn nicht vorgesehen.

Er musste seine eigenen Monster unterwerfen, und an dieser Schlacht gab es nichts Romantisches. Sie würde ziemlich hässlich werden und bestimmt sein von Geldgier und Gewalt.

Und es wurde höchste Zeit, den Kampf aufzunehmen. Er griff nach dem Telefonhörer und wählte die Nummer von Stuart Thomas, die Galen ihm gegeben hatte.

»Ich habe eine Spur gefunden«, sagte Galen, als Travis am nächsten Abend den Hörer abnahm. »Die Eltern von Danielle Claron, Philippe und Marguerite Dumair, leben immer noch in dem Dorf, wo sie aufgewachsen ist.

Jeanne Beaujolis wohnte ein paar Häuser weiter, und sie ist in ihrer Kindheit in Danielles Elternhaus ein und aus gegangen. Auch als sie schon Cassies Kindermädchen war, hat sie die Familie noch häufig besucht. Aus Gesprächen mit den Nachbarn konnte ich entnehmen, dass sie sich mit ihrer feinen Stellung brüstete und dazu neigte, die Dorfbewohner von oben herab zu behandeln.«

»Hast du die Dumairs aufgesucht?«

»Noch nicht. Ich habe ein bisschen herumgeschnüffelt, um herauszufinden, ob irgendwer jemanden gesehen hat, auf den die Beschreibung von Deschamps zutrifft.«

»Und?«

»Fehlanzeige.«

»Dann sprich mit den Dumairs und gib ihnen deine Telefonnummer. Sie müssen uns ja nicht sagen, wo ihre Tochter ist, wenn sie uns nicht trauen. Sie sollen ihr nur die Nachricht übermitteln, dass wir ihr Geld anbieten und sie vor Deschamps schützen werden, wenn sie ihr Versteck verlässt und uns erzählt, was sie über ihn weiß.«

»Wie viel Geld?«

»Das Äußerste.«

»Unsere Taschen sind zurzeit ziemlich löchrig, es sei denn, du willst ihr Diamanten anbieten.«

»Wenn es sein muss, hebe ich Geld von meinem Schweizer Bankkonto ab.«

»Und riskierst dabei, dass dir die CIA auf den Füßen steht.«

»Ich kann die Diamanten nicht einsetzen, und ich habe Thomas schon Bargeld im Austausch für den Stein versprochen. Kannst du ihm zehntausend aus deinem Fundus überweisen?«

»Danke. Ich wüsste nicht, was ich lieber täte. Und warum?«

»Es ist sicherer, als es über eins von meinen Konten laufen zu lassen. Soweit wir wissen, ahnt Andreas bisher nichts davon, dass du mit von der Partie bist.«

»Das wird wohl nicht ewig so bleiben.« Galen seufzte. »Danley muss von meiner Cleverness und meiner einzigartigen Intelligenz gehört haben. Eine solche Perfektion bleibt nicht unbemerkt. Es ist nur eine Frage der Zeit, bis er zu dem Schluss kommt, dass ich der Einzige bin, der dich erfolgreich vor seinem Zugriff bewahren kann.«

»Da hast du Recht.«

»Du stimmst mir bloß zu, weil du möchtest, dass ich Thomas das Geld schicke.«

»Damit hast du ebenfalls Recht.«

»Hast du schon mit Karlstadt gesprochen?«

»Ich rede mit ihm, sobald du den Diamanten bei Thomas abgeholt hast. Ich möchte Karlstadt sagen können, dass der Stein wieder aufgetaucht ist.«

»Trotzdem könnte er auf die Idee kommen, dir die Kehle durchzuschneiden.«

»Nicht solange der Rest der Diamanten in meinem Besitz ist.«

»Bis auf die, die schon in Händen der CIA sind.«

»Deswegen werde ich noch einige Verhandlungen führen müssen. Du brauchst dich nur um die Dumairs zu kümmern.«

»Das halte ich auch für sicherer.« Er überlegte. »Mir sind noch andere Dinge zu Ohren gekommen. Ich glaube, ich werde sehr bald erfahren, wo Deschamps unterschlüpft, wenn er sich in Paris aufhält.«

»Wie bitte?«

»Du hast mich gebeten, die Fühler auszustrecken. Ich habe Kontakt zu Pichot aufgenommen, der zur gleichen Zeit bei den Roten Brigaden war wie Deschamps. Vielleicht kann der mir ja was erzählen.«

»Für Geld?«

»Nein. Er ist mir noch was schuldig.«

»Und wann wirst du es wissen?«

»Es kann eine Weile dauern. Pichot will sichergehen, dass Deschamps nicht dahinter kommt, dass er derjenige war, der geplaudert hat.« Galen wechselte das Thema. »Wie geht's Melissa und Cassie?«

»Besser als erwartet. Cassie hatte jedenfalls keine Alpträume mehr. Melissa meint, es sei vielleicht ganz vorüber mit den Alpträumen.«

»Sie muss es ja wissen. Unsere Melissa ist doch auch ein bisschen abgedreht.«

»Warum sagst du das?«

»Kann ja sein, dass du ihre kleinen Eigenheiten nicht für ungewöhnlich hältst, aber meine Mutter hat mich gelehrt, misstrauisch zu sein, wenn nachts der Poltergeist kommt.«

»Du hast deine Mutter doch gar nicht gekannt.«

»Mann, du kannst einem wirklich die Pointe versauen.« Galen dachte nach. »Melissa ... sie sieht zu viel, Travis.«

»Manche Leute behaupten das Gleiche von dir.«

»Aber ich bin kein nächtlicher Poltergeist.«

»Und wenn doch, dann sieht dich keiner kommen.«

Er lachte in sich hinein. »Hast du schon bemerkt, dass du sie andauernd verteidigst? Vielleicht hat sie dich schon mit ihrem Voodoozauber verhext.«

»Du kannst mich mal.«

Jetzt musste Galen laut auflachen. »Ich wollte dich doch nur wachrütteln. Ich habe nichts gegen sie. Im Gegenteil, ich mag sie sogar. Wie auch nicht? Abgesehen von diesen kleinen Eigenheiten ist sie mir sehr ähnlich. Grüß sie herzlich von mir. Bis bald, Travis.«

»Sag mir Bescheid, wenn du mit den Dumairs gesprochen hast.« Travis legte auf.

Paris

»Fertig?« Galen ließ sein Handy in die Jackentasche gleiten, nachdem er mit Travis gesprochen hatte. »Auf geht's, Pichot.«

»Sie haben ihn angelogen.«

»Meine Mutter hat mir die Tugend des Teilens nicht beigebracht.« Er ging zum Auto. »Cardeau war einer meiner Leute, und Deschamps hat ihn umgelegt.« Er lächelte. »Übrigens, in solchen Dingen bin ich viel besser als Travis. Es ist eine meiner Spezialitäten.«

»Ich weiß.« Pichot verzog das Gesicht. »Ich verlasse mich darauf. Ich will aus der Geschichte lebend rauskommen.«

»Keine Sorge.« Galen ließ den Wagen an. »So, wo fahren wir hin?«

»Rue Lestape Nr. 15.«

»War das Galen am Telefon?« Als Travis sich umdrehte, stand Melissa mit zerzaustem Haar vor ihm. Sie trug ein marineblaues Nachthemd mit dem Aufdruck der Sorbonne.

»Ja.«

»Hat er Danielle Claron gefunden?«

Travis schüttelte den Kopf. »Er versucht, ihre Eltern dazu zu überreden, ihr eine Nachricht zukommen zu lassen, falls sie ihren Aufenthaltsort kennen. Sie leben in St. Ives, einem kleinen Dorf in der Nähe von Lyon, nicht weit weg von Henri Clarons Bauernhof.«

»Kann es sein, dass sie wissen, wo sie steckt?«

»Klammern wir uns nicht alle an unsere Eltern? Es ist nur natürlich, zu ihnen zu laufen, wenn man Sicherheit sucht. Manche Leute behaupten, dass es in unserem Leben kein stärkeres Band gibt.« Er sah an ihr vorbei ins Badezimmer. »Cassie?«

»Es geht ihr gut.« Sie massierte ihre Nackenmuskeln. »Stur wie immer. Es ist verdammt schwer, zu ihr vorzudringen, und noch schwerer, sie zum Zuhören zu bewegen. Ich muss mich richtig aufdrängen und unaufhörlich reden.«

»Worüber sprechen Sie mit ihr?«

»Über die Außenwelt. Ihren Vater und ihre Mutter. Den Pegasus.« Sie setzte sich in einen Sessel und zog ein Bein an sich heran. »Über Sie.«

»Über mich?«

»Sie sind die Brücke zwischen dem Tunnel und der Außenwelt.« Melissa verzog das Gesicht. »Sie vertraut Ihnen immer noch. Mich betrachtet sie zurzeit als ihre Feindin.«

»Können Sie ihr nicht begreiflich machen, worum es geht?«

»Sie ist erst sieben Jahre alt. Ich hätte mich auch mit Händen und Füßen gesträubt, wenn Jessica diese Taktik bei mir versucht hätte.«

»Und Sie sind immer noch sicher, dass es die richtige Taktik ist?«

»Es bleibt mir nichts anderes übrig. Sonst bin ich verloren. Es muss einfach bald einen Durchbruch geben.« Sie lehnte ihren Kopf im Sessel zurück. »Ich bin genauso ungeduldig wie Sie und kann es kaum erwarten, dass sie wieder gesund wird.«

»Ich habe nie behauptet, ich wäre ungeduldig.«

»Sie brauchen es gar nicht zu sagen. Ich spüre es.«

Travis lächelte. »Gut, dass Galen nicht hier ist. Er meinte, Sie seien ein bisschen abgedreht.«

»Ach ja? Wahrscheinlich war das eine Anspielung auf eine Bemerkung, die mir rausgerutscht ist. Er mag es nicht, wenn man ihn zu gut durchschaut.«

»Ihnen ist was rausgerutscht?«

Sie hob verlegen die Schultern. »Manchmal weiß ich … Dinge.«

»Telepathie?«

»Um Gottes willen, nein. Ich würde mir die Kugel geben, wenn ich damit geschlagen wäre.«

»Und was ist mit Cassie?«

»Das ist was anderes. Alles, was mit Cassie zu tun hat, ist einfach anders. Normalerweise ziehe ich einfach ziemlich schnell meine eigenen Schlüsse aus irgendwelchen Dingen.«

»Genauso, wie Sie den Schluss gezogen haben, dass ich ungeduldig bin.«

Sie rutschte nervös hin und her. »So was lässt sich schwer verbergen. Sie haben jedes Recht, ungeduldig zu sein. Sie wollen uns los sein, damit – «

»Sie haben Recht, ich will Sie loswerden.« Travis holte tief Luft. »Und zwar auf der Stelle. Gehen Sie wieder ins Bett.«

»In ein paar Minuten.«

»Sofort.«

»Ich meine, wir sollten das zu Ende besprechen. Es gibt zu viel – « Sie atmete hörbar ein, als ihre Blicke sich begegneten. »Travis?«

»Man braucht keine besondere Gabe, um zu sehen, was gerade in mir vorgeht, stimmt's.«

»Nein.«

»Dann machen Sie gefälligst, dass Sie wieder ins Bett kommen, damit ich in Ruhe an etwas anderes denken kann als diese unverschämt langen Beine und das, was sich dazwischen befindet.«

Langsam erhob sie sich aus dem Sessel. »Ich kann nicht – das ist jetzt nicht der richtige Zeitpunkt, Travis.«

»Ich weiß.« Er bemühte sich, nicht zu heftig zu klingen. »Ich bin kein Trottel. Aber wir beide wissen, dass es von Anfang an da war.« Er verzog das Gesicht. »Der Verstand ist eine Sache, aber mein Körper erkennt Trauer nicht als stichhaltigen Grund an, sich abzuschalten. Schließlich dient das alles nur der Arterhaltung. Also verschwinden Sie jetzt, okay?«

»Ich bin schon weg.« Aber sie blieb noch stehen. »Es ist nicht so, dass ich – «

»Ich weiß. Der falsche Zeitpunkt.« Er griff nach dem Buch, das auf dem Tisch lag. »Und wahrscheinlich der falsche Mann. Wir könnten verdammt viel Spaß miteinander haben, aber ich glaube nicht, dass Ihnen an Sex für eine Nacht liegt. In Ihnen steckt zu viel von Jessica.«

»Ich bin kein bisschen wie Jessica.« Sie befeuchtete ihre Lippen. »Aber Sie haben Recht, ich habe meine Probleme mit Schiffen, die im Nebel vorüberfahren. Ich möchte wissen, woran ich bin.«

»Das wissen Sie. Sie haben mich sofort erkannt, als wir uns zum ersten Mal begegnet sind. Die meiste Zeit hat Ihnen nicht gefallen, was Sie sahen.«

»Das stimmt nicht. Es war nur so, dass die Situation ohnehin schon kompliziert war und Sie sie noch komplizierter gemacht haben. Ich musste tun, was –« Sie ging zur Tür. »Gute Nacht, Travis.«

Und weg war sie.

Wie hatte er sich nur so dämlich anstellen können? Verdammt, er hätte den Mund halten sollen.

Ach, zum Teufel, sie wohnten dicht beieinander, und er war nicht der Typ, still vor sich hin zu leiden. Es kostete ihn schon genug Mühe, sich einfühlsam und brüderlich zu geben. Sollte sie ihm ruhig dabei helfen. Jetzt wo sie Bescheid wusste, würde sie auf der Hut sein.

Das war doch genau, was er wollte, oder?

Überhaupt nicht.

Am liebsten hätte er es, wenn sie auf seinem Schoß säße, diese langen Beine um ihn schlingen und Geräusche von sich geben würde, die –

Er durfte nicht länger an Melissa denken. Er sollte lieber dieses verdammte Buch lesen. Oder sich einen Plan ausdenken, wie sie alle zusammen aus dieser Situation herauskamen.

Bloß nicht mehr an sie denken.

Bloß nicht an ihn denken.

Gott im Himmel, sie war davongelaufen. Unfassbar. Sie hatte sich geschworen, nie wieder vor etwas davonzulaufen, nachdem Jessica sie zurückgeholt hatte. Aber sie hatte die Flucht ergriffen wie ein Teenager.

Warum? Sie war ja nicht gerade eine Jungfrau, die keusch errötete. Sie hatte leidenschaftlichen Sex erlebt. Sex war Spaß und Vergnügen und bereitete ihr einen ähnlichen Genuss wie die Euphorie, die sich einstellte, wenn sie sich im Fitnessraum verausgabte.

Es war von Anfang an da.

Seit jenem ersten Tag in Juniper, als sie ihn beim Joggen beobachtet hatte. Sie hatte mit Jessica über ihren attraktiven Nachbarn gefrotzelt, aber zum Teil hatte sie es auch ernst gemeint. Wenn ihre Träume sie nicht so geängstigt hätten, hätte sie Travis vielleicht aus anderen Gründen einen Besuch abgestattet. Sie hatte zwar dasselbe Knistern gespürt wie er, es jedoch ignoriert.

Am besten, sie ignorierte es auch jetzt.

Doch das ging nicht mehr, denn sie hatte sich geschworen, sich jeder Angst zu stellen. Dennoch war sie vor Travis davongelaufen.

Weil sie glaubte, sie würde ihre Trauer um Jessica entwürdigen, wenn sie mit ihm schlief? Nein, das Leben war dazu da, genossen zu werden, und Jessica hätte nicht gewollt, dass sie auch nur eine Minute ihres Glücks opferte, um irgendwelchen Konventionen zu genügen.

Sex für eine Nacht.

Das musste es sein. Doch sie befürchtete, mehr von ihm zu wollen als Sex für eine Nacht. In zu vielen Dingen fühlte sie sich zu Travis hingezogen. Erst kürzlich war sie ihm zu nahe gekommen und hatte eine andere Seite an ihm entdeckt. Er hatte Recht; manchmal konnte sie durch ihn hindurchsehen, und was sie sah, war nicht das, was er glaubte. Sie hatte Humor, Geduld und Mitgefühl hinter seiner kühlen und analytischen Fassade entdeckt. Irgendetwas an ihm … berührte sie.

Der Gedanke versetzte sie erneut in Panik. Sie war zurzeit zu verletzlich und konnte wirklich keine zusätzlichen Probleme gebrauchen. Sie würde nicht versuchen, die Fassade zum Einstürzen zu bringen, mit der er die Menschen auf Distanz hielt.

Deshalb würde sie von nun an ebenfalls Distanz halten.

19

Rue Lestape Nr. 15 war ein kleines elegantes Stadthaus in der Nähe von St. Germain.

»Er ist nicht da«, sagte Pichot. »Ich habe es überprüft, bevor ich Sie angerufen habe.«

»Vielleicht kommt er ja bald.« Galen versuchte es an der Haustür und ging dann schnellen Schritts durch die Gasse zur Rückseite des Hauses. »Vielleicht finde ich ja auch drinnen Hinweise darauf, wo er steckt.« Er bückte sich und untersuchte das Türschloss. Hervorragende Handwerksarbeit. Er brauchte einige Minuten, um es zu knacken. »Sesam, öffne dich.«

»Und wenn es eine Alarmanlage gibt?«, fragte Pichot. »Vielleicht sollten wir lieber – «

»Deschamps hat ganz gewiss kein Interesse daran, dass die Polizei bei ihm an die Tür klopft.« Galen ging hinein. »Kommen Sie schon, Pichot.«

»Vielleicht sollte ich lieber im Wagen warten.«

»Das glaube ich nicht.« Galen lächelte ihm über die Schulter zu und schaltete die Taschenlampe an. »Nicht dass ich Ihnen nicht trauen würde, aber es ist mir lieber, Gesellschaft zu haben, während ich durch Deschamps' Unterschlupf streife. Sie sind mir ein bisschen zu sehr auf der Hut vor unserem abwesenden Freund.«

»Da machen Sie sich mal keine Sorgen. Ich bin eher auf der Hut vor Ihnen.« Pichot ließ seinen Blick durch die kleine Diele schweifen. »Hübsch. Möchte wissen, was die Tapisserie gekostet hat.«

»Sind Sie noch nie hier gewesen?«

»Deschamps ist kein Typ, der Freundschaften schließt. Ich habe ihn immer vor dem Haus abgeholt.«

Die Diele war sehr geschmackvoll eingerichtet. Ein Perserteppich bedeckte den Fußboden aus Eichenholz. Eine Tür führte in ein großes Zimmer.

»Wonach suchen Sie eigentlich?«, fragte Pichot.

»Nach einem Arbeitszimmer, einer Bibliothek ...« Er warf einen Blick durch die Wendeltreppe ins Obergeschoss. »Vielleicht auch das Schlafzimmer.«

»Was ist das?«

Pichot starrte auf eine Tür. Es war keine gewöhnliche Tür, sie war auf der ganzen Fläche mit kunstvollen floralen Schnitzereien verziert.

Galen ging darauf zu. »Offensichtlich ein wichtiges Portal. Wollen wir doch mal sehen, was sich dahinter verbirgt.«

Die Tür war verschlossen.

»Halten Sie mal die Taschenlampe.« Er hockte sich hin und begann daran herumzuarbeiten. Nach ein paar Minuten gelang es ihm, das Schloss zu öffnen. Er nahm Pichot die Taschenlampe ab. »Was haben wir denn da –« Er erstarrte. »Verdammter Mist.«

»Was ist los?« Pichot schob ihn zur Seite und machte einen Schritt in das Zimmer.

Auf der Wand gegenüber blinkte ein rotes Licht.

»Nein!« Galen packte Pichot, stieß ihn durch ein Fenster, das klirrend zerbarst und sprang hinterher.

Das Haus explodierte in einem Feuerball.

Deschamps erstarrte, als der Pieper in seiner Tasche sich meldete. Er nahm das Gerät heraus, aber als er einen Blick darauf warf, schaltete das rote Licht sich ab.

Er schloss die Augen und stöhnte. »Nein«, flüsterte er. Es war alles zum Teufel.

»Du verdammter Idiot.« Travis' Hand umklammerte den Hörer. »Ich breche dir das Genick, Galen.«

»Das hätte ich beinahe selbst hingekriegt.« Nach einer Weile fuhr er fort. »Ich habe nicht damit gerechnet. Ich dachte, dass vielleicht ein Schreibtisch oder ein Safe präpariert wäre, aber nicht das ganze Haus. Die Explosion wurde erst ausgelöst, als Pichot das Zimmer betrat. Es ergibt überhaupt keinen Sinn.«

»Konntest du noch einen Blick auf die Einrichtung des Zimmers werfen?«

»Es sah aus wie ein verrücktes Museum. Wie Aladins Höhle, voller Gemälde und Skulpturen ... Das ist es ja, was keinen Sinn ergibt. Eins der Gemälde war garantiert ein Monet. Ich hätte schwören können, dass es das Wasserlilienbild war, das angeblich im vergangenen Jahr mitsamt dem Haus des Sammlers verbrannt ist. Wenn das Bild auf die Qualität der restlichen Kunstschätze in dem Zimmer schließen lässt, dann frage ich mich, warum Deschamps seine Hütte mit einem Sprengsatz gesichert hatte.«

»Ich werde ihn fragen ... sobald wir ihn gefunden haben.« Grimmig fügte Travis hinzu: »Und wenn du mir versprichst, dich nicht wieder allein auf die Jagd nach ihm zu begeben.«

Schweigen am anderen Ende der Leitung.

»Galen.«

»Na gut, das ist nur fair. Ich hatte meinen Versuch. Du sollst deinen auch haben.«

»Vielen Dank auch«, erwiderte Travis sarkastisch. »Ich weiß diesen Gefallen zu schätzen.«

»Das will ich hoffen«, gab Galen zurück. »Ich hatte die Schnauze gestrichen voll, als ich vor Deschamps' Haus auf dem Gehweg lag.«

»Kommst du wieder her?«

»Bald. Ich muss erst noch den Dumairs in St. Ives einen Besuch abstatten. Bis dann.«

Travis legte auf und ging auf die Veranda. Verdammt, er hätte sich denken können, dass Galen sich zu so einer Wahnsinnstat würde hinreißen lassen, sobald sich die Gelegenheit bot. Er war sich immer selbst das höchste Gesetz. Travis musste sich eingestehen, dass er Galen beneidete. Denn er war nicht hier festgenagelt und hatte die Chance, Deschamps zu jagen. Aber immerhin war Galen in die Offensive gegangen.

Jetzt mussten sie nur noch abwarten, was sich Deschamps nach dieser Geschichte einfallen lassen würde.

Zwei Tage später hatte Cassie einen Alptraum.

Beim ersten gellenden Schrei fuhr Melissa aus dem Schlaf.

»Cassie ...« Sie schwang sich aus dem Bett. »Nein, Kleines, tu es nicht – «

»Was ist los?« Travis stand im Türrahmen. »Hatten Sie nicht gesagt, sie hätte jetzt keine Alpträume mehr?«

»Ich sagte, dass ich es hoffe.« Melissa schaltete das Licht ein.

Cassie schrie wieder.

»Stehen Sie nicht herum. Setzen Sie sich neben sie und reden Sie mit ihr.«

»Das Übliche?«

Sie nickte und legte sich zu Cassie unter die Decke. »Aber wenn ich sage, Sie sollen aufhören, dann tun sie's.«

»Was werden Sie tun?«

»Ich werde ihr sagen, dass sie nur blufft.«

»Blufft?«

»Ich habe ihr erzählt, sie würde keine Alpträume mehr haben.« Sie schloss die Augen. »Sie will mir beweisen, dass ich Unrecht habe.«

»Eine ziemlich drastische Demonstration.«

»Sie will mich außen vor lassen. Sie glaubt, wenn sie beweisen kann, dass ich Unrecht habe, dann würde ich weggehen.« Sie kuschelte sich näher an Cassie heran. »Sprechen Sie mit ihr, Travis.«

Sie hörte nicht mehr hin, nahm nur noch leises Gemurmel wahr. Cassie hielt sie in Schach. Diesmal war es nicht der starke Impuls, mit dem sie sonst während der Alpträume in Cassies Welt katapultiert wurde. Sie brauchte einige Minuten, um sich Cassie aufzuzwingen.

Entsetzen.

Eine Welle der Panik.

Monster.

»Keine Monster«, sagte Melissa.

»Du lügst.« Cassie rannte, lief immer tiefer in den Tunnel. »Sie sind hier. Ich muss weg.«

»Wenn sie hier sind, dann nur deshalb, weil du sie hier hereingeholt hast. Du kannst sie auch wieder wegschicken.«

»Ich hab dir doch gesagt, dass sie kommen würden.«

»Du suchst bloß eine Ausrede, um hier zu bleiben.«

»Ich muss weiter rein ...«

»Nein.« Melissa pflanzte sich vor Cassie auf und versperrte ihr den Weg. »Hör auf zu rennen.«

»Geh mir aus dem Weg.« Die Willenskraft des Mädchens prallte mit voller Wucht auf Melissa. »Weg da.«

»Hinter dir sind keine Monster. Dreh dich um und sieh selbst.«

»Ich denke nicht dran.«

»Dreh dich um.«

»Sie sind hier. Ich muss rennen.«

»Jetzt dreh dich endlich um.« Melissa packte sie an den Schultern und zwang sie, sich umzudrehen.

»Ich gucke nicht hin.«

»Doch, das wirst du.«

»Du kannst mir gar nichts befehlen.«

»Du weißt, dass das nicht stimmt. Ich bin jetzt stärker als du, Cassie. Mach die Augen auf.«

Das Mädchen blieb noch einen Augenblick wie erstarrt stehen, schließlich hoben sich langsam ihre Augenlider.

»Und was siehst du, Cassie?«

»Monster.«

»Was siehst du?«

»Monster.«

»Was siehst du?«

»Ich hab's dir doch gesagt«, erwiderte das Kind trotzig.

»Und warum tun sie dir dann nichts?«

»Michael hält sie in Schach.«

»Gehen Sie, Travis.«

»Nein!« Cassie versuchte, sich frei zu machen. »Komm zurück, Michael.«

Aber Travis' Stimme war nicht mehr zu hören.

»Er ist weg, Cassie. Und du bist immer noch hier.«

»Die Monster kommen. Sie wollen mich holen.«

Gott, was hatte sie für einen starken Willen. »Sie sind nicht hier. Du siehst sie gar nicht.«

»Willst du mir vielleicht sagen, was ich sehe?«

»Dann sag du es mir doch. Was siehst du?«

»Fratzen und Zähne und Augen ...«

»Aber sie tun dir nichts. Weil sie nicht wirklich da sind. Ich halte dich jetzt fest, und du wirst sie dir ansehen. Wenn sie zu nahe kommen, bin ich hier und beschütze dich.«

»Das tust du bestimmt nicht«, schluchzte Cassie. »Du hasst mich.«

»Ich liebe dich.«

»Dann lass mich gehen.«

»Erst wenn du mir erzählst, was du siehst.«

»Mon-« Cassie versagte die Stimme. »Ich muss – ich kann nicht zurückgehen. Ich muss tiefer reingehen.«

»Was siehst du?«

Plötzlich wirbelte sie zu Melissa herum. »Nichts!«, schrie sie. »Nichts. Überhaupt nichts!«

»Keine Monster?«

»Keine Monster. Bist du jetzt zufrieden?«

»Aber ja.« Tränen liefen ihr über die Wangen, als sie Cassie in die Arme schloss. »Zufriedener könnte ich gar nicht sein, Kleines.«

»Lass mich los.« Bei diesen Worten legte sie den Arm um Melissa. »Ich hasse dich.«

»Gleich.« Melissa wiegte sie hin und her. »Gleich lasse ich dich los, Cassie ...«

Es dauerte noch eine Stunde, bis sie die Augen öffnete.

»Hallo.« Travis saß im Sessel neben dem Bett. »Wie geht's?«

»Gut«, flüsterte sie. Sie küsste Cassie auf die Stirn, bevor sie aus dem Bett schlüpfte. »Es hat eine Weile gedauert, bis ich sie so weit hatte, dass sie einschlafen konnte.«

»Was zum Teufel ist eigentlich passiert? Sie hat geschrieen wie am Spieß, als ich aufhörte, zu ihr zu sprechen. Sie hat mich zu Tode erschreckt.«

»Mich auch.«

»Aber es ist gut ausgegangen?«

Melissa nickte. »Es war der Durchbruch. Sie hat mir und sich selbst eingestanden, dass es keine Monster im Tunnel gab.«

»Also keine weiteren Alpträume?«

»Ich hoffe es inständig. Ihre Fantasie ist stark genug, um sie jederzeit heraufzubeschwören. Aber zumindest weiß sie jetzt, dass sie sich selbst belogen hat. Optimal wäre, wenn sie jetzt anfangen würde, den Grund anzuzweifeln, der sie veranlasst, im Tunnel zu bleiben.«

»Und der wäre?«

»Der Windtänzer möchte, dass sie bleibt, weil sie dort in Sicherheit ist.«

»Können Sie sie denn davon überzeugen, dass das nicht stimmt?«

»Mit Geduld und Spucke.« Melissa schaltete das Licht auf dem Nachttisch aus. »Ich kann nur hoffen, dass es nicht allzu lange dauert. Ich werde mir jetzt einen koffeinfreien Kaffee machen und dann versuchen zu schlafen. Wollen Sie auch einen?«

»Warum nicht?« Travis folgte ihr in die Küche und sah ihr dabei zu, wie sie Kaffee machte. »Sie beide haben mich heute Nacht nicht gebraucht, stimmt's? Deshalb haben Sie mich weggeschickt. Um Cassie zu beweisen, dass sie auch ohne mich auskommt.«

»Und es hat geklappt.« Melissa setzte sich an den Tisch. »Sie sollten sich eigentlich darüber freuen. Jetzt sind Sie sie los.«

»Das ist nicht ganz fair. Ich habe ihr nicht ungern geholfen.«

»Immerhin haben Sie sie als Verhandlungsmasse benutzt.«

»Touché.« Travis hob seine Tasse zum Mund. »Das liegt in der Natur der Bestie. Ich bin auch kein Heiliger, Melissa. Habe ich auch nie behauptet.«

Das stimmte. Er hatte nie ein Hehl aus seinem Charakter und seinen Beweggründen gemacht. Seine Gedankengänge mochten verschlungen sein wie ein Labyrinth, aber er hatte sie nie darüber im Unklaren gelassen, mit wem sie es zu tun hatte. »Ich nehme an, dass Sie Ihre Gründe hatten. Sie sagten, Sie seien besorgt um Ihren Freund Jan. Offenbar hatten Sie auch dazu allen Grund.«

»Mehr als mir klar war.«

»Erzählen Sie mir von ihm.«

»Warum?«

Melissa wandte den Blick von ihm ab. »Ich weiß nicht. Ich glaube nicht, dass es Ihnen leicht fällt, Nähe zu anderen Menschen aufzubauen. Wahrscheinlich bin ich nur neugierig, was für einen Mann Sie als Freund bezeichnen.«

»Er war ein feiner Kerl. Er bezeichnete sich selbst als egoistisch, aber er war immer für mich da, wenn ich ihn brauchte. Jan war für mich ein Stück Familie. Er und mein Vater hatten geschäftlich miteinander zu tun. Über Jahre hinweg.«

»Was für Geschäfte waren das?«

Er lächelte. »Gelegentliche Kunstdiebstähle, aber meistens Schmuggel. Mein Vater war noch ein richtiger Abenteurer. So eine Art Draufgänger. Er suchte den Nervenkitzel. Jan war der praktisch orientierte, ruhende Pol in meinem Leben. Damals mochte ich ihn nicht besonders, denn er wollte meinen Vater immer wieder davon abhalten, mich zu seinen Nacht- und Nebelaktionen mitzunehmen. Er meinte, das sei zu gefährlich, und wir beide sind uns darüber manchmal fürchterlich in die Wolle geraten.«

»Ihr Vater hat Sie tatsächlich mitgenommen?«

»Klar, er hielt das für eine geeignete Erziehungsmaßnahme.«

»Und war es das?«

»Darauf können Sie Gift nehmen. Ich habe eine Menge gelernt. Allerdings war kaum etwas davon legal.«

»Haben Sie denn keine Schule besucht?«

»Doch, eine Fernschule. Jan bestand darauf. Nach dem Tod meines Vaters holte er mich nach Amsterdam und schickte mich auf eine reguläre Schule.«

»Wie alt waren Sie, als Ihr Vater starb?«

»Dreizehn.«

»Bei dem Hintergrund müssen Sie ja für Ihre Mitschüler ein Schock gewesen sein.«

»Eigentlich nicht. Damals war ich ziemlich zahm. Der Tod meines Vaters war eine hässliche Angelegenheit und hat mich sehr mitgenommen.«

»Was ist denn mit ihm geschehen?«

»Er ist dem Chef eines Drogenkartells in Algier auf die Füße getreten. Sie haben unser Boot in die Luft gejagt.«

Melissas Augen weiteten sich. »Und Sie waren mit auf dem Boot?«

Er nickte. »Jan auch. Mein Vater war im Unterdeck, er wurde von der Explosion getötet. Jan und ich waren oben und wurden von Bord geschleudert. Ich schlug mit dem Kopf gegen irgendwelche Trümmerteile, und Jan musste mich an Land schleppen. Wochenlang lag ich im Krankenhaus. Er ist die ganze Zeit bei mir geblieben. Danach hat er mich mit nach Amsterdam genommen.«

»Und was war mit dem Mord an Ihrem Vater?«

»Sie meinen die Polizei? In dem Geschäft geht keiner zur Polizei, es sei denn, man will im Gefängnis landen. Man nimmt seine Probleme selbst in die Hand.«

»Aber doch nicht mit dreizehn.«

Travis lächelte. »Ich bin ja nicht dreizehn geblieben.«

Sein Gesichtsausdruck ließ sie erschauern. »Was haben Sie getan?«

»Nun, das was jedes Kind tut. Ich bin in die Schule gegangen, habe Fußball gespielt, Bücher gelesen.« Er stand auf und stellte seine Tasse in die Spüle. »Und ich habe gewartet.«

»Und dann?«

»Die Einzelheiten werden Sie lieber nicht erfahren wollen.« Er spülte die Tasse aus und stellte sie wieder ins Regal. »Ich habe das Problem jedenfalls in die Hand genommen.«

Er hatte Recht. Sie wollte die Einzelheiten nicht wissen. Zweifellos waren sie brutal und grausam.

»Sind Sie jetzt schockiert?« Er sah sie prüfend an. »Das würde mir Leid tun. Ich bin nun mal nicht wie Sie mit einem goldenen Löffel im Mund geboren. Wir sind so verschieden wie Tag und Nacht.«

»Weil Sie Rache nehmen wollten?« Melissa schüttelte den Kopf. »Wir sind kein bisschen verschieden.«

»Gefühlsmäßig vielleicht nicht, aber was die Wahl der Mittel angeht, schon. Wenn es jemanden betrifft, der mir nahe steht, halte ich nichts von schnellen, sauberen Exekutionen.« Er schwieg einen Moment. »Also glauben Sie ja nicht, Sie könnten mir in die Quere kommen.«

Melissa starrte ihn wortlos an.

»Verdammt, überlassen Sie das bloß mir.« Er ballte die Hände zu Fäusten. »Sie glauben wohl, dass es leicht ist, einen Menschen zu töten?«

»Ich glaube nicht, dass es mir schwer fallen würde, Deschamps zu töten. Es ist wahrscheinlich genauso leicht, wie eine Kakerlake zu zertreten.« Sie stand auf. »Oder ihr mit meinem goldenen Löffel den Schädel einzuschlagen. Gute Nacht, Travis.«

»Melissa.« Er holte tief Luft. »Ich mag zwar Cassie los sein, aber Sie braucht sie noch. Sie haben es Jessica versprochen.«

»Nicht nötig, mich daran zu erinnern. Es geht ihr aber schon besser. Irgendetwas Neues von Galen?«

»Nein.«

»Aber Sie würden es mir doch sagen?« Als er ihr die Antwort schuldig blieb, presste sie die Lippen zusammen. »Das habe ich mir gedacht. Sie lassen mich außen vor. Von Partnerschaft kann da ja wohl kaum die Rede sein. Nun gut, zumindest weiß ich jetzt, woran ich bin.«

»Deschamps wird Sie töten. Hören Sie auf mich. Sie wollen sich diesem Burschen an die Fersen heften, als wären Sie eine Art Killerkommando. Ich kenne Sie. Ich bin noch nie jemandem begegnet, der das Leben so liebt wie Sie. Was glauben Sie, wie Sie sich dabei fühlen werden, ein Leben auszulöschen?«

»Ich werde mich im Recht fühlen. Er hat meine Schwester getötet. Und ich werde tun, was ich tun muss.«

»Überlassen Sie ihn mir, Melissa.«

Plötzlich wurde sie wütend. »Den Teufel werde ich tun.« Sie marschierte ins Schlafzimmer und knallte die Tür hinter sich zu. Mist, das hätte sie nicht tun sollen. Wenn sie so weitermachte, würde sie Cassie noch aufwecken.

Aber zum Glück schlief die Kleine weiter.

Ihr Zorn verflog, als sie sich auf das Bett setzte und Cassie betrachtete. »Du musst wieder gesund werden, Kleines«, flüsterte sie. »Du bist schon nahe dran. Jetzt musst du nur noch herauskommen. Das bist du Jessica schuldig.«

Cassie bewegte sich.

Melissa erstarrte. Das war nie vorgekommen, wenn Jessica zu ihr gesprochen hatte. Jessica hatte zwar zu spüren geglaubt, dass Cassie reagierte, aber diesmal hatte sich das Kind tatsächlich bewegt.

»Cassie?«

Das Mädchen wandte den Kopf ab.

Ablehnung. Aber immerhin eine Reaktion.

»Also gut.« Melissa schluckte. »Ein Schritt nach dem anderen. Anscheinend sind wir uns heute Abend näher gekommen, als ich dachte. Ich werde also hier sitzen bleiben und mit dir sprechen. Und du wirst mir zuhören, nicht wahr? Wir werden uns über den Windtänzer unterhalten, über dich und mich und darüber, wie wir die Monster für alle Zeiten loswerden …«

»Hallo, Travis. Sie reizen mich allmählich bis aufs Blut.«

Er erstarrte. »Wer spricht da?«

»Erkennen Sie meine Stimme nicht?«

Travis sog hörbar die Luft ein. »Deschamps?«

»Haben Sie eine Ahnung, welche Schönheit Sie zerstört haben?«, fragte Deschamps heiser.

»Ich weiß nicht, wovon Sie reden.«

»Es soll also wirklich reiner Zufall sein, dass ausgerechnet jetzt, wo Sie hinter mir her sind, mein Haus aufgebrochen und zerstört wird? Komisch, nicht wahr? Sie waren das, stimmt's?«

»Ich habe Ihr Haus nicht in die Luft gejagt. Die Sprengladung haben Sie angebracht.«

»Sie wäre nicht hochgegangen, wenn Sie nicht versucht hätten, den Raum zu betreten.«

»Sie selbst haben das Haus zerstört. Warum?«

»Es wäre nicht nicht mehr meins gewesen. Alles hätte Ihnen gehört, oder wem auch immer Sie es verkauft hätten. Für mich wäre es damit verdorben gewesen.«

»Ach Gott, sind Sie ein Trödelsammler?«

»Wie banal das klingt. Sie haben keine Ahnung. Aber es ist Ihnen nicht gelungen, mir all meine Schätze zu rauben. Sie glauben doch nicht etwa, ich hätte sie alle an einem einzigen Ort aufbewahrt? Für den Monet allerdings werden Sie mir bezahlen. Sie werden mir eine Gegenleistung erbringen. Wo ist der Pegasus, Travis?«

»Im Museum.«

»Für wen halten Sie mich? Sie haben ihn doch mitgenommen.«

»Woher wollen Sie das wissen?«

»Wo ist die Skulptur?«

»Wenn ich sie hätte, würde ich es bestimmt gerade Ihnen verraten. Also, was wollen Sie?«

»Das habe ich Ihnen schon gesagt.«

»Dann sagen Sie's noch mal.«

»Ich denke, es ist an der Zeit, dass wir beide uns mal kennen lernen. Ich bin schon ziemlich lange hinter Ihnen her.«

»Sie haben mich gefunden. Warum haben Sie stattdessen Jan erschossen?«

»Ich hatte meine Gründe, und ich glaube, Sie kennen sie.«

»Der Pegasus.«

»Aus Ihrem Gespräch mit van der Beck ging deutlich hervor, dass Sie ihn stehlen wollten. Ich brauchte nur abzuwarten und aufzupassen.«

»Aber Sie hatten das Museum doch längst schon selbst unter die Lupe genommen.«

»Das hielt ich für notwendig, nachdem Sie verhindert haben, dass ich das Mädchen in meine Gewalt brachte. Es wäre ganz leicht gewesen, als Lösegeld für die Kleine den Pegasus zu bekommen.«

»Also alles nur wegen der Skulptur?«

»Was denn sonst? Schon als Junge wollte ich den Pegasus haben. Mein ganzes Leben lang habe ich auf meine Chance gewartet. Sie haben mir zweimal reingepfuscht.«

Travis musste ihn tiefer ins Gespräch verwickeln, um herauszufinden, wie der Bursche tickte. »Was könnten Sie denn damit anfangen? Sie könnten ihn nicht verkaufen, und Andreas würde niemals aufgeben, nach Ihnen zu suchen.«

»Wir beide wissen doch genau, dass es auf dieser Welt immer noch Orte gibt, wo ein Mann untertauchen kann. Ich habe mir kürzlich den Orient angesehen. In Europa wird mir der Boden allmählich zu heiß.« Deschamps schwieg eine Weile. »Und nur ein Mensch, der keine Seele besitzt, würde es fertig bringen, den Pegasus zu verkaufen.«

»Sie glauben tatsächlich, Sie hätten eine Seele, Deschamps?«

»Weil ich kein sentimentaler Trottel bin? Was heißt denn Seele? Ein schönes Bild oder eine kunstvolle Skulptur zu betrachten versetzt jede Faser meines Körpers in

Erregung. Ich habe Tränen vergossen, als ich zum ersten Mal ein Foto vom Pegasus sah. Wer kann so vermessen sein zu behaupten, dass mein Feingefühl nicht an Ihres heranreicht?«

»Ich bin kein kaltblütiger Killer.«

»Das ist ein jämmerliches Argument. Sie sind doch ein intelligenter Mann. Aber stimmt, Sie wären ein würdigerer Gegner, wenn Sie sich nicht von Ihren Gefühlen beherrschen ließen. Als ich van der Beck tötete, war das nicht zu übersehen.«

Travis hatte Mühe, seine Wut zu unterdrücken. »Sie hatten keinen Grund, Jan zu töten.«

»Natürlich hatte ich einen Grund. Es hat Sie getroffen. Ich habe immer Gründe. Sinnloses Gemetzel bereitet mir kein Vergnügen.«

»Nicht einmal, als Sie Ihren Stiefvater umgebracht haben?«

»Oh, Sie waren ja ganz schön emsig. Und was haben Sie über meinen geschätzten Stiefvater herausgefunden?«

»Dass Sie ihn nicht leiden konnten, was Sie unter Beweis gestellt haben, indem Sie ihn in Stücke zerhackten. Was genau hatte er Ihnen denn angetan?«

»Er hat mich ins Gefängnis gebracht, ausgerechnet wegen meiner Liebe zur Kunst. Dabei hat er selbst sie in mir geweckt. Ich wohnte praktisch in seiner Kunstgalerie. Ist es so schwer zu verstehen, dass ich ein bisschen was davon für mich selbst haben wollte? Im Gefängnis hatte ich eine Menge Zeit zum Nachdenken. Ich habe mich in einen Kokon eingesponnen und in einen Schmetterling verwandelt.«

»Wohl eher in eine Kobra. Warum erzählen Sie mir das alles?«

»Ich möchte, dass Sie mich verstehen. Ich möchte, dass Sie wissen, was Sie erwartet.« Deschamps machte eine Pause. »Sie hätten eigentlich im Museum sterben sollen.

Ich hatte geplant, Sie zu töten und die Skulptur an mich zu nehmen. Es wäre mir auch gelungen, wenn die Frau nicht gewesen wäre.«

»Sie haben Jessica Riley getötet, die einzige Frau, die mit dieser Geschichte zu tun hatte.«

»Es war aber nicht Jessica Riley, die in jener Nacht bei Andreas angerufen und mir die Polizei auf den Hals gehetzt hat.« Deschamps schwieg einen Moment. »Interessant, dass Sie mich belügen, um zu verhindern, dass ich von Melissa Riley erfahre. Eigentlich hatte ich vor, mich erst später um sie zu kümmern, aber vielleicht sollte ich sie besser ganz oben auf meine Liste setzen.«

»Und meine Wenigkeit dabei aus den Augen verlieren?«

»Die Zeit reicht, Sie alle zu kriegen. Haben Sie Cassie Andreas eigentlich schon getötet?«

»Wie bitte?«

»Sie haben den Pegasus. Es gibt keinen Grund, sie am Leben zu lassen. Sie muss Ihnen doch ein Klotz am Bein sein.« Er lachte. »Mein Gott, Sie haben es wirklich noch nicht getan. Ihr weiches Herz wird Sie noch das Leben kosten. Geduld zu üben ist nicht leicht. Denken Sie darüber nach.« Er legte auf.

Leise fluchend schaltete Travis sein Handy ab.

»Probleme?« Galen stand auf der Türschwelle.

»Höchste Zeit, dass du zurückkommst.«

»Deschamps?«

Travis nickte. »Du hast ihn empfindlich getroffen, als du in sein Revier eingedrungen bist. Er hat offensichtlich das Bedürfnis zu kommunizieren.«

»Irgendwas von Interesse?«

»Lediglich Drohungen.« Gegen ihn, gegen Melissa. »Mist, ich hätte den Anruf gerne zurückverfolgt.«

»Wer hätte ahnen können, dass er dich anruft?«

»Vielleicht ruft er ja wieder an?«

»Ich werde ein paar Techniker auftreiben, wir kriegen ihn schon.«

Das wusste Travis. Frustrierend war bloß, dass er diese Spur nicht zu seinem Vorteil nutzen konnte. »Er hat Kontakte. Er kennt meine Telefonnummer und weiß, dass die Skulptur nicht mehr im Museum ist. Außerdem weiß er, dass Melissa die Polizei gerufen hat. Kannst du rausfinden, wer sein Informant ist?«

»Ich kann's versuchen.« Galens Blick schweifte zu Melissa hinüber, die am Strand saß. »Willst du es ihr erzählen?«

Travis zögerte, dann schüttelte er den Kopf. »Es gibt nichts zu erzählen.« Nichts zu berichten außer über Scheußlichkeiten und Blut und einen notorischen Killer, der es auf sie abgesehen hatte. Sie hatte schon genug am Hals und konnte nicht noch einen weiteren Schock gebrauchen. »Vielleicht, wenn du etwas Genaueres in Erfahrung bringst.«

Galen ging zur Haustür. »Oder auch nicht. Ich sehe schon, dass dein Beschützerinstinkt sein hässliches Haupt erhebt. Aber sobald sie das mitkriegt, kannst du dich darauf verlassen, dass sie sich heftig zur Wehr setzen wird.«

20

»Gute Nachrichten. Wir haben den Mann identifiziert, dessen Leiche wir im Keller des Museums gefunden haben«, sagte Danley. »Er heißt Pierre Cardeau. Geboren in Marseille, ein kleiner Ganove, aber auch bekannt dafür, dass er nicht vor Gewalt zurückschreckt. Hervorragender Schütze. Und er war während des Anschlags auf Vasaro in Nizza.«

»Er könnte also mit von der Partie gewesen sein«, bemerkte Andreas. »Aber auf wessen Seite? Auf Travis' Seite oder auf der von dem Scheißkerl, der versucht hat, sie zu entführen?«

»Sind Sie immer noch davon überzeugt, dass sie nicht alle zusammengearbeitet haben?«

Andreas war von gar nichts mehr überzeugt. »Ich weiß nur, dass ich Travis haben will.«

»Wir tun, was wir können. Das hier ist aber ein echter Durchbruch. Cardeau hat einen Bruder, den haben wir uns heute Morgen gekrallt. Die beiden haben hin und wieder zusammengearbeitet. Wenn er etwas weiß, dann verspreche ich Ihnen, dass wir es erfahren werden.«

»Wie lange werden Sie brauchen?«

Danley lächelte. »Nicht lange. Das garantiere ich Ihnen.«

Andreas wollte weder wissen, woher Danley seine Sicherheit nahm, noch welche Methoden er anwenden würde. Es war der erste Durchbruch, seit Cassie entführt worden war, und er würde alles nehmen, was er bekommen konnte, egal wie. »Lassen Sie es mich wissen, sobald Sie etwas erfahren.«

»Guten Morgen.« Galen blickte vom Herd auf, als Melissa am nächsten Morgen die Küche betrat. »Nehmen Sie Platz. Das Frühstück ist gleich fertig.«

»Ich habe Sie gar nicht kommen gehört.« Sie setzte sich an den Tisch. »Wo ist Travis? Ist er noch nicht aufgestanden?«

»Er hat sich gleich nach meiner Ankunft auf den Weg gemacht. Ich glaube, nach Cannes.« Er stellte ihr ein Glas Orangensaft hin. »Sein Geschäft mit Karlstadt. Er meinte, er wolle so bald wie möglich zurückkommen, aber es könnte ein paar Tage dauern.«

»Haben Sie Danielle Claron gefunden?«

»Noch nicht. Ihr Vater hat mir allerdings versprochen, ihr auszurichten, dass ich um ihren Rückruf bitte, sobald sie auftaucht.«

»Er weiß wirklich nicht, wo sie steckt?«

»Das behauptet er zumindest. Es ist natürlich auch möglich, dass er jeden für eine Gefahr für seine Tochter hält.« Galen lächelte. »Aber wer könnte schon weniger einschüchternd wirken als ich.«

»Attila der Hunnenkönig.«

»Vorsicht, ich vergesse gleich, Ihre Rühreier mit Salz und Pfeffer zu würzen. Und was ist das Leben ohne Gewürze!« Er stellte den Teller mit Eiern und Speck vor sie auf den Tisch. »Wie geht's der Kleinen?«

»Sie hat keine Alpträume mehr.«

»Travis sagte mir, das hätten Sie geschafft. Gratulation.«

»Ich habe einfach Glück gehabt. Es hätte auch ganz

anders kommen können.« Sie begann zu essen. »Sie sind also die Wachablösung für Travis?«

»Ich brauche einfach ein bisschen Urlaub am Meer. Schließlich bin ich derjenige, der hier dauernd die Arbeit macht. Wie sind die Eier?«

»Ausgezeichnet.« Melissa lehnte sich zurück und fixierte ihn durchdringend. »Werden Sie es mir sagen, wenn Monsieur Dumair oder Danielle Claron Sie anrufen?«

Er schaute sie nachdenklich an. »Was würden Sie tun, wenn die Antwort nein lautet?«

»Ich wäre ziemlich sauer und würde überlegen, wie ich es selbst herausfinde.«

»Das habe ich mir gedacht.« Er nickte. »Ich werde es Ihnen sagen. Obwohl Travis alles andere als erfreut sein wird. Und was hätten Sie gern zum Mittagessen? Ich stehe Ihnen mit meinen vielseitigen Fähigkeiten gerne zur Verfügung. Sie dürfen sich etwas wünschen.«

Sie lächelte. »Sie haben mir schon gegeben, was ich haben wollte.«

Cannes
14:50

Das Hoteldach.

Möglicherweise das offene Fenster über der Bäckerei.

Oder das Souvenirgeschäft an der Ecke.

Eins von den dreien oder vielleicht auch keins davon.

Travis zog sich weiter in den Schatten zurück. Er hatte die Straße schon früher am Tag eingehend unter die Lupe genommen, aber vor dem Treffen mit Karlstadt am Abend würde er noch einmal nachsehen müssen. Unvorbereitet zu sein konnte tödlich enden.

Hatte sich in der Gasse neben der Bäckerei etwas bewegt?

18:05

Galen und Melissa saßen gerade beim Abendessen, als das Telefon klingelte.

Melissa erstarrte.

Galen lächelte. »Es könnte irgendwer sein. Ein wichtiger Mann wie ich muss immer in Kontakt bleiben.«

»Gehen Sie ran.«

Er nickte und schaltete sein Handy an. »Galen.« Sein Lächeln verschwand. »In Ordnung. Ich werde es Travis ausrichten. Natürlich bin ich interessiert. Ich sagte, ich werde es Travis weitergeben. Könnten Sie mir eine Nummer nennen, unter der er zurückrufen kann?« Er schaltete das Gerät ab. »Sie hat aufgelegt.«

Ihr Herz hüpfte vor Aufregung. »Sie?«

»Danielle Claron.«

»Sind Sie sicher? Wie klang sie?«

»Verängstigt. Sehr verängstigt. Und nein, ich kann mir über nichts sicher sein. Aber sie hatte meine Nummer, und sie wusste, dass ich mit ihren Eltern gesprochen hatte.«

»Was hat sie gesagt?«

»Dass sie Geld braucht, viel Geld. Und ein sicheres Versteck. Sie wollte nichts versprechen, bevor wir uns geeinigt haben. Sie will Travis noch heute Nacht treffen.«

»Wo?«

»Bei der alten Kirche am nördlichen Stadtrand. Sie sagte, im Stadtzentrum würde eine neue Kirche gebaut, und die alte stehe jetzt leer. Sie wird kurz nach Mitternacht dort sein.«

»Dann müssen wir hin und sie treffen.«

Er schüttelte den Kopf. »Travis wird hinfahren. Sie will mit ihm verhandeln.«

»Aber Travis ist nicht hier, verdammt noch mal.«

»Ich werde ihn später anrufen.« Er warf einen Blick auf seine Uhr. »Er ist in ein paar Stunden mit Karlstadt verabredet, und im Moment könnte die Situation äußerst heikel sein.«

Selbst wenn die »heikle« Situation bereinigt wäre, würde Travis mich niemals mit zur Kirche gehen lassen, dachte Melissa frustriert. Aber sie durfte die Kleine nicht vergessen. »Sie bleiben bei Cassie. Ich werde Danielle Claron treffen. Gut möglich, dass sie sich von einer Frau weniger bedroht fühlt, meinen Sie nicht?«

Galen schüttelte den Kopf. »Sie hat klipp und klar verlangt, mit Travis zu verhandeln. Außerdem ist Deschamps hinter ihr her. Sich in ihre Nähe zu begeben, ist zu gefährlich.«

Melissa ballte die Hände zu Fäusten. »Ich bin doch nicht blöd. Ich werde schon nicht in die Kirche trampeln und laut – «

»Ich weiß, dass Sie nicht blöd sind.« Galen presste die Lippen zusammen. »Aber Sie haben keine Erfahrung mit Spielen wie diesem. Ich teile nicht Travis' Meinung, dass man Sie im Unklaren lassen sollte, aber bei tollkühnen Aktionen können Sie auf mich nicht zählen.«

Sein Gesichtsausdruck machte ihr unmissverständlich klar, dass sie ihn zu nichts bewegen würde. Sie stand vom Tisch auf und ging zur Tür.

Galen sprang auf. »Wo wollen Sie hin?«

»Ich gehe spazieren. Ich bin stinksauer und muss ein bisschen Dampf ablassen.« Über die Schulter warf sie ihm einen grimmigen Blick zu. »Glauben Sie etwa, ich würde in den Wagen springen und nach St. Ives fahren?«

»Der Gedanke liegt nahe.«

»Ich sagte bereits, dass ich nicht blöd bin, Galen. Ich bin mir darüber im Klaren, dass Sie versuchen würden, mich aufzuhalten, und wahrscheinlich sind Sie darin sehr gut.« Sie schlug die Tür hinter sich zu und rannte die Eingangsstufen hinunter. Mit energischen Schritten ging sie davon. Ihre Absätze gruben sich in den weichen Sand. Sie musste wegrennen, bevor sie explodierte.

Am liebsten hätte sie irgendjemanden verprügelt, nein, nicht irgendjemanden, sondern Travis. Er blockte sie bei jeder Gelegenheit ab und wusste genau, dass Galen ihr nicht helfen würde. Dies war der erste Durchbruch, endlich gab es eine Chance, Deschamps zu finden, und sie sollte hier herumsitzen und abwarten, bis jemand anders Jessicas Mörder fand!

Jessica.

Nicht in Tränen ausbrechen. Sie hatte bereits zu viel geweint, und wenn ihre Gefühle die Oberhand gewannen, konnte sie nicht klar denken. Sie blieb stehen und blickte aufs Meer. Sie fühlte sich klein und allein.

Ach was, Schluss mit diesen negativen Gedanken! Sie war allein, aber das hieß noch lange nicht, dass sie nicht tun konnte, was getan werden musste.

Sie musste einfach daran arbeiten.

20:35

»Also, da bin ich«, sagte Karlstadt grimmig, als er am Tisch des Straßencafés Platz nahm. »Ich kann nur hoffen, dass Sie mir etwas zu bieten haben.«

»Ihre Situation könnte wirklich nicht beschissener sein, stimmt's?«

»Doch, könnte sie. Sie könnten am Ende unserer Begegnung immer noch am Leben sein. Ich schätze es nicht, reingelegt zu werden, Sie Scheißkerl.«

»Ich habe Sie nicht reingelegt. Zumindest nicht absichtlich.« Travis schob den Beutel über den Tisch. »Das sind alle Diamanten, die ich im Moment habe. Leider befindet sich der Rest in Händen der CIA.«

Karlstadt rührte den Beutel nicht an. »Das reicht nicht.«

»Ich werde den Betrag, den Sie auf das Schweizer Konto angewiesen haben, zurücküberweisen. Das heißt, dass Sie für die fehlenden Diamanten auch nichts zahlen.«

»Sie wissen genau, dass es darum nicht geht. Diese Diamanten müssen unbedingt aus dem Verkehr gezogen werden.«

»Ich habe schon ein paar Ideen, wie sich das bewerkstelligen lässt. In der Zwischenzeit, das müssen Sie zugeben, sind sie doch bei der CIA bestens aufgehoben.«

»Ich muss überhaupt nichts zugeben.« Karlstadt musterte Travis mit versteinerter Miene. »Sie haben mich bei meinen Arbeitgebern in Verruf gebracht. Und die haben nichts für Versager übrig.«

»Sie haben nicht versagt. Sie hatten Zeit genug, mit den Russen zu verhandeln. Die wissen doch nicht, dass Sie nicht alle Diamanten haben.«

»Das Herstellungsverfahren habe ich auch nicht. Geben Sie mir die CD, Travis.«

»Sie werden sie bekommen.«

»Ich will sie jetzt.«

»Ich bin kein Narr, Karlstadt. Sie befindet sich an einem sicheren Ort und wird den direkten Weg zur *New York Times* nehmen, wenn ich sie nicht innerhalb einer angemessenen Zeitspanne anfordere. Ich werde sie Ihnen schicken.« Travis ließ seinen Blick zum Dach des Hotels auf der gegenüberliegenden Straßenseite schweifen. »Sonst kommen Sie am Ende noch auf die Idee, dem Gentleman da oben ein Zeichen zu geben, dass er mich umlegen soll.«

»Sie erwarten doch nicht etwa, dass ich Ihnen noch vertraue. Ich habe Ihnen einmal vertraut.«

»Sie haben mir nicht vertraut. Sie haben getan, was Sie für nötig hielten, um Ihren Arbeitgebern zu gefallen. Ich werde mein Wort halten, weil es das einzig Vernünftige ist. Ich habe schon genug Probleme, auch ohne dass ich Sie am Hals habe.«

»Ich habe davon gehört.« Karlstadt schwieg eine Weile. »Sie hätten eine Kopie der CD machen können.«

»Ich sage Ihnen noch mal, ich will die Geschichte hinter mich bringen und mir keine zusätzlichen Probleme aufhalsen.«

»Wann bekomme ich die CD?«

»Ich werde Sie anrufen und Ihnen mitteilen, wo Sie sie abholen können.« Travis stand auf. »Es wird ein Ferngespräch sein.«

Karlstadt lächelte gequält. »Das ist vernünftig. Ich könnte versucht sein, meine Verluste auf sehr gewalttätige Weise auszugleichen, sollten Sie mir in die Quere kommen.«

»Das werde ich mir merken.« Travis warf noch einen kurzen Blick zum Dach hinüber. »Ich werde jetzt gehen. Bitte machen Sie unserem Freund klar, dass er besser nicht versucht, mir zu folgen. Ich würde es als Vertragsbruch auffassen.«

»Ich gebe Ihnen zwei Tage, mir die CD zukommen zu lassen. Wenn die vorbei sind, werde ich sie mir holen.« Karlstadt lächelte boshaft. »Ich kann es mir nicht leisten, noch lange zu warten. Sie tanzen auf zu vielen Hochzeiten. Ich möchte nicht, dass ein anderer Sie umlegt, bevor ich dazu die Möglichkeit habe.«

»Das wäre unfair. Ich werde mir Mühe geben, Sie nicht zu enttäuschen.« Travis ging die Straße hinunter bis zur nächsten Hausecke. Er beschleunigte seine Schritte und lief eine halbe Stunde im Zickzackkurs quer durch die Stadt, bis er sicher sein konnte, dass ihm niemand folgte. Dann erst stieg er in seinen Wagen.

So weit, so gut. Das war knapp gewesen, ziemlich knapp.

Sein einziger Vorteil war, dass Karlstadt als Geschäftsmann wusste, wie er Schäden begrenzen konnte. Was aber nicht hieß, dass er sich nicht an Travis' Fersen heften würde, wenn er wegen der restlichen Diamanten unter Beschuss geriet. Das Vernünftigste wäre, aus Europa zu verschwinden und unterzutauchen.

Zum Teufel mit der Vernunft.

Zumindest solange Deschamps noch lebte.

Als Travis den Peugeot startete, klingelte sein Telefon.

»Wir haben ein Problem«, sagte Galen. »Bist du noch in Cannes?«

»Ja. Aber in ein paar Stunden müsste ich wieder in der Hütte sein.«

»Komm nicht erst her. Fahr direkt nach St. Ives. Ich habe einen Anruf von Danielle Claron erhalten. Sie will mit dir verhandeln. Sie wird kurz nach Mitternacht bei der alten Kirche am nördlichen Stadtrand sein.«

»Wann hat sie angerufen?«

»Kurz nach sechs. Ich dachte, ich lasse dich erst mal die Geschichte mit Karlstadt erledigen. Von Cannes bis St. Ives sind es nur ein paar Stunden Fahrt.« Er schwieg einen Moment. »Aber du solltest dich beeilen. Melissa ist möglicherweise vor dir dort.«

»Wie bitte? Hast du ihr etwa davon erzählt?«

»Ja, ich bin schuld. Aber ich habe sie die ganze Zeit am Strand im Auge behalten. Als sie von ihrem Spaziergang zurückkam, hat sie sich direkt ins Bett gelegt.«

»Himmel Herrgott, hat dich das nicht misstrauisch gemacht?«

»Natürlich. In den letzten Stunden habe ich viermal die Tür geöffnet und nachgesehen. Beim letzten Mal hat sie mit einem Buch nach mir geworfen. Fünf Minuten später hörte ich, wie der Kleinbus angelassen wurde. Sie muss im selben Moment aus dem Fenster geklettert sein, als ich die Tür hinter mir zugemacht hab. Ich rannte sofort raus, aber sie jagte bereits über den Strand.«

»Ich bringe dich um.«

»Vielleicht habe ich bis dahin längst Selbstmord begangen. Das war ziemlich demütigend. Jetzt bin ich vom mächtigen Krieger zum Kindermädchen für Cassie abgestiegen.«

»Du hättest es ihr nicht sagen sollen. Wir haben keine Ahnung, was uns mit Danielle Claron noch blüht.«

»Ich fände es auch nicht toll, wenn man mich im Dunkeln ließe.« Galen schwieg wieder einen Moment. »Immerhin ist sie nicht ganz schutzlos. Du hast ihr eine Waffe gegeben.«

»Das ist die einzige Waffe, die sie hat. Sie ist damit völlig überfordert. Sie weiß nicht – «

»Das habe ich ihr auch klar zu machen versucht. Aber sie hat gar nicht zugehört. Was ich an ihrer Stelle wahrscheinlich auch nicht getan hätte. Ruf mich an, sobald du in St. Ives bist.« Galen legte auf.

Travis warf einen Blick auf seine Uhr. Von Cannes bis St. Ives waren es mindestens drei Stunden.

Er drückte das Gaspedal durch, und der Wagen machte einen Satz.

21

St. Ives

Die Kirche auf dem Hügel war schon viele Jahrhunderte alt, und der dahinter liegende Friedhof schien die letzte Ruhestätte ganzer Generationen von Einwohnern des Städtchens zu sein. Das Gebäude selbst hatte keine Fenster, und die steinernen Stufen, die zum Portal führten, waren teilweise abgebröckelt.

Melissa hatte nicht vor, diese Stufen hinaufzusteigen. Im hellen Mondlicht würde sie eine deutliche Zielscheibe abgeben. Die Pistole in ihrer Jackentasche fest umklammernd, trat sie tiefer in den Schatten der Eiche.

Sie konnte nicht die ganze Nacht dort herumstehen. Sie befeuchtete ihre Lippen und rief: »Danielle, Danielle Claron!«

Keine Antwort.

»Ich bin Melissa Riley. Michael Travis hat mich geschickt.«

Keine Antwort.

»Er war sich nicht sicher, ob er es rechtzeitig schaffen würde. Aber ich kann alles Geld beschaffen, das Sie benötigen.«

Keine Antwort.

»Herrgott noch mal, glauben Sie denn, er hätte eine Frau geschickt, wenn er vorhätte, Ihnen etwas anzutun?«

»Wenn er schlau wäre, ja.«

Melissa wirbelte herum und entdeckte die Frau, die um die Kirche herum aus der Richtung des Friedhofs auf sie zukam. Sie war zierlich und dunkelhaarig, Mitte dreißig, und trug einen lila Pullover und einen geblümten Rock. »Mein Mann war nie so schlau. Er hat nie auf mich gehört. Er hat mich immer unterschätzt.« Sie hielt eine Pistole auf Melissa gerichtet. »Deshalb ist es diesem Scheißkerl gelungen, ihn umzulegen. Ich unterschätze nie jemanden. Ich werde nicht sterben. Hände hoch.«

Langsam hob Melissa die Hände. »Ich bin nicht hier, um Ihnen etwas zu tun. Ich bin hier, um Ihnen zu geben, was Sie haben wollen.«

»Können Sie mir meinen Mann zurückgeben?«

»Nein, aber ich kann Ihnen das Geld geben, mit dem Sie sich in Sicherheit bringen können.«

»Und was wollen Sie als Gegenleistung?«

»Edward Deschamps. Wissen Sie, wo er steckt?«

Schweigen. »Vielleicht.«

Melissas Herz machte einen Sprung. »Entweder Sie wissen es, oder Sie wissen es nicht.«

»Vielleicht«, wiederholte die Frau. »Wir können uns weiter unterhalten, wenn ich Geld sehe. Am besten bald. Glauben Sie etwa, es hat mir Spaß gemacht, mich wochenlang zu verstecken?«

»Würden Sie bitte die Pistole wegnehmen? Sie sehen doch, dass ich keine Gefahr darstelle.«

Danielle musterte sie eindringlich, schließlich erwiderte sie: »Nein, Sie sind wirklich zu sanft.« Sie senkte die Pistole. »Ich war mir zuerst nicht sicher, ob Deschamps Sie womöglich angeheuert hat, um mich aus meinem Unterschlupf herauszulocken.« Ihre Lippen bebten. »Es wäre nicht das erste Mal, dass dieses Schwein eine Frau benutzt. Wie dieses Miststück Jeanne Beaujolis. Genauso bin ich auch in diesen Schlamassel hineingeraten.«

Melissa nahm die Hände herunter. »Hat sie Ihnen erzählt, was in Vasaro passieren würde?«

»Nein, nur dass Deschamps ihr dabei helfen wollte, das große Geld zu machen. Als ich hörte, was dort vorgefallen war, habe ich mir den Rest selbst zusammengereimt.« Ihre Gesichtszüge verhärteten sich. »Anfänglich war sie ganz verrückt nach ihm, und dann war sie nur noch verrückt nach dem Geld, das für sie herausspringen sollte.«

»Haben Sie ihn schon vor Vasaro getroffen?«

»Ein oder zwei Mal.«

»Wo?«

Sie schüttelte den Kopf. »Erst das Geld.«

»Wie viel?«

»Travis hat meinem Mann fünfhunderttausend Dollar angeboten. Ich will sieben.«

»Wir werden eine Weile brauchen, um diese Summe aufzutreiben.«

»Ich habe nicht viel Zeit. Ich muss von hier verschwinden. Ich gebe Ihnen bis morgen Abend, um – Was war das?« Sie hob den Kopf und warf einen Blick zwischen die Bäume hinter Melissa. »Haben Sie das gehört?«

Melissa fuhr herum. »Was soll ich gehört haben?«

»Ein Rascheln. Da ist jemand unter den Bäumen.« Danielle sah Melissa wutentbrannt an. »Sie haben mich angelogen. Deschamps hat Sie geschickt.«

»Nein, es ist vielleicht Travis. Er sagte, dass – «

»Sie Lügnerin.« Sie stürzte auf Melissa zu. »Das ist nicht Travis. Es ist Deschamps.« Melissa sah, wie sie versuchte, ihr mit dem Pistolengriff auf den Kopf zu schlagen.

Sie duckte sich schnell, packte Danielle am Arm und drehte ihn ihr auf den Rücken.

»Lassen Sie mich los, Sie Miststück.«

Melissa ließ sie los, zog jedoch gleichzeitig die Smith & Wesson aus ihrer Jackentasche. »Wenn Sie wieder zur Vernunft kommen.« Sie drückte Danielle die Pistole in den Rücken. »Erstens habe ich kein Rascheln gehört, und zweitens wäre ich die Letzte, die für Deschamps arbeiten würde. Er hat meine Schwester getötet. Ich will ihn genauso wie Sie.«

»Mehr«, sagte eine Männerstimme hinter ihr. »Viel mehr, Ms. Riley.«

Ein stechender Schmerz schoss ihr durch den Kopf.

Sie sackte zu Boden.

»Ist sie tot, Edward?«

Das war Danielle Clarons Stimme. Trotz ihrer Benommenheit konnte Melissa sie erkennen.

»Ich hoffe nicht.« Er bückte sich und hob ihre Pistole auf, die ihr aus der Hand gefallen war. »Ich habe andere Pläne mit ihr. Nein, ich glaube, sie ist nur bewusstlos.«

»Du hast ja lange auf dich warten lassen. Ich habe es genauso gemacht, wie du gesagt hast. Ich habe versucht, sie abzulenken.«

»Das hast du hervorragend gemacht, Monique. Wenn ich nicht wüsste, dass Danielle tot ist, wäre ich glatt drauf reingefallen. Tut mir Leid, dass ich es dir so schwer gemacht habe. Ich habe mich nach Travis umgesehen.«

»Ist er nicht hier?«

»Noch nicht.«

»Und, brauchst du mich noch? Es ist ja nicht mein Fehler, dass sie anstelle von Travis gekommen ist. Krieg ich jetzt mein Geld?«

»Natürlich. Das habe ich dir doch versprochen, oder? Komm mit in die Kirche, da kann ich die Taschenlampe anknipsen und es vor deinen Augen abzählen.«

»Was ist mit ihr?«

»Es dauert nicht lange.«

Sie gingen. Irgendetwas stimmte nicht …

Es spielte keine Rolle. Denk später darüber nach. Steh auf. Verschwinde, bevor er zurückkommt.

Sie rappelte sich mühsam auf die Knie.

Gott, tat ihr der Schädel weh.

Beweg dich. Steh auf.

Beim zweiten Versuch schaffte sie es.

Sie stolperte zur Straße. Bis zum Wagen.

Sie fühlte sich hundeelend.

Ruh dich ein paar Minuten aus.

Sie musste sich übergeben. Sie taumelte zu einem Baum und lehnte sich dagegen.

Eine Hand legte sich auf ihre Schulter.

Deschamps!

Sie wirbelte herum und schlug ihre Faust in sein Gesicht.

»Herrgott, was zum Teufel –«

Es war Travis.

Sie sank an seine Brust. »Er ist hier. Wir müssen zurück –«

Er erstarrte. »Deschamps?«

»Er ist in der Kirche. Da ist eine Frau … aber es ist nicht Danielle Claron. Er nannte sie Monique. Ich glaube, Danielle Claron ist tot. Er bezahlt die Frau gerade.« Melissa schob ihn von sich weg. »Wir müssen zurück.«

»Sie sollten sich lieber setzen, bevor Sie umkippen.« Travis runzelte die Stirn. »Sie bluten ja!«

»Ich weiß nicht. Er hat mich niedergeschlagen.« Sie blickte den Hügel hinauf. »Wir müssen zurück zur Kirche. Er und diese Frau sind – « Sie unterbrach sich. »Nein, irgendwas stimmt da nicht. Er hat nicht mal nachgesehen, ob ich bewusstlos bin. Er weiß doch bestimmt genau, wie fest er zuschlagen muss, oder? Er hat nicht nachgesehen …« Sie rieb sich die Schläfe und fühlte etwas Feuchtes. Sie blutete tatsächlich. »Er wollte, dass ich abhaue und Sie suche. Er will, dass Sie in die Kirche stürmen. Das ist eine Falle.«

»Aber wenn wir wissen, dass es eine Falle ist, sind wir im Vorteil«, erwiderte er langsam.

Panik überkam sie. »Nein, er wartet nur auf Sie. Er wird Sie töten.«

Travis ignorierte ihre Worte. »Schaffen Sie es wieder den Hügel hinauf? Ich werde in die Kirche gehen, aber ich will Sie hier nicht allein lassen.«

»Verdammt noch mal, er liegt dort auf der Lauer.«

Travis' Gesichtsausdruck wurde grimmig. »Er gehört mir. Ich hole ihn mir. Schaffen Sie es den Hügel hinauf?«, fragte er noch einmal.

»Ich schaffe es.« Sie ging neben ihm her. Das wäre ja gelacht. Sie hatte nicht vor, dort unten zu bleiben. »Vielleicht hat er – Was ist das für ein Geruch?«

»*Scheiße.*«

Auf dem Hügel brannte die alte Kirche. Flammen schlugen aus der Tür.

»Hat er sie in Brand gesteckt?«

Travis nickte, den Blick auf die Kirche geheftet, in der ein Inferno ausgebrochen war.

Dieser Geruch …

Gott, ihr wurde übel.

Weil ihr der Geruch vertraut war.

Es war der Geruch von verbranntem Fleisch.

»Kommen Sie.« Travis nahm ihren Arm. »Lassen Sie uns von hier verschwinden.«

Doch sie konnte die Augen nicht von den Flammen wenden. »Deschamps.«

»Er müsste ja blöde sein, wenn er immer noch hier wäre. Da kommen doch schon die ersten Leute angerannt.«

Jetzt sah sie es auch. Ein alter Mann, nur mit Hose und Schuhen bekleidet, und eine Frau, die Eimer schleppten.

Was konnten einzelne Eimer bei diesem Inferno ausrichten?

»Da ist jemand drin. Ich rieche – «

»Ich weiß. Aber es ist zu spät, sie zu retten. Wahrscheinlich war sie schon tot, bevor er das Feuer gelegt hat.«

Er sprach von der Frau, die vorgegeben hatte, Danielle Claron zu sein. »Er hat sie getötet?«

»Ja, aber es überrascht mich nicht. Deschamps hat nichts übrig für Augenzeugen.« Travis zog Melissa mit sich und schob sie den Hügel hinab. »Auch das Haus der Clarons hat er angesteckt, um Beweismittel zu vernichten.«

»Aber er hätte doch warten können. Das ergibt doch keinen Sinn. Ich *weiß*, dass er Sie in die Falle locken wollte, Travis.«

»Möglich.« Er blieb bei dem Kleinbus stehen. »Sind Sie in der Lage zu fahren? Wir müssen beide Autos von hier wegbringen. Es wird Ermittlungen geben, und ich möchte nicht, dass man uns mit der Geschichte in Zusammenhang bringt.«

»Ich kann fahren.« Sie öffnete die Tür.

»Warten Sie.« Er stieg ein und überprüfte den Fond. »Okay. Steigen Sie ein.«

Ein kalter Schauer lief ihr über den Rücken, als ihr klar wurde, dass er sich gerade vergewissert hatte, ob Deschamps im Wagen war und auf sie wartete. »Er hätte mich töten können, aber er hat es nicht getan.«

Travis bückte sich. Unter dem Wagen war auch nichts zu sehen. »Die Umstände ändern sich.«

»Wo ist Ihr Wagen?«

»Hinter der nächsten Straßenbiegung.«

Sie nahm auf dem Fahrersitz Platz. »Steigen Sie ein. Ich bringe Sie hin und warte, bis wir Sicherheit haben, dass die Luft rein ist.«

»Wollen Sie mich beschützen, Melissa?«

»Halten Sie den Mund und steigen Sie endlich ein.«

»Ist ja schon gut.«

Niemand schien im Peugeot oder auch nur in der Nähe des Autos zu sein. Aber was von äußerem Anschein zu halten war, hatte sie heute Nacht auf die harte Tour gelernt.

Melissa hielt direkt neben Travis' Wagen. »Beeilen Sie sich, nichts wie rein.«

Er ließ den Blick über die Bäume am Abhang schweifen. »Gleich. Ich glaube nicht, dass er dafür Zeit hatte, aber möglich wär's ...« Er öffnete erst die Motorhaube, untersuchte den Motorraum, dann ging er um den Wagen herum, kniete sich hin und überprüfte den Unterboden. »Er kennt sich mit Sprengstoff aus, und eine einfache Bombe anzubringen dauert nicht lange.« Er richtete sich auf und stieg ein. »Fahren Sie los. Ich folge Ihnen. Wenn Ihnen schwindelig wird, halten Sie an, und wir lassen den Wagen an der Straße stehen. Galen kann ihn dann später abholen.«

Ihr war jetzt schon schwindelig. Schwindelig und übel. Bomben und Betrug und Mord ...

Und dann noch dieser fürchterliche Geruch nach verbranntem Fleisch.

Galen erwartete sie, als sie an der Hütte vorfuhren.

»Sie haben Glück, dass ich nicht nachtragend bin. Es war nicht sehr nett, dass Sie – Sie bluten ja.« Er half ihr aus dem Wagen und rief zu Travis hinüber, der gerade aus dem Peugeot ausstieg. »Deschamps?«

»Ja.« Und zu Melissa: »Alles in Ordnung?«

»Ja.«

»Sie haben es nicht verdient«, sagte Travis und ließ sie stehen.

Galen pfiff durch die Zähne. »Am besten, ich kümmere mich mal um Ihre Wunde«, sagte er zu Melissa. »In seiner momentanen Stimmung würde er Sie wahrscheinlich verbluten lassen.«

Dass er innerlich vor Wut schäumte, hatte sie gar nicht bemerkt. Sie war völlig gefangen gewesen von ihrer Enttäuschung und ihrem Entsetzen ... und diesem Geruch nach verbranntem Fleisch.

Mama. Papa.

Der Wald, wo sie in Sicherheit war vor dem Entsetzen und dem Geruch nach Tod und nach verbranntem Fleisch.

Jessica.

Aber es gab keine Jessica mehr, die sie dazu überreden konnte, wieder aus dem Wald herauszukommen.

»Melissa?«

»Es geht mir gut. Aber er hat Recht, ich habe es nicht verdient. Ich bin glatt auf sie reingefallen.«

»Das ist kein Verbrechen, höchstens ein Fehler. Und es ist niemand außer Ihnen selbst zu Schaden gekommen.« Mittlerweile befanden sie sich im Wohnzimmer. »Setzen Sie sich. Ich tue Ihnen Jod auf die Wunde.«

»Das kann ich selbst machen.«

»Aber bei mir geht's schneller. Sie zittern zu sehr.« Galen drückte sie in einen Sessel. »Travis hat mich vom Auto aus angerufen und mich informiert. Möchten Sie darüber sprechen?«

Verbranntes Fleisch ...

Sie befeuchtete ihre Lippen. »Es war eine Falle. Die Frau war gar nicht Danielle Claron. Sie wirkte so ... überzeugend. Ich habe keine Ahnung, wie sie es geschafft hat, Sie anzurufen, und wie sie von den Einzelheiten wissen konnte.«

»Im Haus der Dumairs könnte eine Wanze versteckt gewesen sein. Deschamps wusste ja, dass wir Danielle Claron suchen.« Er betupfte die Wunde. »Travis hat mir erzählt, dass Deschamps auch Jans Wohnung abgehört hat. Er scheint ein ausgesprochener Fachmann in solchen Dingen zu sein.« Er verteilte etwas Salbe auf der Wunde. »Sieht nicht gar so schlimm aus.«

Weil Deschamps nicht vorgehabt hatte, sie ernsthaft zu verletzen. Eine Falle. Eine Falle, die nicht zugeschnappt war. »Mir war ein bisschen schwindelig, aber jetzt fühle ich mich wieder besser. Wie geht es Cassie?«

»Bestens.« Travis kam aus Cassies Schlafzimmer. »Was sie aber nicht Ihnen zu verdanken hat.«

»Versuchen Sie jetzt nicht, mir ein schlechtes Gewissen zu machen. Ich wusste, dass Galen sich um sie kümmern würde. Ich bin davon ausgegangen, dass ich nur ein paar Stunden wegbleiben würde.«

»Aber um ein Haar wären Sie überhaupt nicht mehr wiedergekommen«, gab er heftig zurück. »Ich hatte Ihnen gesagt, Sie sollten ihn mir überlassen.«

»Sie hätten mich mitnehmen sollen. Ich bin nur deshalb allein losgefahren, weil ich wusste, dass Sie mich außen vor lassen wollten.«

»Dann ist es also mein Fehler, dass Sie beinahe getötet worden wären? Sie haben Glück, dass Sie nicht mit der Frau zusammen in der Kirche verbrannt sind.«

Versengtes Fleisch.

Mama, wach auf. Bitte wach auf.

Sie bekam keine Luft mehr. Sie musste raus. »Ja, ich habe Glück gehabt.« Sie sprang auf. »Ich gehe auf die Veranda. In ein paar Minuten bin ich wieder hier.«

»Du warst ja ziemlich grob zu ihr«, sagte Galen. »Sie geht schon grob genug mit sich selbst um.«

»Sie hätte getötet werden können. Sie jagt wie ein Torpedo auf ihr Ziel zu und merkt gar nicht, dass sie dabei mit in die Luft fliegt.«

»Lass sie doch mal eine Zeit lang allein. Vielleicht wird ihr einfach alles zu eng.«

»Ich *kann* sie nicht allein lassen, verdammt noch mal.«

»Nein?« Galen musterte ihn ausgiebig und nickte dann langsam. »Bist du sicher, dass er sich da draußen herumtreibt?«

»Ich war mir schon sicher, als ich dich vom Wagen aus angerufen habe. Melissa wusste, dass es eine Falle war, und auf ihren Instinkt kann man sich verlassen. Sie denkt nur nicht weit genug. Deschamps will mich, aber er will auch den Pegasus. Er hat das Treffen an der Kirche inszeniert, um uns hierher folgen zu können. Hast du deine Leute, die die Gegend bewachen, in Alarmbereitschaft versetzt?«

Galen nickte. »Wann wird er deiner Meinung nach zuschlagen?«

»Sobald er davon überzeugt ist, dass der Pegasus hier ist. Wir müssen ihn also glauben machen, dass die Skulptur sich woanders befindet, und wir vorhaben, sie bald hierher zu holen. Wir machen ein paar Scheinanrufe bei einem deiner Leute und schicken Deschamps auf die falsche Fährte. Wer ist der Beste?«

»Joseph.«

»Dann weih ihn in den Plan ein. Deschamps kann keine Wanzen anbringen, daher wird er sehr starke Abhörgeräte benutzen. Ich nehme an, er wird sie in acht bis zwölf Stunden installiert haben. Sieh zu, dass deine Leute ihn aufstöbern. Er wird es entweder an Land oder aber auch auf einem Boot machen.«

»Und wie verständigen wir uns dann?«

Travis verzog das Gesicht. »Sehr vorsichtig. Wir benutzen einen Laptop, wenn er uns nicht hören soll. Hat Joseph so was?«

»Ich bitte dich. Wir leben im einundzwanzigsten Jahrhundert.«

»Dann sag deinen Jungs, dass sie ihre Anweisungen per E-Mail bekommen.«

»Und was ist, wenn du dich in Bezug auf Deschamps irrst?«

Travis stand nicht der Sinn danach, darüber zu spekulieren. »Ich glaube nicht, dass ich mich irre. Er ist intelligent, und er hat auf diese Situation gewartet. Sieh du zu, dass Cassie und Melissa in Sicherheit sind.«

Galens Blick schweifte zu Melissa hinüber. »Und sie soll nichts davon erfahren?«

»Nein.«

»Du riskierst ihren Hals.«

»Ich riskiere den Hals von uns allen. Es lässt sich nicht ändern.« Er presste die Lippen zusammen. »Ich werde eine Möglichkeit finden, ihn in die Falle zu locken, Galen. Ich werde ihn mir schnappen.«

»Und wie?«

»Ich arbeite daran.« Plötzlich fiel ihm ein, dass dies Melissas Lieblingsspruch war. Er bezeichnete gewissermaßen den Kern ihrer Persönlichkeit. »Du hältst die erste Wache, okay?«

Galen nickte. »Du solltest verhindern, dass sie auf die Idee kommt, in der Gegend herumzulaufen. Nur für alle Fälle. Und versuch mal, nett zu ihr zu sein. Ihr geht's ziemlich beschissen.«

»Ich habe keine Lust, nett zu ihr zu sein. Ich möchte, dass sie aufhört – « Er holte tief Luft. »Ruf deine Leute zusammen und lass sie nach Deschamps Ausschau halten.«

»Kommen Sie rein, Melissa.«

Travis stand hinter ihr.

»Gleich.« Sie hielt die Arme um ihren Körper geschlungen. Herrgott, wenn doch nur dieses Zittern aufhören würde! Sie musste wieder die Kontrolle über sich gewinnen. Lass ihn nicht sehen …

»Jetzt sofort.«

Sie schüttelte den Kopf.

»Ich weiß, dass ich zu hart zu Ihnen war, aber Sie können nicht hier draußen bleiben.«

»Sie glauben doch nicht, dass ich schmolle?«

»Dieses Wort würde ich in Zusammenhang mit Ihnen nicht benutzen. Ich weiß, dass Sie sauer sind.« Er zögerte. »Okay, ich habe es Ihnen nicht leichter gemacht.«

»Sie haben es mir leichter gemacht.«

»Wie das?«

»Sie sind immerhin am Leben geblieben.« Sie schloss die Augen. »Ich habe einen schrecklichen Fehler begangen. Ich hätte Sie töten können.«

»Und hätten Sie dann ein paar Tränen um mich vergossen?«

»Allerdings.«

Er machte einen Schritt auf sie zu. »Melissa ...«

»Rühren Sie mich nicht an.« Sie riss die Augen auf und entfernte sich ein Stück von ihm. »Ich kann nicht zulassen –«

»Mein Gott, Sie zittern ja so, dass Ihre Zähne klappern.«

»Das geht vorüber.«

»Scheiße.« Er trat näher und nahm sie in die Arme. »Bin ich dafür verantwortlich?«

»Bilden Sie sich bloß nichts ein.« Dennoch schlang sie ihre Arme um ihn. Warm. Sicher. Hier. Jetzt. Lebendig.

»Deschamps?«

»Deschamps nicht.«

»Dann hör doch endlich auf zu zittern.«

Sie barg ihr Gesicht an seiner Schulter. »Der Geruch.« Ihre Stimme war gedämpft. »Diese Frau in der Kirche ... der Geruch ...«

Er wurde starr. »Gott, auf diesen Zusammenhang bin ich gar nicht gekommen. Deine Eltern ...«

»Das war jetzt das erste Mal seit meiner Krankheit,

dass ich den Impuls verspürt habe, mich wieder in meinen netten kleinen Wald zurückzuziehen. Ich hatte so eine Angst ... Ich wollte dorthin gehen. Nur dort habe ich mich sicher gefühlt.«

»Von wegen.« Er schloss sie fester in seine Arme. »Du warst halb tot. Jetzt hör auf damit. Du gehst nirgendwohin.«

»Natürlich nicht. Es ist einfach so ... ich musste irgendwie damit fertig werden. Ich bin froh, dass Jessica mich nicht sehen konnte. Sie wäre verrückt geworden vor Angst.«

»Mir hat es auch Angst gemacht.«

»Wirklich?« Ihr Zittern hatte etwas nachgelassen. »Du kannst mich jetzt loslassen.«

»Soll ich wirklich?« Er rührte sich nicht.

»Nein, vielleicht doch nicht. Es fühlt sich so ... warm an.«

»Das stimmt.«

»*Du* fühlst dich gut an.« Gut und richtig. Genau richtig. Ihre Spannung ließ nach. »Danke.«

»Ich mach es gerne ... glaube ich.«

Einige Minuten vergingen, bis Travis sie schließlich von sich fortschob. »Du gehst jetzt besser hinein.«

Ja, er hatte Recht. Das hier tat einfach zu gut. »Du kannst mich nicht wieder ausschließen. Wir müssen über Deschamps reden.«

Sie spürte, wie sich sein ganzer Körper anspannte. »Nicht jetzt, Melissa.«

Nein, nicht jetzt, dachte sie müde. Sie musste schon zu viel nachdenken. Zu viele Gefühle sortieren. Sie ließ es auf sich beruhen. »Morgen früh.«

Er warf einen Blick zum Himmel. »Das ist nicht mehr lange hin.«

Sie betrachtete die perlgrauen Streifen, die den nächtlichen Himmel erleuchteten. »Jessica liebte diese frühen

Morgenstunden. Sie erzählte mir, dass sie während ihrer Zeit als Assistenzärztin nach Dienstschluss immer durch den Park spaziert ist. Alles war so klar und deutlich und frisch, es gab ihr die Kraft, der nächsten Nacht entgegenzusehen.«

»Jessica würde wollen, dass du in Sicherheit bist.«

Melissa schüttelte den Kopf. »Versuch nicht, mich mit der Erinnerung an meine Schwester zu manipulieren. Gute Nacht, Travis. Tut mir Leid, dass ich dich in Gefahr gebracht habe.«

»Vielleicht hast du mir ja auch den Hals gerettet. Du bist ja nicht sonderlich leichtgläubig, also muss diese Frau ziemlich gut gewesen sein. Ich wäre womöglich auch auf ihre Geschichte reingefallen.«

Sie dachte darüber nach und lächelte. »Du hast völlig Recht. Du solltest mir dankbar sein.«

Melissa ging in ihr Schlafzimmer, wo Galen neben Cassie saß. Sie legte den Finger an den Mund und bedeutete ihm, er könne gehen. Er nickte und verließ das Zimmer auf leisen Sohlen.

Sie legte sich neben Cassie und schloss die Augen.

»Du hast mich verlassen«, sagte Cassie.

»Aber nur kurz.«

»Ich war einsam.«

»Komm endlich heraus, dann wirst du nie mehr einsam sein.«

Schweigen. »Du hattest Angst. Du wolltest in deinen Wald zurückrennen.«

Wie hatte Cassie denn das herausgefunden? »Aber ich habe es nicht getan. Ich werde nie wieder dorthin zurückgehen.«

»Du könntest zu mir in den Tunnel kommen.«

»Aber du wirst dort auch nicht mehr lange bleiben.«

»Das sagst du dauernd.«

»Weil es stimmt. Oder?«

Schweigen. »Willst du wirklich nicht wieder zurückgehen?«

»Warum sollte ich? Sieh mich an. Was siehst du?«

Schweigen. »Ich werde jetzt schlafen.«

»Gott, bist du stur.«

»Aber du hattest wirklich Angst. Ich hab's gesehen.«

»Und was hast du sonst noch gesehen?«

»Michael. Ich habe Michael gesehen …«

Melissa lag noch lange wach, als Cassie schon längst schlief.

Und hättest du ein paar Tränen für mich vergossen?

Ich habe Michael gesehen …

22

Einige Stunden später öffnete sich die Tür zu Travis' Schlafzimmer.

Er zuckte zusammen.

»Ich bin's nur«, sagte Melissa.

»*Nur?*« Er stützte sich auf die Ellbogen. »Was machst du hier?«

»Ich wollte bei dir sein.«

»Möchtest du über deine Eltern reden?«

»Nicht jetzt.«

»Über Deschamps?«

»Ich brauche keinen Therapeuten, Travis.« Sie kam näher. »Darum geht es überhaupt nicht.«

»Um was zum Teufel geht es dann?«

»Was glaubst du denn?«

»Könntest du dich etwas klarer ausdrücken?«

»Du willst Klarheit?« Sie holte tief Luft, um ihre Stimme ruhiger klingen zu lassen. »Okay, die kannst du haben.« Neben dem Bett blieb sie stehen. »Ich ziehe mich jetzt aus. Du bist ja schon nackt, das passt ja gut.« Sie zog ihr Nachthemd über den Kopf und ließ es auf den Boden fallen. »Jetzt werde ich zu dir ins Bett kommen. Dann möchte ich, dass du mir alles bietest, was du draufhast.« Sie schlug seine Decke zurück. »Habe ich mich klar genug ausgedrückt?«

Er schwieg einen Moment. »Glasklar«, sagte er dann

mit belegter Stimme. »Aber du hast heute Nacht so verdammt viel durchgemacht. Bist du sicher, dass du beurteilen kannst –«

»Guter Gott. Natürlich bin ich sicher. Zier dich nicht so. Glaubst du vielleicht, mir fällt es so leicht? Ich bin ja nun nicht gerade eine Klosterschülerin, aber –«

»Psst.« Sanft fasste er zwischen ihre Schenkel. »Jetzt glaube ich es dir. Gott, bist du schnell.«

»Ich hoffe, du nicht.« Ihre Stimme zitterte, als sie sich gegen ihn presste. »Ich will, dass das jetzt sehr, sehr lange dauert …«

»Du bist verdammt gut.« Melissa schmiegte sich eng an ihn. »Für jemanden, der sich lieber raushält, gehst du ganz schön rein.«

»Hättest du mich vorgewarnt, dass du mich verführen willst, hätte ich mir vorher noch einiges einfallen lassen.«

»Mir ist lieber, du verlässt dich auf deine Instinkte. Übrigens, ich wusste nicht, dass ich dich verführen werde, war mir vielmehr nicht sicher, ob ich's tun sollte. Bis du schließlich aufgehört hast herumzureden und mich angefasst hast.« Sie fuhr mit den Lippen über seine Brust. »Da allerdings wusste ich, dass es genau das Richtige sein würde.«

»Es war eindeutig das Richtige.« Er spielte mit der Hand in ihren Haaren. »Und zum Glück hast du dann nicht festgestellt, dass es nicht der richtige Zeitpunkt, ich nicht der richtige Mann und es womöglich sowieso zu spät wäre.«

»Ich mache dich doch nicht erst an und lass dich dann hängen.« Sie lachte in sich hinein. »Und außerdem, mein eigenes Vergnügen geht mir über alles. Was bist du doch für ein Schlimmer, Michael Travis.«

»Ich lasse mich eben nicht lumpen. Du wolltest alles, was ich draufhabe.«

»Das hast du mir auch geboten.«

»Ach, aber wir haben doch eigentlich noch gar nicht richtig angefangen.« Er nahm ihre Hand und saugte an ihrem Zeigefinger. »Oder?«

Vor Erregung fing sie an zu beben. Der Sex mit ihm war besser als alles, was sie bisher erlebt hatte. Eine Nähe, die fiebrig heiß und mehr als wollüstig war. »Ich glaube, du hast Recht.« Sie presste sich noch enger an ihn. »Los, komm, zeig's mir ...«

Die Sonne stand schon hoch am Himmel, als sie auf die Veranda hinausgingen.

»Da drüben sitzt Galen, auf der Düne.« Melissa winkte ihm zu und beobachtete, wie er sich schläfrig streckte, gähnte und sich wieder in den Sand legte. »Er wirkt so entspannt, völlig gelöst, und betrachtet einfach die Boote. Es ist das erste Mal, seit wir hier sind, dass er einfach nur abhängt. Sonst ist er immer beschäftigt, kocht, telefoniert oder organisiert alles um sich herum.«

Travis folgte ihrem Blick zu Galen und zu den beiden Booten, die vor der Küste ankerten. »Vielleicht ist er einfach nur taktvoller, als du dir vorstellen kannst. Wahrscheinlich wollte er uns nicht stören. Er versteht die Dinge.«

»Welche Dinge?« Sie sah ihn an. Sein Haar war zerzaust, sein Hemd zerknittert, und dieser Gesichtsausdruck ... Sie wandte den Blick ab. Sie hatte geglaubt, sie hätte schon genug, aber vielleicht ... »Was versteht Galen denn deiner Meinung nach von uns beiden?« Sie lächelte. »Glaubst du, er denkt, ich hätte dich verführt, um meinen Willen durchzusetzen?«

»Er ist kein Narr.« Sein Blick war geradeaus gerichtet. »Aber würdest du die Güte haben, mir mitzuteilen, wieso ich so ein Glück habe?«

»Ich wollte es«, sagte sie schlicht.

»So einfach ist es wohl nicht.«

»Doch. Ich war diejenige, die alles noch schwieriger gemacht hat, was eigentlich nicht meine Art ist. Wir sollten jeden Moment des Lebens genießen. Ich wollte dich, aber ich habe mich nicht auf dich eingelassen. Aber letzte Nacht hatte ich Todesangst. Ich dachte, ich würde sterben, und dann bekam ich Angst um dich. Das hat mir doch ziemlich zu denken gegeben. Ich empfinde ... etwas für dich.«

»Was?«

»Ich weiß nicht. Manchmal fühle ich mich dir so nah, und das ... hat mir irgendwie Angst gemacht.«

»Was du nicht sagst.«

»Was ist los? Bist du jetzt beleidigt? Ich wollte einfach nur ehrlich zu dir sein.«

»Das warst du tatsächlich. Ich kann mir vorstellen, warum du dich dagegen gewehrt hast, etwas für mich zu empfinden. Wir sind zwei entgegengesetzte Pole.«

»Und du willst dich auf keinerlei Verpflichtung einlassen.«

Er schwieg.

Sie lächelte. »Aber auf mich wirst du dich einlassen müssen. Weil ich mich von Menschen, denen ich einmal nahe gekommen bin, nicht mehr abwende. Also, ob es dir gefällt oder nicht, ich bin jetzt Teil deines Lebens.«

»Ach ja?«

»Keine Panik. Es gibt alle möglichen Arten, sich einzulassen. Freundschaft ist eine davon. Damit müsstest du doch leben können.«

»Ich glaube, dein Hang, meinen Charakter zu analysieren, geht mir langsam auf die Nerven.«

»Tut mir Leid«, sagte sie müde. »Ich versuche doch nur, mit all dem zurechtzukommen. Festzustellen, dass meine Gefühle für dich so heftig sind, war wie ein Schock für mich. Ich will nicht, dass dir irgendwas passiert. Es würde mich unglaublich –«

»Traurig machen?«

Wenn es nur das wäre. Sie hatte das Gefühl, so nah am Abgrund zu balancieren, dass sie sich jeden Schritt genau überlegen musste. »So könnte man es nennen.« Sie wechselte das Thema. »Und wie geht's jetzt weiter? Wir haben die einzige Spur, die wir hatten, verloren. Glaubst du, Deschamps –«

Er reagierte gereizt. »Herrgott noch mal, bei der Jagd nach Deschamps wärst du letzte Nacht beinahe getötet worden. Kannst du nicht mal davon aufhören? Und verdammt, stell dich nicht taub.« Er packte sie bei den Schultern und schüttelte sie. »Hör mir zu.«

»Das tue ich.«

»Aber du nimmst nichts auf. Du läufst vor mir weg.«

»Ich laufe nicht weg.« Sie begegnete seinem Blick. »Willst du wieder rein und mit mir schlafen?«

»Nein. Ach Mist, natürlich will ich's. Aber ich lasse nicht zu, dass du mich benutzt, um – Was zum Teufel rede ich da eigentlich?«

»Ich habe dich nicht benutzt. Wir haben es doch miteinander genossen. Oder nicht?«

Er starrte sie an und nickte langsam. »Gott, was bist du nur für eine Frau?«

Eine Frau, die dich lieben könnte.

Sie wünschte, sie könnte die Antwort von vorhin rückgängig machen. Aber es gab alle möglichen Arten von Liebe, genauso, wie es alle möglichen Arten gab, sich einzulassen. Sie würde damit klarkommen. Sie rang sich ein Lächeln ab. »Du solltest mittlerweile wissen, dass ich leicht zu durchschauen bin.«

»Von wegen.«

Sie wandte sich zum Haus um. »Im Vergleich mit dir

bin ich durchsichtig wie Glas. Ich habe Hunger. Willst du mit mir frühstücken?«

»Nein, ich mache einen Spaziergang. Wir sehen uns später.«

Sie sah ihm nach, als er auf Galen zuging. Er war verärgert. Nun, sie konnte es nicht ändern. Sie war so ehrlich wie möglich zu ihm gewesen. Sie konnte Deschamps nicht vergessen, und sie wollte Travis nicht belügen.

Galen und Travis sprachen miteinander. Schnell. Heftig.

Über Deschamps? Wahrscheinlich. Falls sie etwas ausheckten, hieß das für sie, dass sie schon wieder außen vor bleiben würde. Das konnte sie nicht zulassen. Verdammt, Travis spielte noch mehr den Beschützer als zuvor. Die vergangene Nacht war vielleicht doch ein Fehler gewesen.

Unsinn, Spaß zu haben, war nie ein Fehler. Sie würde sich einfach mit den Problemen, die sie jetzt erwarteten auseinander setzen müssen.

Galen kam zurück, stieg lächelnd die Verandastufen hinauf. »Travis meinte, Sie wären hungrig. Was hätten Sie gern zum Frühstück?«

»Ich mach das schon.«

»Nein, ist alles im Preis inbegriffen.« Er öffnete die Fliegengittertür. »Und ich kann mir vorstellen, dass Sie nach der vergangenen Nacht ein bisschen Ruhe gebrauchen können.«

Sie blinzelte.

Er lachte. »Ach so. Ich rede von den Ereignissen bei der Kirche.«

Sie schaute zu Travis hinüber, der immer noch am Strand war. »Kommt er auch?«

»Nicht sofort. Er meinte, er bräuchte ein bisschen Zeit für sich selbst. Pfannkuchen? Eier und Speck?«

An Travis' wachsamen Bewegungen konnte sie ablesen, wie angespannt er war. Sie würde mit ihm reden, sobald er zurückkam. Aber vielleicht war es auch besser, wenn er sich erst einmal beruhigte.

Sie wandte sich zu Galen um. »Pfannkuchen. Ich decke den Tisch.«

Travis warf noch einen Blick auf die Veranda und beobachtete, wie Melissa hineinging. Wie stur sie war!

Und stark und mutig und großherzig. Und so intelligent und schön, dass es ihn …

Zu Tode ängstigte.

Sie würde nicht aufgeben. Wenn die vergangene Nacht sie nicht entmutigt hatte, würde nichts sie zurückhalten. Es war nur eine Frage der Zeit, bis sie herausfand, dass Deschamps auf dem Boot in der Bucht war. Wäre sie in der vergangenen Nacht nicht so verstört gewesen, hätte sie sich wahrscheinlich längst ausrechnen können, dass Deschamps sie erneut aufs Korn nehmen würde. Travis hatte keinen Zweifel daran, dass Deschamps es noch einmal auf sie absehen würde. Sie hatte ihm ins Handwerk gepfuscht, und sie war jetzt eine Augenzeugin.

Das machte ihn ganz krank.

Er, Travis, musste ihn bremsen.

»Lust auf eine Runde Poker?«, fragte Galen. »Solitaire hängt mir zum Hals heraus.«

Melissa, die am Fenster stand und Travis beoabachtete, drehte sich zu ihm um. »Nein, danke.«

»Selbst schuld.« Er spielte eine Dame auf einen König. »Ich bin als der schlechteste Spieler auf dem Kontinent verschrieen. Da können Sie ihr Ego bestens aufbauen.«

Ja, vielleicht würde ihr das gut tun. Travis war ihr den ganzen Tag aus dem Weg gegangen. Nur zum Abendessen war er kurz ins Haus gekommen. Wahrscheinlich war das eine ganz normale Reaktion. Abgesehen davon, dass sie sich geweigert hatte, die Finger von Deschamps zu lassen, hatte sie ihm deutlich zu verstehen gegeben, dass sie ab jetzt in seinem Leben zu bleiben beabsichtigte. Das war ihm wohl nicht ganz geheuer.

Nun gut, sollte er sich erst einmal an den Gedanken gewöhnen. Von ihr aus konnte er die ganze Nacht am Strand verbringen. Sie würde nicht herumsitzen und auf ihn warten. »Ich gehe schlafen. Gute Nacht, Galen.«

Er sah nicht auf. »Gute Nacht.«

Cassie schlief, und Melissa schlich auf leisen Sohlen ins Bad, um sich die Zähne zu putzen und das Gesicht zu waschen. Aber als sie sich zu Cassie ins Bett legte, wachte die Kleine auf.

»Melissa?«

»Psst. Schlaf weiter.«

»Mach ich. Bin so schläfrig ... Warum ist Michael hier?«

»Er ist nicht hier.«

»Doch, ist er. Ich spüre es. Ist jetzt fast immer bei dir ...«

Sie war wieder eingeschlafen.

Ist jetzt fast immer bei dir.

Melissa starrte in die Dunkelheit. Konnte es sein, dass Cassie die starke Verbindung spürte, die zwischen ihnen entstanden war? Oder bekam sie nur mit, dass Melissa jetzt häufiger an Travis dachte?

Aber Cassie irrte sich. Heute Nacht war Michael nicht bei ihr. Er war irgendwo da draußen an dem blöden Strand.

Und sie war einsam. Merkwürdig, dass sie sich nach nur einer einzigen Nacht mit ihm schon einsam fühlte. Ob es ihm ebenso erging?

Das konnte sie nur hoffen. Sie wollte sich nicht allein so elend fühlen. Aber wahrscheinlich fühlte er sich pudelwohl. Männer waren nicht so mit sich selbst beschäftigt wie Frauen, und das war ziemlich unfair.

Schlaf jetzt. Vergiss ihn.

Aber, Gott, sie fühlte sich so verlassen …

»Monster!«

Melissa fuhr aus dem Schlaf. Verdammt, sie hatte geglaubt, die Alpträume wären vorbei. Aber da war es wieder, Cassies Entsetzen.

»Sie kommen. Warum liegst du hier? Wir müssen sie bekämpfen!«

»Wir haben schon darüber gesprochen. Du weißt, dass im Tunnel keine Monster sind, Cassie.«

»Monster. Gewehre. Sie sind hinter dir her.«

»Nicht hinter dir?« Das war doch zumindest ein Durchbruch. In ihren Alpträumen hatte Cassie sich bisher immer selbst bedroht gefühlt.

»Wollen mir nichts tun. Steh auf. Lauf weg.«

»Ich lasse dich nicht allein. Es gibt keinen Grund, sich Sorgen zu machen. Die Monster existieren bloß in deiner Fan–«

Die Schlafzimmertür wurde aufgerissen.

Vier Männer. Pistolen.

»Nein.« Sie warf sich auf Cassie. »Tun Sie ihr nichts.«

»Melissa!«, schrie Cassie.

23

»Nehmen Sie ihr die Handschellen ab, Danley«, sagte Andreas. »Und ich will sie bei mir in der Limousine haben.«

»Ich würde Ihnen nicht raten –«

»Ich glaube doch, dass ich mich selbst vor ihr schützen kann.« Er schloss Cassie in die Arme. »Und ich bezweifle, dass sie irgendeine Gefahr für meine Tochter darstellt. Sie haben mir selbst gesagt, dass sie als Erstes versucht hat, Cassie zu retten.«

»Das könnte ein intelligenter Schachzug –«

»Bringen Sie sie in den Wagen, Danley.«

»Jawohl, Sir.« Widerstrebend löste er die Handschellen und öffnete die Tür.

Melissa stieg ein.

»Sie haben einen Kratzer am Hals«, sagte Andreas zu ihr. »Es blutet ein bisschen. Hier, nehmen Sie ein Kleenex.« Er wickelte Cassie noch fester in die Decke. »Tut mir Leid. Ich hatte den Auftrag erteilt, Ihnen nicht wehzutun.«

»Warum?«

»Das war Teil der Abmachung.« Er nahm sein Handy heraus. »Wenn Sie mich entschuldigen wollen, ich muss jetzt meine Frau anrufen.« Er wählte die Nummer. »Cassie ist in Sicherheit. In völliger Sicherheit. Ja, es ist alles in Ordnung. Sie ist nicht verletzt. Ich liebe dich auch. Ich melde mich später wieder.«

»Welche Abmachung?«, fragte Melissa.

»Michael Travis. Er mich angerufen und mir mitgeteilt, wo Sie und Cassie sich aufhalten.«

Verrat. Aber warum war sie so schockiert? Sie hätte es sich denken können, als man sie aus dem Haus geschleppt hatte und weit und breit keine Spur von Travis oder Galen zu sehen gewesen war.

»Und wie lautet die Abmachung?«

»Sie gehen straffrei aus. Sie werden nicht wegen Entführung oder sonst einer strafbaren Handlung belangt. Sie bleiben achtundvierzig Stunden in Sicherheitsgewahrsam und sind dann freizulassen.«

»Und was ist mit Travis?«

»Er ist ein kluger Kopf. Er weiß, dass ich nur darauf warte, ihm den Hals umzudrehen. Die Abmachung war nur auf Sie zugeschnitten. Er war sehr überzeugend, und ich hatte keine Wahl, als er mir sagte, Deschamps wüsste, wo Sie sich alle aufhielten, und könnte jeden Augenblick versuchen, Cassie in seine Gewalt zu bringen. Er sagte, er würde mich anrufen, bevor er sich mit dem Pegasus auf den Weg macht, und wir sollten dafür sorgen, dass wir vor Deschamps eingreifen.«

Deschamps, der ihnen zu der Hütte gefolgt war, wie ihr plötzlich mit Entsetzen klar wurde. Gott, warum hatte sie nicht zwei und zwei zusammengezählt? Wenn sie sich mehr von ihrem Verstand als von ihren Gefühlen hätte leiten lassen, hätte sie sich zusammenreimen können, was Travis offensichtbar sofort klar gewesen war. All die Stunden, die er und Galen am Strand verbracht hatten … »Haben Sie die Umgebung abgesucht?«

»Natürlich. Ich wäre hocherfreut gewesen, wenn wir Travis oder Deschamps hätten schnappen können.«

»Deschamps ist Ihr Mann. Er steckt hinter dem Anschlag von Vasaro.«

»Ich will sie beide. Aber ich habe mir nach Travis' Anruf einen Bericht über Deschamps anfertigen lassen, und offensichtlich ist der Bursche nur eine Randfigur.«

»Er ist ein Monster. Fragen Sie Cassie.«

»Leider wird sie darauf nicht antworten.« Er schaute seine Tochter an. »Stimmt es, dass Cassie keine Alpträume mehr hat?«

Melissa nickte. »Es ist noch verfrüht, etwas Konkretes zu sagen, aber ich denke, damit ist es vorbei.«

»Ich kann nur beten, dass Sie Recht behalten. An dem Tag, als Cassie entführt wurde, hätte ich Ihre Schwester am liebsten erschossen.«

Melissa zuckte zusammen. »Das hat bereits jemand anders für Sie besorgt.«

»Ich weiß. Ich habe ihre Leiche nach Virginia überführen lassen. Ich konnte mir kaum vorstellen, dass sie eine Komplizin war.«

»War sie auch nicht. Juniper zu verlassen schien zu der Zeit das Beste für Cassie zu sein.« Sie reckte das Kinn vor. »Und sie hatte Recht. Cassie geht es mittlerweile viel besser. Wenn sie in dem Haus geblieben wäre, hätte es möglicherweise keine Rettung für sie gegeben, oder sie wäre an einem dieser hysterischen Anfälle gestorben.«

»Soll ich etwa dankbar sein?«

»Zum Teufel, ja.«

»Sie hat Cassie in Gefahr gebracht.«

»Und sie hat ihr Leben für Ihre Tochter gelassen.«

Er schwieg. »Genau wie Sie heute in der Hütte bereit gewesen wären, für sie zu sterben.«

»Ich habe einfach instinktiv reagiert. Und selbst wenn sie gewusst hätte, dass sie sterben würde, wäre Jessica dennoch in das Museum gegangen, um den Pegasus zu sehen. Sie sah darin ihre einzige Chance, Cassie zurückzuholen. Sie war ganz nahe dran.«

»Das hat Travis mir schon erzählt.« Andreas wandte den Blick wieder zu Cassie. »Wie nahe war sie dran?«

»Sehr nahe.«

»Sie hatte mich gebeten, Cassie noch einmal nach Vasaro zu bringen. Ich habe mich geweigert.«

»Sie hätten es tun sollen.«

»Im Nachhinein ist man immer klüger. Aber es wird Sie freuen, dass Ihre Schwester ihren Willen bekommt.«

»Wie bitte?«

»Wir werden dorthin fahren, für zwei Tage, und Sie sind mein Gast.«

»Warum?«

»Sagten Sie nicht eben erst, es sei das Beste für Cassie?«

Melissa musterte ihn prüfend. »Aber warum ausgerechnet jetzt? Ich hatte den Eindruck, Sie wollten so schnell wie möglich zurück in die Staaten und sie zu ihrer Mutter bringen.«

»Ich muss einige Tage hier bleiben, und ich will sie nicht aus den Augen lassen. Ich bin nicht mehr bereit, mich auf andere Leute zu verlassen, was ihre Sicherheit betrifft. Das werden Sie verstehen.«

»Ja.« Aber Andreas verschwieg ihr doch irgendetwas. »Offensichtlich haben Sie das schon geplant, bevor –«

»Keine Spur von der Skulptur, Mr. President.« Danley hatte die Tür geöffnet. »Wir haben alles auf den Kopf gestellt.«

»Damit habe ich auch nicht gerechnet. Ich wollte mich nur vergewissern, dass Travis sie wirklich bei sich hat. Sagen Sie dem Fahrer, er soll losfahren.«

»Sie haben nach dem Pegasus gesucht«, murmelte Melissa, als der Wagen angelassen wurde. »Ich sollte Ihnen vielleicht sagen, dass Travis gar nicht vorhatte, ihn aus dem Museum mitzunehmen. Er meinte, Sie würden Himmel und Hölle in Bewegung setzen, um ihn zurückzubekommen. Ich habe ihn dazu gedrängt.«

»Warum?«

»Deschamps hatte meine Schwester getötet, und er wollte die Skulptur. Ich hatte vor, sie als Köder zu benutzen.«

»Dann müssen Sie ja wirklich überzeugend gewesen sein«, erwiderte er grimmig. »Bitte hören Sie damit auf, ihn zu verteidigen. Der Diebstahl des Pegasus ist das Geringste seiner Verbrechen.«

»Er hat Cassie nichts zuleide getan.«

»Er hat sie in Gefangenschaft gehalten. Und ich will, dass er bestraft wird.«

Erschöpft lehnte sie sich im Sitz zurück. Warum versuchte sie, Travis zu retten, obwohl sie doch so sauer auf ihn war? Er hatte sie ausgetrickst und versuchte nun auch noch, ihr die Hände zu binden. »Von mir aus, tun Sie, was Sie nicht lassen können. Aber in Gegenwart von Cassie sollten Sie lieber nicht darüber sprechen. Für sie ist er immer noch ein Held.«

Andreas runzelte die Stirn. »Glauben Sie, dass sie jetzt wach ist?«

»Ich weiß es. Sie hört alles, was wir sagen.«

»Und woher wissen Sie das?«

Offensichtlich hatte Travis Andreas nichts von der besonderen Beziehung zwischen Melissa und Cassie erzählt, und sie hatte auch nicht vor, ihn darüber aufzuklären. Glaubwürdigkeit war in der jetzigen Situation von entscheidender Bedeutung. Es reichte, wenn er das Gefühl hatte, bei ihr seien einfach nur ein paar Schrauben locker. »Seit wir von Juniper weg sind, bin ich fast rund um die Uhr bei ihr. Deshalb weiß ich es.«

Er streichelte Cassies Wange und sprach mit samtweicher Stimme auf sie ein. »Ich liebe dich, mein Kleines. Ich bringe dich bald nach Hause. Das gefällt dir doch bestimmt. Willst du nicht mit mir sprechen? Nein. Ist schon in Ordnung. Vielleicht später.« Er räusperte sich und wandte sich wieder Melissa zu. »Aber Sie haben sie zum Sprechen gebracht?«

Sie runzelte die Stirn. »Wie kommen Sie denn darauf? Nein, so weit sind wir noch nicht.«

»Danley sagte, sie hätte Ihren Namen geschrien.«

Melissa riss die Augen auf. »Tatsächlich? Sie hat wirklich meinen Namen *gesagt*?«

»Geschrien.«

»Gott sei Dank.« Sie spürte, wie ihr die Tränen über die Wangen liefen. »Dann sollte ich eigentlich nicht sauer auf Travis sein. Es hätte vielleicht noch Wochen gedauert, an diesen Punkt zu kommen, wenn sie nicht solche Angst gehabt hätte.« Entschlossen fügte sie hinzu: »Und auch Sie sollten nicht wütend auf ihn sein.«

»Ich werde darüber nachdenken ... später.«

Nachdem sie ihn gewarnt hatte, würde er es nicht wagen, seine Cassie zu verwirren. Aber das hieß noch lange nicht, dass er sich beruhigen würde. Andreas war schwer zu durchschauen, und es waren noch reichlich Unterströmungen vorhanden, sowohl bei ihm, als auch in der ganzen Situation. Aber gut, wenn sie sich den Weg durch das Chaos bahnen wollte, musste sie bald damit beginnen. Es spielten sich mehr Dinge ab, als Andreas ihr gesagt hatte. Aber das, was Andreas eben erwähnt hatte, war schon mal ein Anhaltspunkt. Darauf wollte sie sich zuerst konzentrieren.

Warum fuhren sie nach Vasaro?

Von Travis' Hubschrauber aus wirkten die Limousine und die Begleitfahrzeuge wie eine Riesenschlange, die sich auf ihrem Weg zur Autobahn nach Vasaro dahinwand.

Galen stieß einen leisen Pfiff aus. »Andreas hat ein halbes Bataillon bei sich.«

»Er will auf jeden Fall verhindern, dass ihm Cassie noch einmal abhanden kommt.« Travis' Blick schweifte zu dem Boot hinüber, das im Hafen vor Anker lag und sich jetzt in Bewegung setzte. »Da haben wir ja auch Deschamps. Er wird sich vor Wut ins Bein beißen, dass er nicht in die Hütte gestürmt ist und sich die Skulptur geholt hat, solange noch Zeit war.« Er zeigte ihm den Stinkefinger. »Fick dich, du Scheißkerl.«

»Fertig?«

Travis nickte. Die goldene Skulptur stand auf dem Boden zu seinen Füßen. Er hatte sie absichtlich nicht in die Kiste gepackt. Als sie den Strand entlang zum Hubschrauber gerannt waren, hatte sie im Sonnenlicht gefunkelt. Deschamps musste sie gesehen haben. »Nichts wie weg hier.«

Als Melissa Vasaro erblickte, verschlug es ihr beinahe den Atem. Sanfte, mit Blumen übersäte Hügel erstreckten sich vor ihr, und Gott, wie gut es duftete ...

Jetzt begriff sie, warum Andreas das Fenster heruntergefahren hatte. Der köstliche Duft von Lavendelblüten ließ einen ganz schwindelig werden.

»Wunderbar«, murmelte sie.

Andreas nickte. »Cassie hat das immer so gern gehabt. Ich hatte gehofft, dass sie vielleicht irgendwie darauf reagieren würde.«

»Sie ist stur.« Die Limousine fuhr auf ein großes, schlichtes Haus zu. Es war ein hübscher, großzügig angelegter Bauernhof, der von gut erhaltenen Nebengebäuden umgeben war. Offensichtlich war der Hof noch in Betrieb, aber Melissa konnte niemanden bei der Arbeit sehen. »Hat Mr. Danley alle Arbeitskräfte vom Hof gejagt?«

»Caitlin Vasaro wäre ganz sicher empört, wenn wir das getan hätten. Ihre Arbeiter sind wie eine Familie für sie. Wir haben vorübergehend andere Unterkünfte für sie in der Nähe gefunden.« Die Limousine hielt vor der Eingangstür. »Dieses Haus ist besser gesichert als Fort

Knox. Hier wird Cassie nicht noch einmal etwas zustoßen.«

»Deschamps lauert immer noch irgendwo da draußen. Wäre es nicht besser, sie nach Washington zu schicken?«

»Deschamps hat keinen Grund, meine Tochter aufs Korn zu nehmen. Ich habe den Pegasus nicht mehr.« Andreas stieg aus, Melissa folgte ihm. »Ich werde sie in ihr Zimmer bringen. Es ist das zweite im Obergeschoss. Suchen Sie für sich irgendein Zimmer aus, Sie haben die Wahl.« Er sah sich nach ihr um. »Sie können sich im ganzen Haus frei bewegen. Das Gelände ist allerdings tabu. Wenn Sie es versuchen, die Veranda zu verlassen, wird man Sie daran hindern.«

Sie nickte und ließ ihren Blick zu den Ausläufern des Gebirges schweifen. Sie sah, wie Dutzende von Männern ausschwärmten und rund um das Haupthaus und die Nebengebäude Position bezogen. »Wenn Sie mich brauchen, rufen Sie mich. Cassie hat sich an mich gewöhnt.«

»Sie wird Sie nicht brauchen. Für eine Krankenschwester und einen Arzt ist gesorgt. Und ich werde so viel Zeit wie möglich mit ihr verbringen.« Er verzog das Gesicht. »Wer weiß? Vielleicht wird sie ja jetzt mit mir sprechen.«

»Ich hoffe es.«

Er musterte ihren Gesichtsausdruck. »Sie meinen es ernst.«

»Ich glaube zwar nicht, dass Sie es mir abnehmen, aber ich liebe sie.« Und nach einer Weile: »Ich werde etwas zu essen machen und es ihr bringen. Cassie und ich haben heute noch nichts gekriegt. Also wenn Sie wollen, dass mir einer der CIA-Leute auf die Finger schaut, damit ich Ihnen nichts ins Essen tue, sollten Sie ihn jetzt gleich herschicken. Wo ist die Küche?«

Die riesige Küche des Bauernhofs war voller Vorräte, und Melissa fand Dosensuppe und Gemüse für einen Salat. Sie nahm etwas davon für sich selbst und stellte den

Rest auf ein Tablett, das sie nach oben zu Andreas und Cassie brachte.

Eine Stunde später stand sie an der Spüle, wusch das Geschirr ab und betrachtete durch das Fenster die Hügel. Es musste wunderbar sein, hier zu wohnen und immer diese Blumen sehen zu können. Was für ein schöner Ort …

Plötzlich lief es ihr eiskalt über den Rücken.

Was für ein tödlicher Ort.

Melissa stand im Türrahmen zu Cassies Zimmer. »Kann ich Sie hier draußen auf dem Korridor sprechen?«

»Nicht jetzt«, erwiderte Andreas.

»Doch, jetzt. Ich möchte nicht in Cassies Gegenwart sprechen, aber notfalls tue ich es.«

Er sah erst Melissa, dann Cassie an. »Gut, fünf Minuten.« Er stand auf und folgte ihr aus dem Zimmer. »Sie sind ja weiß wie ein Gespenst. Was ist los?«

»Sagen Sie es mir. Irgendwas geht hier vor. Was ist es?«

»Ich weiß nicht, wovon Sie sprechen.«

»Von wegen.« Sie ballte ihre Hände zu Fäusten. »Irgendwas geht hier vor sich, und Sie sind ein Teil davon.«

»Warum sagen Sie das?«

»Weil es wahr ist, stimmt's?«

»Sie haben eine blühende Fantasie. Sie und Cassie sind hier in Sicherheit.«

Sie wusste, dass das stimmte. »Es ist Travis.«

Er drehte sich um.

Sie ergriff seinen Arm. »Was wird mit Travis geschehen?«

»Was er verdient hat.« Er ging in Cassies Zimmer zurück und verschloss die Tür.

Scheißkerl. Sie taumelte gegen die Wand. Er war so hart und unnachgiebig. Er erzählte ihr überhaupt nichts. Er würde es geschehen lassen …

Also gut, sie konnte es nicht dadurch verhindern, dass sie hier herumstand und sich selbst bemitleidete.

Sie richtete sich auf und lief in das Zimmer, das sie sich ausgesucht hatte, schnappte sich einen gehäkelten Umhang und wickelte ihn sich um die Schultern. Gott, war ihr kalt. Sie kauerte sich auf die Fensterbank und starrte hinaus auf die Hügel.

Was für ein tödlicher Ort.

Dieser Gedanke war ihr aus dem Nichts gekommen und mit ihm das Bild von Travis, der stürzte und aus der Brust blutete. Seine Augen wurden glasig, als er sein Leben aushauchte.

Er würde sterben.

Genauso wie Jessica gestorben war und auch der nette alte Mann an der Universität. Sie hatte beides nicht verhindert. Auch dass Travis starb, würde sie nicht verhindern können.

Du hast ihm keine Chance gelassen, hatte Travis gesagt. Man könnte es auch Schicksal nennen.

Travis, der stürzte und starb.

»Nein!« Sie verscheuchte das Bild.

Feigling. Vielleicht gab es irgendetwas, womit sie die Einzelteile zusammensetzen konnte. Sie zwang sich, die Augen zu schließen und sah Travis vor sich, der stürzte …

Wo war er?

Travis, der stürzte …

Er befand sich in einem Gebäude oder Schuppen, und neben ihm an einem Pfosten hing eine alte Laterne mit einem Kupferdeckel. Hinter ihm sah sie einen Tisch mit merkwürdigen Kisten, und an einer Ecke leuchtete etwas Goldenes auf.

Der Pegasus.

Sie wurde von Entsetzen gepackt.

Eine Blutlache und smaragdgrüne Augen, die hinabstarrten …

Nein, das war Jessica. Es durfte nicht noch einmal so geschehen. Sie konnte es verhindern.

Wie aber sollte sie das anstellen, wenn sie nicht einmal die Panik in den Griff bekam, die ihren Verstand blockierte? Vor Verzweiflung hätte sie schreien können. Es ist nicht *fair*. Wenn du mich schon etwas sehen lässt, dann gefälligst so viel, dass ich es verhindern kann.

Travis, der stürzte und starb.

Also gut, dann willst du mich eben nicht mehr sehen lassen. Ich bekomme es schon heraus.

16:30

»Sie können da nicht hineingehen.« Danley versperrte Melissa den Weg, als sie versuchte, das Arbeitszimmer zu betreten. »Der Präsident hat zu tun.«

»Ich will ihn sprechen. Und wenn er nicht gerade einen Angriff auf den Irak anordnet, dann will ich ihn sofort sprechen.«

»Er möchte nicht gestört werden.«

»Jetzt sofort.«

»Ich kann Sie auch abführen lassen –«

»Schon in Ordnung, Danley.« Andreas tauchte in der Tür auf. »Offensichtlich kennt die Dame die Bedeutung des Wörtchens *nein* nicht.« Er trat zur Seite. »Kommen Sie herein, Ms. Riley. Ich kann einige Minuten erübrigen.« Sarkastisch fügte er hinzu: »Der Irak bereitet mir zurzeit keine Probleme. Sie werden sich vielleicht erinnern, dass ich andere Sorgen habe.«

»Wie könnte ich das vergessen?« Sie sah ihm direkt ins Gesicht. »Wo wollen Sie Travis heute Nacht treffen?«

»Wie bitte?«

»Versuchen Sie nicht, Ihr Spielchen mit mir zu treiben. Sie hätten Cassie direkt nach Hause gebracht, wenn Sie nicht gute Gründe hätten, hier zu bleiben. Also habe ich mich gefragt, welche Gründe das sein könnten.«

Er musterte sie durchdringend. »Und wie lautet die Antwort?«

»Der Pegasus oder Deschamps. Oder beides.«

»Es könnten auch ganz andere Gründe als persönliche sein.«

»Aber persönliche Gründe haben Sie hierher geführt.«

»Und ich habe bekommen, weshalb ich gekommen bin.«

»Nicht vollständig. Solange Deschamps noch frei herumläuft, werden Sie nie das Gefühl haben, dass Cassie in Sicherheit ist.« Melissa holte tief Luft. »Und das ist, was Travis Ihnen versprochen hat, stimmt's? Als er Sie anrief, bevor er in den Hubschrauber stieg, hat er Ihnen gesagt, Sie sollten nach Vasaro fahren, dort würde er Sie treffen und Ihnen die Skulptur übergeben. Im Gegenzug sollten Sie ihm Straffreiheit garantieren. Aber mit diesem Anruf sollte lediglich Deschamps hereingelegt werden. Travis hatte Sie zuvor schon einmal angerufen, stimmt's? Er hat Sie aufgefordert mitzuspielen, dann würde er Ihnen auch noch Deschamps ans Messer liefern. Dann hätten Sie alles, was Sie wollten.«

»Ach ja? Das ist reine Spekulation.«

»Aber ich liege doch richtig, oder? Er hat Vasaro ausgesucht, weil er weiß, dass Deschamps sich leicht hierher locken lassen würde. Schließlich kennt er sich hier aus, denn er hat vor dem Entführungsversuch das Haus und das Areal gründlich ausgekundschaftet. Was kann es schon schaden, wenn Sie es zugeben?«

Andreas schwieg einen Augenblick, dann nickte er langsam. »Travis rief mich tatsächlich nach Ihrem Treffen mit Deschamps in St. Ives an und sagte, ich solle nach Cannes kommen und dort abwarten, er werde mich später per E-Mail kontaktieren.«

»Wo will Travis Sie treffen?«

Er schüttelte den Kopf. »Keine Einmischung.«

»Sie treffen ihn gar nicht, stimmt's?«

»Es ist nicht geplant. Es war von vornherein nur als Falle für Deschamps gedacht. Travis versprach mir, den Pegasus zurückzulassen, sobald er Deschamps erledigt hätte.«

»Wo zurücklassen?«

Andreas lächelte. »Sie sind ganz schön hartnäckig.«

»Werden Sie Travis laufen lassen, nachdem er Deschamps getötet hat?«

»Darüber haben wir nicht geredet. Ich denke, er weiß, dass er auf sich allein gestellt ist, sobald ich das habe, was mir gehört. Er ist ein intelligenter Bursche. Es könnte ihm gelingen zu entkommen.«

»Aber Sie werden zuschlagen, sobald er Vasaro verlassen hat.«

»Natürlich habe ich vorgesorgt, dass mir Deschamps nicht entwischt, sollte er Travis töten.«

Travis, der stürzte und im Sterben lag ...

Dieses Bild versetzte sie in Panik. Sie musste sich beherrschen, Ruhe bewahren. »Aber Sie beabsichtigen nicht, in der Nähe zu sein, falls Travis Hilfe braucht.« Sie fuhr sich mit der Zunge über die Lippen. »Mein Gott, Sie haben eine ganze Armee hier versammelt. Sie könnten Leute hinschicken, die dafür sorgen, dass Deschamps Travis nichts antun kann.«

»Was wiederum Deschamps warnen könnte, der dann die Chance hätte, die Flucht zu ergreifen.«

»Auf jeden Fall hätten Sie die Skulptur.«

Er lächelte. »Ich will alles.«

Das hatte sie befürchtet. »Sie wollen, dass Travis getötet wird. Sie betrachten das Ganze als persönliche Angelegenheit, aber Sie wollen weder Danley noch einem seiner Leute den Auftrag geben. Weil das Ihrer Amtsauffassung als Präsident widerspräche. Sie hoffen aber, dass er stirbt.«

Sein Lächeln verschwand. »Er hat meine Tochter entführt. Er hat ihr Leben aufs Spiel gesetzt. Tagelang war sie auf dem Präsentierteller, nicht nur für Deschamps, sondern auch für jeden anderen Idioten, der es auf mich abgesehen hat. Meine Frau hat Höllenqualen ausgestanden. Sie hätte ihr Baby verlieren können. Ich glaube, der Gerechtigkeit würde ein großer Dienst erwiesen, wenn die beiden sich gegenseitig umlegten. Also, war's das jetzt? Ich muss wieder an die Arbeit.«

Es war zwar aussichtslos, dennoch musste sie es versuchen. »Bitte schicken Sie Danley oder jemand anders hin, um ihn zu retten.«

»Soll er sich doch selbst retten. Vielleicht hat er ja Glück.«

»Er wird sterben.«

»Guten Tag, Ms. Riley.«

Sie holte tief Luft. »Okay, dann sagen Sie mir wenigstens, wo er ist, damit ich ihm helfen kann.«

»Keine Einmischung.«

»Das brauchen Sie mir nicht zu sagen. Ich verlange wirklich nicht viel.« Sie rieb sich die Stirn. »Es wird heute Nacht passieren, denn Sie haben mir gesagt, Sie wollten mich lediglich achtundvierzig Stunden festhalten. Sie werden ihn nicht in die Nähe von Cassie lassen, also muss er irgendwo weit draußen im Gelände sein. Er ist in einer Art Haus, hab ich Recht?«

Er hob die Augenbrauen. »Gut geraten.«

»Ich werde ihn schon finden.«

»Sie sind meine Gefangene. Sollten Sie das Gelände verlassen, wird auf Sie geschossen.«

»Das glaube ich nicht. Sie sind ein ehrenwerter Mann, und Sie wissen, dass ich Cassie geholfen habe. Sie müssen mich schon töten, wenn Sie mich aufhalten wollen.« Ihr

Kinn bebte. »Aber vielleicht bekommen Sie ja noch einen Bonus, falls Deschamps mich gleich in einem Aufwasch ins Jenseits befördert.«

»Vasaro ist ein großes Gelände. Sie werden Travis nie finden.«

»Ich werde ihn finden. Sie brauchen lediglich Danley anzuweisen, dass er mich nicht als Übungszielscheibe benutzen soll. Sagen Sie ihm, er soll mir eine Waffe besorgen.«

»Sie überspannen den Bogen reichlich.«

»Mir bleibt nichts anderes übrig.« Sie versuchte, sich ihre Verzweiflung nicht anmerken zu lassen, was ihr jedoch nicht gelang. »Travis hat das nicht verdient. Es stimmt, er hat einiges getan, was er nicht hätte tun dürfen, aber er ist ein guter Mensch. Sie machen einen Fehler.«

Er schüttelte den Kopf.

»Außerdem werden Sie es bereuen.«

»In meiner Position muss ich viele Entscheidungen treffen, die ich später bereue.«

»Aber diese muss doch nicht dazugehören. Er hat Cassie einmal das Leben gerettet. Hat das denn überhaupt kein Gewicht?« Sie kam nicht an ihn heran, stellte sie resigniert fest. »Cassie denkt an Travis wie an einen Freund. Werden Sie später irgendwann in der Lage sein, ihr klar zu machen, was Sie mit ihm gemacht haben?«

Er antwortete nicht direkt. »Es ist offenkundig, dass Sie Travis zugetan sind, aber es wäre vernünftig, wenn Sie es sich noch einmal überlegen würden. Ich habe kein Interesse daran, Ihnen wehzutun. Halten Sie sich da raus, Ms. Riley.«

»Den Teufel werde ich tun.« Sie wandte sich um und lief wütend an Danley vorbei den Flur entlang. Sie musste aufhören zu zittern. Sie hatte ohnehin nicht viel Hoffnung gehabt, Andreas überreden zu können, ihr zu helfen. Wenn es ihrem Kind so ergangen wäre, würde sie bestimmt die gleiche Verbitterung empfinden.

Sie machte sich etwas vor. Sie hatte auf ein Wunder gehofft. Also gut, das Wunder war nicht eingetreten, und nun war sie auf sich allein gestellt. Sie stieß die Tür zur Bibliothek auf. Sie konnte nicht blind auf dem ganzen Gelände von Vasaro herumlaufen. Es musste irgendwo einen Grundstücksplan geben, auf dem alle Außengebäude verzeichnet waren.

Den musste sie bloß finden

Melissa benötigte drei Stunden, um den Plan aufzustöbern. Er befand sich nicht im Regal, sondern steckte in einem Umschlag mit anderen Unterlagen über das Haus in der obersten Schreibtischschublade.

Hastig breitete sie den Plan auf dem Schreibtisch aus. Er sah ziemlich neu aus, daher mussten eigentlich alle aktuellen Gebäude auf dem Grundstück verzeichnet sein. Sie lagen offensichtlich kilometerweit auseinander. Ihre Chancen, das Richtige ausfindig zu machen, waren praktisch gleich null.

Sie sah aus dem Fenster. Die Sonne ging schon unter. Bald würde die Nacht hereinbrechen, und dann würde es passieren. Sie hatte keine Ahnung, wie viel Zeit ihr noch blieb. Sie ließ sich in den Schreibtischsessel fallen und schlug die Hände vors Gesicht.

24

Travis warf einen Blick auf die Uhr. »Bald ist es so weit.« Er deutete auf den Hubschrauber, der neben dem Hangar auf dem kleinen Flugplatz stand. »Haben wir genug Sprit, um nach Vasaro und anschließend nach Nizza zu kommen?«

Galen sah ihn überrascht an. »Natürlich.«

»Ich wollte mich nur vergewissern.«

»Das ist ja ganz was Neues? Kann es sein, dass du nervös bist?«

»Möglich.«

»Nur zu verständlich. Das ist nicht gerade dein Gebiet. Du solltest mich wirklich allein da reinspazieren lassen.« Galen schwieg einen Augenblick. »Glaubst du wirklich, dass er dort ist und uns erwartet?«

»Ich könnte wetten, dass er auf direktem Weg nach Vasaro gefahren ist. Ich würde es jedenfalls so machen. Nach Vasaro fahren, bevor Andreas mit seinen Truppen eintrifft, Stellung beziehen und warten. Keinerlei Risiko, über jemanden zu stolpern, der gerade zum Hof hin oder von dort unterwegs ist. Er ist clever genug, um sich auszurechnen, dass Andreas das Gelände abschottet, um mich zu ergreifen.«

»Wie will er dann rausgelangen? Er wird wohl kaum ein Auto oder einen Hubschrauber in der Gegend herumstehen lassen.«

»Er könnte mein Fahrzeug stehlen, nachdem er mich getötet hat.« Travis lächelte. »Oder vielleicht stellt er sich auch vor, auf den Flügeln des Pegasus zu entschwinden, wenn er ihn erst hat.«

»Wo ist die Skulptur?«

»Ich habe sie im Wandschrank im Hinterzimmer verstaut.« Travis öffnete die Tür. »Gehst du sie holen? Ich lasse schon mal den Hubschrauber an.«

»In Ordnung.« Galen ging ins Hinterzimmer und öffnete die Schranktür. Kein Gold schimmerte in der Dunkelheit. Er schaltete das Licht an und sah auf dem oberen Regalboden nach. Keine Skulptur.

»Dieser Hurensohn.«

Er rannte hinaus, aber der Hubschrauber hob schon ab. »Was zum Teufel soll das, du Arschloch?«, schrie er. »Du *brauchst* mich.«

Travis winkte ihm zu.

Galen stand immer noch auf dem Landeplatz und sah Travis nach, der nach Süden Richtung Vasaro einschwenkte. Er kochte vor Wut.

Travis konnte es nicht ändern. Galen hatte mit dieser Geschichte nichts zu tun; für ihn gab es keinen Grund, sich der Gefahr auszusetzen, die in Vasaro lauerte. Selbst wenn Deschamps umzulegen sich als einfacher erwiese, als Travis erwartete, musste er damit rechnen, dass Andreas alles daransetzen würde, ihn zu kassieren.

Er durfte Andreas einfach keine Chance geben. Er musste Deschamps ausschalten, dann Richtung Nizza abheben und hoffen, dass Andreas nicht über Waffen verfügte, mit denen er den Hubschrauber abschießen konnte. Wenn er schnell war, konnte es ihm gelingen zu entkommen. Andreas würde sicherlich zögern, etwas zu unternehmen, wenn er davon ausgehen musste, dass Travis den Pegasus bei sich im Hubschrauber hatte.

Er warf einen Blick auf den Pegasus, der hinten im Hubschrauber auf dem Boden stand. Die Skulptur schien ihn anzustarren. Das Licht der untergehenden Sonne ließ die smaragdgrünen Augen aufblitzen, als führten sie ein grimmiges Eigenleben. In diesem Augenblick konnte Travis nachvollziehen, dass manche Menschen der Skulptur übernatürliche Kräfte zuschrieben.

Er lächelte sie an. »Schärf deine Zähne, mein Freund, wir gehen auf die Jagd.«

Cassie!

Langsam hob Melissa den Kopf vom Schreibtisch. Sie hatte keine Ahnung, in welchem Gebäude Travis sein würde, aber vielleicht wusste Cassie es. Cassie verbrachte immer die Sommermonate hier. Sie hatte beim Blumenpflücken geholfen. Sie war bestimmt hier überall herumgestromert. Möglicherweise …

Mach es möglich, bitte mach es möglich, lieber Gott.

Sie schloss die Augen.

Cassie.

Die Kleine wollte sie nicht hineinlassen. Es kostete sie mehrere wertvolle Minuten, ihren Schutzwall zu durchbrechen.

»Cassie, ich brauche dich.«

»Ich müsste eigentlich stinksauer auf dich sein. Wo warst du? Du bist den ganzen Tag nicht hier gewesen.«

»Dein Vater war hier.«

»Er ist gerade erst gekommen. Vorher war hier bloß diese … Krankenschwester.«

»Sie ist sehr nett.« Für solche Gespräche hatte sie jetzt keine Zeit. *»Cassie, du musst mir helfen. Du musst mir dabei helfen, einen Ort zu suchen.«*

»Du hättest mich nicht verlassen dürfen. Ich bin so einsam die ganze Zeit.«

»Cassie.«

Schweigen. »Du hast Angst. Du hast Angst vor den Monstern.«

»Ja.« O *ja.*

Furcht. »Willst du herkommen?«

»Nein, ich muss da hin.«

»Wegen Michael.«

»Er ist in einem Haus oder Schuppen. Ich weiß nicht, wo. Ich muss ihn finden. Es gibt eine Laterne mit einem Kupferdeckel und auf einem Tisch stehen Kisten.«

»Was für Kisten?«

»Sie haben eine ulkige Form.«

»Zeig mir, wie.«

Konzentrier dich auf den Tisch. Zeig ihr nicht, wie Travis stirbt.

»Es ist der Obstschuppen auf dem südlichen Feld.«

Melissas Herz hüpfte vor Aufregung. *»Bist du sicher, Kleines?«*

»Natürlich bin ich sicher. Das ist der Einzige, der so aussieht. Caitlin hat mir erzählt, dass er da steht, seit es Vasaro gibt. Es hat mal ein Feuer gegeben, aber er ist nicht abgebrannt und sie –«

»Danke. Danke. Ich danke dir, Cassie.« Melissa überflog den Plan und fand ein Nebengebäude im südlichen Feld. Verdammt, mindestens sechs Kilometer.

»Es gibt eine Abkürzung. Man geht durch eine Baumgruppe am Ende der Straße und dann über den Hügel.«

»Wie lange braucht man dafür?«

»Ich weiß nicht. Eine ganze Weile.«

Sie konnte nicht erwarten, dass die Kleine sich präziser ausdrückte. Sie hoffte nur, dass ihre Erinnerung halbwegs genau war.

Empörung. »Es ist wirklich eine Abkürzung.«

»Tut mir Leid.« Melissa sprang auf. *»Ich muss gehen. Bis bald, Cassie.«*

Plötzliche Panik. »Will nicht, dass du dahin gehst. Die Monster erwischen dich.«

Sie durfte sich von ihrem Entsetzen nicht überwältigen lassen. Cassie hatte in den letzten Tagen zu viel mit ansehen müssen, und sie durfte das Kind nicht noch mehr verängstigen. *»Es wird wieder gut. Es wird alles wieder gut.«*

»Komm zurück ...«

Aber Melissa war schon im Korridor. Dann rannte sie zur Haustür hinaus. Die Wachtposten hielten sie nicht auf, sie ignorierten sie einfach, als wäre sie gar nicht da.

Gott, es war schon fast dunkel.

Sie rannte die Straße entlang bis zu der Baumgruppe.

Danley klopfte an Cassies Tür und öffnete sie. »Die Frau ist losgegangen, Mr. President. Vor einigen Minuten.«

Andreas erhob sich und trat in den Korridor. »In welche Richtung?«

»Zu den Bäumen.«

»Niemand hat sie aufgehalten?«

»Sie haben uns klare Anweisungen gegeben.« Er presste die Lippen zusammen. »Obwohl ich sagen muss, dass ich die ganze Sache missbillige.«

»Das weiß ich. Sie wollen alles schön ordentlich und übersichtlich, und diese Geschichte ist Ihnen viel zu unkontrollierbar. Aber keine Sorge, Melissa Rileys Chance, den Schuppen zu finden, ist extrem gering. Selbst wenn es ihr gelingt, ist bis dahin wahrscheinlich ohnehin alles vorbei.«

»Es ist uneffektiv. Sie hätten uns den Schuppen stürmen und uns die Scheißkerle schnappen lassen sollen.«

»Halten Sie sich raus. Ihre Aufgabe besteht darin, die Sicherheit meiner Tochter zu gewährleisten. Punkt. Aus.«

»Und die Frau?«

»Ich habe sie gewarnt. Sie ist auf sich allein gestellt.«

Andreas wandte sich um und öffnete die Tür. »Informieren Sie mich, wenn Sie etwas erfahren.«

Er setzte sich wieder in den Sessel neben Cassies Bett und nahm ihre Hand. Er verfluchte Melissa Riley. Sie konnte von Glück reden, wenn sie nicht auch noch getötet wurde. Warum konnte sie sich nicht damit zufrieden geben, dass sie ihren eigenen Hals gerettet hatte, warum musste sie sich wegen Michael Travis so verrückt machen? Sie war gefühlsbetont und unvernünftig und glaubte, man könnte Wunder vollbringen, wenn man sich nur genügend anstrengte.

Und sie war Chelsea sehr ähnlich. Dieser Gedanke schoss ihm aus dem Nichts durch den Kopf. Er sah seine Frau vor sich, die sich unter denselben Umständen genauso verhalten würde wie Melissa. Es hatte ihn große Mühe gekostet, Chelsea auszureden, mit hierher zu fliegen, nachdem er ihr erzählt hatte, dass ihre Chancen gut standen, Cassie zurückzubekommen. Sie hätte –

Cassie drückte seine Hand.

Er zuckte zusammen und starrte sie an. »Cassie?«

Ihre Augen waren geschlossen und ihr Körper war ganz steif, sie schien sich vor Schmerzen zu krümmen. Ihr Griff wurde immer fester, bis er das Gefühl hatte, seine Hand stecke in einem Schraubstock.

»Cassie, sprich mit mir«, sagte er mit bebender Stimme. »Lass mich dir helfen. Bitte.«

Melissa jagte durch die Baumgruppe den Hügel hinauf.

Schneller.

Sie rutschte aus und konnte sich gerade noch fangen, bevor sie stürzte.

Sie hörte irgendetwas. Ein Motorengeräusch. Ein Hubschrauber? Travis?

Gott, sie konnte nur hoffen, dass er es nicht war.

Sie eilte den Hügel auf der anderen Seite hinunter,

hoffte, dass sie die richtige Richtung eingeschlagen hatte. Was war, wenn Cassie sich nicht genau erinnert hatte? Sie war schließlich noch ein kleines Mädchen.

Und vielleicht gab es ja mehr als einen Obstschuppen, der die Jahre überdauert hatte.

Aber jetzt gab es kein Zurück mehr. Dazu war es zu spät.

Das Hubschraubergeräusch hatte aufgehört.

Noch ein Hügel. Befand der Schuppen sich auf der anderen Seite?

Ihre Lunge brannte und sie bekam kaum noch Luft.

Weiter.

Sie stolperte. Mittlerweile herrschte völlige Dunkelheit, sie konnte kaum noch den Boden vor sich sehen. Sie erreichte den Gipfel des Hügels.

Nichts. Nur eine Senke und noch ein Hügel.

Weiter. Nicht aufgeben.

Sie musste sich beeilen. Schneller.

Travis, der stürzte und starb …

Cassie schrie.

Andreas zuckte zusammen. Schon wieder ein Alptraum?

Sie richtete sich auf. »*Michael!*«

Zum ersten Mal waren ihre Augen geöffnet. »O mein Gott.« Er zog sie an sich, Tränen liefen ihm über die Wangen. »Liebes, du bist zu uns zurückgekommen. Ich bin so –«

»Michael.« Sie klammerte sich an ihren Vater. »Papa, die Ungeheuer. Blut. Sie bringen Michael um.«

»Schsch.« Andreas drückte ihr einen Kuss auf die Stirn und wiegte sie. »Alles wird gut. Jetzt wird alles wieder gut.«

»Nein.« Sie schluchzte. »Es ist wie vorher. Die Monster – und du warst nicht da.«

»Aber jetzt bin ich hier.«

»Es passiert wieder.«

»Nein, du bist in Sicherheit. Wir sind alle in Sicherheit.«

»Nein, das stimmt nicht.« Ihre Augen weiteten sich vor Entsetzen. *»Michael.«*

Travis war gelandet.

Deschamps drückte sich noch tiefer in die Büsche neben dem Schuppen und ließ den Hubschrauber, der nur ein paar Meter weiter weg stand, nicht aus den Augen. Die Vorfreude steigerte seine Erregung. Darauf hatte er schon zu lange warten müssen. Komm raus. Lass mich den Pegasus sehen. Ich will sehen, was mir gehört.

Die Nacht war mondlos, und in der Dunkelheit konnte er die Umrisse von Travis' Gestalt im Cockpit kaum ausmachen. Warum stieg er nicht aus? Dann wurde ihm klar, dass Travis einfach nur vorsichtig war. Sobald er aus dem Hubschrauber ausstieg, war er ungeschützt; deshalb wartete Deschamps darauf, dass sich die Tür öffnete.

Vielleicht spürte Travis ja, dass irgendetwas nicht stimmte.

Er musste sich absolut ruhig verhalten, bis Travis sich sicher fühlte.

Minuten vergingen.

Warum bewegte sich der Scheißkerl nicht?

Er schlich näher heran, dann noch näher.

Wenige Schritte vom Hubschrauber entfernt blieb er wie angewurzelt stehen. Die Gestalt im Cockpit war gar nicht Travis. Es war eine Puppe, der man eine Jacke übergelegt hatte. Die Passagiertür stand offen.

Travis war entwischt!

»Scheiße.« Deschamps warf sich auf den Boden. Travis konnte überall stecken.

Plötzlich blitzte vom Schuppen her ein Lichtschein auf. Die Tür stand offen …

Als Melissa den Hügelkamm erreichte, sah sie das Licht im Schuppen. In der Nähe konnte sie die Umrisse eines Hubschraubers ausmachen.

Es war also schon losgegangen.

Schluchzend rannte sie den Hügel hinunter. Warte auf mich. Es kann doch nicht sein, dass ich es bis hierher geschafft habe und doch nicht helfen kann.

Die Tür stand offen. Vielleicht war Deschamps gerade hineingeschlüpft.

Verflucht. Wenn sie auch nur einen Moment zu spät kam, konnte das Travis' Ende bedeuten.

Sie stand im Türrahmen, ihr Blick suchte in der Dunkelheit panisch nach Travis.

Zuerst entdeckte sie Deschamps am anderen Ende des Raums. Er schlich vorwärts, den Blick starr auf irgendetwas im Dunkeln geheftet. Auf Travis?

Nein, Travis rollte sich unter dem Tisch hervor, eine Pistole in der Hand, und kam ganz leise auf die Füße. Er war völlig auf Deschamps konzentriert, der ihm den Rücken zuwandte.

Sie hielt die Luft an. Tu es. Erschieß ihn. Warte nicht, bis er sich umdreht.

Nein!

Travis schaute zu ihr herüber. Sie hatte sich nicht bewegt, aber er musste sie aus dem Augenwinkel wahrgenommen haben. Seine Augen weiteten sich, als er sie erkannte.

In dem Moment drehte sich Deschamps um!

Die nächsten Sekunden schienen sich in Zeitlupe abzuspielen. Melissa stürzte quer durch den Raum, warf sich auf Travis, packte ihn an der Hüfte und riss ihn nach unten.

Zu spät.

Sie hörte ihn stöhnen und spürte, wie er zusammensackte, als die Kugeln ihn trafen.

Sie hatte versagt, erkannte sie voller Entsetzen. Deschamps hatte ihn getötet.

Gemeinsam schlugen sie auf dem Boden auf. Holz splitterte direkt neben Melissas Gesicht, als Deschamps den nächsten Schuss abfeuerte und die Laterne erwischte. Die Laterne fiel hinunter und die Kerze erlosch.

Dunkelheit.

Travis' Pistole lag neben ihm. Sie tastete danach, rollte sich unter den Tisch, packte einen Stuhl und hielt ihn wie einen Schutzschild vor sich.

»Sie kommen hier nicht mehr raus«, rief Deschamps. »Ich habe Travis getötet. Wer soll Sie jetzt beschützen?«

Ihre Augen füllten sich mit Tränen, als sie Travis am anderen Ende des Tisches liegen sah.

»Sie haben Angst, stimmt's? Ich könnte Sie laufen lassen, wenn Sie jetzt einfach aufgeben.«

»Leck mich.« Gott, wie sollte sie in dieser Dunkelheit zielen und schießen?

»Sie können mich nicht aufhalten. Haben Sie eine Ahnung, wie lange ich auf diese Skulptur gewartet habe?«

Noch ein Schuss. Stechender Schmerz durchfuhr sie, als die Kugel vom Stuhl abprallte und ihren linken Arm streifte.

»Geben Sie auf. Sie haben keine Waffe, sonst hätten Sie sie längst benutzt. Ich verliere allmählich die Geduld. Andreas wird jeden Augenblick hier auftauchen.«

»Andreas wird nicht kommen. Das hatte er nie vor. Die ganze Geschichte ist ein Trick. Jetzt stehen Sie ganz schön dumm da, was?«

»Sie lügen. Ich habe das gesamte Gelände im Umkreis von mehreren Kilometern überprüft. Nur das Haupthaus ist bewacht.«

»Ich lüge nicht. Das Ganze ist eine Falle. Selbst wenn Sie mich töten, werden Sie keine zehn Kilometer von Vasaro wegkommen, bis Andreas' Leute Sie erwischen.« Eine Kugel pfiff an ihrem Ohr vorbei. Er zielte nach Gehör, genau so wie sie versuchte, ihn anhand seiner Stimme zu orten. »Sie vergeuden also Ihre Zeit. Sehen Sie zu, dass Sie von hier verschwinden.«

»Bei mir geht das schnell. Ich werde den Hubschrauber nehmen, mit dem Travis gekommen ist ... sobald ich den Pegasus habe.«

Der Pegasus. Sie konnte den goldenen Schimmer auf dem Tisch über ihr ausmachen. Konnte der Pegasus Deschamps so nah heranlocken, dass sie auf ihn schießen konnte? Oder würde seine nächste Kugel sie zuerst erwischen?

Noch ein Schuss. Haarscharf vorbei.

Sie schnappte nach Luft und stieß einen erstickten Schrei aus.

Deschamps grunzte zufrieden. »Also gut. Sie kommen mir heute das letzte Mal in die Quere.« Stille. »Hat's wehgetan? Ihrer Schwester habe ich wehgetan, stimmt's? Ich habe das Blut spritzen sehen, bevor ich abgehauen bin.« Er verstummte und lauschte.

Er wollte sie provozieren, hoffte, sie würde zusammenbrechen, wenn die Kugel sie schon nicht getroffen hatte.

»Ich hoffte, ich könnte mir ein bisschen mehr Zeit lassen, Travis zu töten. Ich gebe zu, ich bin enttäuscht. Ich wollte ihn leiden sehen. Seit ich meinen charmanten Stiefvater umgelegt habe, habe ich nie wieder einen solchen Hass auf jemanden empfunden.«

Scheißkerl.

»Haben Sie ihn bluten sehen, als die Kugeln ihn getroffen haben? Um den Pegasus ranken sich blutrünstige Legenden. Kriege ... die Guillotine ... Glauben Sie, dass an diesen Geschichten etwas dran ist?«

Melissa reagierte nicht. Komm schon, du Dreckskerl. Zeig dich.

»Sie hätten sich wirklich nicht einmischen sollen. Sie sind nicht clever genug. Es war schon erbärmlich, wie leicht Sie sich in St. Ives haben reinlegen lassen.«

Er bewegte sich, ging vorwärts.

Ja!

Sie konnte ihn auf der gegenüberliegenden Seite des Raums spüren. Komm näher. Sieh dir die hübsche Skulptur an. Komm und hol sie dir.

Er kam. Äußerst vorsichtig, aber er kam.

Ihre Hand umklammerte den Pistolengriff.

Noch ein Schuss.

Ein heißer, tiefer Schmerz an ihrem Bein.

Bloß nicht schreien. Nicht bewegen. Er sollte ruhig glauben, dass sie keinerlei Gefahr darstellte.

»Ich habe gehört, wie die Kugel eingeschlagen hat. Nichts macht ein so schönes Geräusch wie dieser weiche Aufprall. Sie sind entweder stoisch oder bewusstlos oder tot. Ich wüsste nur zu gerne, welches von den dreien. Sobald ich den Pegasus habe, werde ich mich davon überzeugen.« Er kam näher, war aber noch nicht nah genug. Sie konnte sich kaum rühren, und sie würde nur diese eine Chance haben. »Mein Gott, wie schön sie ist. Ich kann diese Augen in der Dunkelheit leuchten sehen. Das reicht schon beinahe, um all die Geschichten zu glauben, die man hört.«

Es traf sie wie ein Schock, als plötzlich Licht den Raum erhellte. Er hatte die Laterne wieder angezündet. Er war nur ein paar Schritte von ihr weg! Sie erstarrte und hielt den Atem an. Ihre Hand umklammerte die Pistole, die halb unter ihrem Körper versteckt war.

Doch er würdigte sie kaum eines Blickes, seine ganze Aufmerksamkeit galt der Skulptur, die er fasziniert anstarrte. »Alexander, Karl der Große, die Borgias«, flüsterte er, als er sie ehrfürchtig an sich nahm. »Und jetzt Edward Deschamps. Das klingt doch gut, oder – Scheiße!« Die Skulptur fest umklammernd, fiel er zu Boden. »Was zum –«

Travis hatte seinen Arm um Deschamps' Fußgelenke gelegt und ihm die Beine weggezogen. Überall war Blut. Travis' Blut. Auf Travis, auf Deschamps. Aber, Gott sei Dank, Travis lebte!

Deschamps fasste sich sofort wieder. Er riss die Pistole herum und richtete sie auf Travis.

»Nein!« Die Achtunddreißiger explodierte in Melissas Hand.

Ein Schuss.

Zwei.

Drei.

Jede Kugel schleuderte Deschamps herum. Blut strömte aus den Bauchwunden.

Ungläubig schaute er an sich hinunter.

Sie schoss noch einmal, und endlich ließ er seine Waffe fallen. »Miststück.« Tränen liefen ihm übers Gesicht. Mit seinen blutigen Händen umklammerte er den Pegasus und kroch zur Tür. »Es spielt keine Rolle. Du kriegst ihn nicht. Ich habe ihn. Das ist alles, was zählt. Ich habe ihn …«

Vielleicht konnte er es noch bis zum Hubschrauber schaffen und davonkommen. Sie wusste nicht, wie er es fertig brachte, sich überhaupt noch zu bewegen. Doch, sie begriff es. Er war besessen, und Jessica hatte ihr erzählt, dass Fanatiker übermenschliche Ausdauer und Kraft an den Tag legen konnten.

Jessica.

Er würde nicht bis zum Hubschrauber kommen.

Sie schoss ihn in den Kopf.

25

»Das … tut weh.« Travis öffnete die Augen, als Melissa einen Stofffetzen auf die Schusswunde an seiner Schulter drückte.

»Halt den Mund. Du kannst von Glück reden, dass du überhaupt noch lebst. Wo ist Galen?«

»Ich habe ihn nicht gebraucht.«

»Du hättest ihn brauchen können.«

»Niemand weiß, dass er mit der Sache zu tun hat. Andreas … er wird sich nicht mit der Skulptur zufrieden geben.«

»Du hast ihm Deschamps geliefert.«

»Ist er tot?«

»Ja, und du hast ihn erschossen. Hast du verstanden?«

Er rang sich ein Lächeln ab. »Komisch, dass ich mich nicht daran erinnere. Versuchst du etwa, einen Helden aus mir zu machen?«

»Ich versuche, deinen Hals zu retten.« Sie befeuchtete ihre Lippen. »Ich hätte nie gedacht, dass ich mal die Möglichkeit dazu bekommen würde. Ich habe dich sterben sehen, Travis. Ich habe die Wunden in deiner Brust gesehen und dein Gesicht … Du warst dabei zu sterben.«

»Aber du hast mich umgestoßen und zu Fall gebracht. Die Kugel hat mich nicht in der Brust getroffen.«

»Wenn ich nicht da gewesen wäre, wärst du vielleicht gar nicht angeschossen worden.«

»Oder Deschamps hätte mich getötet. Wer weiß das schon?« Er schloss die Augen. »Und wenn du nichts dagegen hast, werde ich jetzt schlafen. Ich bin sehr müde.«

»Hauptsache, du stirbst nicht in meinen Armen.« Ihre Stimme zitterte. »Ich habe meine verdammte Mühe damit gehabt, dich am Leben zu erhalten.«

»Keine Bange … ich sterbe schon nicht.«

Er wurde ohnmächtig. Sie musste den Druck auf die Wunde aufrechterhalten. Bevor sie zu Travis gekrochen war, hatte sie die Wunde an ihrem Bein provisorisch verbunden. Wie konnten sie Hilfe bekommen? Andreas würde wahrscheinlich nicht mal in die Nähe des Schuppens kommen. Er wollte sowohl Travis' als auch Deschamps' Tod.

Galen.

Sie wühlte in Travis' Tasche, zog das Handy heraus und begann, die Nummer zu wählen.

In diesem Moment wurde die Tür aufgerissen. »Hände hoch!« Ein halbes Dutzend Männer verteilten sich im Raum.

Sie trugen Anzüge. Unverkennbar CIA. Um Gottes willen, es war genau wie der Überfall am Tag zuvor in der Hütte.

»Ich werde die Hände *nicht* hochheben. Wenn ich meine Hand von diesem Druckverband nehme, wird er verbluten. Wo zum Teufel ist Danley? Ich will mit Danley reden.«

»Sie müssen schon mit mir vorlieb nehmen. Danley ist damit beschäftigt, das Gelände zu sichern.« Andreas betrat den Raum, nahm Deschamps in Augenschein. »Ist das unser Mann?«

»Ja, ich nehme an, Danley hat Ihnen Fotos von ihm gezeigt.«

»Bei dem zerschossenen Kopf lässt sich das schwer feststellen.«

»Es ist Deschamps. Travis hat ihn für Sie erledigt.« Heftig fügte Melissa hinzu: »Also holen Sie jetzt gefälligst Hilfe.«

»Genau das habe ich vor. Wie geht es ihm?«

»Die Kugeln haben die Schulter durchschlagen. Er hat eine Menge Blut verloren, aber er wird durchkommen ... wenn Sie hier keinen Unsinn machen.«

»Das würde ich nicht wagen. Sie sehen aus, als könnten Sie auch Hilfe brauchen.« Er wandte sich an einen der Männer. »Paulding, rufen Sie einen Notarzt.« Dann kniete er sich neben sie.

»Lassen Sie mich in Ruhe. Mir geht's gut.«

»Sie können Travis loslassen. Wir werden ihm nichts tun.«

»Woher soll ich das wissen?«

»Cassie würde es nicht zulassen.«

»Wie bitte?«

Er lächelte. »Sie ist aufgewacht.«

»O mein Gott.«

»Genau das habe ich auch gesagt. Ich hatte das Gefühl zu schweben ... Es war einfach wunderbar. Auch wenn sie beinahe hysterisch war und brüllte, ich sollte Travis retten. Sie muss unser Gespräch gestern Abend mitgehört haben.«

Allerdings hatte sie mitgehört. Aber nicht so, wie Andreas meinte. »Ich habe Ihnen doch gesagt, was sie für ihn empfindet.«

»Ja, das stimmt.« Er erhob sich. »Wir werden Sie ins Haus bringen und die Kugel entfernen lassen.«

»Nur, wenn Sie Travis auch mitnehmen.«

»Sie vertrauen mir nicht?« Er lächelte. »Ich habe Cassie versprochen, dass ich ihn mit zurückbringe. Nur so konnte ich sie beruhigen. Glauben Sie mir, ich werde sie nicht noch einmal dazu bringen, sich von mir abzuwenden. Alles würde ich tun, um das zu verhindern.«

Sie musterte ihn und nickte. »Das glaube ich Ihnen.«

»Und jetzt gehe ich lieber wieder zurück und erzähle Cassie, dass ihr Held in Sicherheit ist.«

»Und was ist, wenn es Cassie wieder besser geht? Ist Travis dann immer noch in Sicherheit?«

»Das werden wir dann sehen. Am liebsten würde ich ihm immer noch den Hals umdrehen.« Er wandte sich zur Tür. »Ich erwarte Sie im Haus.« Neben der Leiche blieb er stehen und bückte sich, um den Pegasus an sich zu nehmen, den Deschamps noch immer umklammert hielt. »Der ist ja voller Blut.«

»Deschamps meinte, der Pegasus hätte eine Schwäche für Blut.«

»Das ist ja lächerlich. Wie sollte er eine Vorliebe für etwas haben?« Er wischte das Blut von der Skulptur und betrachtete lächelnd die grünen Augen. »Letztendlich ist er doch einfach nur ein Bildnis.«

»Melissa. Die Monster … Michael!«

»Schsch. Sie sind weg. Michael ist in Sicherheit. Er ist zwar verletzt, aber er ist hier bei mir. Wir sind in einem Wagen unterwegs ins Haus.«

»Das hat Papa auch gesagt.«

»Du kannst ihm glauben.«

»Aber ich habe Michael gesehen –«

»Ich weiß. Doch nichts ist passiert. Wenn wir dagegen kämpfen, passiert nichts.«

»Hier draußen habe ich Angst. Vielleicht gehe ich wieder in den Tunnel.«

»Untersteh dich! Ich komme hinter dir her und zerre dich wieder raus. Was ist, wenn Michael oder dein Papa oder deine Mama dich brauchen? Oder wenn ich dich brauche? Es hat dir nicht gefallen, dass du deinen Papa losschicken musstest, damit er Michael hilft, stimmt's? Du hättest es lieber selbst getan.«

»Stimmt.«

Sie hatte sich gedacht, dass ein so willensstarkes Kind wie Cassie diese Antwort geben würde. *»Ich würde das auch wollen. Aber wie willst du irgendetwas unternehmen, solange du dich da drinnen versteckst?«*

Schweigen. *»Ich bleibe jetzt erst mal eine Zeit lang. Es ist nett ... wieder bei Papa zu sein.«*

Dass sie schon wieder eine Beziehung zu ihrem Vater aufnahm, war viel versprechend. Und wenn es noch so zaghaft war, mehr konnte Melissa nicht erwarten. Jessica hätte gewusst, wie sie mit Cassie in diesem Stadium hätte umgehen müssen; Melissa blieb nichts anderes übrig, als ihrem Instinkt zu folgen. *»Ich besuche dich morgen früh.«*

»Jetzt.«

»Morgen«, wiederholte sie nachdrücklich.

»Aber ich möchte dich so gerne sehen. Bisher habe ich dich nur so gesehen, wie du dich selbst siehst.«

Und sie wollte Cassie wach erleben. *»Okay, es wird aber ein Weilchen dauern. Der Doktor muss mein Bein behandeln.«*

»Ich warte. Kommt Michael mit?«

Melissa schaute Travis an. Er hatte von dem Arzt, der kurz nach Andreas' Aufbruch eingetroffen war, eine Spritze bekommen. *»Vielleicht können wir beide ihn ja morgen besuchen. Als er mit dem Monster gekämpft hat, ist er ziemlich übel zugerichtet worden.«*

»Aber er lebt doch?«

»O ja, er lebt.« Ich danke dir, lieber Gott. Es war die Nacht der Dankgebete. Danke für Travis. Danke für Cassie. *»Wir kommen gerade die Einfahrt herauf. Ich muss jetzt gehen. Bis später.«*

»Da bist du ja«, sagte Cassie. »Ich habe Papa gesagt, du würdest bestimmt kommen. Er meinte, der Doktor würde dich sofort ins Bett stecken.«

»Das wollte er auch.« Melissa saß in einem Rollstuhl und fuhr auf sie zu. »Aber ich kann nur ein paar Minuten bleiben.«

»Hast du Schmerzen?« Cassie runzelte die Stirn. »*Du hast Schmerzen.* Ich spüre es.«

»Die gehen wieder vorüber. Der Doktor hat mir ein Schmerzmittel gegeben.« Sie blieb neben dem Bett stehen und sah Cassie an. Die Kleine war zwar abgemagert, wirkte jedoch nicht mehr so zerbrechlich. Die pure Lebensfreude stand ihr ins Gesicht geschrieben. »Du siehst ... gut aus.«

»Und du bist hübscher, als du glaubst. Fast so hübsch wie meine Mama.« Ihre Stimme klang belegt, und sie verzog das Gesicht. »Ich bin ja ganz heiser. Hab wohl einen Frosch im Hals. Papa hat gesagt, das kommt daher, weil ich es nicht mehr gewöhnt bin zu reden.«

»Kann gut sein.« Melissa konnte sich gar nicht satt sehen an der Kleinen. So lebhaft, wie sie war. So wunderbar lebhaft. So kannte sie Cassie nur von Fotos und aus den Fernsehnachrichten. »In ein paar Tagen legt sich das wieder.«

»Mir ist es egal. Papa findet das lustig.« Sie lächelte. »Und wenn er lacht, muss ich auch lachen.«

»Tja, so funktioniert das.«

»Ich hatte es ganz vergessen.« Ihr Lächeln verschwand. »Du hast immer noch Schmerzen. Du musst ins Bett.«

»Jawohl, gnädige Frau.« Melissa drehte sich um und rollte zur Tür. »Wir sehen uns morgen früh.«

»Komm möglichst früh, Melissa.«

»Hör auf damit. Du brauchst jetzt nicht mehr so mit mir zu reden.«

»Es ist aber leichter.«

»Lass es trotzdem.«

»Aber ich bin so heiser. Du willst doch wohl nicht, dass mir der Hals wehtut.«

»So schlimm ist es nun auch wieder nicht. Und wenn du so redest, versteht dich niemand. Deine Mama und dein Papa würden sich Sorgen machen.«

»Okay, ich mach es nur bei dir.«

Melissa begriff, dass Cassie sich durchsetzen würde, egal was sie sagte. Ihr blieb nichts anderes übrig, als den Kompromiss zu akzeptieren. *»Darüber lässt sich reden.«*

»Bist du sicher, dass es Michael gut geht?«

Sie öffnete die Tür. *»Der Doktor meint, dass es ihm bald wieder besser geht.«*

»Ich mache mir Sorgen. Ich hab mich so angestrengt, aber ich komme nicht an ihn ran. Wenn ich draußen bleibe, muss er auch draußen bleiben. Sonst ist es unfair.«

»Wovon redest du überhaupt?«

»Du musst es ihm sagen. Es ist unfair …«

»Ich will hier raus«, sagte Travis, als Melissa am nächsten Morgen in sein Zimmer kam. »Und was machst du im Rollstuhl? Deschamps hat dich also tatsächlich erwischt. Ich war mir nicht sicher, ob der Scheißkerl gelogen hat. Ich hatte es so gehofft.«

»Sei still.« Melissa rollte ganz nah an sein Bett heran. »Mir geht's gut. Ich bin einfach nur eine Zeit lang an diesen blöden Stuhl gefesselt. Cassie und ihr Vater werden dir einen Besuch abstatten, aber ich wollte dich zuerst sehen.« Ein strahlendes Lächeln erhellte ihr Gesicht. »Sie war letzte Nacht wieder da, Travis.«

Er erstarrte. »Mein Gott.«

»Als sie dachte, du würdest sterben, ist sie aus ihrer Starre aufgewacht.«

»Wie geht es ihr?«

»Sie ist verängstigt, neugierig … und sie ist wunderbar.« Sie hatte einen Kloß im Hals. »Einfach wunderbar. Ich war letzte Nacht bei ihr und heute Morgen noch einmal. Sie hat mich angelächelt. Ich hatte sie noch nie lächeln sehen.«

»Ich auch nicht.«

Sie holte tief Luft. »Wir müssen hier möglichst bald weg. Im Moment ist Andreas noch die pure Liebenswürdigkeit.« Sie verzog das Gesicht. »So weit das bei ihm möglich ist. Aber wenn es Cassie erst wieder richtig gut geht, weiß ich nicht, was er tun wird. Es fällt ihm sehr schwer, dir zu verzeihen.«

»Das ist ja wohl die Untertreibung des Jahres. Ich habe keine Vergebung erwartet.«

»Also gut, wenn wir von hier verschwinden, sagt er sich vielleicht, aus den Augen, aus dem Sinn. Er hat Cassie und den Pegasus wieder, und Deschamps ist tot. Er muss dich ja nicht auch noch haben.«

»Nein?«

»Ich habe Galen angerufen. Er kommt in einer halben Stunde her und holt uns ab.«

Travis runzelte die Stirn. »Ich will nicht, dass Galen mit da hineingezogen wird.«

»Alle werden ihn für einen ganz normalen, von uns angeheuerten Piloten halten. Er bringt uns nach Nizza, und von dort fliegen wir nach Juniper.«

»Du hast ja offenbar schon alles genau geplant.«

»Irgendjemand musste ja was tun. Da du dich hast anschießen lassen und nicht einmal deinen Kopf anheben konntest, geschweige denn –«

»Okay. Okay.« Er lachte. »Aber wenn Galen uns in diesem lädierten Zustand erlebt, werde ich mir für alle Zeiten seine Vorwürfe anhören müssen, dass ich ihn nicht mitgenommen habe. Er wird schwören, dass das alles nicht passiert wäre, wenn er dabei gewesen wäre.«

»Vielleicht.« Sie schüttelte den Kopf. »Im Moment weiß ich überhaupt nichts mehr. Ich weiß nur eins, und zwar, dass wir hier weg müssen.«

»Und ich bin ganz sicher, dass ich mit dir komme. – Egal wohin. Jederzeit.«

Sie starrte ihn an. »Wie bitte?«

»Du hast mich richtig verstanden. Es ist verblüffend, welche Erkenntnisse sich auftun, wenn man glaubt, man stirbt gleich.«

»Hast du nicht gesagt, du ziehst es vor, dich rauszuhalten?«

»Ich habe nicht gesagt, dass es einfach wird.« Er grinste. »Aber ich denke, es ist einen Versuch wert.« Sein Grinsen verschwand. »Was hältst du davon?«

»Möglicherweise könnte ich mich mit dem Gedanken anfreunden, dass sich ein Versuch lohnt. Obwohl du ein sehr –«

»Michael, ich warte schon die ganze Zeit auf dich.« Cassie platzte ins Zimmer. »Warum bist du nicht mit Melissa zu mir – Oh, du siehst ja wirklich ziemlich mitgenommen aus. Melissa hat es mir gesagt, aber ich –«

»Ich bin nur ein bisschen lädiert.« Er lächelte. »Aber du siehst prächtig aus. Willkommen auf der Welt, Cassie. Wie geht es dir?«

Sie lief langsam durch das Zimmer. »Ich kann noch nicht weit laufen, meine Beine fühlen sich komisch an.« Sie ließ sich auf die Bettkante plumpsen. »Papa meint, das kommt daher, dass ich sie so lange nicht benutzt habe.«

»Das ist sicherlich richtig.«

»Mama kommt auch her. Papa hat ihr gesagt, sie soll in Washington bleiben, aber sie war schon unterwegs, als er sie angerufen hat. Sie hatte keine Lust, noch länger zu warten, bis sie mich sieht.« Sie kicherte. »Und Papa meint, sie ist bestimmt die Einzige, die vielleicht ein Baby in der *Air Force Two* bekommt.«

»Du klingst ja, als ginge es dir ganz gut.«

»Eigentlich ja. Ich hab aber immer noch ein bisschen

Angst.« Dann strahlte sie. »Aber der Windtänzer ist hier. Der passt auf mich auf. Papa hat ihn mir gestern Abend gebracht. Ist das nicht toll?«

Es traf Melissa wie ein Schock, dass Andreas die Skulptur vom Schauplatz des Todes direkt zu Cassie gebracht hatte. Nein, wahrscheinlich war es nur halb so schlimm. Die Skulptur hatte die Familie Andreas über Jahrhunderte durch Freud und Leid begleitet. Wenn der Pegasus Cassie hier in Vasaro zu Glücksgefühlen und zu neu gewonnener Zuversicht verhalf, was sollte daran schlimm sein? »Ganz toll, Cassie.«

Cassie wurde plötzlich ernst. »Melissa hat gesagt, dass ihr beide weggeht, Michael. Ich will aber nicht, dass ihr geht.«

»Es ist das Beste für uns«, erwiderte er. »Aber wenn du uns brauchst, werden wir immer für dich da sein.«

Sie machte ein skeptisches Gesicht. »Versprochen?«, fragte sie

»Versprochen.« Travis drückte ihre Hand. »Du gibst mir Bescheid, und ich komme sofort angerannt.«

»Normalerweise warten die Menschen, bis sie eine Einladung erhalten«, sagte Andreas, der unbemerkt eingetreten war.

Travis erstarrte. »Cassie hat gerade eine ausgesprochen. Aber wenn Sie sich immer gut um sie kümmern, hat sie keinen Grund, SOS zu funken, oder?«

»Ich werde mich gut um sie kümmern.« Andreas ging zu Cassie und hob sie auf seinen Arm. »Habe ich das richtig verstanden? Sie beabsichtigen aufzubrechen?«

»In zehn Minuten wird ein Pilot uns hier abholen«, erwiderte Melissa schnell. »Sie sind doch sicher froh, uns los zu sein, wenn Mrs. Andreas hier eintrifft.«

»Es gibt viele Möglichkeiten für mich, Sie loszuwerden.« Er küsste Cassie auf die Wange. »Wohin beabsichtigen Sie zu gehen?«

»Nach Juniper.«

»Was für eine Überraschung. Das dürfte aber nicht ganz nach Travis' Geschmack sein, hab ich Recht? Er bevorzugt doch eher aufregende Orte. Außerdem liegt es sehr nah an Washington.« Er presste die Lippen zusammen. »Vielleicht ein bisschen zu nah.«

»Wir werden wohl nicht in Juniper bleiben. Aber ich muss dort eine persönliche Angelegenheit regeln. Jessica. Werden Sie sich um die Überführung kümmern?«

Er nickte.

»Gut.« Sie blickte ihn selbstbewusster an, als ihr zumute war. »Dann ist es also beschlossen.«

Andreas schwieg eine Weile, starrte nur Travis an. »Sieht so aus. Ich werde Danley beauftragen, Sie nach unten zu bringen und zum Hubschrauber begleiten zu lassen.« Er machte Anstalten, Cassie aus dem Zimmer zu tragen.

Melissa atmete erleichtert auf. Sie wollte lieber nicht wissen, wie nahe Andreas daran gewesen war, es sich noch einmal anders zu überlegen.

»Lass mich runter, Papa.« Cassie wand sich von ihm los und lief in Melissas Arme. »Ich ... hab dich ganz lieb«, flüsterte sie. Und dann sehr heftig: »Vergiss mich bloß nicht.«

Melissa drückte sie herzlich an sich. »Wie sollte ich dich je vergessen?« Sie hatte einen Kloß im Hals. »Ich werde dir immer nah sein, Liebes.«

Cassie trat einen Schritt zurück und nickte nachdrücklich. »Darauf kannst du dich verlassen.«

Das klingt schon fast wie eine Drohung, dachte Melissa belustigt. Cassies Unsicherheiten verschwanden ziemlich schnell.

Cassie grinste sie verschmitzt an und zwinkerte ihr verschwörerisch zu, dann stapfte sie zu ihrem Vater und nahm seine Hand. »Ich habe Hunger. Kann ich Waffeln zum Frühstück haben?«

»Ich glaube, das lässt sich machen«, antwortete er und verließ mit ihr das Zimmer.

Melissa lachte in sich hinein. »Gib Cassie noch ein paar Monate, dann erstürmt sie das Weiße Haus.«

»Sie ist nicht der einzige Bulldozer an diesem Ort«, murmelte Travis.

»Du und Andreas, ihr beide habt euch aufgeführt wie Kater, die ihr Revier verteidigen. Irgendjemand musste dazwischengehen und ihn ablenken.« Sie rollte zur Tür. »Ich freu mich schon darauf, hier wegzukommen und wieder in Juniper zu sein –« Plötzlich schnürte ihr der Gedanke die Kehle zu. »Nein, ich glaube doch nicht. Jeder Quadratzentimeter wird mich an Jessica erinnern.«

»Vielleicht sollten wir nach der Beerdigung eine Weile wegfahren.«

»Vielleicht.« Sie sah ihn über die Schulter an. »Aber Juniper ist womöglich der sicherste Ort für dich, bis Karlstadt dich vergessen hat.«

»Du beschützt mich ja schon wieder.« Er lächelte. »Mit Karlstadt komme ich schon klar. Ich werde ihm das Geld überweisen und die CD schicken, sobald wir in Juniper sind. Den Diamanten, den ich Thomas gegeben hatte, hat er schon erhalten.«

»Das müsste ihn doch eigentlich zufrieden stellen, oder nicht? Die einzigen Diamanten, die noch fehlen, sind doch die von der CIA konfiszierten.«

Er zögerte. »Na ja, nicht ganz.«

»Wie bitte?«

»Es gibt noch drei ziemlich große, die ich für Verhandlungen benötigt habe.«

»Verhandlungen mit wem?«

»Danley.«

Sie starrte ihn ungläubig an. »Danley? Wovon zum Teufel redest du?«

»An dem Tag, als der gute Danley mich aus Amsterdam abgeholt hat, habe ich ein Geschäft mit ihm vereinbart. Ich dachte mir, ich könnte ihn möglicherweise noch einmal brauchen.«

»Danley hat sich bestechen lassen?«

Er lächelte. »Die meisten Leute haben ihren Preis, und diese Diamanten würden einen reichen Mann aus ihm machen. Obwohl er ziemlich vorsichtig war in Bezug auf die Hilfe, die er mir würde zukommen lassen können. Er war einverstanden, mir bei der Flucht behilflich zu sein. Allerdings nur für den Fall, dass ich ihn wirklich benötigen würde.«

»Und er war tatsächlich informiert, dass du Cassie entführen wolltest?«

»Nein, Galen und ich haben das durchgezogen. Aber nachdem ich Cassie mitgenommen hatte, tat er gut daran, dafür zu sorgen, dass ich nicht geschnappt wurde. Ich hatte ihm klar gemacht, dass er mit mir zusammen den Bach runtergehen würde. Er wollte auf keinen Fall als Komplize mit hineingezogen werden.«

»Also hat er Andreas so gut wie möglich Steine in den Weg gelegt?«

»Na klar. Galen ist gut, aber die Umstände sprachen gegen uns.«

»Wirst du Andreas davon erzählen?«

»Auf keinen Fall. Vielleicht brauche ich ihn ja noch. Man darf nie seine Quellen preisgeben.«

Verblüfft schüttelte sie den Kopf. »Du bist einfach unglaublich.«

»Karlstadt könnte immerhin verlangen, dass ich ihm die Diamanten besorge, die bei der CIA in der Asservatenkammer liegen. Danley hat Zugang dazu.«

»Und wenn Danley beschließt, diese drei Diamanten zu verkaufen, die du ihm gegeben hast?«

»Dann werde ich ein ernstes Wörtchen mit ihm reden und ihm klar machen, was Karlstadt mit ihm anstellt, wenn diese Diamanten irgendwo auftauchen.« Er lächelte. »Also mach dir keine Sorgen. Wie gesagt, ich kümmere mich um das Problem. Wir müssen uns nicht in Juniper verstecken. Wir müssen vielmehr an dich denken.«

»Das überlass mal lieber mir.« Sie öffnete die Tür. »Wir sehen uns unten.«

26

»Mein Gott, was kommen denn da für Wracks.« Galen sah vom Pilotensitz aus zu, wie CIA-Agenten Travis auf einer Trage in den Hubschrauber verfrachteten. »Kaum zu glauben, dass du –«

»Flieg los, Galen«, sagte Travis. »Ich bin nicht an deinen Beschimpfungen interessiert.«

»Banause.« Er schaute Melissa an. »Sie sollten sich in Zukunft besser überlegen, mit wem Sie sich einlassen. Ich hätte verhindert, dass Ihnen was passiert.«

»Machen Sie schon, Galen«, erwiderte Melissa. »Heben Sie ab.«

Im nächsten Moment stieg der Hubschrauber auf und drehte nach Süden ab.

Melissa blickte nach unten und erspähte Andreas und Cassie, die die Stufen hinuntergingen. Cassie hob die Hand und winkte. Melissa winkte zurück.

»Cassie?«, fragte Travis.

Sie nickte. »Ich freue mich, dass er ihr erlaubt hat, sich zu verabschieden.« Sie rümpfte die Nase. »Zumindest wird er, solange sie dabei ist, keine Raketenwerfer auffahren lassen, um uns herunterzuholen.«

»Das würde er nicht tun. Der Einzige, mit dem er ein Problem hat, bin ich.«

»Vielleicht wird sich das ja eines Tages ändern. Wer weiß, vielleicht kannst du ja irgendwann mal eine deiner

Quellen anzapfen und ihm einen wertvollen Tipp zukommen lassen.«

»Möglich.«

»Und Cassie wird ihm sicherlich einen gehörigen Schrecken einjagen, wenn er herausfindet, dass sie denselben psychischen Schaden davongetragen hat wie ich. Er wird vielleicht Hilfe für sie brauchen.«

»Wir wissen nicht, ob es bei ihr so ist. Ist es dir, seitdem sie aufgewacht ist, noch einmal gelungen, die Verbindung mit ihr aufzunehmen?«

»Einmal.« Sie überlegte. »Und mir ist aufgefallen, dass sie eine sehr interessante Information aufgeschnappt hat, als sie noch in ihrem Tunnel war. Jetzt, wo sie wieder draußen ist, könnte sich diese Fähigkeit noch ordentlich verstärken.«

»Welche Information?«

»Als du bewusstlos warst, sagte sie: ›Wenn ich draußen bleibe, muss er auch draußen bleiben.‹« Sie sah ihm tief in die Augen. »Was glaubst du wohl, was sie damit sagen wollte?«

Er erstarrte. »Du wirst es mir ganz sicher erklären.«

»Vergangene Nacht habe ich lange darüber nachgedacht.«

»Tut mir Leid, dass ich dich am Schlafen gehindert habe.«

»Vielleicht sollten wir Dr. Dedrick fragen.«

»Das wäre eine Möglichkeit.«

»Nur dass es leider keinen Dr. Dedrick gibt, stimmt's? Du hast ihn dir ausgedacht. Was hättest du getan, wenn ich deinen Bluff hätte auffliegen lassen, als du mir sein Buch angeboten hast?«

»Ich fand es ziemlich unwahrscheinlich. Du warst viel zu beschäftigt mit Jessicas Problemen.« Er zuckte die Achseln. »Und ich wollte dir helfen.«

»Das hätte ich mir denken können. Du hattest verdammt schnell begriffen, was mit mir los war. Du hattest nicht dieselben Informationsquellen wie Galen. Du wusstest von dem Anschlag auf Vasaro, aber nichts von Deschamps. Und du warst in der Lage, Cassie zu helfen, als sie jeden anderen ablehnte. Wir gingen immer davon aus, dass es deshalb war, weil du sie in Vasaro gerettet hast, aber es gab da noch etwas anderes, hab ich Recht?«

»Ich weiß nicht. Ich bin kein Experte darin, wie diese Dinge funktionieren. Es hätte auch ganz andere Gründe haben können.«

»Kein Wunder, dass du so interessiert an Cassie warst. Du hast dich mit ihr identifiziert. Als dein Vater starb, hattest du einen Schlag auf den Kopf abbekommen und monatelang bewusstlos im Krankenhaus gelegen. Wo warst du in jener Zeit, Travis? In einem Tunnel, einer Höhle, einem Wald?«

»Nein, auf einem Boot, einer sehr starken, stabilen Yacht, die mit Lichtgeschwindigkeit vor allem und jedem abhauen konnte.«

»Vor Monstern?«

»Es gab genügend. Aber ich hatte eine Triebfeder, die mich aus dem Trauma herausgekickt hat. Ich hatte mit angesehen, wie mein Vater ermordet wurde, und Wut ist ein sehr mächtiger Ansporn.« Er wandte den Blick von ihr ab. »Dann begannen die Träume. Und eine Weile danach sah ich gelegentlich ... Dinge. Ich habe mich nie mit irgendjemandem verbunden, wie du es mit Cassie getan hast. Es funktioniert offensichtlich nicht bei allen gleich. Im ersten Jahr begriff ich, was für ein Dämon mich beim Wickel hatte. Ich fühlte mich in seiner Gewalt.«

»Hast du Jan je davon erzählt?«

Travis schüttelte den Kopf. »Weder Jan noch sonst jemandem. Ich habe es einfach weggepackt. Manchmal konnte ich das, was ich sah, aufhalten. Manchmal nicht. Manchmal wollte ich es auch nicht. Ich glaubte, dass ich wenigstens ein bisschen davon profitieren dürfte, durch die Hölle gegangen zu sein. Als ich alt genug war, begann ich Antworten zu suchen, und einige wenige fand ich auch, aber wir gehören zu einem ziemlich exklusiven Club. Deshalb war ich auch so fasziniert, als ich erfuhr, was mit Cassie los war ... und mit dir. Das reicht schon beinahe, um an das Schicksal zu glauben.«

»Dass du dich auf Cassie eingelassen hast, hatte doch nichts mit Schicksal zu tun.«

»Stimmt, zuerst war es Neugier, aber dann wurde ich hineingezogen.«

»Warum hast du mir nie etwas davon erzählt? Warum konntest du dich mir nicht anvertrauen?«

»Wir waren ja anfangs nicht gerade dicke Freunde. Nein, das ist eigentlich nicht der Grund. Es ... fällt mir schwer, darüber zu sprechen. Ich habe mich daran gewöhnt, allein damit klarzukommen.« Er verzog das Gesicht. »Okay, du meintest einmal, dass ich möglicherweise im selben Tunnel wäre wie Cassie. Du konntest nicht wissen, wie nahe du der Wahrheit warst. Vielleicht hattest du Recht. Vielleicht habe ich nicht gelernt, damit auf eine Weise umzugehen, die mir helfen würde, geheilt zu werden. Ich habe einfach nur das getan, was ich konnte.«

»Hattest du denn vor, dich mir irgendwann anzuvertrauen?«

»Natürlich. Vielleicht. Das hoffe ich. Es wäre mir nicht leicht gefallen. Ich bin nicht wie du. Du bist offen, und du versuchst, die Menschen zu erreichen.« Ihre Blicke trafen sich. »Wenn du es gebraucht hättest, hätte ich es dir erzählt. Ich würde dir alles geben, was du von mir brauchst.«

»Travis, ich könnte dich erwürgen.«

»Heißt das, du willst mich wieder aus deinem Leben streichen?« Er sagte es leichthin, aber sein Gesichtsausdruck verriet etwas anderes. »Das wäre schwer für mich.

So schwer, dass ich am liebsten wieder in meinen Traumazustand zurückkehren würde.«

Sie hatte ihn noch nie so verletztlich erlebt. Er hatte noch so viele Seiten, die sie nicht kannte. Ständig war er dabei, über etwas nachzugrübeln, Pläne zu schmieden, Dinge zu organisieren. Er hatte ein Leben geführt, von dem sie keine wirkliche Vorstellung hatte. Dies war möglicherweise nur das Erste von vielen Geheimnisse, die sie noch lüften würde. Travis war kein Engel, so viel stand fest.

Ach zum Teufel. Langweilig würde es jedenfalls mit ihm nie werden.

»Warum sollte ich dich wieder gehen lassen? Du bist wahrscheinlich der einzige Mensch auf der Welt, der mich versteht. Aber du hast nun mal ein paar Macken …« Sie nahm seine Hand und lächelte ihn an. »Nun gut, ich denke mal, wir werden daran arbeiten.«